Sigi Sommer

Erinnerungen

Sigi Sommer

Erinnerungen

edition schulz

Herausgegeben von Werner Meyer

Verlag und Verwaltungsgesellschaft mbH
Prinzregentenstraße 54
D-80538 München

Druck und Bindung:
Memminger Zeitung Verlagsdruckerei GmbH
D-87700 Memmingen

ISBN 3-932142-00-4
Printed in Germany

Übersicht

Seite

Ein Wort zuvor – ein Blick zurück

Auch wenn er allein war, fühlte er sich nie einsam: »Ich bin umgeben von Spezln, von vergangenen und gewesenen, und von Gestalten, die ich selber geschaffen hab'. Ich brauch' eigentlich niemand sonst.« Das sagte uns Sigi Sommer schon vor Jahren.

Was er da sah, wenn die Erinnerung kam, das hält dieses Buch fest: Szenen aus der Kindheit, aus der Zeit der Kirschen, wie er sie nannte, in der man sich noch über heute fast vergessene Dinge freuen konnte. Über den Geruch frischen Brots beispielsweise. Er erzählt von Menschen, die ihm viel bedeuteten. Da war etwa der Häuptling Abendwind – sein Vater, der aber nur feiertags ein Indianer sein durfte. Auch die Kinder hatten ihre Träume. Sie wollten etwas Großes werden – »vielleicht Stelzenläufer vor dem Zirkus. Oder dem Al Capone sein Patronenhülsen-Einsammler ...«. Die Träume von damals kehren in diesem Buch wieder.

Sigi Sommer blickt auch zurück in die Vergangenheit der Stadt, die er nicht mehr verlassen wollte: »Ich liebe jeden Tag, den ich in München sein kann und darf.« Er liebte vor allem ein München, das es nicht mehr gibt. Eine Idylle der kleinen Leute und der kleinen Freuden. Auch dieses München der Vergangenheit, seiner Jugendzeit, wird in den Erinnerungen wieder lebendig.

Zwei Seelen kamen in seiner Brust gut miteinander aus. Da war der wortgewaltige Spötter. Einer, der uns lachen machte. Oder wenigstens kichern. Ein Grantler, der grollte. Aber dann gab es auch einen Sigi, der uns zu Tränen rühren konnte. So, wie es Karl Valentin erging, als er kurz nach dem Krieg eine kleine Geschichte Sigi Sommers über das armselige Weihnachtsfest 1947 las: »Ich habe darüber mit sechsundsechzig Jahren geweint wie ein kleines Kind. Nur ein Schriftsteller mit einem guten Herz kann so etwas schreiben.«

Ja, Sigi Sommer war ein Zille mit dem Kugelschreiber. »Ein wirklicher Dichter. Etwas ganz Rares: ein Poet der bayerischen Großstadt. Einer, der feinste Schwingungen und Nuancen auffing und niederschrieb, wie sie nur Bayerns Hauptstadt München hervorbringen konnte. Die Weltstadt mit und ohne Herz«, wie Anneliese Friedmann, Herausgeber der »Abendzeitung«, in einer Rede über ihn sagte.

Wir sehen Sigi Sommer noch sitzen im Garten des Seniorenheims, in dem er seine letzten Jahre verbrachte. Manchmal mußte er lächeln, wenn ihm etwas Hübsches einfiel. Aber oft glänzten auch Tränen in den Augen, wenn er an die Vergangenheit zurückdachte.

Genauso ist dieses Buch. Wir lesen seine Geschichten lächelnd und mit leiser Wehmut.

München, im Sommer 1996 Werner Meyer

Erstes Kapitel

Reise ins Vorgestern

Wie rasend verfliegen die Jahr

Der alte Mann sitzt noch einmal in dem vergessenen Café »Vorgestern« im still gewordenen Schwabylon. Er trinkt eine Tasse Schokolade aus einem jener alten dicken Steinguthaferln, wo man sich die Lippen noch nicht verbrennen kann. Und dann denkt er verwischt daran, daß er als Bub mit seiner Schwester Minna immer stritt, ob man nun zu diesem Getränk »Kauko« sagte oder »Ka-ka-o«. Genauso wie bei den Kindern immer die Streitfrage war, heißt das jetzt »Nimolad« oder »Limonad«.

Auf irgendeinem elektrischen Tonband singt gerade ein unbekannter Caruso ein Lied, das wahrscheinlich außer dem alten Mann kein Mensch mehr kennt: »Man müßte noch mal zwanzig sein und so verliebt wie damals.« »Nein, lieber bitte nicht«, sagt dazu der Träumer halblaut und meint natürlich den Liedtext, während der Kellner mit der zurückgeschlagenen Schürze glaubt, das beziehe sich auf eine frische Tasse Schokolade. Und er lacht, als der einsame Gast die Hand über sein Haferl hält. Der blinzelt nunmehr durch das Muster der verblichenen Gardinen in den Vorgarten hinaus.

Zwei dickliche bleiche Engel schäkern auf dem Gewebe, und der graumelierte Herr beginnt zaghaft ans Gewesene zu denken. Weil doch diese gestickten Cherubinen auch so eine mollige Figur hatten wie jenes seltsame Mädchen mit der vollschlanken Anatomie, das ihn einmal ansprach. Indem er halt gar so interessant wäre, möchte sie ein bisserl gehen mit ihm, meinte die willkommene junge Überraschung. Und er genoß diesen Ausflug in die längst verwehte Maienzeit damals sehr. Doch als er die Kleine dann einmal auf ungemeines Bitten mit seinem eigenen Auto heimfuhr in die Riedlerstraße vor das himmelblaue Haus hin, das sie ihm zeigte, da lief ein längst geloschener Film noch einmal ab. Und er fragte die Rosi: »Sag einmal, Kleine, hast du vielleicht eine ältere Schwester, die Ramona heißt?« »Nein«, erwiderte darauf das liebliche Püppchen, »aber meine Mama heißt so. Warum?« Und er mußte die Rosi leider rasch abschaffen.

Ach ja! Bei diesem sentimentalen Thema fällt ihm auch die Geschichte von dem Hund Jericho wieder ein. Einem Kriegskameraden hatte dieses »Bastardl« gehört, einem Offizier, den dieser Schnauzl durch die ganzen Jahre an der Front begleitet hatte. »Er lief an meiner Seite«, hätte man da sagen können. Aber als der Herr Hauptmann dann hochdekoriert in die amerikanische Gefangenschaft gehen mußte, da wollte ihm ein Sergeant den Jericho einfach wegnehmen. Doch der Hauptmann knöpfte zum Tausch sein Ritterkreuz ab, und der Ami war zufrieden. Nachher, so erfuhr der alte Mann, kamen das Alter und auch ein bißchen Räude über den vierbeinigen Gefährten. Da sagte die Frau des Hundehalters, es wäre vielleicht möglich, daß man von irgendwoher einen genauso aussehenden jungen Zamperl wieder kriegen könnte. Und siehe da, sie fanden einen solchen. Doch als sie das kleine Viecherl ins Auto verluden, machte der rauhhaarige Senior einen kleinen Hopser und legte sich ganz von selber auf den Rücksitz. In München angekommen, öffnete das Herrle die Tür, und da zwängte sich der schäbig gewordene Wegbegleiter durch die vielen Jahre an ihm vorbei und lief die Straße hinunter. Und er schaute sich kein einziges Mal um. Und wurde nie mehr gesehen.

Bei diesem Bild angelangt, zieht auch noch eine dritte Episode an den rückwärts gerichteten Pupillen des sanften Spinners vorbei. Da spielten doch zwei kleine Kinder vor einem halbverfallenen Großstadthaus im Rinnstein. Und als er vorbeiging, stand dic kleinere der Gören auf, ging zu ihm

hin und sagte völlig deutlich und gar nicht verschüchtert: »Sie, bittschön, täten Sie mich ein bisserl streicheln?« Der fremde Mann tat's. Und nachher meinte die Kleine auch noch: »Sie, bittschön, meine Freundin auch.«
Hier gleitet dem alten Spinner der Seidenfaden der Sentimentalität zwar aus den Fingern, aber er schiebt trotzdem das nicht ganz saubere Deckerl auf dem Marmortisch zurück und schreibt mit dem Rest eines einfachen Bleistiftes ein Gedicht auf den kalten Stein, das von dem Schwabinger Vagabunden Hans Reiser stammt, der in irgendeinem Lazarett sein tristes Leben ausgehustet hatte:

Ich seh mich noch spielen als kleines Kind,
die Madln untern Rock auffiglanga
auf der Wiesn bei der Gasanstalt hint,
wie schnell san die Jahre verganga.
I selber bin a scho lang nimmer da,
verglichen mit dem, was i war;
als ich mein Jugendbild neulich besah
und den schäbigen Rest, der noch davon da –
wie rasend verfliegen die Jahr.

Dann schaute der alte Mann an dem Tischchen wie ertappt noch rasch über die Schulter zurück und malte hinter der letzten Zeile des melancholischen Poems ein winzig kleines »s« hin. Denn er hätte doch für sein Leben gern selber auch nur ein einziges Mal ein so wunderschönes Gedicht schreiben mögen.

Der Südwind, der weht

Der alte Mann unternimmt im melancholischen Großstadtwind eine kleine Reise ins Vorgestern. In jene Tage, als er noch häufiger als heute Gast in dem kleinen Kirchlein war, in dem er es sogar vom Orgeltreter einmal probeweise bis zum Chorsänger brachte, um seine Laufbahn dann beim Bodenpersonal des Herrn schließlich als Ministrant mit weißem Spitzenröcklein zu beenden.
Damals war sein eigentlicher Stellvertreter Gottes der verschmitzte Mesner Balthasar Aufrecht. Ein im Weihrauch- und Myrtendunst ergrauter Leisetreter, der seinen Kollegen von den größeren Pfarrgemeinden immer erklärte, wie er die eingesammelten Münzen im Klingelbeutel aufteilen würde. Nämlich nicht so, wie es die anderen Rauchkesselschwinger täten, die das Kleingeld in zwei Häuflein teilten, wovon das linke dann dem Herrn Pfarrer gehöre und das rechte dem lieben Gott. Sondern er mache es so, daß er den ganzen Betrag einfach in die Höhe werfen würde. Und was dann oben bliebe, sei der Anteil des Allmächtigen, was jedoch herabfalle, wäre das Eigentum des kleinen Pfarrkirchleins.
Und wie immer geht der betagte Wanderer auch wieder hinüber in die geweihte Ecke, wo der Herr Aufrecht nun schon das dritte Jahrzehnt ganz ergeben waagrecht liegt. Und er schlenzt ihm sogar aus dem bemoosten Weihwasserkessel ein paar Spritzer von dem gesegneten Naß aufs Grab. Obwohl der Mesner Aufrecht dieses Element mindestens ebenso fürchtete wie der Leibhaftige und selbst bei noch so strahlendem Sonnenschein einen Bierdeckel auf seine helle Maß legte, damit ja bei einem plötzlichen Gewitter kein

noch so winziges Tröpflein Aqua in sein blondes Hopfensüpplein fallen könne.
Weiter vorne, wo die alte Mauer bereits ihren Mörtel rieseln läßt, buchstabiert der Besucher noch einmal die Tafel, auf der die Gefallenen stehen. Und da liest er natürlich als sechsten von oben auch seinen einzigen wahrhaftigen Freund, dem irgendein wildfremder Ukrainer durch den Helm schoß, weil man ihm erzählt hatte, der junge Mann mit dem grauen Anzug und den Eisenknöpfen daran wolle ihm sein Land und die Babuschka wegnehmen. Und diesmal ertappte sich der greise Betrachter bei dem Gedanken, was er wohl alles geben würde, wenn er den Gefährten seiner Maienzeit zurückkaufen könnte aus der großen Sankt-Nimmerleins-Gemischtwarenhandlung. Und bei einer gewissen Summe kriegt er, wie jedesmal, eine etwas pelzige dicke Zunge und sagt am Ende mit süßlicher Verlogenheit: »Geh du dummer Hund von Gmund, das geht doch gor net.« Nachher, wie er die unguten Weidegründe des Boandlkramers verläßt, ist er aber doch ein bißchen verlegen und rot geworden. Aber halt wie die meisten Menschen bei einer solchen Situation hauptsächlich unter der Zunge. Weil man's da doch nicht sehen kann.
Drüben, dem Isarkanal zu, steht noch immer das »Blaue Haus«, wie sie die gichtige Wohnmaschine im ganzen Viertel nannten. Und da drin gab es doch einmal auch die Bonnie, die erste große Liebe, die mit ihm in die verschwiegenen Weiden ging. Mitten aus der kleinen Anlage wächst jetzt statt des alten Kastanienbaumes eine genormte Litfaßsäule aus einer Asphaltwiese. Ach, und der alte Blätter-Patriarch diente doch einst als Marterpfahl, Fußballtorlatte und als Anschlagepunkt beim Räuber-und-Gendarm-Spiel. Als sie ihn absägten, hatte der magenkranke Kolonialwarenhändler Klotz mit den Arbeitern so heftig gestritten, daß er sich übergeben mußte. Wobei er später das Sägemehl von dem geschlachteten Baum darauf streute. Beim Klotz hatten üb-

rigens die Buben auch immer für die gebrechliche Jüdin Löwenherz eingekauft. Nicht so sehr aus Mitleid, sondern weil die alte Haut halt einen Pfennig in das Körbchen legte, das sie an einem Strick vom Fenster herunterließ, worauf der weißblonde Heilschreier Knöcherl immer dieses Seil abschnitt, wenn es an seinem Balkon vorbeibaumelte. Und eines Tages brachte er dann diese Frau und viele andere dahin, wo sie nach seinen hämischen Worten längst hingehört hätten. Doch nach Jahr und Tag wurde dem Herrn Knöcherl in Landsberg ebenfalls ein Strick zum Schicksal. Und niemand schnitt ihm diesen ab.
Daran und an unendlich vieles andere muß der betagte Mann denken, als er seinen Gang in die Vergangenheit beendet. Und vor allem auch an die Lächerlichkeit und Unwichtigkeit aller Dinge. Wie hatte doch sein Großvater immer so tröstlich von dem ganzen menschlichen Dasein gesagt: »Setz i mi a bisserl aufs Kanapee, schteh i auf, is as Lebn vorbei.«

Melancholie im Mai

»Zuaschaugn kon i net« hieß einst in der Maienzeit des alten Mannes einer der beliebtesten Schlager. Und der Graubart muß in stiller Resignation darüber lächeln, wenn er an jenen Tag denkt, in welchem das Leben noch ein Strauß von Vergißmeinnicht war, in Buttermilch gekocht. Denn heute müßte das Liedchen für ihn wohl heißen: »Zuaschaugn derf i no«. Wenn nämlich eines der vielen sinnigen Sprichwörter lautet: »Mit vierzig beginnt das Leben«, so weiß ein Mensch, der seine sechs bis sieben Schäfflertänze hinter sich hat, natürlich längst, daß zu diesem Zeitpunkt eigentlich »der Markt schon aus ist«. Und daß selbst bei schonendster Behandlung das billige Metall bereits durch die dünne Feuervergoldung hindurchschimmert.
Weil der melancholische Alte das alles so bedenkt und langsam einsehen muß, kriegen seine Gedanken bei diesem Thema weiße Haare. Und er meint, das kann doch wirklich nicht alles gewesen sein. Denn er hat doch eigentlich noch nie eine lange Rothaarige gehabt oder eine kühle Blonde, die Augustiner-Maßen natürlich ausgenommen. Auch eine sanfte Irre fehlte in seiner Sammlung. Neben einer Reise nach Antofagasta, einer Baumblüte in Werder und dem weißen Mond von Wanne-Eickel, den er doch längst dringend sehen wollte. Wäre der greise Nachdenker ein bißchen ein Weichmann, so würde er sich jetzt bestimmt eine recht enge Hose machen lassen. Ohne Aufschläge bitte. Und vielleicht auch ein ganz kleines winziges Toupéchen dazu für den lichten Scheitel. Und dann versuchen, in dieser komischen Maskerade auf die letzte Plattform des Sehnsuchts-Rapido aufzuspringen. Aber wahrscheinlich könnte er das

Tempo natürlich nicht mithalten und würde so unter dem Gelächter der Insassen und Passanten lediglich ein Stück mitgeschleift. Außer aufgeschlagenen Knien und brandroten Verlegenheitsohren wäre bei einer solchen Tour wahrscheinlich nichts zu holen. Ach ja. Sicher kehrt auch allmählich ein stiller Friede in seine Unterwäsche ein. Aber der Kopf weiß das halt leider noch immer nicht ganz.
Drum geht der stille Mann wohl auch noch in jene kleine Bar, in der ihn »zwanzig rassige Frauen« erwarten. Wie es auf den Handzetteln steht, die an der Windschutzscheibe seines Wagens hängen. Aber am Feuer dieser strapazierten Nackedeis kann er halt sein einsames Süppchen auch nicht mehr recht warm machen. So hält denn langsam die große Resignation Einzug in seinem teilmöblierten Innern. Da macht er schließlich Bilanz und denkt mit kleiner Wehmut, wie doch eigentlich alles im Leben seinen festen Preis hat. Mit zwanzig zahlt der Jüngling mit sich selber. Bei fünfundzwanzig muß er schon zwei Kinokarten und eine Holländer Kirschtorte dazulegen. Mit dreißig erhört ihn ein Herzliebchen am ehesten, wenn er dezent mit güldenem Verlobungsring winkt. Mit vierzig ist dann bereits die Aussicht auf ein Appartement der Preis der Herrlichkeit. Und mit fünfzig möcht' »ein bißchen zum Notar gehen« schon mit drin sein. Und so drängt sich denn unwillkürlich auch der Reim auf:

Wenn man älter wird,
ein wenig kälter wird,
bleibt allein –
Bad Gastein.

Stätten der Kindheit

In diesen fabrikneuen Tagen, wo sich die jungen Menschen in den Straßen und Anlagen und auf den Bänken suchen, gehen die Fünfziger mit den leisen Filzpantoffeln der Erinnerung manchmal an die Stätten ihrer eigenen Kindheit zurück. Und daher mag es wohl kommen, daß man im Frühling öfters gereifte und ehrsame Gestalten beobachten kann, wie sie im Kriminalergang um alte Laternen herumstreichen, in dunkle Hofeinfahrten schnüffeln oder plötzlich kindisch an den gelben Briefkasten am Hydranteneck pumpern. Aber viele müssen ihr Gedächtnis schon arg strecken, damit sie die Vergangenheit gerade noch am letzten wehenden Zipfel erwischen.

Dort zum Beispiel, wo jetzt die runde Litfaßsäule aus der glatten Asphaltwiese wächst, halbrund und charakterlos, stand doch einst ein Kastanienbaum. Ein bißchen krumm, von Taschenmessern zerschunden, von hundert Hunden heimgesucht, pfeilspitzennarbig war er. Aber stets ein Freund und pünktlicher Lieferant vieler Gratiswonnen. »Servus, Baam«, sagte man zu ihm, bevor er im Frühjahr bestiegen wurde, um den Maikäfern ihr flockiges Blütenmenü herabzuholen, das sie dann niemals fraßen. Er war auch nicht böse, wenn man ihm die ersten schussergroßen Früchte abnahm, mit denen man die braunbeizende Inschrift »Ich Esel muß alles lesen« in die mürbe Hauswand ätzte, die weder Regen noch Jahrzehnte verwaschen konnten. Im Herbst lieferte der Kastanienbaum – mit dicken Wurfprügeln freundlich dazu aufgefordert – dann das Rohmaterial für mahagoniglänzende Friedenspfeifen und etwas später auch noch den berühmten Grüllschnitt »Stiller Würger«. Was aber liefert schon eine Plakatsäule? Nachrichten und Reklame. »Die Preußen sind unser Unglück«. Und »Grindolin wäscht blendend weiß«.

Den fußabstreifergroßen Spielplatz im Hinterhof gibt es noch tatsächlich. Aber in der Ecke wächst immer noch kein Zwetschgenbaum, obwohl doch damals dort mindestens zwanzig peinlich sauber abgeleckte Zwetschgenkerne vergraben wurden. Mit einem Glasscherbenhaus abgedeckt gegen bösen Wind und Hausmeister. Halt, der war ja gar nicht so ohne. Dort, wo die Garage steht, durften wir doch im Winter immer eine Schneeburg bauen. Mit Eisfenstern aus dem zugefrorenen Waschhauskessel, vom schmunzelnden Schneeschauferl-Chef selbst gebracht. Wie leicht doch das Fensterblech Parterre heute zu erreichen ist. Gegen damals, wo nur geübte Blitzableiter-Artisten im Zehenkrallengriff bis zu dem Geranienkistl hochkamen. In dessen grünem Dschungel der winzige Wurstzipfel-Tiger Fiffi mit blankgezogenem Reißverschluß-Gebiß knurrte. Und einmal war das Spielen unter dem Fenster auch vier Wochen lang verboten. Bis der kranke Hausmeister tot war. Der Fiffi war's dann auch gleich.

Und drüben in der Spenglergrube. Was gab es da doch alles. Gänseblümchen, Brennessel, Hasenfutter und Margarinekübel. Zum Fischerlfangen oder als Trommel bei der Erschießung des Andreas Hofer. Ganz vorne aber, wo die gute Erde im Frühjahr schusserkacherlweich war und mit nackter Ferse nachpoliert wurde, hat sie jetzt eine Zementhaut, hart wie die neue Zeit. Und direkt vor dem Haus wird gerade das wärmflaschenwarme Klinkerpflaster aufgemeißelt. Der Halbzeitwandler steckt sich schnell einen Steinsplitter ein, wirft ihn aber bald lächelnd wieder weg. Das Geländer an den Mietgärten ist nahtlos und eisern geworden. Früher, aus Holz, von hundert Bubenhänden geglättet, diente es mit sechs Jahren zum Balancieren, mit zehn zum Bauchaufschwung, mit vierzehn zur »Flankä«, und später war es

wichtiger Feierabendtreffpunkt mit Handgeben: »Hawädiehre beinand.«
»Die Mühle geht langsam, das Wasser geht schnell, als wie ein Karussell.« Die Schmelz Nini konnte das am besten. Vielleicht weil sie Beine hatte, krumm wie ein paar aufgewärmte Pfälzer. Drüben auf der Bank war der Ringelreihen-Platz. Die alten Leute und der Veteran Bangerl, die dort saßen, schauten zu und lachten gerne. Der Bangerl band auch die Drallerschnur wieder fest. Er hatte einen einsamen gelben Zahn, der wie ein Hexenfinger aus dem Mund herauszeigte, wenn er fröhlich war. Einen Pfennig bekam jedwedes Kind, wenn es ihm das Lied vorsang: »Bei Sedan wohl auf den Höhen«. Bank und Bangerl sind wohl längst auf irgendeinem Platz für verbrauchtes altes Zeug vermodert.
Und der Spaziergänger im Vorgestern denkt: »Neue Kinder wachsen heran und neue Freuden, Hunde und Erinnerungen werden mit ihnen groß.« Und plötzlich steht er vor einer alten Frau mit sanften Schwungbeinen. Und die macht den Mund halb auf in ungläubigem Erkennen. Erst vor dem großen Feinkostladen findet sich der Mann wieder. Er dreht den Kopf nach links, nach rechts, sieht sein Bild im Glas und begreift schmerzlich das Erstaunen der Nini Schmelz. Und im Zurückfinden murmelt er nickend: »Wer über die Schulter schaut, muß darauf gefaßt sein, daß ihm die verlassene Zeit nachstarrt.«

Die freudlose Gasse

Ein Mensch mag wohl manche Prachtstraße der Welt geliebt, erlebt oder durchwandert haben. Die stolze Via Veneto vielleicht, den Broadway in New York, die glitzernde Bahnhofstraße von Zürich, die sagenhafte Strandstraße von Copacabana, den vielbesungenen Berliner Kudamm, Londons Downing Street, den Graben in Wien, die Drosselgasse von Rüdesheim oder die lebensfrohe Reeperbahn. Mancher hätte womöglich aber seine größte Freude auch nur an der »Straße der Ölsardinen« von John Steinbeck oder an der glitschigen Herbertstraße in Hamburg.

Ein Weg ins Leben aber wird wohl jedem unvergeßlich bleiben: die Straße der Kindheit nämlich. Und deshalb zieht es sicherlich nicht nur den Spaziergänger manchmal wieder zurück in jenes Stück bucklige Vorstadt, wo alles einmal begann. Sicher, sie war wohl schon immer ein bisserl verrufen gewesen, diese Glasscherbengegend draußen in Untersendling hinter den sieben Bergen. Aber auch ungemein abenteuerlich und interessant. Wenn auch der knochige Violinlehrer Mager, der seinen Schülern auf ihren Wimmerschinken immer zuerst das Deutschlandlied kratzen lehrte, höhnisch meinte, es handele sich bei diesem Elendsdarm keineswegs um eine Straße, sondern nur um »die freudlose Gasse«.

Doch der Lehrer Mager soll da bloß ganz still sein. Was er ja auch schon seit dreißig Jahren ist. Denn er hatte auch noch einen Sohn, den er Adolf taufen ließ und der den ganzen Tag mit einem Papierhelm und einem Holzschwert herumlief. Später ging er dann als Koch auf ein Schiff, der Adi, und nachher nach Amerika, von wo er als Sergeant wieder zurückkam nach Sendling. Da sagte er dann zu den Spezln seiner Kindheit »Krauts« und »shut up«. Jetzt gehört ihm die Imbißstube an der Ecke vorn, wo er Hamburger und Hot Dogs verkauft. Zu den Spezln seiner frühen Jahre sagt er jetzt auch wieder »Servus, oide Hüttn« oder »Hallo, Partner«. Ja, ja.

Neulich hat er sich beim Spaziergänger sogar noch nach dem Scherenschleifer Tehatschek erkundigt. Das war ein »Bemmack«, wie ihn seine Nachbarn ohne Beleidigungsabsicht nannten. Den Buben schliff er, immer freundlich lachend, ihre Taschenmesser umsonst. Der Tehatschek hatte auch eine kleine Geiß, die er an einem langen Strick zu den nahen Hängen der Theresienwiese hinüberführte zum Grasen. Wenn sie schön brav gegrast hatte, erzählten die Kinder, busselte der Herr seine Geiß manchmal ganz fest ab.

Aber dann starb sie plötzlich, und es hing ein handgeschriebenes Schild an der winzigen Scherenschleifertür: »Heite nix sleif. Heite Leich. Morgen wieder sleif.« Tehatschek schliff aber weder am nächsten Morgen noch auch die nächsten tausend Tage eine einzige Schere. Er hatte sich nämlich mit einem ganz teuren Solinger Rasiermesser den Hals durchgeschnitten.

Ja, und dann fiel dem Spaziergänger auch noch die alte Margarinefabrik Eisenreich ein. Mit den aufgetürmten Knochenbergen, aus denen die bekannte Schmirgeline hergestellt wurde. Da schoß der Bader Kies doch am Sonntagvormittag, wenn die Leute zur Kirche gingen, mit einem Flobertgewehr auf einem Hocker sitzend, viele dicke Ratten.

Schuld an der Misere der kurzen grauen Straße aber war immer die dürre Hexe Wally Zachiel. Sie wohnte im Giebel eines verwilderten Häuschens, dessen Besitzer nach Australien geflohen war, nachdem er seine ganze Familie mit einem Gericht ziegelroter Rißpilze, die in der Valley-Anlage wuchsen, vergiftet hatte. Sein Haus ließ er einfach stehen, und die

Zachlin kriegte eines Tages den Schlüssel dazu in einem Brief ohne Absender geschickt. Erzählte sie selbst.
In der schlechten Zeit heizte sie dann langsam das ganze Stiegenhaus ein, so daß nur noch eine Strickleiter in ihr Hexenstübchen hinaufführte. Flüsterten die Leute. Die Walburga schaute Tag und Nacht von ihrem Giebel herab, und sie lächelte bloß von oben nach unten. Dabei entblößte sie einen einzigen braunen Zahn, den sie täglich mit einem Streifen von einer alten Unterhose putzte wie eine Freilaufnabe. Tuschelten die Buben.
Ganz klar, daß dieser alte Besen hexen konnte. Eine dreibeinige rote Katze half ihr dabei. Sie war deshalb einwandfrei schuld, daß der weiße Spitz der Kramerin drei kleine schwarze Schäferhunde warf. Auch der ledige Balg vom blassen Wirtschafts-Lehnerl war ihr Werk. Und den Rentner Liebl, der ihr einmal nachgespuckt hatte, verfluchte sie in einer fremden Sprache, so daß er im Toto niemals mehr als zwei Richtige traf.
Heute ist eine große Trafostation mit einem rot aufgemalten Blitz auf dem herrenlosen Platz, wo das Hexenhäusl stand. Aber als die Zachlin gestorben war und es drei Tage aus dem großen Kanalgulli in der freudlosen Gasse qualmte, sagte der Rentner Liebl dazu: »Da Deifi huift seine Leit. Aba er hoid s' aa. Jetzt rauchta de Hex aus da Pfeifa.« Und siehe da, acht Tage später hatte er bereits zwei Vierer auf seinem Wettschein stehen. Na also!

Das Haus der frühen Jahre

Es ist das Haus der Kindheit, das wir nach Jahr und Tag noch einmal besuchen. Und als wir die Tür vorsichtig öffnen, seufzt dieser hölzerne Bruchbudendeckl in den Scharnieren genauso wie einst in der Kniehosenzeit. So wie ganz abgeklärte Leute es tun, wenn sie in der milden Spätsommersonne sitzen und leise sagen: »Hm, ja, ja.« Die schmale Straße vor der betagten Mietskaserne hat längst eine glatte Asphalthaut bekommen. Sie ist jetzt in einer Richtung gesperrt, und auf einem Blechpfeil, der blau eingesäumt ist, steht »Einbahnstraße«. Weiter vorne beim Beamtenblock hält heute sogar ein dicker verchromter Omnibus. Die vier Ulmen vor dem Haus stützen sich mit den obersten Ästen direkt an den graugestrichenen Balkonen auf. So, als wären sie selbst auch schon recht müde geworden. Aber trotzdem sind wir immer noch nicht sicher, ob sie einen Buben getragen hätten, wenn er einmal vom höchsten Stiegenhausfenster hinübergesprungen wäre wie Tarzan. Nein, das wird wohl für immer ein ungelöstes Problem bleiben.
Zwischen den Bäumen hat die neue Verwaltung jene Mulde, wo sich einst eine große Wasserlache bildete, pflastern lassen. Und kein Kind findet hier mehr ein kleines Glück im Baaz, wenn es sich nach einem Wolkenbruch den weichen, dicken Pfannenkuchenteig zwischen den Zehen durchquellen ließ.
Der Hausgang und das Treppenhaus sind sicher schon zum fünftenmal geweißelt worden. Gegenwärtig in einer gräßlichen Ockerfarbe, die ein tüchtiger Vertreter, dessen Namen keiner weiß, dem Hausverwalter angedreht haben muß. Bravo! Und sicher wird deshalb auch vergebens nach jener

Inschrift gesucht, die einer wie wir vor vielleicht fünfzig Jahren für die Ewigkeit mit einem krummen Nagel in den Zementsockel beim Treppengeländer eingraviert hat: »Ich Esel muß alles lesen.«

Im Hausgang riecht es noch genau wie vor vielen, vielen Jahren nach »Einbrennsuppn«, und im Nu sind wir wieder zehn Jahre alt. An der ehemaligen Hausmeisterwohnung im Parterre läuten wir. Erst nach zweimaligem Drücken öffnet ein alter Mann mit marmorierter Pupille und schaut den Besucher schrägäugig an. Es ist kein Zweifel, der Alte ist der Bene, der Gespiele unserer Ringelreihenzeit. Der weiße Augenfleck stammt von einer Amateuraufführung des »Wilhelm Tell« im Rückgebäudehof. Der Bene mußte sich damals an die Teppichstange hinstellen und sagen: »Schiaß nur hera, Vadda, do is da Apfe.« Worauf ihn der Pfeil vom Heppler Steffi ins Auge traf. Nun kommt er zögernd und in Fleckerlschuhen aus der Wohnungstür, ist verlegen – und nur langsam zieht mit Frage und Antwort das Schicksalspanorama der Jugendfreunde und alter Nachbarn vorüber.

Der Haslinger Walter vom Parterre, so erfahren wir, der schon als Bub nach Italien wollte, kam wirklich in das Land seiner Kindersehnsucht. Sogar etwas zu tief hinein. Nämlich auf den Heldenfriedhof bei Monte Cassino. Auch der Webersperger Franzl, der immer weinte, weil ihn die schwarzen, selbstgestrickten Strümpfe so bissen, braucht sich heute nicht mehr zu kratzen, weil er am Wolchow schläft. Im ersten Stock, beim Maurer Fuchs, der im Viertel das erste Schnauferl besaß, ist längst ein anderes Messingschild an der Tür. Gegenüber wohnte früher die lungenkranke Frau Schleich, die ihr Leben in einem Lehnstuhl auf dem grüngestrichenen Balkon aushustete. Eines Tages riefen wir ihr, wie alle Tage, vom Treppenhausfenster aus das »Grüaß Good« hinüber, und als sie keine Antwort gab, liefen wir alle erschrocken in unsere Wohnungen. Nachmittags kam dann der schwarze

Leichenwagen, an den sich der Mayer Gaggi mit seinen scheppernden Rollschuhen anhängte.

Im zweiten Stock wohnten die Niedermaiers, die eine extragestrichene Wohnungstür hatten und hochdeutsch sprachen. Der Sohn Bobbi besaß vor einem Vierteljahrhundert großes Ansehen, er konnte nämlich seine Nase in den Mund stecken. Die Niedermaiers, erzählt der Bene, sind später nach Guatemala ausgewandert. Jetzt so was!

Die kleine, zarte Steiner Meisi vom dritten Stock bekam als Pausenbrot stets ein mit Apfelschnitzerl belegtes Eierweckerl mit in die Schule. »Ja, de wohnt no da. De hod im Fuaßboitoto an Zwoifa ghabt, seitdem schpinnt s'.« Der Rudi Unverdorben ist Schutzmann geworden. Mit Hilfe der Bischl Mädi hatte er einmal seinen Kopf durch die Treppenfenstergitter im vierten Stock gezwängt und dann nicht mehr herausgebracht, so daß der Spengler Seibold die Eisenstange absägen mußte.

»Naa, die Eisenbichlerin is no ned dod, de werd hundert Johr oid.« Die Eisenbichlerin: Wenn wir als Kinder in der Wohnküche Sprungübungen vom Tisch herunter machten, klopfte sie mit dem Besenstiel von unten herauf, und ihr Mann, der »Laddierl«, mußte bei uns läuten und um Ruhe bitten. Er tat es mit einem stummen Augenzwinkern und deutete bei seinem Protestvortrag nach unten, wo seine Frau an der angelehnten Tür horchte.

Der Bene hört mit seiner Erzählung auf, weil jemand von der Küchentüre her zum Essen schreit. Über das Treppenhaus herunter kommt ein uraltes Weiberl mit Ringkämpferstiefeln. »Des is'«, sagt der Bene noch rasch und verschwindet. Wir grüßen die Frau. »Grüaß Good, Herr«, sagt sie. Sie kennt uns wohl gar nicht mehr.

Als wär's ein Stück von mir

Das Schulhaus des alten Mannes steht da wie immer. Nur dem lächerlichen Zwiebelturm hat der Krieg die Spitze abgebissen und dann irgendwo hingespuckt wie einen ranzigen Wurstzipfel. Vielleicht war er nach seiner Tat so erschrocken, weil man ihm vom Oberlehrer Zwick erzählte, der hier drei Jahrzehnte lang sein Tatzensteckerl genauso mechanisch und phantasielos bewegte wie ein Nußbaumregulator seinen Perpendikel.

Es ist wieder einmal letzter Schultag in dem schäbig gewordenen Schiefertafelbunker. Und der Greis kann durch ein Fenster im ersten Stock genau erkennen, wie ein bejahrter Einmaleinsbeamter im leer gewordenen Klassenzimmer die Stahlbrille abnimmt, die zwei wunde rote Punkte in seiner Nase hinterläßt, und die Gläser mit einem frisch gebügelten Taschentuch putzt. Und dann fährt er sich auch ein bisserl flüchtig und verlegen über die Augen. Wie jedes Jahr an diesem Tag.

Da rumpeln auch schon die entlassenen Buben aus der Eingangspforte, über der eine ausgehauene Obstgirlande aus Sandstein verbröselt. Ein wilder Typ stürmt der Horde voraus und zerreißt johlend das Zeugnis, das er gerade vorher bekommen hat. Der Wind treibt die Schnitzel mit den Zensurfünfern gelangweilt vor sich her. Denn der Wind kann nicht lesen.

Der stille Zaungast wartet noch ein wenig, bis das Rudel schließlich auseinandergegangen ist, wie die Finger einer gespreizten Hand. Dann beobachtet er einen blassen, mageren Buben, der sich abgesondert hat und ganz allein und wohl zum letzten Mal den Weg, den er nun neun heiße

Sommer und viele dunkle Wintertage gegangen ist, zurückwandert. Der Alte folgt ihm mechanisch. Und mit einem sonderbaren Gefühl muß er dabei denken: »Als wär's ein Stück von mir.« Zuerst versucht das träumend dahinschlenkernde Bürscherl, ob es mit Anlauf den untersten Ast der ehrwürdigen Blutbuche neben dem verwaisten Radlerweg noch immer im Sprunge erreichen kann. Er kann es. Dann balanciert er auf dem Randstein und ist dabei streng bedacht, daß er nach einem rätselhaften Vorstadtgesetz ja auf keine Verbindungsnaht tritt. Und der kindische Beobachter erwischt sich dabei, wie er das genauso nachmacht.

»Hallo, hallo«, aber was tut der minderjährige Traumtänzer jetzt? Beim Beamtenblock stößt er nämlich einen leisen Pfiff aus, genau vor demselben Parterrefenster, vor dem der spionierende Grauschimmel in der Zeit der Krokusse auch immer ein Signal gab. Und sofort erscheint das Gesicht eines wildlockigen Trotzköpfchens, stattliche vierzehn Jahre alt, haucht ein Busserl auf die Fingerspitzen und bläst es mit rotem Ringelmund zum schmächtigen Herzbuben hinab.

Nachher sitzt doch da auf einmal der gefürchtete Wadlbeißer vom Lumpengroßhändler Eisig tatsächlich am Wegrand hinter den sieben Bergen. Er ist so steinalt und verlassen, als hätte er die Arche Noah verpaßt. Und jetzt leckt er dem leise lockenden Jungspinner auch noch die Hand. Nicht zu fassen! Und den seltsamen Namen des Köters weiß der milchgesichtige Tierfreund auch. Der ruppige Wurstzipfelwolf hieß nämlich wirklich »Herr Sedlmeyer«, wie der gespenstische Einzelgänger zu ihm sagt. Der alte Mann glaubt direkt an eine Halluzination.

Schließlich hält der Jüngling vor dem Hause Mondstraße Nr. 7. Und er nimmt einen unmodernen Schlüssel, der an einer langen dicken Kette hängt, aus dem Hosensack und sperrt damit die vernarbte Eichenholzpforte auf. Es ist die Tür zum Hause der Kindheit des Greises. Dann dreht sich der entlassene Volksschüler plötzlich um, schaut seinen ver-

störten Verfolger lange mit verschwommenen Taschenspiegelaugen an und schüttelt den Kopf mit einem matten Nimmermehrlächeln. Und eine Tür fällt ins Schloß.
Der betagte Wanderer aber fragt seine alt gewordene Schusserbraut, die Siegel-Mausi, die wie immer im Hochparterre aus dem Fenster heraushängt: »Sag amoi, wia hoaßt denn des junge Bürscherl, des grod in unsa Haus neiganga is?« Worauf die Mausi ein bisserl gspaßig erwidert: »Jetz schaug i scho fast zwoa Schtundn do raus, aba i hob überhaupt koan oanzign Menschen neigeh seng. I moan oiwei, mit dir is wos. Denn genauso hods nämlich beim König Ludwig aa ogfanga.«

Stationen im Nebel

Fast läuft sich die Phantasie eines alten Menschen Wasserblasen, wenn er den langen Weg seines kurzen Daseins im Geiste noch mal zurückgeht. Und manchmal tauchen die kleinen Stationen im Nebel der Erinnerung trotz aller Anstrengung nur mehr ganz schemenhaft auf.
Nun gibt es natürlich auch solche Leute, die ihr Leben abspulen wie eine Drachenschnur und die es so eilig haben, daß sie auf der Rolltreppe zur Endstation auch noch mithasten, weil es ihnen gar nicht schnell genug gehen kann. Am liebsten würden diese Zeitgenossen wohl auch noch ein kleines Bleistifthakerl hinter ihre eigene Todesanzeige machen und dazuschreiben: »Geschafft!«
Von solchen Figuren sagen die stillen Träumer wohl nicht ganz zu Unrecht: »Es ist nur schade, daß sie die sowieso so überlastete Kanalisation so lange beansprucht haben.« Denn sie wissen es doch schon seit den seligen Holzklapperltagen, daß sich ein erlebtes Dasein aus vielen winzigen oder großen Steinchen zusammensetzt, die dann das bunte Mosaik des Lebens ergeben. Und dazu gehören nicht nur ein paar Freunde, ein paar Gschpusi und ein paar Räusch, die man gehabt hat, sondern auch bekannte Leute, beschauliche Unwichtigkeiten, irgendein Baum, der abgesägt wurde, ein abgerissener Stiefelabsatz vom Schlittschuhfahren, eine böse Hausmeisterin, ein gefundenes Zehnerl, ein schummriges Gartenhäuserl oder die saftige Watschn vom Lokführer der Lokalbahn, die man gerade noch abducken konnte.
Für den eingefleischten Münchner zählte dazu zum Beispiel auch die betagte Kracherlbude: das Guadl-Standl. Meistens lehnte es an einem Bahndamm wie ein vergessener Reise-

koffer. Und auf dem grünen Giebel thronte die völlig größenwahnsinnige Schrift »Trinkhalle«. Während rechts unten am Schubfenster etwa »Theodolinde Abendrot« mit weißer Ölfarbenbatzlschrift hingezittert war. Vor unendlich langer Zeit hatte die Theodolinde von irgendeinem vergilbten Bahninspektor nach drei Eingaben »auf stetigen Widerruf« dieses Platzerl erhalten. Das winzige Schilderhaus am Schienenstrang war höchstens so groß, daß gerade noch die Hoffnung auf einen mäßigen Geschäftsgang neben der Witwe Abendrot Platz hatte.

Hinter dem Standl blühte diensteifrig ein Hollerstrauch und bereitete sich langsam auf die drei Einmachgläser der ehrsamen Bärendreckmatrone vor. Auf einem zweifüßigen Bankerl, rechts an der Sonnenwand, hatte die Standlfrau immer ihr ff-Milcheis angerührt. Mit zehn Eiern drin und den langen Vanillestangerln, die in Glasröhrchen aus Indien kamen. Folgende Raritäten warteten in polierten Kugelgläsern auf die gierigen Gaumen der Vorstadtschratzerln: Zwiefeguadl, drei Stück zu einem Pfennig. Überraschungen, kleine Tütchen mit ein paar leicht beschädigten Waffeln drin und einem Ringlein mit einem dunkelblauen Stein. Oder ein Blechfrosch, an den man unten ein Teerbatzl hinpappte, und dann sprang der Grünrock nach ein paar Minuten in die Höhe. Ferner gab's die herzblutroten Himbeerguadl, Gummimandl, Minzenkugeln, Liebesperlen und die strapazierfähigen Milchkaramellen. Auch Milliardenrollen wurden gerne gekauft. Runde Kekse waren da drin. Aber natürlich nicht eine ganze Milliarde. Genau zweiundzwanzig Platzerl waren es halt.

Im Winter erwärmte die Theodolinde Abendrot ihre Kundschaft mit einem heißen Punsch. Garantiert hausgemacht. Na ja, ein bißchen Essenz war schon auch dabei. Er wurde in dicken stumpfen Kelchgläsern serviert, wo man sich nie den Mund verbrennen konnte. Auch froschgrünes und märchenrotes Kracherl gab's am Bahndamm. Mit Glasschusserkugeln im Flaschenhals. Und dann natürlich Schaumrollen, Kokosschoko, Kandiszucker und Waffelbruch. Ferner Zigarren und Zigaretten aus Schokolade. Die hatte schon der Fahrradhändler Kapitzky vorne am Eck vor dreißig Jahren jeden Sonntag bei ihr gekauft. Später rauchte er dann vierzig Filter am Tag.

Das Guadl-Standl war immer ein »Treff« von jungen Bürscherln, die noch nicht in die Wirtschaft gehen konnten und sich auch sonst immer selber im Weg standen. Sie waren alle per du mit der Abendrotin und sagten zu der guten Haut, indem sie ihre Köpfe durch die Schubscheibe steckten: »Geh, Abendrotin, oide Squaw, schreib no a poor Schtangerl auf, bis wieda Maria Empfängnis ist am Freitag.«

Und wenn am Abend der Nord-Süd-Expreß nach Rom vorbeidonnerte, daß die Lakritzenstangerl in den Gläsern leise erzitterten, halfen ihr die Bürscherl, am Standl mit den schweren Eisenschienen die Läden diebessicher zu verschließen. Und beim Heimgehen wackelte sie wohl auch ein wenig mit dem Kopf und sinnierte vielleicht, wie doch so ein Eisenbahnzug immer pünktlich und genau nach dem Fahrplan lief. Dann murmelte sie womöglich auch noch vor sich hin: »Sein eigana Fahrplan soid ma hoid aa kenna. Aber wann s' do amoi zum Abfahrn pfeifa, des woaß hoid neamand.«

Die etwas gehobenere Tante vom Guadl-Standl war in den schmalen Vorstadtstraßen das Kramerladl. In der Auslage des »Kolonialwarenladens« lagen Holzglupperl, Haferflokkenpackerl, Fliegenfänger, Suppenwürfel, fünf Flaschen »Adriaglut« und sehr süßer »Zwölfapostelwein.«

Drinnen roch es nach Rollmöpsen, Bündelholz und Sauerkraut. Dieses befand sich in einem hohen Faßl mit einem hölzernen Deckel, den ein riesiger Pflasterstein beschwerte. Im Hintergrund dämmerte eine Petroleum-Pipeline mit Handbetrieb. Auch Besenstiele, Putzlumpen, Sodabrocken fürs Abspülwasser und ein paar Ringe schwarze Radlfahrerwurst, die ihren Namen wohl von der verblüffenden Geschmacksverwandtschaft mit Hochradreifen hatte, führte die Kramerin. Das lebende Wahrzeichen so eines Gemischtwarensilos war aber immer ein kleines Katzerl mit roturnränderten Augen, das mitten in der Auslage schlief, dann langsam dicker ward und im Spätherbst durch ein neues Miezerl aus eigener Werkstatt ersetzt wurde.

Damals, in den Zeiten, als viele Mütter einen Nikolaus auf ihre Brotkästen malten, damit die Kinder nicht an die Wecken gehen sollten, verkehrten auch viele Verbraucher und Lieferanten bargeldlos miteinander. In dieser Ära der stumpfen Not gab es ein kleines Heftchen, das überall nur »das blaue Bücherl« genannt wurde. Es war ein kleines kariertes Dokument der unverschuldeten Schande, das mit halbfetten Fingerabdrücken der Milchfrau und den Eselsohren der Kramerin reich verziert war. Drinnen waren die Schulden der Betreffenden selber, aus denen wiederum ihr Speiseplan hervorging, gewissenhaft aufgeschrieben. »Ein Viertelpfund Vierfruchtmarmelade«, »Zwei Liter Magermilch«, »Eine Erbswurst«, »Drei Packerl Sagosuppe« standen links am Rand, und rechts in der Zeile waren die Pfennigbeträge mit den alten königlichen Schriftzeichen für diese Opferstocktaler vermerkt.

Am Freitag wurde dann meistens die ganze Schuld getilgt, aber sofort ein neuer, vielfach sogar etwas größerer Kredit in Anspruch genommen. Weil sich die sorgenzerquälten Mütter aber halt arg genierten, mußten fast immer die Bambinos, die auch einen entsprechenden Wunschzettel mitbekommen hatten, zum Einkaufen gehen. Standen auf diesem Bestellwisch aber vielleicht einmal ein paar völlig überspannte Aufträge, wie etwa »Ein Achtel Bohnenkaffee« oder »Eine Tafel Milchschokolade«, so wurde das von der resoluten Gemischtwarenhändlerin in verständlicher Notwehr einfach mit den Worten gestrichen: »Ham ma net. Kriagn ma aa nia wieda rei.«

In einer Mischung aus Zynismus und Galgenhumor aber sagten manche Eltern auch zu ihren Sprößlingen, wenn sie sie auf ihren Canossagang schickten: »Bua, sogst zua Kramerin hoid wieda amoi, sie soid's aufschreibn, dann hod s' im Winter wenigstens wos zum Lesn.«

Auch die kleinen Efeugarterl, die vor den schäbigen Gast- und Tafernwirtschaften aufgebaut waren, gehörten jahrzehntelang zum Stadtbild. Die Gäste in diesen Brotzeithaltestellen waren meistens von der einfachsten Sorte. Ein gehetzter Handlungsreisender, ein schwer schnaufender Pensionist oder ein durstiger Zeitschriftenvertreter, der irgendwo einen winzigen Abschluß gemacht hatte. Sie bestellten eine Halbe bei der rasch herbeischaukelnden Wirtin. Und vielleicht einen Kas. Und die Frau Gasthof verkündete mit einem nicht ganz sauberen Lächeln: »Grad ham ma frisch ozapft!« Der Gast aber hörte gleich darauf das Schnalzen eines Flaschlverschlusses und dann das Seufzen einer mürben Eisschranktür und den leisen Dischkurs: »Da muaß doch no a Kas dagwen sei, hat den vielleicht der Michl scho wieda gessn?«

Manchmal verlief sich auch ein wildfremder gutangezogener Herr in die grüne Oase. Dann wurde das Wirtsehepaar meistens ein bisserl unruhig, und er sagte: »Der werd doch net von da Schteier sei oder vom Eichamt?« Am Sonntagvormittag rasteten schließlich auch ein paar Kirchgänger aus der Nachbarschaft auf den grünen Klappstühlen aus. Sie setzten sich bescheiden auf die äußerste Kante, als wollten sie wegen der geringen Zeche die Stühle nicht über Gebühr abnützen. Und gegen Mittag kamen auch die Buben und Mädel der nahen Mietshäuser mit ihren Klappdeckelkrügen zum Bierholen. Sie gingen gerne durch das Efeugarterl mitten hindurch und gossen mit dem Wasser, das sich noch vom Ausspülen her in ihren Henkeltöpfen befand, die durstigen Efeustöcke. Heute hat das immergrüne Wirtsgartl längst ausgedient, und es ist auch völlig unwirtschaftlich geworden. Denn jeder halbwegs normale Mensch kann sich doch an den Knöpfen abzählen, daß die sechs wackeligen Wirtshaustischerl vor einer Gaststätte auch nicht halb soviel einbringen, wie wenn auf demselben Platz sechs Parkuhren stehen.

Selbst dem lieben, guten Münchner Dienstmann hat längst die Stunde geschlagen. Der letzte saß immer noch vor einem großen Geschäft in der Münchner Prachtstraße und sah die Zeit an sich vorüberziehen. Er hatte sie schon vorübermarschieren sehen, als sie noch Knobelbecher anhatte und ihr eigenes Gepäck auf dem Rücken trug. In diesen grauen Tagen konnte der Alois oder Bartl, wie er vielleicht hieß, nichts verdienen. Und auch wenn die Menschen Pappschachteln in den Händen hatten und auf der Suche nach einer Bleibe waren, konnte er kaum auf ein paar Zehnerl hoffen. Deshalb war sein Auge auch hauptsächlich auf Koffer gerichtet, auf Reisesäcke, manchmal aber auch auf Blumen oder zarte Brieflein, die verschämte junge Leute bei sich trugen. Fand sich dann in seinem Hosensack gegen Abend eine Handvoll Grünspantaler, so ging der Alisi mit Gewißheit in die nahe »Schwemme«, zusammen mit ein paar Möbeltransporteuren, dem Schutzmann mit dem Säbel, der seinen Helm an dieser Stätte abnahm, um zu dokumentieren, daß er außer Dienst sei. Und an dem »Schamerl« vor dem vornehmen Geschäft, das einen kleinen Schlitz hatte, hing nachher das handgeschriebene Schild: »Hier bitte Wünsche einwerfen.«

Das Rucksackvolk der Pensionisten, der Heimgartler, der Ruheständler und der Ausgedienten traf sich an jenen Tagen nicht nur auf Versteigerungen und in den hinteren Bänken des Amtsgerichts, sondern auch droben beim Schweizerwirt in der Tegernseer Landstraße beim Hundemarkt. An Pfosten und Mauerringen waren sämtliche Kreuzungen, Abarten, Verirrungen und Zuchtergebnisse der kleinen Bellmaschinen befestigt. Da blinzelte mit rührenden Weine-

nicht-Augen ein erbswurstgelber Riesenschnauzer in die Sonne, dessen Frau Mutter wohl einmal auf dem Großen St. Bernhard zu Besuch gewesen war. Neben ihm ringelte sich unverdrossen der geschwungene Zuckerhörndlschweif eines original »Schtiang-Glander«-Rüden. Einem Chow-Chow hing treuherzig die lila Zunge heraus wie das Tintenlapperl aus einem Schulranzen. Und an der Wand hing eine leinerne grasgrüne Rückentüte, in der ein frischer Wurf unbekannter Wadlbeißer winselte.
Und überall lief die Handelschaft auf vollen Touren. Und die Phantasie der Händler kannte keine Grenzen. Sie offerierten mit kühler Stirne ein wanderndes Kehrichtbeserl als »Traunsteiner Hirtenhund« oder einen henkelschweifigen Bastard als »Holsteiner Marderfänger«.
Nach dem zweiten Krieg kamen auch viele Amerikaner in den Hundehof, und die Makler priesen die kleinen Welpen mit folgendem Singsang an: »Prima Guard für Auto car. Nix Wurm, nix Wisi-wisi in rooming. Hundertfeifzig Mark mit Stammpaper.« Und wenn so ein Arizona-Boy dann vielleicht für eine Stange Zigaretten den abenteuerlichen Seelenwärmer erworben hatte und der Händler noch einmal beschwörend hinter dem freudig in die Kaserne eilenden GI herrief: »Nix Wisi«, tropfte es unter dem Mantel des Sonny-Boys bereits ruhig und gleichmäßig auf den Heimweg.
Ganz in der Nähe vom Schweizerwirt am Auer Mühlbach oder am Feuerbachl war auch der Lucki daheim, jene Witzfigur, die zusammen mit seinem Spezl Kare wohl ein Jahrhundert lang in den Straßen der Au und Untergiesings auf jedem Neubau und bei jeder Lumperei dabei war.
Mit drei Jahren unterschied der Lucki bereits die drei »Kritischen« beim Watten, die vier Gspusi seiner großen Schwester und sämtliche Kriminaler seines Reviers namentlich. Mit vierzehn Jahren war er ein anerkanntes Früchterl, rasierte sich täglich, trug lange Koteletten und gelbe Shimmy-Schuhe. Später, als der Lucki auf dem Bau arbeitete, bog er

sein Mützenschild aufwärts, trug eine »Spreitzn« hinterm Ohrwaschl und befestigte vorne am Bünderl des kragenlosen Hemdes einen Bierflaschengummi. Die tätowierten Arme hielt er athletenhaft vom Körper weg. Und wenn am Freitag der Akkord ausbezahlt wurde, mietete sich der Lucki zwei Fiaker. In dem hinteren Wagen saß er selbst, auf dem Polster des vorderen aber lag in der Mitte des Sitzes einsam, fein und überspannt sein Kragenknopf.

Fast immer begegnete dieser Konvoi dann auch dem alten Tonnengaul. Er war der Proletarier unter den vierbeinigen Münchner Zille-Erscheinungen. Struppig und abgerissen wie ein heruntergekommener Hausierer mit schief gelaufenen Absätzen, schlurfte er über das Kopfsteinpflaster. Dort, wo ihn seit zwanzig Jahren das Kummet drückte, war sein Fell abgescheuert wie der Kragen eines uralten Wintermantels. Der Tonnengaul zog den hochrädrigen Harritsch-Wagen, der über hundert Jahre lang die Münchner Müllabfuhr besorgte. Trotz seiner Räudigkeit war er aber der Liebling der Gassenkinder. Und auch die größeren Leute und nicht nur die kleinen Spatzen sahen ihn gerne kommen und gehen. Die ersteren, weil er keine Auspuffgase hinterließ, dafür aber einen hochbegehrten Mist für die Blumenkistl auf dem Balkon, und die anderen, weil er ihnen ja stationsweise ihr warmes tägliches Brot schenkte.

Daß in München die Tierliebe aber schon immer größer war als die Liebe zu den »Zuagroastn« oder den »Andersgläubigen«, wie die Gäste von nördlich des Maines auch genannt wurden, bewiesen vor allem die zahlreichen Tierpräparatoren, die es damals noch gab. Sie nisteten mit ihren kleinen Werkstätten irgendwo unter den Giebeln der Häuser und unter einer Menagerie von ausgestopften Lieblingen oder auch einigen seltenen Beutetieren. Auf dem Boden der kleinen Werkstätte gruppierten sich Hunde und Katzen, sprungbereite Gemsen und auch Eichkatzl. An den Wänden hingen vielleicht ein paar stattliche Huchen, die es in den

Gewässern der grünen Isar noch reichlich gab, und vor allem auch Kanarienvögel, Stare oder Dohlen.
Immer wieder klopfte dann ein altes Muadderl oder ein tritschelnder Spitaler draußen an der Tür an. Kleine Päckchen aus Zeitungspapier und alte Margarineschachteln hielten diese Kunden in den leberfleckigen Händen. »Weil mia uns hoid so an eahm gwöhnt ham, möcht i gern fragn, wos des Ausstopfa kostn dad«, sagten diese Leute mit unsicher belegter Stimme. Und dann erklärten sie dem Präparator, wie der Hansi oder der Fiffi »oiwei gschaugt hod« und in welcher Stellung sie ihn am liebsten haben möchten. Rehpinscherl oder auch mollige Möpslein mit möglichst naturgetreuen Glasaugen, von denen Hunderte in den Schubladen des Meisters lagen, wurden auch gerne auf kleine Wagerl montiert mit vier Eisenradln. Die man in einsamen Stunden einfach ins Wohnzimmer vor das Kanapee zog.
Auch Karl Valentin war gern zu Gast bei den schrulligen Mumifizierern. Allerdings hatte er immer ganz seltene Wünsche, die ihm kaum jemand erfüllen konnte. Denn entweder wollte er ein ausgestopftes Käuzerl haben oder aber gleich gar einen der sagenhaften »Woipertinger«, die jedoch bisher noch nie von einem Bayern gefangen werden konnten.

Dösen in der Sonne

Eigentlich wollte sich der alte Mann auf der Bank einen Schnaps kaufen. Aber er hatte nur noch fünfzig Pfennig. Und dafür bekam er in dem kleinen verwahrlosten Laden höchstens einen Grappa. Trüb und tückisch mit einem Fettauge obendrauf. Den aber vertrug seine Leber gar nicht mehr. Denn die war vom billigen Fusel arg zerfressen. Fast wie jene vom Prometheus. Drum zog der alte Mann lieber seine Eisenbahnermütze über die Nase und döste ein bißchen in der Sonne. Und sein Kopf sank auf die magere Spitalerbrust. Und kurz vor dem Einschlafen sah er gerade noch einen kleinen Jungen, der einen Kreisel über das warme Pflaster trieb. Da begann der alte Mann von der Vergangenheit zu träumen. Es fielen ihm zwei, drei Ringelreihenverse ein:

Ich und du, Müllers Kuh,
Müllers Esel, der bist du.

Und:

Ri-ra-rutsch,
wir fahren mit der Kutsch.

Den dritten brachte er nicht mehr ganz zusammen. Weil er doch duselte und daher nicht ganz klar bei Verstand war.
Dann zog ein zweites Bild vorbei, das in seinem wachen Bewußtsein längst verblichen war: die Hochzeit der Fanny Niederleitner. Er war dazu als kleiner Statist angestellt worden. Blumenstreuend in dem viel zu großen schwarzen Anzug vom älteren Bruder. Doch irgendwas mußte dann nicht gestimmt haben bei dieser Vorstadtvermählung. Denn

sie hatten alle sehr lange gewartet in der kleinen Wohnküche Niederleitners, in der auch das Bett vom blinden Großvater stand. Und am eindringlichsten hatte die Fanny selber gewartet. Mit vorgewölbtem Brautkleid. Als es dann Nachmittag wurde, verteilte die brave Frau Niederleitner die schönen Hochzeitskrapfen an die Kinder. Und aß selber auch einen. Und sie weinte ein bißchen über ihre unbedeutenden Wangen dazu. Die billigen Feldblumen aus dem Körbchen des kleinen Vermählungsgehilfen fraß gegen Abend die Ziege des Heimgärtners Webersberger mit mäßigem Appetit.
Die Sonne traf jetzt den Träumenden an der linken Schläfe. Dort, wo eine der erschlafften Säufer-Venen einen Bogen machte wie der Fluß Regen auf der Landkarte. Und ein neues Panorama zog vor Väterchens sanfter Mattscheibe herauf: die Romanze mit der Lisbeth Maulschwer.
Es war an einem Tag im Jahre acht. Auf einer Bank im Park – erst in der Unglückszeit um Sechsundvierzig widerrechtlich verheizt – saß der damals noch sehr junge Mann mit einem steifen Kragen, der so hoch war, daß genau die Ohrläppchen auf seinem oberen Rand ausruhen konnten. Da kam des Weges Lisbethen. Seufzend ein wenig. Von linksseitig zugeknöpften Schuhen arg gequält. Und ließ sich in dem schmalen Spalt zwischen Stehkragen-Galan und einer schwer korsettierten Spitzenbluse nieder. Und auf sprang der Geck von der Bank, Platz anbietend dem ruhesüchtigen Jungfernkittel. Aber die Holde sagte gnädig süß: »Oh, bitte, bleiben Sie doch sitzen.« Und so blieb er dann in ihrer Nähe. An die vierzehn Monate lang. Ach, was waren das doch für Zeiten. An ihren frühbarocken Seiten. Das achtzehnkarätige Haar mit Zitterhänden kosend. Keinen Freund gab es mehr für ihn, keinen freien Tag und keinen Turnverein mit Leibesübungen. Lisbethchen war ihm einfach alles. Seine Kegelbahn, sein liebster Ausflugsort und sein ganzes Feierabendhobby waren tabu. Bis sie plötzlich

aus unerklärlichen Gründen wie eine Irre zu fressen begann. Und in ganz kurzer Zeit vierundvierzig Pfund zunahm. Und das noch dazu im Brautstand. Und ganz knapp vor der Verehelichung. Wie töricht. Denn eine bräutelnde Geliebte darf doch nie und nimmer so vespern wie ein Borkenkäfer. Und so gingen denn logischerweise Schön-Lisbeth und das Verlöbnis gleichermaßen schnell auseinander.

Das schlafende Kinn des alten Mannes hatte jetzt den roten Bierflaschengummi, den er als Sicherung des obersten Westenknopfes trug, fast erreicht. Schon neigte er sich pendelnd der Erde zu, der er ja auch bald angehören würde. Da drang ein winziges Seufzen an sein verbrauchtes Trommelfell. Im Dämmer der Erinnerung taumelte er hoch und hörte ein kicherndes Stimmchen sagen: »Aber bleiben Sie doch sitzen, lieber Herr.« Der alte Mann drehte sich entsetzt um. Ja, da saß sie doch. Nur die Goldhaare waren in der Inflation der Jahre erblindet. Und der Kopf sah aus wie ein welker Schlafzimmer-Apfel. Ach besten Dank. So einen Kopf hatte er ja selber.

Nein, die Lisbeth Maulschwer war dieses alte Weiblein natürlich nicht. Die war ja Anno fünfzig zu ihren Kindern ausgewandert. Nach Seattle in Amerika. Aber der alte Mann blieb trotzdem nicht mehr sitzen. Obwohl er jetzt gerade seine Leber wieder spürte. Sie konnte nicht mehr allzulange herhalten. Doch er wählte den Grappa.

Auf der langen Bank

Vielen Münchnern ist womöglich die lange Sand-Bank beim Kabelsteg das liebste Freizeitmöbel. Auch die traurige »Rasenbank« am Elterngrab wird von melancholischen Menschen und Volkslieder-Fans sicher sehr geliebt. Und sogar die Reuschel-Bank, in der man »immer so freundlich zu Ihnen ist« – besonders wenn jemand nur zum Geldwechseln kommt –, gehört laut Werbefunk zu dieser Kategorie. Weniger hingegen jener waagrechte Toboggan, auf welchem die Behörden gerne unangenehme Gesuche hin- und herschieben und der deshalb im Volksmund auch nur die »lange Bank« geheißen wird.

Nun, es gibt da aber auch noch eine viel sympathischere »Schteiß«-Rutschn, die schon seit vielen Jahren, besonders im Lenz, immer gerne gedrückt wird und auf der auch schon mancher brave Altbayer seine Probleme nach Art des »Großen Vorsitzenden im Hohen Haus« abgesessen hat.

Damit ist jenes steinerne Kanapee an der südlichen Münchner Residenzmauer gemeint, wo einst vor mehr als hundert Jahren viele geduldige Bäuerlein warteten, bis sie zur Audienz bei ihrem »Kini« vorgelassen wurden. Unter dem Janker einen »Zenterling«, schwarzen »Kaminkas«, wie das Geräucherte damals auch noch hieß, als Wegzehrung. Und im Ohr die Worte von ihrer Hauserin: »Sogst einfach zum Ludwig: Majestät, wir brauchadn unsern Buam für d' Ruam.« Wenn der biedere Untertan dann nach zwei Tagen drankam, konnte er fast gewiß sein, daß der weißblaue Landesvater den »Buam auf a Schtuckara drei Wocha« von seinem Dienst als Hartschier beurlaubte. Denn dieser »Ludwig« hatte nämlich nicht nur ein Ohr für die sündigen Seufzer seiner

»Unterlage« Lola Montez. Sondern auch für jenen Bauernseufzer, den ihm ein königstreuer Ökonom in einem Dialekt, der fast einer Halskrankheit glich, vortrug.
Der alte Tritschler nimmt also wieder einmal auf dem gut angewärmten »Donnerbalken« Platz, auf den die Sonnen-Mama jetzt schon am Vormittag mit ihrem gelben Kürbisgesicht herabschmunzelt. Und sie grinst so gutmütig und breit, daß den Großstadtbummler die Vorstellung befällt, wenn sie jetzt zum Beispiel ein Butterbrot essen täte, würden dabei gewiß die Ohrwascheln fett. Irgendwie erinnert sie auch noch an eine hocherfreute russische »Matka«. Die soeben erfahren hat, daß in der Hauptstadt gerade drei Waggon voll Eieruhren eingetroffen sind.
Zu beiden Seiten des im Sonnenlicht Ausruhenden saßen dabei früher die Schönen der Vormittage, um ihre »Mitgift« ein bißchen zur Schau zu stellen. Derzeit allerdings ist auf diesem Sektor nicht recht viel los. Denn seit es Mode geworden ist, daß man »vorne« wieder »Bügelbrett« trägt, schauen auch die Münchner Madln aus, als würden sie die Nacht immer als Lesezeichen zwischen den dicken Stadt-Adreßbüchern verbringen.
Links an der Ecke zur Weinstube drüben steht nun schon im dritten Jahr der »traurige Zinnsoldat«. Wie der Spaziergänger jenen Bettler getauft hat, der schmalbrüstig und grau dort seinen Jammerposten bezogen hat, als müßte er seine eigene Schande auch noch bewachen. Noch nie hat jemand gesehen, daß er sich vielleicht einmal auf die steinerne Bank, die doch ebenso auch für ihn da wäre, niederläßt. Aber womöglich beharrt er halt stur auf seiner Parole: »Ein deutscher Bettler sitzt nicht.« Oder höchstens in Stadelheim, möchte ein ironischer Mensch vielleicht da noch schüchtern hinzufügen.
Und vorn am Residenztheater schneidet ein Herr Kollege den Passanten freundlich grinsend den Weg ab. Jedesmal, wenn der greise Großstadt-Cowboy zu ihm dabei sagt: »Ich

habe leider kein Kleingeld dabei«, kriegt er von dem alten Klapperbein mit seinem einsamen braunen Nikotinzahn die fröhliche Erwiderung. »Macht nichts, ich kann ja auch wechseln.«

Wo es Mäuse regnet

Fast jedesmal, wenn der alte Mann um die ehrwürdige Frauenkirche herumstreicht wie jener Vaterunser-Wind, der dort auch zu Hause ist, entziffert er ein paar von den fünf Dutzend Grabplatten, die an den Grundmauern eingelassen wurden. Freilich, diese Gedenksteine sind schon seit Jahrhunderten ein willkommenes Menü für Regen, Schnee und Wind, denen ja Sandstein, Schiefer und Marmor schon immer gut schmeckten.

Diesmal hat der Alte einen kurfürstlichen Kammerherrn namens Wiguleis Dos entdeckt, der schon seit 1750 in Meißelschrift so verzagt und verwaschen um ein kleines Gebet bittet, daß der graumelierte Betrachter am liebsten hinzugeschrieben hätte: »Da Herr Dos, er moant ja blos.« Auch bei der tugendsamen Jungfrau Theresia Dingsda, die im selben Jahrhundert ihre gesamte Aussteuer im Stich lassen mußte, hätte ein Spötter vielleicht sagen können: »Von dem keuschen Reserl gibt's aa bloß mehr Breserl.« Ebenso würde für den Geheimen Rat Martin Spät trotz der Keilschrift-Nachricht, daß er nunmehr im Himmel sei, vielleicht die Abschlußzeile ganz gut passen: »Nix gwiß woaß ma net.«

Und dasselbe gilt wohl auch für den guten Onkel mit seinem Steckerleis-Nichterl, dem mit wichtigtuerischem Erwachsenendialekt erklärt wird, die Türme seien für Unsere Liebe Frau erbaut worden. Worauf die Kleine nämlich andächtig in die Wolken blinzelt und dann tief beeindruckt meint: »Sog, Onge, is denn de Himmemama so groß, daß' glei a soichane hohe Villa braucht?« Da sagt der nahe Verwandte sehr schlagfertig: »No vui größa, Luiserl.«

Und dann schmunzelt er zufrieden. Weil er so gescheit ist.

Vom Südufer der Fußgängerzone weht schon immer ein frisches Winderl auf den Domplatz hinüber. Er kommt aus der längst überflüssig gewordenen Unterführung, welche einst die Neuhauser Straße entlasten sollte. Damals hat sie ein Münchner Bürgermeister namens Hieber bauen lassen. Die Leute sagten, deshalb, weil dadurch die Kundschaft besser zu seinem Musikladen rübergehen konnte. »Gehts nua nüber zum Hieber.« An warmen Tagen sitzt jetzt manchmal ein Wermut-Nuggler neben den ausgestellten Flöten und Schalmeien. Er bläst auf einem gewöhnlichen Grashalm wunderschöne alte Volksweisen. Nachher will er jedesmal sein lächerliches Instrument verkaufen. Für zwanzig Pfennig. Wenn aber gar niemand anbeißt, verspeist er den Halm grinsend selber.

»Oiso der neumodische Brunna schaut direkt aus, wia wenn a Meteor auf dem Kirchenvorplatz eigschlogn hätt. Und nässeln duad a wia a vaschteggta Wasserrohrbruch«, meinen manche Kritiker, die sich aber trotzdem auf einem der sechzig verstreuten Granitblöcke niederlassen. Da kommt ein gestiefeltes Kätzchen daher, schmale Augen, freche Brust und mit dem Gang einer goldenen Rolex. Plötzlich ein grellgelber Trompetenschrei. Denn eine Maus fiel vom Himmel. Die alte Frau, die öfter Taubenfutter streut, kommentiert diesen seltsamen »Niederschlag«: »Do is oane davon am Falkenweibal, die do drom unterm Zifferblatt bruatn, hoit wieda ausm Schnabl gfoin. De Mandal hoin s' nämlich von de Garchinger Wiesn und liefern s' mit fliegendem Schtart bei ihre Partnerinna ab, die wo scho von weit immer 's Mai auf- und zuamacha. A Schtuggara zwoahundert wern's in jedem Sommer scho wern, de wo's do herunterregnet.«

Da reißen die zwei jungen Menschen, die mit einem halben Meter Abstand ein seltsames Ping-Pong-Spiel betreiben, ihre Goscherl schon wesentlich weiter auf. Aus einer Tüte mit Frühjahrs-Kirschen nimmt sich nämlich abwechselnd »Joringel« und »Jorinde« jedesmal einen der roten Schusser und zielt dann mit dem Kern in den Mund des Partners. Doch nur ganz selten »sitzt« so ein Liebes-Elfmeter. »Vier zu vier« lautet schließlich das Ergebnis, und dann ist die Tüte leer. Aber ein schmunzelnder alter Hagestolz hat schon eine neue gekauft. Und legt sie kichernd dem freudigen Mädchen in den Bluejeans-Schoß.

Und da hat halt schon wieder einer unvorschriftsmäßig geparkt. Ein Spanier ist es wohl der Nummer nach. Gerade führen die zwei Polizisten ein Abschleppgespräch, da kommt der Señor daher. Tadellos gekleidet, aber barfuß. Er wollte doch auch bloß seine Zehen im Brunnenwasser etwas kühlen, wie er es von den schönen Münchner Madeln gesehen hat. »Die Papiere bitte?« – »Du, do schau her, des is ja a Adeliger.« – »Don«, entziffert der eine aus dem Dokument. »Ja, wenn des a Don is, nacha müaßt man natürlich laffa lassn«, entscheidet der Herr Kollege lachend. »Mia könna doch so an berühmtn Fluß net aufhoitn.« Dann zeigen sie alle drei fröhlich ihre Oberkiefer.

Und da ist auch noch etwas abseits ein ganz besonderer Stein. Ein Briefkasten für Liebesleute. Darauf schreiben sie alle möglichen Nachrichten. Eine ganz frische davon kann recht leicht entziffert werden. Sie lautet: »Mädchen, bitte melden, bin 36 und ganz allein.« Darunter aber hat wohl ein chronischer Weiberfeind drei Worte geschrieben. Nämlich: »Sei doch froh.«

Gerechtigkeit am seidenen Faden

Manche Leute mögen wohl dem alten Großstadtwanderer kopfschüttelnd nachgeschaut haben, und das mit Recht. Denn er hat so sanft idiotisch vor sich hin gelächelt wie ein alter Narr, der eine steinharte Semmel gefunden hat. Der betagte »Spinner« war nämlich wieder einmal auf dem Weg in jenes Theater, wo die Gerechtigkeit an einem seidenen Faden hängt, in den kindlichen Komödien-Stadel an der Blumenstraße.

Und dabei fiel ihm seine erste Begegnung mit dem unsterblichen Haderlumpen Larifari wieder ein, den ihm sein Vater selig aus einem abgebrochenen Kastenbein selber herausgearbeitet und die Frau Mutter, ebenfalls schon längere Zeit selig, mit den Resten aus dem Nähkastl in einen fleckerlbunten Erz-Bazi verwandelt hatte. Auch ein grimmiger Schutzmann Wamperl mit einem Zahnstochersäbel gesellte sich dann zu dem stummen Fichtenholz-Ensemble, ferner ein Krokodil, das alles fraß, Schuhlöffel, Kohlenschaufeln, Schneebesen und Kartoffelstampfer, und sogar der leibhaftige Boandlkramer, der so hohläugig und fischgrätenbrüstig war wie eine abgefieselte Makrele am Aschermittwoch abends.

Manch berühmter Gelehrter und König, aber auch Komiker besaß einst so eine Handpuppen- oder Marionettensammlung. Oder wenigstens einen heißgeliebten »Seids-ihr-alleda?«-Wurstl. Und als der Karl Valentin draußen in seinem kleinen Planegger Häusl im Schatten des alten Hollerbusches verdämmerte, lehnte auf dem Stuhl neben seinem Bett wie immer ein zerschundener Kamerad. Vom Papa vor sechzig Jahren geschnitzt, vom Familien-Schnauzl hundert-

mal apportiert, aber immer wieder von besorgter Kinderhand zurechtgestreichelt. Sein erster Kasperl.
Wenig später stand der alte Herr auch schon vor dem »Schauspielhaus des kleinen Mannes«, und er lehnte in Gedanken noch einmal sein entsetzlich schepperndes Radlrutsch an den krummen Hagebutten-Strauch, während sein Spezl, der Kneißl Willy, eine rostige Radfelge, das unverwüstliche Moped des frühen Barfußläufers, sorgfältig daneben parkte.
Freilich, heute werden die Prinzessin Milchzahn und »Seine Wichtigkeit«, der Lord Beukelar, häufig mit der geschwollenen Gasolin-Kutsche vom betriebseigenen Chauffeur angefahren. Allerdings gibt es auch noch genügend »Rehlein«, »Schwaiberl« und »Zwackerl«, die an dem heißgedrückten Daumen des braven Onkels vorgeführt werden. Auch ein paar frühvollendete Texas-Spargel, mit einwärts gedrehten dünnen Debrecziner-Wadln und einem vergoldeten Kapsel-Revolver an der minderjährigen Hüfte, legen einsam mürrisch und im Zehenstand ihre handwarmen Silberlinge auf den Kassenteller hin. Und ebenso kindisch und ebenfalls allein trippeln vereinzelte Feierabend-Gestalten mit zufriedenen Wackelköpfen daher, um noch einmal den »Kleinen Muck«, die unsterbliche Schicksalsballade von »Hänsel und Gretel« oder die Premiere des »Zwerg Nase« aufzuwärmen. Drinnen im dämmrigen Raum sitzen bereits die leicht transpirierenden Tanten und Omas neben ihren Bi-ba-butzi-Männern, die in fiebriger Erwartung an ihren Daumen lutschen.
Und dann geht endlich der Vorhang auf über dem bitterbösen Wolf und den sieben jungen Geißlein. Aber als dann der haarige Kitzerlfresser mit seiner mehligen Vorderpfote an die Türe klopft, wimmert es auch schon aus dem Parkett verzweifelt: »Na, ned aufmacha, bittschööönnet!« Während fünf bis sechs mäßig gesäuberte Bubenfäuste drohend in den frisch geweißelten Theaterhimmel emporwachsen, wobei

ein beherzter Wasserscheitel-Besitzer sogar energisch fordert: »Hoits doch an Schutzmann!«
Doch plötzlich wechselt die Handlung zum Schneewittchen hinüber, und der Förster steht im Hintergrund mit tödlich gezücktem Dolche und murmelt voller Mitleid: »Dein junges Herz muß ich der bösen Königin bringen.« Da wispert ein verschämtes Vorstadtkind dem Grünrock noch leise zu: »... und die Leber.«
Endlich aber greift auch der unverwüstliche Zipfelhauben-Held ins Märchengeschehen ein. Sofort schreit ein unverbildeter Nachwuchs-Rocker: »Hau zua, Kaschperl!« Es ist ja noch gar niemand da, der die Prügel in Empfang nehmen könnte. Dann geht ein Aufatmen durch die Reihen, mit dessen befreiendem Überdruck man mindestens die Jahresproduktion einer Autoreifen-Fabrik aufblasen könnte. Denn jetzt folgt die gerechte Strafe. Und dem vierbeinigen Unhold wird der Bauch mit all jenen Steinen gefüllt, die dem erhitzten Gnomen-Volke von den zockelnden Kinderherzen fallen. »Ro-ruck!« schreien alle Buben, und einer zieht so gewaltig mit seiner geschwungenen Rechten aus, daß er den Opa wuchtig an der Nase trifft, die sofort zu nässeln beginnt. »Da macht er einen Plumps«, jubeln wiederum alle die Schneeweißchen und Rosenrot nach dem Hoppe-Reiter-Verschen, als der Isegrim bis zur nächsten Aufführung in den gierig geöffneten Brunnenschacht gestoßen wird.
In der zweiten Reihe aber versenkt der wurstbeinige Texas-Rächer, kühl und abweisend blickend, seinen sechsschüssigen Ballermann aus Polyester wieder in den tief hängenden Halfter.

Die verteufelte Drillingsbuche

Es ist schon wieder ein paar Sommer her, da saß der alte Pfadfinder auf seinem Lieblingsplatz beim Flaucher droben, wo die drei Buchen stehen, und warf kleine Steinchen ins Wasser, als sich neben ihm ein uralter, einarmiger Invalide niederließ. Der grauköpfige Lederstrumpf erkannte ihn sofort wieder. Es war der gefürchtete »Stauden-Jäger« seiner Kindheit, der Vinzenz Dix, auch der »Oadatzlde« genannt. Und von den vielen bösen Gassenkindern, die er jedesmal mit seinem grauen Schnauzl jagte, wenn sie ein Feuerl machten, Weidengerten abschnitten oder gar Fischerl fingen, wurde er auch noch mit einem schlimmen Spottvers bedacht, der hieß:

Der oide Dix
kriagt so vui Geld
und arbat nix.

Deshalb wollte sich der etwas schuldbewußte Naturapostel auch gleich wieder erheben, aber der alte Mann sagte mit matter Bröserl-Stimme: »Kenn di scho. Bist da Sigi von Hausnummer dreiavierzig. Warst a ganz a Wuida. Heit duast so Gschichtln schreim in da Zeitung. Gell, kannt dir aa oans vazähln.« Und als der »ganz Wuide« verlegen schwieg, begann der Stoppelbart mit jener Stimme zu erzählen, welche die Münchner ein Sonntagsbayrisch nennen und die sie sonst nur beim Herrn Doktor, beim Vormundschaftsgericht oder im Beichtstuhl benutzen.

»Also, de drei Buchen da, de wirst ja selba kenna. Aber net so gut wie a alter Fluraufseher. Weil wir nämlich mit de Baam reden wia mit unsereiner. Indem die alle auch ein Innen-

leben haben, einen Charakter und eine Seele, was man allgemein das Baummark oder den Kern nenna duad.« Hier mußte der Zuhörer lächelnd daran denken, daß er selber ja auch, wenn er im Wald beim Schwammerlsuchen oder Luftschnappen war, jedesmal beim Abschied den untersten Ast des letzten Baumes schüttelte und ziemlich lächerlich nuschelte: »Dankschön, liaber Baam, sag's de andern aa!«
Der Vinze aber fuhr fort: »Oiso, die linke Buche, des war unser Ringelreihenbaum. Des war immer schon der bravste von alle drei. Schau, den untern dicken Ast hat er sich extra wachsen lassen, damit die Kinder eine Schaukel hinhängen können. Und im Herbst hat er freiwillig mindestens tausend Bucheckerl heruntergeschmissen, ohne daß man ihn hat schütteln brauchen. Und der in der Mittn war unser Marterpfahl. Aber sonst ein seelenguter Bursch. Später, wie wir schee langsam a bisserl d' Madl tratzt ham, war er unser guter Schutzpatron, wenn's grengt hod und wenn wir alle untergschtandn san. Und im Herbst hod er ganze Berge Blattl abgworfa, und da haben wir uns dann heimliche Nesterl gmacht, und i aa mit der Ratlos Emmi, mit der i gschobn bin, weil ich doch do no alle zwoa Arme ghabt hob. Freilich ham wir ihn auch hübsch plagt, den großen Bruder. Weil wir viele Herzen hineingeschnitten haben und ich auch eins für die Emmi. Wenns d' ganz oben naufschaugst, dann kannst as no kenna, aber heute schaut es halt aus wie ein Bierradl. Aber jetz der dritte Baam. Den ›Judas‹ ham wir ihn ghoaßn, weil er doch als erster fuchsrote Blattl kriagt hat, der rote Lump. Und du woaßt ja aa, daß' Leit gibt, die ziehen alles Unglück und sogar an Blitz an. Des heißt, die ham an Deife im Leib, wie die geizige Himslin, die wo jetz schon den sechstn Mann unter d' Erdn brocht hod, und oiwei beißt wieder einer o, bloß wega ihrem Scheißgeld. Schau dir einmal den Baam genau o und die schräge Narbe in seinem Stamm, die gerade so ausschaut, ois dad er über alles recht dreckig lacha. Was meine Kollegen von der Stadtgärtnerei gewesen sind, die

haben auch alle gewußt, daß a Fluch auf dem Baam drauf is, indem no nie ein oanziger Vogl drauf gsunga hod. Ja, die haben sogar nicht einmal ihre Radl an ihm ogloant, sonst waarn s' beschtimmt glei danach in an Nagl neigfahrn.«
An dieser Stelle kicherte der Dix lange und leise vor sich hin, und dann ließ er sein linkes Augenlid herabfallen wie eine Henne, die Schlaf hat. Doch gleich nachher fuhr er mit einer giftigen Stimme fort:
»Und dann is des passiert mit dem Helfgott Biwi vom Königseck vorn. Der hat doch zwölf Panzer abgeschossen im Krieg und is dann vierundvierzig verwundet in der Lazarettstraße rumgehumpelt. Und dann hat er amoi gsogt, die Briefmarken mit dem Hitlerkopf dan deshalb so schlecht kleben, weil sie die Leit immer vorn anschpucken schtatt hinten. Dann hod 'n oana ozoagt, und da Biwi is davon, weil ihn die Gestapo gesucht hat. Daheim im Königseck warn s' aa, aber da haben sie ihn net gfunden. Gfunden ham ihn jedoch ein paar Schpaziergänger. Weil sich der Biwi nämlich auf dem ›Judas‹ aufghängt hat mit allen Orden auf der Brust. Und der Wind hat ihn langsam hin und her geschaukelt.«
Bis zu dieser Stelle hatte der Vinzenz immer langsamer gesprochen, noch ein paarmal mit dem Augenlid gezuckt, und dann war er eingeschlafen. Und sein Zuhörer ging an dem verrufenen Baum vorbei und spuckte, ohne daß er es eigentlich wollte, auch noch aus.
Nun, warum dem alten Lederstrumpf aber jetzt gerade die Geschichte von den drei Buchen wieder eingefallen ist? Weil er nämlich vor acht Tagen wieder einmal draußen war. Und da hat er ihn dann liegen gesehen. Nein, nicht den alten Dix natürlich. Der raucht ja die Herbstzeitlose schon lange von unten. Den ›Judas‹ hatte es getroffen. Ein Blitzstrahl war es. Und er hatte den Baum bis zur Wurzel zersplittert und gespalten. Und man sah deutlich, daß die ganze Buche von innen her verfault war.

Und seltsam. Die alten armen Weibsleute, die es droben am Flaucher auch heute noch gibt und die sonst jedes Spreißerl Holz in ihre Henkeltaschen verstauen, machen um die Überreste des Ischariot-Baumes alle einen großen weiten Bogen.

Zweites Kapitel

Ich seh mich noch spielen als kleines Kind

Es war einmal

Das ältere Fräulein, das unter uns wohnte, hörte auf den seltsamen Namen Melusine Scherbenübel. Und manchmal sang sie an bleichen Wintervormittagen ein Lied, das ein schmaler Mann, der einen Kaisermantel trug, mit einem wehmütigen Geigenspiel begleitete. Der seltsame Solist, so erzählten sich die Leute im Haus, hieß Fürchtegott und war der Bräutigam von Melusine.

Wir Kinder meinten, das müsse etwas Schreckliches sein, weil wir das Paar einmal im Dämmerlicht des Treppenhauses dabei ertappten, wie es sich ganz nahe, Nase an Nase, mit glasigen Pupillen in die Augen starrte. Die Freundin von meiner Schwester Wilhelmine, Engelberta Schups, die schon über neun Jahre alt war, sagte hingegen, das sei die Liebe.

Was die beiden Musikanten zum besten gaben, wollte ich doch erzählen. Das traurige Liedchen hieß:

Es gibt im Volkesmunde
wohl Märchen ohne Zahl.
Ein jedes in der Runde
beginnt: Es war einmal.

Ich kann es heute noch bis zum Ende. An dieses Poem mußte ich mich nämlich vor einigen Tagen erinnern, als ich in der Zeitung las, daß von einer Schulklasse mit vierzig Kindern heute nur noch fünf Märchen erzählt bekämen. Denn in meiner Zeit, in dem alten Vorstadthaus, das fast mitten auf einer riesigen Wiese stand, die bestimmt bis Arizona reichte oder noch weiter, wurden fast jeden Abend in einer der kinderreichen Wohnungen schaurig-schöne

Gruselgeschichten erzählt. Und am besten konnte das meine Großmutter, die fast blind war, etwa zweihundert Jahre alt, aber noch ganz schwarzhaarig.

Wenn draußen über der Prärie unserer Kindheit die graue Nebelfrau schlich, die sich doch hauptsächlich von den Herzen verlaufener Kinder ernährte, die sie zusammen mit sieben Löwenzahnstengeln roh verspeiste, wie man uns erzählte, damit wir rechtzeitig heimgingen, dann schoben die Minna und ich den alten schiefen Lehnstuhl unter den gelben Glühstrumpf der Gaslaterne. Drei bis zwölf Kinder aus der Nachbarschaft waren auch schon da. Auch einen Fußschemel stellten wir unserer Oma, um die uns die ganze Zinsburg beneidete, unter die Kamelhaarhausschuhe, und dann bettelten wir so lange, bis die gute alte Haut wieder einmal das graue, zerlesene Buch hervorholte, in dem es von Gespenstern, Kobolden und verzauberten Prinzessinnen nur so wimmelte.

Mäuschenstill saßen wir um sie herum, und schwupp – den Daumen in den Mund.

Obwohl unsere Ahne natürlich jedes Märchen längst auswendig konnte und ja fast gar nichts mehr sah, blätterte sie gewissenhaft jede Seite um. Gespenstisch tropfte vorn am Ausguß der Wasserhahn. Der Perpendikel des Nußbaumregulators schwang gleichmäßig ins Jenseits und wieder zurück, und der winzige Magen vom Kummer Karli knurrte mit der Stimme eines ganz jungen Hundes. Dann huschten sie auch schon durch das Zimmer. Saß da nicht unter dem wackligen Kanapee Zwerg Nase und kicherte zu uns herüber? Und aus dem Unterteil des graugestrichenen Küchenkastens schaute doch der Kleine Muck heraus. Was aber in der Kohlenkiste unter dem Ofen rumorte, das war gewiß das arme Aschenputtel, das nicht auf den Ball gehen durfte, ehe nicht alle Erbsen ausgelesen waren. Und leise, mit wundgezählten Lippen, wisperte es den wohlbekannten Trostspruch:

Die guten ins Töpfchen,
die schlechten ins Kröpfchen.

Und auch wir flüsterten bang zu der monotonen Stimme der alten Frau im Lehnstuhl: »O du Fallada, da du hangest.«
Die Zwillinge Silberstreit brachten sich fast nie einen Schemel mit, weil sie doch elf Kinder waren, und sie mußten deshalb meistens stehen in dieser Märchenstunde. Mit knöchelweißen Fingerchen, angeklammert an die Nickelstange des nahen Küchenherdes, hörten sie zu. Ihre mageren Beinchen aber in den schwarzen Wollstrümpfen waren vor Angst und Spannung so spiral umeinander gewunden wie die Lakritzenstangen von der dicken Kioskfrau Mali Hild. Und wenn die Großmutter mit uralter Stimme das Schicksal von Jorinde und Joringel berichtete: »Mein Vöglein, mit dem Ringlein rot, singt leide, leide, leide.« Und gar den Rätselspruch der kichernden Hexe: »Grüß dich, Zachiel.« Da war bei den kleinen doppelten Lottchen meistens schon alles zu spät, wenn sie gefragt wurden: »Was ist, Kinder, müßt ihr vielleicht raus?« Denn dann sagten sie noch ganz leise: »Nein, Oma, jetzt nicht mehr.«
Unsere Großmutter beendete ihre Geschichten immer mit einem hochmoralischen Hinweis, indem sie an jedes Märchen hinzufügte: »Und so geht es allen Kindern, die der Mama die Milch nicht holen.« Oder: »Verzaubert kann nur der werden, der seine Dotschen nicht ißt.« Das waren nämlich die verhaßten Feldrüben, die es in dieser Zeit dreimal täglich gab. Denn die Tage meiner Kindheit waren nicht nur schön, sondern auch reichlich arm.
Ja – und dann kletterten die Wilhelmine und ich in die große, braune Traumtruhe, die im kalten Wohnzimmer stand. Und wir krochen gemeinsam unter die schwere riesige Zudecke. Und das eine Mal machte meine Schwester die Lokomotive, und ich kuschelte mich an ihr flanellweiches Nachthemdchen als Anhänger. Und das andere Mal war ich wieder das

Feuerroß, das in das dunkle geheimnisvolle Tal der Träume fuhr.
Der vordere Beobachter aber hatte die Aufgabe, durch eine winzige Öffnung im Plumeau starr nach der Türklinke zu schauen, ob sie sich nicht vielleicht langsam und knarzend senkte und das tapfere Schneiderlein oder der König Drosselbart ins Zimmer kam. Und sie taten das auch wirklich sehr oft in unserer Schlummerphantasie und standen lange an unserem Bett. Nur sahen weder ich noch die Wilhelmine jemals die magisch angestarrte Türklinke leise heruntergehen. Denn da waren wir ja schon längst eingeschlafen.

Auf der grünen Wiese

Sie hieß Postwiese oder Schäferwiese oder der Baronanger. Bei den Eltern und Kindern der angrenzenden Wohnmaschine jedoch hieß sie einfach »d' Wiesn«. Glücklich jene zinspflichtigen Hintersassen, die noch so ein kleines Freizeitparadies in ihrer Nähe wußten. Denn was dem wilden Cowboy die vielbesungene Prärie bedeutete, war für den jungen Randsteinläufer und den Mastdackel Bürschi der schäbige Rasenteppich irgendwo zwischen den Mietskasernen.
Auf der einen Seite wurde die Wiesn meistens von einem Geländer begrenzt, auf dem hoffnungsvolle Seiltänzer ihre ersten Schritte ins Zirkusleben machten und sommersprossige Trapezfannerl gekonnte Bauchaufschwünge übten, wobei ihnen die Bimbamzöpfe in die aufkeimenden Brennnesseln hingen. Auf der anderen Seite der Parzelle fuhr gewöhnlich die Straßenbahn vorüber. Hinten war die Miniaturpampa von einem Lagerplatz eingezäunt, und linksseitig befand sich die Heimgartenkolonie. Dort suchten im jungen Frühling brave Mamakinder auch ein paar verschüchterte Anemonen oder hängeköpfige Veilchen, die sie dann fleißig pflückten und in feuchtwarmen Händen der guten Mutter unter die freudig errötende Nase stießen. Grüne Glasscherben, zerfressene Konservendosen und die Erinnerungsspuren vieler »Brav-brav«-Hündchen gab es in diesem Winkel aber auch. Sowie den gut gedüngten, kerngesunden jungen Löwenzahn, den der alte Herr Eisenreich eigenhändig sammelte und als köstliches, ungemein eisenhaltiges Gemüse seinen betagten Innereien zuführte. Daher wohl auch sein schöner Name.

Die Mitte der Oase war stark abgetreten, denn dort hauste das ballwütige Volk der Kicker. Alle Sorten von gängigen »Nudeln« wurden hier seit Generationen getreten, gegabelt, geschlenzt oder mit einem wuchtigen Bauernspitz auf Touren gebracht. Die dunkle Erde war hier weitaus am saftigsten, denn sie wurde ja auch laufend mit chemisch reinem Bubenschweiß gedüngt.

Manchmal allerdings wurde ein ungemein wichtiges Trainingsspiel oder Match durch eine wandernde Schafherde unterbrochen, obwohl die wolligen Partisanen doch schnell erkennen mußten, daß auf einem solchen Fußballplatz gewöhnlich nicht mehr Gras wächst als Haare auf einem Nußbaumnachtkastl. Früher, als die Kapuzinerkistl noch große Mode auf den nahen Balkonen der Nachbarschaft waren, sah man auch einzelne Buben, schamrot vor Verlegenheit, mit Schäuferl und Beserl hinter diesen Asphaltlämmern einherschleichen, um den anfallenden Dung für die häuslichen Alkovenorchideen zu ergattern.

Im linken Winkel hinten, wo die kleine, unvermeidliche Abfallgrube war, moderte noch öfter eine alte Matratze vor sich hin und träumte von den Tagen, in denen sie von Lust oder Leid tief bewegt wurde. Die paar Steinbrocken in ihrer Umgebung indes wurden immer wieder von einem gläubigen Petrijünger vorsichtig gelupft. Denn unter ihnen befanden sich ein Grüppchen leckerer weißer Maden oder gar ein paar aufgeschreckte Regenwürmer, die von den Silberfischlein im nahen Flüßchen angeblich heiß begehrt waren. Bei wohlgesonnenem Wetter tummelten sich auf der Wiesn zwischen zweihundertsiebenundsechzig und zweihundertneunundsechzig Kinder aller Tauglichkeits- und Verwahrlosungsgrade.

Winzige Sepperl lernten mit zunehmender Verfärbung ihrer winzigen Köpfchen den Purzelbaum.

Kleine, straff gescheitelte Mädchen sangen das seltsame Ringelreihenlied:

Dreimal muß ich rummarschieren,
's vierte Mal den Kopf verlieren.

Andere bauten aus verwaschenen Kieselsteinen flache Häuschen und Zimmer, die ihnen die garstigen Schüler der gemischten Klasse 3c dann hohnlachend wieder zerstörten. Die Hunde sausten dazwischen im Kreis herum, weil sie nicht glauben wollten, daß es ihnen trotz rasender Geschwindigkeit nicht gelang, sich in den eigenen Schwanz zu beißen.
Dort, wo der Bewuchs am saftigsten war, suchte fast einen ganzen Sommer lang die niederbayerische Küchenhilfe Berta nach einem vierblättrigen Kleeblatt. Denn hätte sie eins gefunden, wäre der Michel wieder zu ihr zurückgekehrt. Glaubte sie.
An manchen Sommertagen kamen wohl auch einige Rentner mit selbstgegossenen Bleiplatten und rostigen Zahnrädern der entsprechenden Größe zum »Plattschgen«, dem bayerischen Boccia. Und noch später erschien die Nini auf dem Plan und pflückte sich am sanften Hang eine Margerite, um das uralte Orakelspiel zu treiben: »Er liebt mich von Herzen, mit Schmerzen.« Als sie aber einen anderen Text unterlegte und die weiße Bahndammrose eindringlich befragte: »Kommt er, oder kommt er nicht?«, hatte das Blümchen zum kleinen Glück der kleinen Nini leider ein Blatt zu wenig. Ach ja, sie wußte es schon. Sie hatte wohl ihrem neuen Geliebten gestern abend doch zuviel Vorschuß gegeben auf die große Seligkeit. Im »Hotel zur Grünen Wiese«. Das dann plötzlich ohne jedes Gefühl von der fortschrittlichen Städteplanung durch ein vierzehnstöckiges Verwaltungsgebäude ersetzt wurde.

Gassenbuben

Zusammen mit den Studentenkapperln und den Motorradbeiwagen ist auch der Münchner Gassenbub fast völlig verschwunden. Er hat dem sachlichen Holiday-Boy Platz gemacht, der mit künstlich verwaschenen Jeans an der Ecke steht und mit seinen freien Stunden nicht viel mehr anzufangen weiß, als sie gnädig anzubeißen und dann wieder gelangweilt wegzuschieben. Er wartet in manchen Fällen wohl nur darauf, bis er endlich ins Rockeralter hineinwächst und dann die Handhabung von Fahrradketten erlernen darf. Denn es gibt nur noch ganz wenige Buben zwischen sechs und zwölf Jahren, die wenigstens noch aus der Überlieferung ihrer unkompliziert aufgewachsenen Eltern die kleinen Wonnen und Freuden auf Münchens Vorstadtstraßen kennen.

So begann beispielsweise ein Ferien- oder Vakanztag immer damit, daß die Frau Mutter ihrem Sprößling dreißig Pfennige in einen Zettel einwickelte, auf dem »Haarschneiden« stand. Der Familienfriseur wußte dann schon wie. Entsetzt starrten die Delinquenten allerdings nachher auf ihre kahlen Lauskugeln und das zum Vorschein gekommene bucklige Gelände mit den jähen Tälern und den kleinen unvermuteten Erhebungen. Zufrieden aber lachelte die ganze männliche Verwandtschaft, wenn der Bub genauso grausam barbiert worden war wie sie selber einst auch. Und kein Onkel ließ es sich nehmen, ihm im sanften Erinnerungsschauer in Gegenrichtung über das millimeterhohe Stoppelfeld zu streicheln. Dies löste zwar bei dem Getätschelten eine leichte Gänsehaut aus, aber bei dem erwachsenen Gönner auch fast immer ein Fünferl zum »Vaschlegga«. In den ersten totalen »Plattentagen« wurde nachher vielfach der entstandene Vollmond wegen des heißen Grinsens der Sonne und der kleinen Zopfliesln gerne mit einem an vier Ecken geknüpften Taschentuch abgedeckt und abgeblendet.

Zu den größten Wonnen eines kleinen Randsteinläufers gehörte auch immer schon das Barfußlaufen. Denn ein Barfüßler war nicht nur wegen der fehlenden fünf Millimeter Schuhsohle der Erde bedeutend inniger verbunden. Er spürte mit nie wieder empfundener Lust auch die warme weiche Teerstraße zwischen seinen Zehen, er konnte mühelos Steinchen, Steckerl und fremde Schusser mit den Naturgreifern aufheben.

Und mancher hochbegabte Amateurakrobat brachte es nach langem Training sogar fertig, den strapazierten Haferlschuh-Däumling, die große Zehe, gleich gar in den Mund zu stecken. Die Barfußsaison begann im frühen April mit den Argumenten: »Mama, bittschön, lang hoid an Bodn o! 's Pflasta is ja scho ganz warm, und i bleib ganz gwiß nirgends lang schteh.« Und sie endete erst spät im Oktober mit einem hartnäckigen Katarrh. Nur ungezogene und reiche Kinder durften nicht barfuß laufen. »Ellabätsch.«

Die restliche Kleidung eines Gassenbuben bestand damals meistens aus einer »Ledernen«. Diese war so hart und so wellig wie die Rinde eines uralten Apfelstrudels und kurz unter den Achselhöhlen des Besitzers mit einem vierzehnlochigen Hosenträger befestigt. Denn außer den tiefgekühlten Kinderlenden mußten ja auch noch die kommenden zehn Jahre darin Platz haben. Bei jüngeren Jahrgängen war auch die Leiberlhose sehr verbreitet, mit »Falltüren« hinten und vorn, von denen ein schlampiger Kastellan meistens eine offen ließ.

Als besonderes Zeichen solider Familienabstammung galt aber keineswegs ein neues oder fehlerfreies Futteral, sondern eher ein solches mit exakt und viereckig eingesetztem Hosenboden. »Alles was recht ist, aber sauber hod se s'

beinand, ihre sechs Kinder, de Hacklin«, lautete dazu der anerkennende Kommentar.
Verstummt ist heute auch in den Vorstädten der Fassadenruf, der den mürben Verputz der Mietshäuser hinaufkletterte: »Bittschön, Mama, schmeiß ma a Brod runter!« Wobei bei vielen hungrigen Bittstellern weder die Mama noch ein Stück Brot am Fenster erschien. Vergessen sind bei fast allen Kindern die schlichte Kunst des Grashalmzirpens, das Pfeiferlschnitzen und der Gebrauchswert von Ahornpropellern als Nasenzwicker.
Und wer von den veredelten Nachwuchs-Münchnern weiß wohl noch, daß eine Handvoll blanke Erde das beste Mittel gegen einen tückischen Bienenstich ist. Oder wer kennt das alte Hausmittel, beim lästigen »Schnackler« an drei Kahlköpfige zu denken, oder die umstrittene Methode, beim Brennesselpflücken nicht zu schnaufen, weil die dann nicht stechen würden?
Nein, die einst so harten Asphaltsöhne Münchens sind längst verweichlicht. Kein hochkarätiger männlicher Schorf, den man auch gerne »Baamhackl« nannte, ziert mehr ihre käsigen Shortsknie. Ihre Wadl sind kraftlos und dünn vom leimigen Herumlehnen, und mit ihrem zarten Gebiß vermögen sie vielleicht gerade noch das keimfreie Popcorn zu knacken, aber nimmermehr eine wilde Haselnuß.
Und wenn so ein Kümmerling mit dem Lift schnell zur Mami dann rauffährt, so ist diese schon selig, wenn Kai-Uwe wenigstens ein paar Würfelchen Dextro-Energen zu sich nimmt. Einst aber lautete die sorgenvolle Mahnung der Vorstadtmutter an ihren heißgelaufenen Sprößling doch etwa so: »Dua net sovui rumlaffa, Bua, do kriagst bloß recht Hunger drauf. Schau liaba fest aufn Bodn hin, du glaubst ja gor net, was d' Leit heidzudog ois valiern.«

Das Glück der frühen Jahre

Der alte Mann sitzt auf einem Bierfaßl in der Frühlingssonne irgendwo draußen in den Vorstädten und sinniert schläfrig vor sich hin. Dann blättert er ein wenig in der Zeitung. Ach, da schau an: »Der Herzog von Knips«, wie sie den Bräutigam der armen, langsam schon etwas obergärigen Königs-Gretl nennen, hat auf einmal viele Gegner. Und die holde Wimmerlfee Rubinstein stiftet gnädigst einen Preis für Münchner Maler. In Schwabing wird endlich das hundertelfundzwanzigste Nachtlokal eröffnet, und im Residenztheater spielen sie den Kreidekreis von Klabund.

Den Kreidekreis. Da hat doch der greise Nachdenker selbst einmal die Hauptrolle gespielt, in diesem Stück. Allerdings war das nicht der Kreidekreis von Klabund, sondern jener von Sendling. Und sie hatten ihn mit abgebröckelten Mauerresten auf das warme Klinkerpflaster gemalt und nach einer uralten magischen Überlieferung eingeteilt. Und dann legten sich da die jungen Sportsmänner und das schiefzahnige Annerl einen grünen Flaschenscherben auf die nackten geschürzten Zehen, und so mußte man die Felder mit platschendem Barfuß durchhüpfen. Bis das Rasthäusl kam. Auch ein Himmel-und-Hölle-Hupferts gab's doch da zu den gleichen Voraussetzungen, und Nummernhäusl, in die man, tief in der Hocke, farbige Ziegelbröckchen warf. Aber wie waren doch da nur die Spielregeln gewesen? Niemand mehr kennt sie heute. Niemand hat sie überliefert.

Ach, was war das doch für eine arme glückliche Jugend. Radlfelgen schepperten zum Frühjahrseinzug über das holprige Katzenkopfpflaster der Vorstadt. Angetrieben von keuchenden Barfüßlern. Und auf den Randsteinen setzten sich schnaufende Lokomotiven in Bewegung. »Fahre, fahre, Zug.« Kleine Kinderwagenradl aus der nahen Kiesgrube wurden an der Nabe von einem Steckerl durchbohrt und von ihren stolzen Besitzern langsam und gelassen mit einem langen Stecken herumdirigiert. Wer kein solches Radl fand, nahm einfach den Deckel einer Schuhcreme-Schachtel, machte in der Mitte ein Loch hinein, fädelte eine armlange Schnur durch, machte am Lochende einen Knopf und hatte so einen treuen rollenden Wegbegleiter, den blechernen Schnauzl, der ihm gerne überallhin folgte. Und der durch das bescheidene Singen auf dem Pflaster seinen Teil zur vielstimmigen Mietshaus-Symphonie beitrug.

Und dann erst das geliebte selbstgemachte Radlrutsch. Zwei schmale Kistlbrettl mit handgeschnitzten Räderkerben. Verbunden durch vier Ringschrauben, durch die ein langer Zimmermannsnagel gesteckt wurde. Und oben als Lenker das abgeschnittene Stück von der Hausmeisterschneeschaufel, die hinter der Kellertür vor sich hin rostete. Und deren Stiel auf diese Weise immer kürzer wurde. Die Radlrutschrollen selbst stammten meistens von der Güterwagenschiebetür ausrangierter Großmarkthalle-Züge. Was aber die Hauptsache war bei diesen zehengetriebenen Asphalt-Mopeds: eine riesige Beißzange, die unter dem Lenker an einem Nagel hing. Denn jeder junge Rennfahrer wußte doch, daß er ohne dieses Universalinstrument niemals wieder heimkommen würde, wenn es auf große Fahrt ging, um den Häuserblock herum.

Und dann erst das Schussern. Man unterschied die kleinen gesprenkelten Steinschusser, die beim Hinschmeißen auf das »Droddoar« meterhoch in die Luft hüpften und außerdem als Verschluß für die »Schpritzdiezl« sehr begehrt waren, die meistens etwas »oaradn Loambatzn« und die kostbaren Glasschusser, die oft noch aus den Kindertagen der Großmutter stammten, innen rätselhafte farbige Spiralen hatten und von den Buben mit Vorliebe im Mund

aufbewahrt wurden. Die Glasschusser waren Familienbesitz und wurden regelmäßig vom Vater nachgezählt. Sie mußten deshalb vom Gewinner wieder zurückgegeben werden. »Wissen S', des geht nachad doch scho net, daß Eahna Gribbe meim Buam unsane Glosschusser obschwindlt!«
Wenn die Buben ihr »Lengalts« auf dem Heimweg von der Schule beendet hatten, trafen sie sich an den Stirnseiten der Sandkisten zum »Oprellats« wieder. »Da Heppler Schteffi mit seine Trimma Händ deaf aber net mitdoa, der hod a so a lange Schpoo.« Erst wenn das Glühwürmchen des alten Laternenanzünders daherschaukelte, sausten die Kinder mit heißen Köpfen und einer dicken Erdrinde am Zeigefinger heim, um ihre Schussersackl auszuleeren und Bilanz zu machen.
Oder das Drallern. Mit Kochlöffelpeitschen und Schnürl-Schnalzen aus den gefürchteten spanischen Röhrln wurden die hölzernen Erdsatelliten erfolgreich angetrieben. Zum »Odrallern« steckte man die kleinen dicken Brummer und die schlanken singenden Eschenholzkreisel in eine Ritze zwischen zwei Pflastersteine oder umwickelte sie auch einfach mit der Peitschenschnur. Die Buben drehten ihre Draller schon in der Luft an und warfen sie dann auf die Asphaltdecke, wo sie schwankend weitertanzten. »Da Giglberger Dori kon sein Draller mit de Zehan odrahn«, sagten dessen Freunde ehrfürchtig. Aber das hat nie jemand gesehen, weil der Dori niemand dabei zuschauen ließ, um seine Tricks nicht zu verraten.
Und wer kennt heute schließlich noch die »Hollerbüchse«? Und wer kann mit so einem harmlosen einschüssigen Böller schießen? Wer sieht noch irgendwo einen Buben, der auf wunden Knien ein Pfeiferl klopft. Und die grüne zarte Rinde immer wieder mit dem Speichel befeuchtet, so lange, bis sich die Haut herrlich rutschig vom Steckerl löst. Wo sind alle die Windradl-Spezialisten, die »Schpritzdiezl«-Kapitäne, die fleißigen Pickler und die Messerl-Artisten. Die Kon-

strukteure von Hummel-Schnappern und Kastanien-Aufzügen, die Fingerbatzler und Rindenschifferl-Schnitzer. Wie hieß das doch damals bei den Eltern immer: »Ja, derfts scho schee schpuin, Kinder, bloß kostn derf's nix.«
Der Träumende auf dem alten Bierfaßl muß daran denken, was er heute alles in den Spielwarenauslagen sieht und was die technisch aufgeklärten und versierten Kleinstbürger schon alles können. Ferngelenkte Flugzeuge steuern und einen Astromann bedienen. Lautlose Wulstroller chauffieren und radarhörige Schnellboote befehligen. Raffinierte Eisenbahnknotenpunkte errichten sie. Ob sie wohl dabei die gleichen Glückseligkeiten empfinden können wie er selber, überlegt der Grauschimmel. Damals, wenn er in die aus einem Schulheft und farbigen Papierschnitzeln gebaute Laterna magica schaute. Er möchte es bezweifeln.
Manchmal tun sie ihm direkt auch ein bißchen leid. Unsere aufgeklärten Wirtschaftswunder-Kinder. Denn er meint halt: Trotz all der vielen Wunder um sie haben sie selber das Freuen vielleicht verlernt.

Der Weg ins Leben

»Abc-Schütz, gehst in d' Schul und lernst nix«, schrie die achtjährige Silberstreit Susi ihrem kleinen Bruder Michael nach, als er mit seinem ledernen Weisheitstornister zum ersten Male den Schulweg antrat. Jenen Weg, der nach einer Ewigkeit, beginnend mit dem kleinen Einmaleins und vielleicht mit dem »Pythagoreischen Lehrsatz« endend, ins sogenannte Leben führt. Dem Micherl schwante schon nichts Gutes bei der Einschreibung, obwohl er seinen Handball mit ins Schulhaus nehmen durfte. Er hatte den verhaßten Sonntagsanzug anziehen müssen, und der Hals wurde ihm gleich gar zweimal gewaschen. Außerdem zwickte ihn der lederne Rucksack auf seinem jungen Buckel, und die Ermahnungen der Mutter nisteten unangenehm in seinen energisch gestöberten Gehörgängen.
Noch zwei vom Haus traten mit ihm den schweren Weg an. Der Sterzenberger Hugo und ein frisch eingezogener Schwaben-Wörgel, den sie Jäkele riefen. Die Mama vom Hugo führte diesen kleinen Geleitzug an, und an der Ecke bei den Heimgärten trafen sie die dürre Hausmeisterin, die den Michael süß-säuerlich in die Backe zwickte und sagte: »Jetz wirst bald a Professor sein.« Doch ganz leise, wie der Karl Valentin bei seinem Buchbinder Wanninger, hängte sie auch noch ein kleines Wörtchen an, das sich wie »Hundsgribbe, elendiger« anhörte. Von allen Seiten kamen bekannte und unbekannte Leidgenossen aus den Nebenstraßen des Schlachthausviertels angezockelt. Und der alte Mann, der lächelnd am Wegrand stand, nickte zu dieser Butzelware hin und meinte glucksend: »Do muß anscheinend irgendwo ein Nest sein.«

Der Schüler Michael hatte seinen Lebkuchen-Minimax, die spitze, hohe Schultüte, bereits daheim von unten her schon ein bißchen angenascht, und genaugenommen war sie schon dreiviertel leer. Deshalb wollte er sie auch gern gegen die Süßigkeitsgranate des Schwabenbüberls eintauschen, und er hätte sogar noch ein farbiges Bild vom Fußballtorwart der Nationalmannschaft dazugegeben. Aber der pfiffige Lechfeldspargel lehnte dieses Angebot ab und umklammerte von da ab seinen Spekulatiustrichter fest mit seinen kleinen Fäusten.
Vorbei an der riesigen Linde, genau derselben, wo sich neun Jahre später der »Mike«, wie der Michael dann hieß, heimlich mit der Schülerin Elisabeth Mandlschweiger nach der Maiandacht immer treffen würde, ging's in einer sanften Kurve dem Jugendstilschulhaus zu. Über dem Eingang stand dort zwischen einem Stilleben aus Weintrauben und Äpfeln zu lesen: »Schule für Knaben«. Aber das konnte der junge Michael Silberstreit natürlich noch nicht entziffern. Was er aber sofort lesen konnte, war das Gesicht des mürrischen älteren Mannes, der an der Eingangstür neben dem eisernen Fußabstreifer stand und nur stumm darauf hindeutete. Diese Lektüre war nicht gut.
Im dunklen Schulgang roch es ganz deutlich nach Bodenwachs, Freiheitsentzug und Hausaufgaben. Und ein bisserl nach der Firma »Angst und Bange« roch es obendrein. Schließlich stand der Bub mit sechsunddreißig anderen Gleichgesinnten der »Knabenklasse 1b«, von der er vor einer Stunde noch gar nichts gewußt hatte, im Schulzimmer. Demselben Raum, den er nach Jahr und Tag um vieles klüger wieder verlassen würde. Um jenes Wissen bereichert, das ihn zu einem »nützlichen und ordentlichen Mitglied der menschlichen Gesellschaft« machen sollte, wie der Herr Direktor bei der Schulschlußfeier gewiß sagen würde.
Vorerst wäre der Micherl allerdings noch viel, viel lieber eine Zeitlang unnütz und wertlos gewesen. Dafür aber frei!

Zerschundenes Räuberheftl

»Schundheftl« sagten die harten Erwachsenen oft zu den sanft idiotischen Zehnerlromanen früherer Zeiten, als die Phantasie noch zu Fuß ging, und Buffalo Bill, Frank Allan, »Der Rächer der Enterbten« oder der unzerstörbare Sherlock Holmes die minderjährigen Herzen höherschlagen ließen.

Ohne Einspruch des gestrengen Kultusministeriums durften damals die gleichen Schulartikelgeschäfte, die auch die ernsthaften Lesebücher, den Katechismus und ehrwürdige Schiefertafeln feilboten, die Räuberheftl in ihr Sortiment aufnehmen. Allerdings hatten die Barfußläufer dieser Ära, im Gegensatz zu den heutigen wohlbestallten Mini-Abenteurern, erst die schwierigsten Finanzierungsprobleme zu lösen, bis sie die zweiundsiebzigste Fortsetzung von der »Eiskalten Hand am Hinterkopf des blinden Bahnwärters« in ihren eigenen dunkelweißen Patschhändchen hielten. Da mußten also erst einmal Radl geputzt, Maikäfer gefangen und an blasse Herrschaftskinder verkauft, Lumpen, Flaschen und Knochen gesammelt oder Zeitungen ausgetragen werden.

Und diese Jagd nach dem Zehnerl war manchmal fast noch abenteuerlicher als eine Büffeljagd von Buffalo Bill. Der übrigens in der Jahrhundertwende auf seinen Streifzügen sogar bis nach München kam und im Rahmen einer großen Indianerschau jeden Tag ein Spielkarten-As durchschoß. Aber nicht, indem er nach der Bildseite eines Kartenblattes zielte, sondern auf die Kante. Bayernherzog Max, der es ihm gleichtun wollte, traf dabei leider nur dreimal den müden Spätsommernachmittag.

Bedauerlicherweise hatten die meisten strengen »Älteren« keine Meinung von dieser prächtigen Literatur. Und so sah man dann abends um die Gaslaterne viele junge Nachwuchspfadfinder stehen und den »Wildtöter« lesen. Zusammen mit der wachsenden Gänsehaut bildete sich dabei fast immer bei jedem dieser Zeilenfresser der unumstößliche Vorsatz: Spätestens am nächsten schulfreien Nachmittag endgültig aufzubrechen:

Nach Arizona und Arkansas –
wo damals noch der rote Mann saß.

Daß der gesamte Lehrkörper selbstverständlich auch gegen eine Zweckentfremdung eines sowieso nicht allzu aufnahmefähigen Bubenhirnes war, verstand sich am Rande. Trotzdem gehörte in jeden Bildungstornister eines Randsteinläufers natürlich mindestens ein zerfledderter »Billy Jenkins« oder »Comanchen-Joe«. Zum Täuscheln nämlich. Wobei irgendein pfiffiger Schreinermeister, der in seiner Jugend sicher selbst ein größerer Täuschler war, in alle Schulbänke einen Schlitz in das lange Ablagefach gemacht hatte, durch das man den ausgelesenen »Räuber Kneißl« unbemerkt seinem Hintermann zuschieben konnte.
Bei der hin und wieder eingesetzten Heftlrazzia jedoch kam es nicht selten vor, daß an die fünfzig zerlesene Schicksale auf dem Katheder des Herrn Lehrers landeten, die dann unter Bewachung des Klassenprimus zum Schuloffizianten hinuntergetragen wurden, der sie mit mürrischem Gesicht in den gierig danach leckenden Heizungskessel stopfte. Erfreulicherweise gab es aber auch ein paar grundgütige Einmaleinspauker, die genau wußten, daß ein geistig gesunder und normaler Schüler nach Fertigstellung seines Aufsatzes über das ungeheuer wichtige Thema: »Die Nierenfunktion beim Borkenkäfer-Weibchen«, durch die blauen Schulhefte tadellos getarnt, selbstverständlich seinen Häuptling »Zimbra Bimba« las. Auch beim Referat

über den »Oberlauf des Guadalquivir« oder beim Nachplappern eintöniger Rechenaufgaben wurde leider vielfach ein Auge voll »Schwarzes Gold« schnell unter der Bank genommen. Wobei es dann natürlich auch vorkam, daß der unversehens in den Unterricht einbezogene Träumer auf die Frage, wieviel zwei mal zwei sei, mit einem überraschten »Uff, uff« antwortete. Oder dem harten Tadel, er habe schon wieder nicht aufgepaßt, ein ehrliches »Well, Sir« entgegenschleuderte.

Schlimm wurde es jedoch erst, wenn dann die jugendliche Lesewut so weit ausartete, daß ein Heftlnarr auch noch während des Heimgehens auf dem Schulweg seinen »Colorado-Bill« nicht losließ. Denn dann konnte es passieren, daß er mit seiner gerunzelten Wellblechstirn direkt an eine der gußeisernen Laternen hinrannte, die bei dem wuchtigen Aufprall auch noch höhnisch zu kichern begann. Dann blitzte es vor den Augen des winzigen Asphalt-Cowboys fast genauso heftig, als wäre er direkt in die Garbe eines sechsschüssigen Colts hineingelaufen. Und da konnte die besorgte Mama daheim, die den entstehenden Ast auf dem Haupt ihres Sorgenkindes mit der kühlen Breitseite eines Tafelmessers zurückzudrängen versuchte, nur mehr seufzend sagen:

Siehst du, Buwi, das ist der Fluch –
vom bösen Buch.

Zeit des Backenstreiches

»Auch ich war ein Firmling mit lockigem Haar«, sagt der kahle Onkel Willi zum kleinen Tonerl und lächelt ein bisserl schief. Und weil doch der Anton Saladinger einer der fünfzehntausend kleinen Münchner Anwärter auf den feierlichen bischöflichen Backenstreich ist, erzählt er ihm, wie das seinerzeit so alles war, wenn dieser bedeutende Tag herannahte.

Da galt es, zuerst einmal das Problem des Herrn Paten zu lösen. Freilich gab es in der Stadt damals eine Anzahl großer Wohltäter und Gönner. Zum Beispiel den Herrn Kaufhausbesitzer Uhlfelder. Oder einen hochangesehenen Brauereiinhaber. Diese Mäzene nahmen jedesmal gleich zwanzig Buben und mehr unter ihre gönnerhaften Fittiche. Aber meistens mußte sich ein Mietshaussprößling halt in seiner »eigenen Liga« einen »Göd« suchen. Höchstens, daß sich vielleicht der Kohlenhändler am Eck oder bei ganz artigen Kindern der Vorstand vom Mietgartenverein zur Verfügung stellte. Und bei der frommen Zeremonie seine schwere Hand auf die zarten Schlüsselbeine eines Gassenbuben legte. Beim Onkel Willi war's der Eisenbahner Schorsch. Ein Stammtischspezl vom eigenen Herrn Vater, der jedoch sehr viel schnupfte. Weshalb er vorher auch hoch und heilig versprechen mußte, am Vormittag des Festes seinem geliebten Laster zu entsagen. Denn es konnte mit Recht befürchtet werden, daß der Pate Schorsch sonst womöglich gerade in dem Moment, in dem der Herr Bischof vor ihm stand, einen völlig ungeziemenden Niesreiz bekam.

Ferner war da auch noch die problematische Geschichte mit der Firmungsuhr. Denn so ein Zeitmesser war in einer

Mietskaserne des alten Münchens gewiß so kostbar wie heute vielleicht ein Kreiselkompaß. Aber die Lösung war rasch gefunden. Der Onkel Willi bekam ganz einfach die Uhr vom eigenen Papa zu leihen. Aber nur für den einen Tag. Sollte ihn dann später ein Schulspezl möglicherweise fragen, wo denn seine Festtagsuhr wäre, so hätte er zu antworten: »De is guad aufghobn.«

Als passenden Anzug händigte man dem schmunzelnden Erzähler eine dunkelblaue Kammgarnkluft aus, mit Schinkenärmeln und einer Hose, die eine Handbreit über dem Knie endete. Der Anzug stammte vom Verwalter Karli. Er war eine Art Leih- und Pachtgabe an die armen Kinder des Hauses. Dazu kamen selbstgestrickte schwarze Wollstrümpfe, die entsetzlich juckten. Doch ein junger Asphaltindianer kannte nicht nur keinen Schmerz, sondern auch kein Kitzeln. Aus dem tadellos weißen Schillerkragen ragte am feierlichen Tag ein viermal gewaschener Hals. Und auf dem schnurgeraden Wasserscheitel prangte der schwarze Sonntags- und Beerdigungshut vom Familienvorstand. Mit zahlreichen gefalzten Einlagen der Sonntagszeitung unter dem Hutband.

Dem zu erwartenden sanften Wangenstreich ging das Gerücht des sechzehnjährigen Hausierer-Micherls voraus, der Herr Bischof hätte in dieser Hinsicht eine ganz saftige Handschrift. Doch am betreffenden Tage ging's dann trotzdem mit knarzenden Schnürstiefeln, knurrendem Magen, aber unerschrockenen Auges in das Gotteshaus Sankt Korbinian. Und das Ganze tat natürlich auch nicht weh, von dem Standbein des Paten Schorsch, das eine Zeitlang auf Willis jungen Zehen ruhte, abgesehen. Und als der leise Schauer der Frömmigkeit vorüber und verweht war, ging's zum nahen Stammwirt zum Weißwurstzuzeln, wobei es rasch »vier zu eins« für den Herrn Schorsch stand, denn der war beim Essen selbstverständlich der Schnellere. Nachmittags durfte der Firmling unter Aufsicht des Paten zweimal die Uhr aufziehen und dann auf dem Hinterbrühler See eine Stunde Kahn fahren. Nachher waren beide vom Spritzen mit den Rudern so naß wie Froschmänner.

Zum Abschluß des feierlichen Tages aber hatte die gute Mutter beim strengen Herrn Papa schließlich noch erwirkt, daß der Bub bis zum Anzünden der Gaslaterne auf der »Gassn« bleiben durfte. Allerdings mußte er dafür am andern Tag einen langen Schulaufsatz schreiben, und der hieß: »Die Firmung, der schönste Tag meines Lebens«.

Musikant in Kniehosen

Zu den amüsantesten Lektüren, die sich der wißbegierige Zeitungsschnüffler immer wieder unter seine Tropfenfänger-Nase klemmt, gehören von jeher schon jene seltsamen Aufstellungen, Rekordlisten oder Statistiken, von denen kein Mensch weiß, wer sie jemals verfaßt hat. Daraus erfährt er auch immer wieder, wie lange das längste Busserl gedauert hat, daß es in Nordirland am häufigsten linksgescheitelte Menschen gibt, wer die meisten Sommersprossen besitzt oder wieviel vierblättrige Kleeblätter auf einem Tagwerk südfranzösischer Wiese wachsen. Auch von den Weltrekorden im Spaghetti-Essen, Atemanhalten oder der Jahresbestleistung im Kerzenlichtausblasen ist hier die Rede.
Und so las denn der neugierige Zeitgenosse vor einigen Tagen auch eine Rangliste jener Wörter und Begriffsbestimmungen, die in der deutschen Sprache am häufigsten vorkommen. Neben »Liebe«, »Himmel«, »Arbeit«, »Heil«, »ja« und »bitte« gehört seltsamerweise »Blut« zu diesen Bestsellern. Dabei wird nicht nur der Dichter aufgeführt, der das Zitat prägte: »Blut ist ein ganz besondrer Saft«, sondern auch jener feine Herr, der diese Flüssigkeit nach »Hekatomben« maß. Ferner der Bayer mit seiner »Bluadsaurenmare«, die »Blutbuche«, die »Blutwurst«, der »blutige Ernst«, das »Herzblut«, das man für seine Geliebte geben würde, die »blutige Rache« und das brave Schlößchen »Blutenburg«. Ja, sogar selbige Menschen, die »Musik im Blut« haben, sind dem gewissenhaften Chronisten in seinem Vademecum nicht entgangen.
Bei diesem Zitat muß der alte Sprachforscher halblaut lachen. Denn nach Meinung seines Selbstrasierer-Elternteils

gehörte auch er zu dieser Sorte begabter Geräuscherzeuger, so daß er wie fast jeder zweite in seiner Schulklasse schleunigst zu einem der zahlreichen Melodienspengler geschickt wurde, die seinerzeit als Musiklehrer ein kümmerliches Notenquetschwerk betrieben.

Damals war der Bechstein-Flügel des kleinen Mannes fast immer die Zither. Und so versuchten denn alle die Wunderkinder der Vorstädte verzweifelt und mit krummen Schusserfingern, dem »Grai-Godern«, wie so eine horizontale Harfe auch genannt wurde, die ersten Akkorde von »Seemannslos« oder den »Donauwellen« zu entlocken. Auch die häuslichen Übungsstunden gehörten zum Werdegang eines Wohnküchen-Paganini. Und mit dem dicken Familienalbum als erhebender Unterlage auf dem Küchenhocker krabbelte auch der kleine Musikant in Kniehosen gar munter die Tonleiter rauf und runter.

Eines fernen Tages schlug dann dem fleißigen Zitherer schließlich die Spezialstunde. Da stand nämlich bei der Schulentlassungsfeier unter dem angekündigten Klaviervortrag des Musterschülers »Vigoleis Heimito Schläfenbein« als Programmpunkt sieben todernst: Zithersolo von Amadeus Blinzel. Und der stolze Vater im Parkett trappte mit dem rechten Sonntagsstiefel energisch den Takt mit, weshalb der schwitzende Solist beim »Tölzer Schützenmarsch« tatsächlich auch nur zweimal kräftig danebengriff.

Daheim aber sagte der Papa zur Frau Mutter: »Woaßt, Wally, i hob ja gor nix gega den Schopin und seine Klaviermusi. Aba so a Flügl is hoid doch recht unpraktisch, wenn's amoi brennt oder sunstwos. Dagegen so a handsames Inschtrument wenn ma hoid spuin ko wia unsa Bua, do konn's oan praktisch nirgends mehr noß neigeh. Kimmt, wos mog.«

Und dann malte der treusorgende Vati, der wie jeder gute deutsche Papa auf mindestens tausend Jahre im vorhinein plant, der erstaunten Sippe auch noch aus, wie das beispielsweise wäre, wenn die Russen kämen. Denn was tut dann ein perfekter Hausmusiker, bevor alle Saiten reißen? Er zieht selbst in der entferntesten Südseeinsel, wohin ihn das grausame Schicksal vielleicht verschlagen hat, einfach seine Zither blank und stellt daneben einen schäbigen Filzhut hin. Dann spielt er den aufschluchzenden Wilden einfach das »Elterngrab« vor. Und schon bald wird sich der Hut des umjubelten Virtuosen mit freudig gespendeten Kokosnüssen oder Bananen füllen.

Freilich, heute ist die Zahl der Amateur- und Hobbymusiker stark zurückgegangen. Man zählt etwa nur noch eine gute Million in der Bundesrepublik. Das wären also rund etwa genausoviel wie die traurige Armee der Drogensüchtigen. Nur, daß die halt keinen Mozart oder Händel im Blut haben, sondern leider Morphium und Heroin.

Hereinspaziert ins Zirkuszelt!

Der erste Zirkusbesuch, an den sich der alte Manegen-Freund erinnern kann, liegt mehr als ein halbes Jahrhundert zurück. Auf der Valley-Wiese war das.
Ein Sack voll Sägemehl war da aufgestreut, ein Mann mit einer gefärbten Unterhose balancierte mit einer langen Stange über ein lächerlich niederes Seil, ein kreischendes Äffchen hatte ein rotes Soldatenkrätzchen auf und machte »Schießebumbum«. Ein kleines bleiches Männchen mit riesengroßen Hungeraugen ging mit einem Blechteller zum Sammeln.
Jahre später durfte der halbwüchsige Zirkusnarr dann zum ersten Mal in den berühmten Zirkus Sarrasani gehen, der vor einiger Zeit auf der Theresienwiese gastierte und der damals eine Truppe roter Krieger zeigte. Wenn die nicht gerade ihre herrlichen Stammestänze vorführten oder die heilige Friedenspfeife rauchten, standen die letzten Mohikaner frierend unter dem Publikum und ließen sich bezupfen und anstarren. Einer von ihnen starb dann hier an einem simplen Katarrh. Er hatte den traurig-romantischen Namen »Regen ins Gesicht«. Und er liegt im alten Münchner Südfriedhof begraben.
Vieles hat sich seitdem am Zirkusleben geändert, aber vieles auch nicht. Die Zirkusluft zum Beispiel. Wie es da bloß riecht. Nach Pernambuco, Pferdeäpfeln, entlaufenen Söhnen, Orangenschalen und verlassenen Italienern. Ja, besonders nach verlassenen Italienern. Und am Eingang stehen noch immer betreßte Diener.
Der Besucher muß da an den melancholischen Refrain denken:

... denke nicht mehr an die Zeiten,
wo du als Husar
goldverschnürt sogar ...

Denn sicher waren diese Manegen-Marschälle früher einmal Gardeleutnants gewesen. Mindestens.
Ein Zirkus ohne Pferde wäre wie ein Maßkrug ohne Henkel. »Ferdilein« sagen die Kinder zärtlich zu den herrlichen Lipizzanern, die so weiß sind, als hätte Frau Holle an ihnen ein neues Waschmittel ausprobiert. Sie können vor Stolz und Kraft kaum laufen und kokettieren schwer mit den Schönen der ersten Parkettreihe. »Daß ma schee san, des wiß ma scho soiba«, sagen ihre verschämt niedergeschlagenen Augen. Und der vornehme Herr Direktor dirigiert sie mit den Bewegungen eines fahrenden Knappertsbusch. Tiefe Traurigkeit befällt den Besucher bei der Vorstellung, daß aus den seidigen Roßschweifen einmal Fiedelbogen gemacht werden sollen, mit denen dann das Opern-Orchester »Cavalleria rusticana« spielt. Oder ein Geiger vielleicht die kleine liebe Schnulze »Der alte Schimmi is im Himmi«.
Immer wenn der betagte Zirkusfreund die grauen Riesen sah, die ausschauten wie die entlaufenen Sockel von Kriegerdenkmälern, fiel ihm eine kleine nette Geschichte ein, die beweisen soll, daß Elefanten ein gewaltiges Gedächtnis haben. Da entdeckte nämlich ein uralter Bulle plötzlich ganz hinten auf einem minderen Stehplatz einen ehemaligen Wohltäter, der ihm vor zwanzig Jahren einmal eine Handvoll Würfelzucker gegeben hatte. Und was tat das gute Tier? Es hob seinen Gönner vorsichtig mit dem Rüssel hoch, trug ihn über alle Leute hinweg und setzte ihn ganz vorne auf den allerteuersten Logenplatz hin.
Lächelnd zwinkerten diese Dickhäuter den Leuten mit verschmitzten Äuglein zu, wenn sie ihre Kunststückchen machten. Aber manchmal machten sie auch ganz etwas anderes

mitten in die Manege hinein. Und so groß wie Liga-Fußbälle. Da lachten dann die Leute am meisten.
Dann kam die große Sensation aus Paris. Ein Mädchen stieg in einen Wäschepuff, der Deckel wurde geschlossen, und ihr Freund stach mit einem Säbel durch diesen Korb. Ein schöner Freund! Und dann setzte sich gleich gar noch eine zweite in diese Schatulle, die sowieso nur so groß war, daß kaum zwei schmutzige Taschentücher darin Platz hatten. Schließlich verpackte der Monsieur seine Madame gefesselt und verschnürt in einem eisernen Koffer, den er umständlich verschloß. »Und jetzt den Schlüssel wegwerfen!« rief ein verbitterter Ehekrüppel aus dem Publikum, schaute sich aber gleich scheu um.
Nach dieser köstlichen Schau ging der bemooste Zirkusnarr auch noch ins kleine Tierparadies. Zum Nilpferd Poppea, zum Pelikan Iwan und zu Hannibal, dem uralten Metro-Goldwyn-Meyer-Löwen. Und wie er da gerade vor dem Raubtierkäfig stand, lief ein winziges Mäuschen dem dösenden Simba direkt über die Pfoten. Aber der König der Tiere blinzelte nicht einmal mit dem Auge. Und da wurde wohl jedem klar, woher das bekannte Sprichwort kommt: »Leben und leben lassen«.

Kaputter Liliom

Schon in jenen Tagen, als der alte Münchner noch als Vorstadtbub mit der Blechtrommel um den Weihnachtsbaum herummarschierte, freute er sich aufs Oktoberfest mindestens genausosehr wie aufs Christkindl. Und wenn auch der Herr Vater selig mit krampfhaft mürrischer Stimme mehrmals betonte: »Heier werd's nix mit der Wiesn!«, so hatte der winzige Sprößling längst entdeckt, daß der Herr Papa schon sorgfältig sein »Wiesn-Messer«, seinen »Wiesn-Hut« und die fleckenunempfindliche »Wiesn-Hose« hergerichtet hatte.

Als dann am Samstagnachmittag die Feierabendglocken von St. Margaret verklungen waren, sagte der alte Herr in grollendem Ton: »Also schaug hoid nacha, daß d' weitakimmst, du Hundsgribbe!« Und der Hundsgribbi schnappte sich den herabhängenden Zeigefinger seines Erzeugers, und hinaus ging's zur Karussell-Prärie.

Auf der Spitaler-Rennbahn, der ovalen Linden-Allee um die Wiesn, saßen schon damals die alten Rentner und horchten erinnerungstrunken hinein in das Drehorgelgedudel. Ein unendlich müder Danke-schön-Himmel knisterte im lauen Spätsommerwind. Der liebe Gott lächelte leise, und die Alten auf der Bank auch.

Dann kamen auch schon die ersten Heringsbratereien in Sicht. Sie waren mit Föhrenbuschen abgesteckt, hatten ein lächerliches Biergarterl um sich herum, und der gebratene heiße Salzhering kostete gut und gern seine fünfzehn Pfennig. Mit geübten Daumen zerlegte der Herr Papa diese Skagerrak-Forelle, und das Büberl kriegte den ganzen Kopf zum Abfieseln.

Nachher hieß es: »Do, trink amoi, Bürscherl, aba wisch da vorher 's Mai ob!« Und mit eingedrehten Fußspitzen und ebensolchen himmelwärts gerichteten Augen hing der frühe Zecher mit einer Inbrunst am Maßkrugrand, als wollte er sich daran das junge Leben nehmen. Bis ihm der rollende Baß in die Ohren drang, aus denen ihm fast das Märzenbier herauslief: »Ho, ho, ho, trinka hab i gsagt, aba net sauffa.«

Das war der offizielle Oktoberfestbummel. Nun aber ging ein Vorstadtkind am Mittwochnachmittag auch noch mit seinen Spezln hinaus. Und dann gab's natürlich von daheim kein Geld. »Kinder, schaugts nur fest auf den Boden, ihr glaabts ja gar net, was d' Leit heit ois verliern!« Ein schwacher Trost, aber immerhin. So begann also schon Wochen vorher die »Jagd nach dem Zehnerl«. Radlaufpassen, Sachholen, Hasenfutterbrocken, Kegelaufsetzen, Zeitungenaustragen oder Windradlverkaufen brachten manchmal ganz schöne Münze ein.

Wenn aber gar nichts ging, hatte der junge Schurke immerhin noch einen alten Trick auf Lager. Dann pflückte er nämlich auf der nahen Wiese eine Handvoll wilder Blumen, ging damit zur Großmutter und sagte:

Mein Herz ist klein,
Großmutter soll recht glücklich sein.

Und er gratulierte ihr herzlich zum Geburtstag. Den sie allerdings bereits im März hatte. Aber was weiß denn schon so ein kleiner Bub vom Kalender.

Freund Lulu hatte einen ähnlichen Dreh. Er führte ganz einfach alte Leute über die Straße – ob sie sich sträubten oder nicht. Und der Lohn der guten Tat blieb nicht aus. Mit diesem Geld in der Hand standen sie dann lange vor all den Herrlichkeiten, bis sie die heiß gewordenen Fünferl endlich in klebrige Guatl-Freuden umwandelten. Dann bettelten sie sich noch beim dicken Aberle einen Hendlkragen zum

Abfieseln und gingen zu ihrem herrlichen Vorbild, dem Schiffsschaukel-Florian.

Der Befehlshaber dieser Luftarmada war für die Generation der Gassenbuben der wahrhafte Held des Rummelplatzes. Wenn er gut aufgelegt war, sang er zu den Schlagern von damals seinen eigenen Text. Zum Beispiel: »Meinem Mädel aus Rom habe ich Wiener geschickt« oder »Das muß ein Stück vom Schimmel sein und nicht vom Schwein«. Der Flori war überall tätowiert. Auf dem rechten Arm hatte er eine Fregatte, und wenn er die Muskeln anspannte, blähten sich die Segel so sehr, als wollte das Schiff sofort in die Sargassosee fahren.

Jahrzehnte später traf der alte Münchner den Florian noch einmal. Da saß er unter dem Eisenbahntunnel ganz nahe bei der Oktoberwiese und bettelte. Der rechte Ärmel seines Sakkos hing leer herab. Und da, wo einst das Segelschiff gewesen war, prangte ein schlampig aufgenähter Fleck. Seinen einstigen Bewunderer kannte der kaputte Liliom wohl längst nimmer. Denn er war betrunken und sah nicht einmal das große Bakschisch.

Nun ist der Platz bei der Unterführung auch schon wieder lange leer. Aber die Melodie von Lebenslust zu hohen Preisen wird auch dieses Jahr erklingen. Doch so sehr sich der wackelig gewordene Grauschimmel noch immer darauf freut und so schön es sicher auch wieder wird, einen kleinen wehmütigen Seufzer kann er nicht ganz unterdrücken. O Schaukelburschen-Herrlichkeit, wohin bist du entschwunden ...

Du Schwert an meiner Linken

In jener Zeit, als die Osterhasen noch keine ferngesteuerten Schlachtschiffe und vollautomatischen Eisenbahnen legten, sondern ganz gewöhnliche bunte Eier, lag manchmal in dem grünen Papiernest eines Buben auch noch ein Taschenmesser. Jener Balmung der Kindheit, den sich ein richtiger Randsteinläufer bestimmt sehnlicher erwünschte, als heute vielleicht ein verzogenes Herrschaftskind einen adeligen Königspudel. Meistens war es nur ein einfaches schwarzes Messerchen, manchmal auch noch eines mit glatter, schimmernder Perlmutthaut. Und ganz selten vielleicht ein kombiniertes mit zwei Klingen und hinten einem Korkzieher, einer kleinen Säge oder gleich gar einem Pfeifenstopfer.
Wer aber nun vielleicht meint, ein solches Instrument hätte doch nur einen Wert für starke Tabakraucher gehabt, der vergißt ganz, daß ein richtiger junger Asphaltcowboy jeden Herbst ebenfalls unter die Paffer ging. Und mit Todesverachtung das würzige Buchenlaub aus der kleinen, selbstgeschnitzten Kastanienpip oder der feierlichen Friedenspfeife schmauchte. Was den Korkenzieher anbelangte, so war der ebenfalls hochgeschätzt. Denn wenn beispielsweise die Mama ihre Essigflasche nicht aufbrachte – wer sprang da flugs herbei, klappte den gewundenen Haushaltsbohrer auf – und schwupp, heraußen war der Stopsel. Oder auch nicht. Und was gab's dann für so einen braven Buben? Viel Streichelei über den Wasserscheitel und mitunter sogar ein Marmeladenbrot extra.
Das Taschenmesser wurde vielfach auch an einer langen Kette getragen, die deutlich sichtbar war und deren oberes Ende am Hosenträger befestigt wurde, während das andere

in die dunkle Hosentasche, den Tresor der Kindheit, mündete. Es war zum Pfeiferlschnitzen, Griffelspitzen, Rindenschifferlaushöhlen und ganz besonders zum Abschneiden von jungen Gerten, mit denen doch die Köpfe der Brennessel abgeschlagen werden mußten, einfach unentbehrlich. Aber auch schöne Marschierstecken konnte man beim Maiausflug damit schneiden und dann die zarte grüne Rinde mit sinnigen Spiralmustern und Ringen versehen. Ganz abgesehen davon, daß man selbstverständlich das Pausenbrot nun nicht mehr mit gierigen Milchzähnen herunterbiß, sondern in saubere, gleich große Würfel schnitt und dieselben unter den mißgünstigen Augen der minderen waffenlosen Mitschüler verzehrte. Ja, sogar daheim am häuslichen Mittagstisch erklärte mancher Sprößling mit scheinheiligem Blick: »Mama, bitt scheen, wenn es mit meim Taschnmessa schnein deaf, nachha iß i des Fette vom Fleisch aa mit.« Und eine hohe Ehre war es dem winzigen Klappschwertträger, wenn irgendein Onkel oder Bekannter auf dem Oktoberfest oder im Bierkeller sein angebotenes Taschenmesser annahm, um damit den Kas oder das Brathendl zu tranchieren.

Ein braver Jungmann schnitzte außerdem damit auch Späne zum Ofenanheizen. Wenn er aber dann in den dunklen Keller mußte zum Kohlenholen, so trug er seine Waffe aufgeklappt in der schweißnassen Rechten. Jederzeit bereit, die schwarzen Diamanten gegen schurkische Räuber und Diebe bis zum letzten Blutstropfen zu verteidigen. Gurgelte jedoch in der Nähe ein Hafen mit eingelegten Kalkeiern, so konnte es allerdings passieren, daß Jung Siegfried seinen Solinger Kameraden vor Entsetzen einfach fallen ließ. Nur gut, daß er dann wenigstens an der Kette hing und die im Dreisprung genommenen Kellertreppen nachschepperte.

Ferner gab es da auch noch ein Spiel, das den jungen Dolchbesitzern ganz allein vorbehalten blieb. Das »Messerln«. Dabei mußte das kleine Hosentaschenflorett von der Zeigefingerspitze aus oder durch die gespreizten Fünflinge im Salto oder freien Wurf immer mit der Spitze voraus in der weichen Erde steckenbleiben.

Wenn der wehrhafte Hinterhauspage schließlich am Sonntag mit der Mama spazierengehen durfte, so achtete er streng darauf, daß er ja an der linken Seite marschierte. Dieselbe, an der ihm seinerseits das lange Kettengehänge aus der Tasche baumelte. Denn er wußte ja bereits, daß schon die alten Ritter und Recken hier ihre blitzenden Schwerter und Degen getragen hatten. Und daß die Dame deshalb seither rechts vom Herrn gehen mußte. Damit derselbe nicht etwa über seinen eigenen Säbel stolperte.

Süßer Vogel der Jugend

Und auf einmal bleiben sie alle stehen. Der hastende Vertreter, der eben noch mit gesenktem Kopf leise vor sich hin gerechnet hat. Die gemütlich dicke Hausfrau, die einen Korb badischer Zwetschgen in der Rechten schwingt. Der feine Herr mit dem Hufeisen in der teuren Seidenkrawatte. Und sogar der Radfahrer auf dem rasanten Fünfgangvehikerl nimmt den linken Fuß aus dem Rennhaken und blinzelt hinauf in den seidigen Himmel.
Und dann stehen sie da, die Köpfe zurückgebeugt, wie beim Zahnarzt oder bei einer Reihenuntersuchung auf Scharlachverdacht. Sie schauen träumerisch hinauf zum süßen Vogel der Jugend. Zu dem kindischen roten Papierdrachen, der über den Baumwipfeln schaukelt und schließlich sanft hinabgleitet hinter die sieben Berge. Wenn sie dann weitergehen, da hat der vornehme Privatier und auch der gehetzte Handlungsreisende ein kleines müdes Lächeln um den Mund, und die Zwetschgenwalküre wischt sogar ein mattes Glitzern aus den Augen, das natürlich von der dummen Sonne kommt und nicht von der Rührung. Im Weitergehen aber steigen in der Erinnerung die Drachen aus der Abc-Schützen-Zeit wieder auf. Die bunten Herbstvögel, die einst kamen und gingen mit dem Wind des späten Sommers.
Ja, damals sah man sie noch überall aufsteigen, trudeln und stürzen. Beim Bauern am Berg draußen, auf der Postwiese und den vielen grünen Oasen, die es in grauer Vorzeit überall im Stadtgebiet gab. Trotzdem der Bau eines Papierdrachens für einen jungen Sportsmann seinerzeit fast noch so viele Probleme und Hindernisse mit sich brachte, wie sie etwa Kapitän Hugo Eckener bei der Konstruktion seiner fliegen-

den Himmelszigarren, der berühmten Zeppeline, überwinden mußte.
Da war zuerst einmal die Beschaffung der notwendigen »Dracherlattl«. Zahlreiche lauernde Vorstadtbuben belagerten aus diesem Grund die mürrischen, aber in Wirklichkeit herzensguten, mit Sägemehlstaub weiß bedeckten Schreinermeister. Und meistens schnitt dann der Herr der Kreis- und Bandsäge unter dem Gemurmel irgendwelcher sanfter Verwünschungen aus einem Abfallbrettl die zehnerldicken »Schwebebalken« halt doch noch heraus und schob sie der liebedienerisch dankenden Meute zu.
Die gesamte Verwandtschaft mußte schließlich das notwendige Kleingeld für das farbige Pergamentpapier stiften. Denn nur die allerärmsten Luftpiraten verwendeten noch den selbstangerührten Mehlpapp und außenpolitische Zeitungskommentare zum Bau ihres Herbstseglers. Die »Haspel« wurde selber geschnitzt oder aus Zigarrenkisteln zusammengenagelt. Das allerschwierigste aber war die »Organisation« der Schnur, die bei manchen Buben umständehalber fast mehr Knöpfe als Spagat aufwies.
Und dann ging es hinaus mit dem »Sechseckigen« oder dem hühnerbrüstigen »Amerikaner« sowie zahlreichem Bodenpersonal auf die Prärien und Savannen, wo zwischen weidenden Schafen, ausgedienten Matratzen und einhundertzwanzig Maulwurfshaufen die schwierigen Startversuche erfolgten. Einer mußte den knisternden Aeroplan hinten sacht im Genick nehmen, der zweite legte den langen Schweif, der meistens aus zusammengeknüpften Unterhosenstreifen, Damenstrümpfen und einer abschließenden Vorhangquaste bestand, vorsichtig aus, und der Pilot selbst bestimmte dann die Länge der Anlaufschnur.
Und auf »Los« ging's endlich »los«. Nämlich das Hindernisrennen zwischen Brennesseln und verstreuten Ziegelsteinen hindurch. Denn erst wenn der papierene Ikarus den nötigen Aufwind hatte, durfte er vom mithumpelnden Copiloten

ausgelassen werden, und dann stieg er steil empor. Oder auch nicht.

Wenn jedoch der Wind und die Götter freundlich gesonnen waren, so schwebten die gelben, vierfarbigen oder phantasievoll bemalten Kindheits-Aeroplane bald neben der lächelnden Sonne, und zahlreiche Sachverständige prüften laufend den »Zug« der Schnüre, oder sie ließen sogar kleine »Hexen«, runde »Papiersatelliten« auf den gestrafften Leinen zum König der Lüfte hinaufreiten. Bis dann die unverhoffte Bö kam. Und der erzitternde Pergamentbussard entweder mit einem steilen Looping wie ein Bügelbrett zur Erde sauste oder sich selbständig machte, um irgendwo in einer fernen Telegraphenleitung oder einem Baumwipfel zu landen. Dort hing er dann, bis ihn die ersten naßkalten Schauer wieder in seine Bestandteile auflösten.

Maikäfer, flieg

Im Gegensatz zu heute, wo er von Pflanzenschutzmitteln und sonstigen Chemikalien so hartnäckig gejagt wird, daß er es lieber sein läßt, sich im Frühjahr überhaupt durch ein winziges Bohrloch in diese Welt, die für ihn längst nicht mehr in Ordnung ist, durchzuarbeiten, und statt dessen schon als bleicher Engerling seine vierzehn Krabbelfüße streckt, bevölkerte der Maikäfer früher in großen Geschwadern Linden- und Buchenbäume. Er war ein Liebling der Kinder.

Schon unter den ersten Liedern, die der fabrikneue deutsche Erdenbürger von seinen Eltern vorgesungen kriegte, war das naive Poem vom fliegenden Maikäfer, das dann mit dem später schaurig wahrgewordenen Vers schließt: »Pommerland ist abgebrannt.« Warum dieser kleine unschuldige Brummer so populär war, konnte niemand genau sagen. Doch Wilhelm Busch behauptet in seinen Reimen fest und steif:

Jeder weiß, was so ein Mai-
Käfer für ein Vogel sei.

Ein Maikäfer mit einem echten Persönlichkeitswert mußte vom Besitzer eigenhändig gefangen werden. Denn wenn ihn blasse Herrschaftskinder, die bekanntlich alles haben müssen, nur von einem wieselhaarigen Vorstadt-Lederstrumpf kauften, so bestand einfach kein richtiger Kontakt zwischen Herr und Haustier. Äußerstenfalls durfte vielleicht ein Jungtier zur Vervollständigung des eigenen Gestüts noch gegen ein anderes eingetauscht werden. Denn zu einer kompletten Maikäferfarm gehörten zuvörderst eine Anzahl Mandl, die man an den langen Fühlern erkannte. Ferner die gleiche Menge Weiberl, deren winziges Gehörn etwas kürzer ist. Und außerdem zwei bis drei »Kaminkehrer«, ausgezeichnet mit einem pechschwarzen Nackenschild, zwei »Bäcker«, die ein mehliges Genick aufweisen, und, wenn möglich, auch noch ein »Türke« oder »Pascha«. Diese sehr selten vorkommenden Schwirrmaschinchen haben am Flügelansatz ein knallrotes Wappen, ähnlich wie es manche vornehme Inder auf der Stirne tragen. »Türken« wurden im allgemeinen im Verhältnis von eins zu zehn an den zugelassenen Käferbörsen gehandelt.

Die Maikäferpirsch begann bei den erfahrenen Waidmännern manchmal bereits im frühen April. Und zwar stöberten diese Wilderer den kleinen Wicht schon im Winterschlaf auf, indem sie auf Wiesen und leider auch in den Anlagen den Rasen vorsichtig abhoben, um den traumtrunkenen »süßen Vogel der Jugend« mit sanfter Gewalt in ihre Zigarrenschachtel umzuquartieren. Diese Art der Hatz war aber genauso verfemt wie das Schwammerlsuchen unter dem Moose. Später dann, wenn die armdicken Bäumchen im Englischen Garten und in den Isarauen ihre ersten zarten Blätter trugen, wurden sie von rauhen Bubenhänden kräftig geschüttelt. Der geübte Safarimann wußte aber, daß er nach dem Purzeln und schweren Aufplumpsen der Beute noch eine Zeitlang warten mußte, damit er die Früchte seiner Leidenschaft auch entdeckte. Denn die erste Minute blieben die abgeschüttelten Duckmäuser noch mäuschenstill zwischen altem Laub liegen und stellten sich tot. Erst dann versuchten sie aus der Bauchlage wieder auf alle sechse zu kommen und verrieten so ihren Liegeplatz durch die entstehende Zappelei.

Am schönsten aber war das Maikäfertreiben abends auf den Wiesen, wenn sie zu ganzen Staffeln aufstiegen, um die mondgelben Laternen im Sturzflug anzugreifen. Da kauerte der Jungmann dann tief in der Hocke und spähte über die

Prärie, denn so sah er das edle Wild schon im ersten Anflugsmeter aufsteigen. Mit geschwungenem Sackl ging's nun drauflos. Und war es dann dem Jäger gelungen, einen Liliputbomber aus den lauen Lüften herunterzuangeln, warf er sich mit seinen fünfundvierzig Pfund Lebendgewicht auf die Beute, die sorgsam zwischen den Falten des Kittels herausgeangelt und dann zuerst einmal unter leisem Erschauern in der warmen Hand gehalten wurde.

Manche Waidmänner allerdings ersparten sich diese Treibjagd auch, indem sie nur geduldig unter Laternen und Bogenlampen warteten, bis sich die dummen Adler der Dämmerung ihren Kopf an den trügerischen Sonnen eingerannt hatten und dann benommen zur Erde fielen.

In der Gefangenschaft wurde der Maikäfer zwar meistens sehr liebevoll gepflegt, und vor allen Dingen war er in seinem Verlies sicher vor dem gelben Schnabel der Amsel. Aber über die Ernährungsweise der leise dahindämmernden Frühlingsboten bestanden doch immer noch größere Unstimmigkeiten. Laugenbrezen oder Pfefferminzbonbon wurden glattweg abgelehnt. Auch die weitverbreitete Meinung, daß die leuchtenden Kerzen der Kastanie ein Maikäferdasein etwas erhellen würden, ist falsch. Wenn der Gevatter Brummbach überhaupt etwas frißt in dieser Übergangszeit, dann höchstens junge Lindenblätter. Und davon auch keinen Arm voll, sondern täglich vielleicht zwei.

Das Ende eines gefangenen Maikäfers war fast immer ebenso tragisch wie banal. Denn wenn ihn nicht eine gute Mutterhand an die Luft setzte, so wurde er in seinem Behelfsheim einfach vergessen. Und erst nach Wochen zufällig wieder entdeckt. Und da lag er dann brav und mit gefalteten Füßen in der immer noch stark riechenden Seifenschachtel. Immerhin aber war er mit dem Duft von Sauberkeit und Frische gestorben.

Nur ein Scherzl Brot

Hunderte von Buttersemmeln, Wurstbroten, Rohrnudeln, Brezen oder belegten »Doppeldeckern« werden nach einer Beobachtung der Münchner Müllmänner täglich von den Schulkindern in die Aschentonnen ihrer Einmaleinsburgen, in Papierkörbe oder Abfallkästen geworfen. Und dann später in den großen städtischen Müllvernichtungswerken verbrannt. Denn die meisten Abc-Schützen haben diese bürgerlichen Wegzehrungen einfach satt und bevorzugen in den Pausen Kaugummi, Butterfinger oder Kandis. Deshalb genießen auch die Schulzehnerl oder -fuchzgerl beim Nachwuchs fast überall den Vorrang vor liebevoll bestrichenen Wurstbroten, die viele Sprößlinge nur deshalb noch mit in die Weisheitsschuppen nehmen, weil sie der guten Mama oder der besorgten Oma halt nicht weh tun wollen.

Doch das war natürlich nicht immer so in unserem Wunderland, denn es gab auch lange Jahrzehnte, da spielten das Pausenbrot und die Schulvesper eine ganz wesentliche Rolle im Leben eines jungen Normalverbrauchers.

Gleich nach dem Ersten Weltkrieg wurde in vielen Städten von humanen und kinderfreundlichen Organisationen für unterernährte Bambinos eine Schulspeisung ins Leben gerufen. Damals hieß sie Quäker-Speisung, so genannt nach einer hochherzigen amerikanischen Sekte, welche die Mittel hierfür zur Verfügung stellte. Die bevorzugten Empfänger dieser milden Gaben waren von jedermann sofort von den anderen Schulkindern leicht zu unterscheiden, da die Quäker-Kostgänger neben dem Tafelschwamm und Lappen, der an ihrem Bildungstornister baumelte, auch noch ein blaues emaillenes Haferl mit einem Schnürl daran befestigt hatten.

Meistens gab's als Pausenstärkung um zehn Uhr vormittags für diese »Suppenschüler« warme Milch mit einem Eierweckerl oder auch Kakao und eine Rohrnudel. Doch bald gingen die Lehrkräfte dazu über, die ordnungsgemäßen Bezieher dieser Schmankerl streng zu überwachen, denn die heftig mitschluckenden, aber zu kurz gekommenen Klassenkameraden versuchten mit allen Mitteln und Tricks, die mürben Eierweckerl oder die schmalzigen Rohrnudeln gegen Schleudergummi, schwarze Teerbatzen oder Glasschusser einzutauschen. Manche machten den privilegierten Quäker-Spargeln auch ihre Hausaufgaben für ein Haferl Milch. Doch auch ein saftiger »Spitz«, heimliche Kopfnüsse oder die leise gemurmelte Drohung »Laß me beißn, sunst bist a feiga Hund« veranlaßten die schwer mampfenden Glückskinder, etwas abzugeben. Half aber alles nichts, so begnügten sich die Outsider wenigstens mit dem verächtlich hingeworfenen Satz: »Wos, pfui Deife, jeden Dog a Milli, des mögn bei uns no net amoi d' Katzn.«
Neben den Quäkerianern gab es aber auch noch viele Alphabetlehrlinge, die irgendeinen Imbiß inhalieren konnten. Das Pausenbrot mußte nämlich gar nicht unbedingt vom Bäcker sein, sondern auch ein Apfel, ein paar gelbe Rüben oder ein kalter Reiberdatschi wurden als vollwertige Zwischenmahlzeit akzeptiert. Vielfach wurden diese Mitbringsel in sogenannten Botanisierbüchsen befördert. Das waren grün gestrichene Blechtrommeln, welche die Kinder vor den zarten Bäuchen trugen und die eigentlich zum Einsammeln von Blättern, Blüten oder auch Käfern gehörten, wenn ein Schulausflug auf dem Stundenplan stand. Besaß jemand einen Apfel oder eine Birne, so war es selbstverständlich und üblich, daß der glückliche Besitzer dem magenknurrenden Spezl den »Butzen« überließ, der allerdings rund um das Kernhaus fast immer peinlich sauber abgefieselt war. Hatte ein junger Bonze aber gleich gar eine Banane oder eine Orange dabei, so wurden selbst die Schalen dieser Früchte

nicht gleich weggeworfen, sondern von den Klassenärmsten vorher noch mit langen Schneidezähnen innen benagt.
Der größte Leckerbissen jedoch war und blieb immer ein lauwarmes Brotscherzl, aus dem dann das Roggenmark, die »Moin«, mit den Fingern herausgearbeitet wurde, worauf der glückliche Feinschmecker seine Nase lange und tief in das so entstandene »Kacherl« steckte und den köstlichen Duft wie ein erregtes Haserl einschnupperte.
Der Herr Lehrer stand dann vielleicht etwas abseits dabei. Und er schaute dem minderjährigen Gourmet mit mildem Lächeln und leisem Kopfnicken zu. Denn er wußte es ja selbst aus seiner Schulzeit noch, daß niemals im Leben mehr ein Brot so gut schmecken würde wie so ein köstliches »Scherzl«. Das herrlichste Brot der frühen Jahre.

»Herz, Schmerz und sonst noch was ...«

Die erste Liebe sitzt etwa eine Handbreit unter dem Brustbein. Dort, wo auch der Hunger und das schlecht gelernte Einmaleins zu Hause sind. Denn erst später verschieben sich bekanntlich die menschlichen Gefühle. Etwas höher hinauf oder auch hinunter. Dafür sind sie dann jedoch lange nicht mehr so chemisch rein und ungetrübt wie in der Kindheit. Denn mit der Länge der Dauer nützen sich doch alle Eindrücke und Empfindungen stark ab. So daß der Erwachsene längst nicht mehr so aufmerksam schauen, so scharf hören, so hell denken oder so köstlich riechen kann wie ein wacher Dreikäsehoch.

Ene-bene-subtrahene –
divi-dave-domino,

hieß doch einer der Zaubersprüche aus der Zeit des allerersten Händchenhaltens mit der Jugendgespielin Mimi Donnerschlag. Die sich einst im sanften Ringelreihenwind mitdrehte und aus unerklärlichen Gründen immer etwas gerner gemocht wurde als die anderen Schneewittchen. Und irgendwann schenkte ihr der erste frühe Freier womöglich sogar einen güldenen, wenn auch geklauten Schusser. Und sie ließ den blutjungen Bräutigam dafür an einem Samstagnachmittag vom Streuselkuchen beißen.
Etwas später in der Abc-Schützenzeit nahm der frühgeliebte Tonerl dann die Hausmeister Mimi auch schon manchmal in Schutz, wenn ihr ein kleines Leid geschehen könnte. Indem sie bei einer Schneeballschlacht auf dem Schulweg vielleicht mit dem eiskalten Puder Frau Holles eingerieben werden

sollte. Auch nach dem schmerzhaften Stich einer bösen Wespe war er schnell zur Stelle und saugte den heimgesuchten Ort mit ehrlichen und rissigen Bubenlippen aus. Oder er holte den versprungenen roten Gummiball unter tollkühnem Einsatz seiner gesamten Rückseite aus dem Heimgarten des gefürchteten Verwalters. Durfte der Tonerl jedoch ein Rundschreiben ins Schulzimmer für Mädchen tragen, so ging ein leises Gegluckse durch die nach weichen Bleistiften riechenden Bankreihen. Die jungen Squaws pufften sich gegenseitig sehr in die grünen Seiten, und der verschämte Hausbote verschluckte sich viele Male und begann stotternd zu spucken wie ein kleines Kamel im Zoo. Um diese Zeit war dann auch plötzlich auf irgendeinem Mauersims zu lesen: »Die Mimi schihbd mit dem Andon.«

Dann kam auch schon bald der erste Kuß. Haargenau zielte der minderjährige Kavalier mit verkniffenen Lippen nach dem Mund seines jungen Glücks. An ihrem zarten, leicht transpirierenden Profil glitt er jedoch ab und traf sie knapp hinter dem linken Ohr am Kinnwinkel, wo sonst die Boxer ausgeknockt werden.

Es nahte die Zeit des Wochenendtanzes. Da spielte die Kapelle den zärtlichen Mayonnaisenschlager: »Herz, Schmerz und sonst noch was ...«, und die Mimi legte ihren tadellos gereinigten Unterarm zärtlich um die Schultern des düster blickenden Gigolos. Am Tisch aber saß Tonis Freund, Hans Karl Eierling, der wegen seines aufgerauhten Teints auch kurz der »Streuselkuchen« genannt wurde. Und der immer nur bescheiden lächelte und der Mimi gelegentlich das abgerissene Uhrenarmband reparierte. Deshalb sagte sie auch, der Hans Karl sei ein Pfundskerl. Was sich später tatsächlich herausstellte. Denn plötzlich machte die junge Liebe eine Krise durch. Nur deshalb vielleicht, um zu spüren, wie so was tut, gingen die beiden mit wortlosen Katarrhaugen grundlos auseinander. Dann schrieben sie sich sehr schmerzhafte Gedichte. Und auf einmal schob sich tatsächlich noch ein kleiner echter Trotz dazwischen und vor allem auch der liebe Freund Hans Karl. Und aus dem Spiel wurde Ernst.

So kommt es denn auch häufig vor, daß die erste Liebe meistens nicht auch die wahre ist. Stattgefunden hat sowieso kaum was. Wenigstens beim Anton damals, wegen technischer Schwierigkeiten und den vielen Schleifen, Bändern und Haken, die er niemals zu lösen verstand. Dieses Problem löste indes fast spielend der duckmäuserische Streuselkuchen. Da er doch als Lehrling im dritten Jahr bei der bedeutenden Firma Mieder-Meier im Versand arbeitete und deshalb ungemein »ortskundig« war.

Sandkistenzeit

Vorbei sind die Kinderspiele,
und alles rollt vorbei.
Das Geld und die Welt und die Zeiten
und Glaube und Lieb und Treu.
(Heinrich Heine)

Eigentlich hatte der betagte Tritschler nur ganz unbeabsichtigt mit dem Hakelstecken an die alte graue Sandkiste geklopft. Aber klang da nicht eine dünne Kinderstimme in seine Schlappohren, und irgend jemand rief ganz leise: »Herein«? Nun, da hat dann der Graubart den Schritt, der zwar nahezu sechzig Jahre lang war, für den er aber nur eine winzige Sekunde brauchte, wieder einmal getan. Und schon war er mittendrin in der längst versunkenen Daumenlutscherwelt.

Denn damals, als die jungen Asphalttrapper noch scheppernde Radlfelgen übers frühwarme Pflaster trieben, als sie sich die frisch gefallenen Ahornpropeller auf die Nasen klebten und »Fahre, fahre, Zug« auf dem Randsteingleis machten, gehörte auch die Sandkiste zu ihrem lächerlichen Spielzeug. Ein paar Wochen standen sie meistens leer, bis der rauhe Rutschbahngrieß zum Aufstreuen der Trottoirs und des Kopfsteinpflasters eingefüllt wurde.

Doch gerade in diesen fröstelnden Tagen hatten die Sandkisten einen besonders großen Gebrauchswert für die letzten Apachen. Denn dann versammelten sich die minderjährigen Rothäute in dem hölzernen Wigwam. Mit zerlesenen Indianerheftchen und winzigen Fäusten, die energisch nach dem Wilden Westen drohten, schworen sie, demnächst unbedingt nach dem Mississippi aufzubrechen, um die feigen Komantschen endlich bis auf den letzten Skalp auszurotten. Uff! Eigentlich hätte das längst geschehen sollen, aber die Expedition scheiterte immer wieder an der Transportfrage. Doch mit dem neuen Radlrutsch vom Heiß-Gagi und den Rollschuhen, die das Christkindl dem Blei-Biwi bringen wollte, würden sie es jetzt sicher in mehreren Etappen schaffen.

Auch zum Anschlagen beim »Vaschteckerl« war die Sandkistennordwand wie geschaffen. Oder zum Verkünden wichtiger Erkenntnisse oder Nachrichten. So stand dann, mit einem dicken Kalkbrocken mühselig geschrieben, bis ins Frühjahr dort zu lesen: »Spinnt da Bebbi«, oder der rätselhafte Kriegsruf: »Alla Hugh«. War dann die lange Stiegenhaussaison, während der sich das Highlife der vereinigten Hinterhauszwerge hauptsächlich in den Treppenhäusern abspielte, wieder vorbei, dann waren die Sandkisten auch meistens restlos leer.

Mit dem ersten Gänseblümchen und den schlagbaren Brennesseln, die auf dem mageren Grünstreifen ins Kraut schossen, wurde deshalb öfters das beliebte »Vater-und-Mutter-Spiel« in den dämmrigen Bretterbungalows veranstaltet.

Der alte Träumer erinnert sich noch ganz genau, wie ihn die kleine Susi dabei immer schwer kritisierte, wenn etwas nicht so geschah, wie es bei ihr zu Hause auch vor sich ging. So mußte er am Zahltag seine Lohntüte, die aus gefaltetem Zeitungspapier mit Kieselsteininhalt bestand, brav vor sie hinlegen und dazu sagen: »Schau nur nach, Weibi, ich hab's wirklich noch nicht aufgemacht.« Und die Susi zählte das Geld genau nach und sagte dann mit scherzhaftem Milchzahngezischel: »Zum Leben zu wenig und zum Sterben zu viel.« Genauso, wie es daheim auch immer hieß. Schließlich rief die Liliputhausfrau nach einiger Zeit laut und energisch »zum Essen«, wie es ihre eigene Mama ebenfalls tat, wenn der Papa im nahen Heimgarten herumkrauterte.

Als der schmunzelnde Tritschler an diesem Punkt seiner stillen Träumerei angelangt ist, durchfährt es ihn plötzlich siedendheiß. Er schaut auf die Uhr und murmelt dann ein halblautes erschrecktes »Saxndi« vor sich hin. Denn beinahe hätte er vergessen, daß es die Sandkistensusi ja immer noch gab. Weil er sie nämlich später geheiratet hatte. Und daß die Susanne immer noch recht ungemütlich werden konnte, wenn er nicht pünktlich zum Abendessen daheim war.

Wenn sich die Kreise schließen

Der alte Mann mit dem weißen Märchenbart, der ausschaut, als hätte er einen Schimmel verspeist und den Schwanz nicht mehr hinuntergebracht, wie ein lustiger Spitalerkumpan von ihm immer sagt, ist auf der Bank an der Mauer wohl ein bißchen eingenickt. Dabei wird doch keine zwanzig Schritt von ihm entfernt gerade der Andreas Hofer erschossen. Es ist der Gilger Marte. Die Mutter hat ihn zwar, weil doch Maschkerazeit ist, als Napoleon angezogen, mit dem quergedrehten Plüschhut aus Papas Gigerljahren und einer Rosette von irgendeiner Straßensammlung drauf. Aber der Widersinn Gori, der Pfeilere und die anderen haben entschieden: »Da Napoleon hod doch an Gaul ghabt und du net. Also bist du da Andreas Hofer.« Dem Marte ist's recht. Und sie lehnen den Freiheitshelden an die Mauer zur Exekution. Als letzten Wunsch darf er noch ein Lied singen. Mit klarer Stimme plärrt er:

Lustig ist die Fasenacht,
wenn mei Muadda Kiachl bacht.

Der Gesang erreicht den schlafenden Greis im Traum, und er sieht sich selber als Bub mit Zichoriepapierl, angestrichenen runden Backen und einem verwegenen Schnurrbart, der wohl aus Stiefelwichse war. Schon lange vor dem Fasching hatten sie Schweinsblasen beim Metzger Friedel gebettelt. Die wurden dann farbig angemalt und galten als Luftballons. Auch zuhauen konnte man mit ihnen. Und natürlich erst recht mit den selbstgemachten Bretschen. Zum Beispiel die Geschwister Ziegler. Deren Mutter tat sich übrigens ganz leicht. Sie zog das Fannerl immer als

Buben an, und der Micherl ging im Kleid seiner Schwester. Das ganze Haus lachte die zwei aus, und sie schämten sich sehr. Aber die Zieglerin hatte halt gar kein Geld und war Witwe.

Die nächste Erinnerung an den Fasching ist eigentlich schon ein Ball. Im Gasthof »König Ludwig II.« fand er statt. Da konnten die Halbwüchsigen durch die angelehnte Küchentür zuschauen, wie das geht. Und der tollkühne Bene nahm dem kichernden Aschenbrödel Vevi den Spüllumpen aus der Hand und zog sie hinaus in die Wirtsstube, mitten unter die tanzenden Erwachsenen hinein. »Eins und zwei«, zählte der Bene mit, bis ihn die Wirtin sah und nach ihm schlug: »Werds zerscht trockn hinter de Ohrn«, sagte sie. Als der Träumer damals glaubte, das sei er nun auch bald, ging er mit den Älteren einmal maskiert auf eine richtige Fasenachtsgaudi. Als Indianer angestrichen, weil er Angst hatte, wegen dem Rotwerden. Seine erste Tänzerin hatte bronzierte Schuhe an. Nach dem stolpernden Galopp waren auch seine Mokassins versilbert. Er sagte zwar: »Den nächsten, bittschön.« Doch die Schöne ward nie mehr gesehen.

Es folgten viele Bälle. Aber jedesmal, wenn er von einer Tänzerin schwärmte, sagten seine Freunde, die noch keine hatten, zu ihm: »Geh, du host ja a Eck im Aug.« Und immer redeten sie ihm die Auserwählte aus. »Unsa Freindschaft ist doch vui wichtiga«, sagten sie. Und er ließ die Mädchen dann jedesmal stehen. Bis er einmal seinen besten Freund mit einer der Verschmähten eng umschlungen abziehen sah. Dann war er nicht mehr so dumm. Damals lernte er auch die Metzger-Leni kennen. Aber über das »Sie« kam er bei der auch nicht hinaus. Wenn er aber eine Wurst holte in ihrem Laden, und der Vater war nicht da, wog sie ihm immer recht gut. Der alte Mann muß noch im Schlafe lächeln. Weil's die Leni immer noch gibt. Jetzt gehört ihr der Laden aber selber. Doch wiegt sie sehr genau heute. Auch bei ihm.

Einmal durfte er auch auf eine richtige Redoute gehen. Ein

ferner Onkel, mäßig reich, hatte ihn mitgenommen. Mit Visier und geliehenem Frack. Eine rätselhaft schwüle Nacht. Mit Schampus und Française. Verschwommen taucht jetzt ein märchenhaftes Gesicht und ein längst vergessenes Lied in ihm auf. Die Königin der Nacht hatte es dem jungen Mann ins Ohr gesungen: »Servus du«, flüstert sie ganz leise, »servus du, um sechs bin ich bei dir.« Aber sie kam weder um sechs noch um sieben. Sie kam überhaupt nicht.

Und dennoch hatte dem Träumer in derselben Nacht noch das Glück gelacht. Es stand hinter der Garderobe und hieß Mina. Sie wurde seine Frau. Ein Jahr und zwei Monate später.

Auch mit ihr war er oft auf den Fasching gegangen. Und einmal hatten sie keck vereinbart, sich für eine Ballnacht voneinander zu trennen. An der Garderobe gingen sie auseinander, und um drei Uhr würden sie sich bei den Mänteln wieder treffen. Stundenlang stand er dann hinter einer Säule, bangte und suchte nach ihr. Erst um zwei Uhr entdeckte er schließlich seine Mina. Sie stand nämlich auch hinter einer Säule.

Später, als es Herbst wurde in ihrem Leben, gingen sie am Faschingssonntag noch gemeinsam an seinen Stammtisch und setzten rote Papiermützen auf. Bis die Mina auf den Tag genau nach zweiundvierzig Jahren, nachdem er sie kennengelernt hatte, ohne jeden Grund und Sinn überfahren wurde. Seit damals lächelt der bärtige Alte ein bißchen bitter.

Auf einmal werden die spielenden Buben auf den schlafenden Graubart aufmerksam. Und der frechste von ihnen zupft ihn sogar am Bart und schreit: »Des is ja da Rübezahl.« Jetzt schreien sie alle ganz laut:

Rübezahl, Rübezahl,
es war einmal.

Der Alte wacht aus seiner Erinnerung auf. Und auf einmal

macht er »Huhu« und schaut grimmig und droht mit dem Finger. Und die Buben lachen. Der alte Mann aber weiß es: Der Kreis hat sich geschlossen. Er darf wieder mitspielen mit den Kindern. Und sogar in einer Hauptrolle.

Drittes Kapitel

Alltag in der Vorstadt

Die Axt im Haus

Wenn der Münchner einen eigenen Hausstand gründet, so gehört zu den allerersten Möbeln, die er sich zulegt, unweigerlich ein Werkzeugkistl. Meistens wird dieses Kistl im Speisekammerl, auf dem Balkon oder rechts unten im Küchenkasten untergebracht, bis es langsam überläuft und schließlich den ihm nach dem Haushaltsplan zugedachten Raum um ein Vielfaches überschwemmt.

In einem Werkzeugkistl ist grundsätzlich folgendes Handwerkszeug von hart umstrittenem Gebrauchswert: ein Hammer mit selbstgeschnitztem Stiel, an einem Ende abgeflacht, gebogen und geschlitzt zum Nägelausziehen. Eine schartige Beißzange, die stets um einen Millimeter zu wenig weit aufgeht. Zwei Schraubenzieher, die sich im Griff drehen, und eine zahnlose rostbraune Eisensäge. An wertvollen Fundgegenständen weist das hölzerne Sammelbecken unbedingt auf: Schuhnägel und Absatzstifte aller Größen in Manoli-Blechschachterln, ein altes Koppelschloß aus dem Ersten Weltkrieg, mehrere Regulator-Gewichte und abgerissene Weckerfedern, einige Fächer mit regenwurmkrummen Rostnägeln, Teile eines rätselhaften Gassparapparates, ferner Aluminiumkleingeld, durchgebrannte Starkstromsicherungen, eisenharte Gipsstranitzen, Bierflascherlgummi, durch jahrelange Oxydation innig verbundene Schraubenmuttersplinte und viele andere unersetzliche Abfallprodukte unserer Eisen- und Buntmetallzeit.

Jahrzehntelang sammelt der »Babba« unter dem mitleidigen Lächeln der von ihm ernährten Familie, was andere als »Glump« weggeschmissen haben. Er ist der felsenfesten Überzeugung, einmal wird kommen der Tag, da es in ganz

Deutschland den von ihm seinerzeit gefundenen Fußbremshebel für Legbüchsen nicht mehr gibt, aber er hat ihn. »Und wer is nachad jetzt da Blädä, ha?« Im übrigen aber wird von dem Werkzeugkistlpichelsteiner um keinen Preis was hergegeben, »weil ma ganz gwiß des oa oda anda amoi notwendig braucha ko, was ma nachad sindteia kaffa müaßt«.

Da tropft zum Beispiel der Ausgußhahn. »Des wer ma glei hobn«, sagt der Hilfspostschaffner Sacklzamm und naht mit dem »Franzosen«. Nachdem er sich eine schussergroße Blutblase in den unwichtigen Ringfinger gezwickt hat, haut er zunächst beim Abrutschen des Schraubenschlüssels mit dem Ellenbogen das in Blei gefaßte Küchenkastenfenster ein. Schließlich löst sich langsam die Messingverschraubung des Hahnes, und heraus schießt außer der defekten Dichtung ein eisenharter Wasserstecken direkt in den Käfig vom Hansi, der mit einem »Pieps« auf den Lippen den Seemannstod stirbt. »Wally!« schreit Herr Sacklzamm, »schnoi, druck an Dama drauf, i saus um an Schpangler.« Bis der Wackere dann zum doppelten Nachttarif erscheint, hat Frau Sacklzamm Gelegenheit, abwechselnd die herrlichen Wasserspiele an der frisch geweißten Küchenwand und das handwerkliche Talent ihres Alten zu bewundern.

Manchmal fehlt es auch am Elektrischen. »Des macha mir ausm Schtand«, versichert der Pensionist Schleicherl. Als er dann beim Aufschrauben des Steckkontaktes einen elektrischen Schlag kriegt, daß er am nächsten Ersten seine Rente mit der linken Hand entgegennehmen muß, legt er den Schraubenzieher quer über die zwei Pole und sieben benachbarte Häuser in ägyptische Finsternis. »Geh naus, Oide, aufs Schtiagnhaus«, sagt er daraufhin, »und schimpf fest mit de andern Weiba mit über de Unpferschämtheit, damit s' net draufkemma, daß des mia warn.«

Ein besonders fanatischer Bastlerschlag sind auch die Selbstbesohler. Mit alten Radlmänteln, Treibriemen, Wehrmachtskoppeln und Patentsohlen benageln sie beharrlich das untere Ende ihrer sämtlichen Familienangehörigen, bis die ganze Sippe wegen der durchstehenden Nägel wie auf Eiern tanzt. Dadurch sparen sie zweifellos bares Geld, weil keiner einen Schritt mehr tut, als unbedingt notwendig ist. Die Selbstbesohler können deshalb auch mit Fug und Recht das Sprichwort von der Axt im Haus auf sich beziehen.

Das Medizinkastl

Wer ein echter Münchner werden will, kränkelt bei Zeiten. Jeder Bürger, der etwas auf sich hält, legt sich deshalb frühzeitig genug ein gangbares Leiden zu. Mit diesem spielt und protzt er dann wie mit den Grandln an seiner Uhrkette. Er hegt und pflegt es, verteidigt es gegen herabmindernde Nachrede und hat im stillen nur den einen Wunsch, wenn er tatsächlich daran sterben sollte, daß er all denen, die an seinem Märtyrertum zweifelten, in letzter Minute noch zurufen kann:

»So, jetz habts es! Ganz recht gschiecht's eich – warum habts es nie glaabt!«

Die beliebtesten Krankheiten des Münchners sind die, von denen er am weitesten entfernt ist. Auch bevorzugt er Leiden mit romantischen Namen und solche, die auf ein gutbürgerliches Leben schließen lassen. Mit unästhetischen oder ansteckenden Krankheiten ist am Stammtisch nur wenig Staat zu machen. Dagegen sind Herz und Leber, Magen, Blutdruck und Atemnot populäre und ergiebige Gesprächsthemen. Sehr taktlos ist es, wenn man einem wunschkranken Münchner seine Leiden auszureden versucht oder gar von seinem blühenden Aussehen spricht. Mit beleidigter Stimme wird er stets darauf antworten: »Des is's ja grad, was mi a so unglücklich macht, weil des a so deischt! Alle Leut sagn, i schaug aus wia da Schelln-Kini, dawei is da Wurm drin in mia! De foischn Verdächtigungen bringa mi no ins Grab!«

Es gibt wohl keine Gegend in ganz Deutschland, wo es mehr Apothekerkastl gibt als in München. Den Maßkrug, den Dreifuß zum Schuhdoppeln, seinen Kanari und das Me-

dizinschrankerl hätte der Münchner immer, vor seiner Alten und dem Muskatnußhaferl mit dem Gas- und Lichtgeld, aus seinem brennenden Hause gerettet.
In einem vorschriftsmäßigen Apothekerkastl findet man zahlreiche Stranitzen mit ausgerauchtem Tee, essigsaure Tonerde in einem Bierflaschl, ein Schachterl mit übermangansaurem Kali, dessen Inhalt ausreichen würde, um das Rote Meer blau zu färben, sowie unzählige Glasröhrl und Büchserl mit Aufschriften, die kein Mensch lesen kann. Der Hang des Münchners, seine angewohnten Krankheiten selbst zu kurieren, war schon immer bares Geld. Davon hatten die alten Münchner Originale, der Balsambeni, der Wurzelsepp und viele Kräuterweiberl, gesunde Tage. Die neuzeitlichen Tabletten-Industriellen können auf die eingebildeten Kranken sogar wuchtige Hypotheken aufnehmen und ihre Villen und Rentenhäuser damit abdichten.
Die begehrten Treffpunkte aller Leidenden sind jene Apothekerauslagen, in denen als Reklameschlager und heimlicher Krankheitserreger ein Sperrholzmensch ausgestellt ist, an dem man den ganzen Blutkreislauf verfolgen kann. Erschauernd steht der Sterbliche vor diesem Menetekel, auf dem zu lesen ist, wieviel Blut das Herz in einem Tag pumpen muß – und daneben die bange Frage: »Und was tust Du für Dein Herz?«
Schwer lasten da die inhalierten Salvator- und Wiesnmaßn, die Virginias und das übermäßig geschlürfte Kaffeesüpperl auf dem Gewissen der Umstehenden, die sich gegenseitig in die Iris schauen und in Kollektivschuld zunicken. Die Augen und Ohren einwärts gerichtet, überprüfen sie in angstvoller Selbstkontrolle ihre Innereien.
Unheilbar seufzend, löst sich schließlich der Kreis der Schaufensterkranken auf. Nach ein paar Schritten schnauft jeder kräftig durch, wirft noch einen scheuen Blick auf die Verbliebenen und zitiert endlich dankbar den berühmten Ausspruch Weiß Ferdls:

D' Leit ham a rechte Freid,
weil's bei mia so weit feit!
Aba d' Leit wissn an Dreeg.
So weit feit's bei mia net!

Fuchsschwänze, zum ersten ...

In jener grauen Vorzeit, als das Geld auf der Welt noch nicht das große Glück war, weil man es noch gar nicht erfunden hatte, blühte bei vielen Völkern und in vielen Gegenden der Tauschhandel. So vertauschte der dumme Esau sein Erstgeburtsrecht gegen ein Linsensüpplein. Fleißige Scheichs, die damals noch nicht alle nach Petroleum rochen, vertauschten die Früchte ihrer unerschöpflichen Lenden, die selbstgebastelten Suleikas, gegen fette Hammel. Die Indianer wiederum traten den doppelzüngigen Weißen das Eiland Manhattan gegen einen Sack voll Glasperlen ab, und der Hans im Glück vertauschte eine schlachtreife Kirchweihgans gegen einen Mühlstein, den er im ganzen Leben niemals hätte weichkochen können.

Später gab es auch immer wieder Perioden bei allen Nationen, in denen sich die Leute stur weigerten, für die papierenen Lappen, die Banknoten hießen, auch nur einen wurmigen Apfel herzugeben. Da wurden dann die sogenannten Kulturgüter gegen Fraß und Suff gehandelt. Und es gab für einen Frans Hals vielleicht einen Löffel Schmalz. Und für einen echten Holbein ein halbes Eisbein. In solchen Jahren entstanden fast überall richtige Tauschzentralen, und an den Bäumen und Ruinenwänden waren große Bretter mit Angebot und Nachfrage befestigt.

Der Chronist muß heute noch schmunzeln, wenn ihm ein paar von den Handelsvorschlägen aus der großen durchfallfarbigen Ära wieder einfallen, die etwa so lauteten: »Biete Badewanne gegen Prostataoperation.« Oder: »Vierzehn Tage Landurlaub gegen erstklassiges Alibi gesucht.« Oder aber ganz einfach: »Suche Rausch, biete Mädchen.«

In geregelten Zeiten, wenn die windigen Zettel mit ihren häßlichen Bildern und die völlig wertlosen Stanzprodukte, die nicht mehr bedeuteten als eine kreisrunde Kinderspukke, beim unbelehrbaren Untertanen wieder Gültigkeit besaßen, konnten die Leute ihre Bedürfnisse nicht nur in Kaufhäusern und Supermärkten befriedigen, sondern auch bei Gebrauchtwagenhändlern, in Second-hand-Shops, bei Versteigerungen und auf Flohmärkten.
Besonders die Versteigerungen in den Fundbüros und Pfandhäusern und die abenteuerlichen Nachlässe hatten es dem Soziologen schon immer angetan. Denn ist das vielleicht kein Lustgewinn, wenn ein alter Rentner, der keinen einzigen Quadratmeter Grund und Boden besitzt und nicht einmal eine briefmarkengroße Ökonomie, den Zuschlag für sechsundvierzig nur wenig gebrauchte Gurkenhobel erhält? Und dazu auch noch die herzlichen Glückwünsche der zu kurz gekommenen Spezl: »Ha ha!« Oder wenn dann die berühmten Hosen des Herrn von Bredow zum Aufruf kommen, die schließlich eine knarzende Witwe ergattert, obwohl die Textilröhren doch ohne jeden Inhalt sind?
Manchmal stellte der Versteigerungsmann, ein gewaltiger Gebrauchs-Psychologe, auch ein ganz besonders interessantes Sortiment zusammen. Zum Beispiel zwölf Pakete Wurmvernichtungsmittel für Schäferhunde, eine Büste von Robespierre und einen Schußapparat für Ochsen. Wenn dieses Picasso-Stilleben kein Interesse fand, legte er womöglich auch noch einen Fahrplan sämtlicher Straßenbahnlinien von Hammerfest dazu. Und weg war der Posten.
Ein kichernder Ruhegeldempfänger ergatterte gleich darauf einen Operngucker mit Goldrand und erklärte jedem Umstehenden: »Mit dem schau i dahoam mein oidn Dracha o, wenn s' bees werd. Aba verkehrt rum. Dann is' nämlich höchstens so groß wia a Eidachsl.«
Nach härtestem Kampf überbot ein gelbnasiger siebzigjähriger Tritschler einen nur um drei Jahre jüngeren Konkur-

renten. Dann packte er einen riesigen Medizinball, den ihm Fortuna zuspielte, in einen mürben grünen Rucksack, den dieser fast ganz und gar ausfüllte. Dazu wischte der Mann sich das Wasser des Triumphes aus den kleinen tränenden Äuglein und streichelte den Athleten-Knödl lange, heimlich und lieb.

Was aber wird wohl der fröhliche Schütterbart mit jener Spargelschäl-Maschine anfangen, die er für lächerliche fünf Mark erluchste und an der nur eine einzige Schraube fehlte. Nämlich die wichtigste. Der Mann war doch seit sieben Jahren verwitwet und völlig alleinstehend.

Schließlich kam unerwartet der Schlager des Jahres. »Fuchsschwänze, zum ersten ...!« schrie der Gemischtwarenhändler. Ein zuverlässig aussehender Heimgartler prüfte diese Einmann-Sägewerke und sagte laut: »Einwandfreier Zahn!« Und schon brach ein ungeheures Fuchsschwanzfieber aus: »Her damit!« – »Mia aa oan!« – »Schnoi, bevor s' ausgenga!« Sogar ein völlig verstörtes Weiberl stürzte sich auf die scharfen Sachen. Vielleicht hatte sie gemeint, es wären solche Reinekeschweife, die man auch auf den Wintermantel nähen kann.

Indessen probierten die glücklichen Besitzer im Hintergrund in der vollkommen astfreien Luft ihre stählernen Gebisse bereits aus. Es war gespenstisch. Dreißig Figuren sägten vor sich hin, als wollten sie Kleinholz fürs Fegefeuer machen. Das Weiberl aber sägte am allerfleißigsten.

Die Schmalznudel-Bar

»Auszogne, Krapfen, Striezl und Spritznudln« stand an der kleinen Auslage der alten Küchelbäckerei, von den anspruchslosen Gästen, die sie besuchten, auch »Schmalznudel-Bar« genannt. Um fünf Uhr früh, wenn der Tag gerade in die graue Unterhose schlüpfte, machte sie schon auf. Dann kamen als erste die Blumenfrauen und die Marktweiberl und wärmten sich die Finger an den warmen Henkeltöpferln, bevor sie das Herzpumper-Süpplein genüßlich schlürften. »Des is a Kafezerl«, sagte die alte Sellerie-Walküre Rosalie Mühsam. »Des is ma fei scho liaba wia a schlechts Gschäft.« Sie sah in ihrer grobgestrickten Wolljacke aus wie eine nordische Heldenmutter, die ein Kettenhemd trug.

Der Kaffee wurde in der Schmalznudel-Bar noch in richtigen Haferln ausgeschenkt. Nicht in Schalerln oder schwindsüchtigen Tasserln, sondern in an »Schapfa«, wie der Transportler Zapf gesagt hätte. Um sechs Uhr stellte die alte Bawett dann den großen eisernen Schmalztiegel auf. Der Teig war schon gegangen, und jetzt zog sie die ersten Nudln aus. Freilich nicht übers Knie, wie es die niederbayerischen Bäuerinnen einst gemacht haben sollen, sondern in der Luft, und jeder konnte zuschauen dabei. Und auch sogar ins Haferl gucken, in dem reinstes Butterschmalz brutzelte. Früher hatte die Bawett auch noch richtige roggene »Schuxen« und Kirchweihnudeln aus Sauerteig gebacken. Aber es gab ja fast keine Liebhaber dieser Malzkaffee-Diskusse mehr.

Schlenkernd mit dem Finger, bissen übernächtige Taxifahrer oder abgelöste Wach- und Schließerer in die warme goldbraune Pracht. Auch der Freibank-Aufseher kam schnell herüber und leistete sich ein paar Striezerl. Der hatte sogar sein eigenes Kaffeehaferl bei der alten »Foagin« stehen. »Zur Erinnerung an die heilige Firmung«, besagte eine verblaßte Goldschrift darauf, und die Blumenfrau Gotthelf mußte jedesmal still vor sich hin lächeln, wenn sie das las, weil sie sich den Alten mit dem stoppeligen Truthahnhals einfach nicht als Matrosenanzugs-Firmling vorstellen konnte.

Gegen Mittag zu wurde es dann etwas stiller, und nachmittags kam die blaue Stunde für die Bawett. Da saß sie dann neben der spanischen Wand und strickte an einem Leiberl für das dritte Enkelkind. Auf »Blau« hatte sie diesmal getippt. Wenn »Rosa« kam, mußte sie's halt im Schubladen aufheben. Denn noch war lange nicht aller Tage Abend bei ihrem Schwiegersohn. Der war ein Fleißiger. Ein kleines Kramerkatzerl schnurrte um die Kamelhaarhausschuhe der alten Frau, und manchmal blitzte der eingewachsene güldene Witwenreif beim Stricken etwas auf, genauso wie die Erinnerung an ihren Josef selig. Die Stubenfliege Agnes drehte die vorletzte Runde um die buttergelbe Glühbirne, und vom tickenden Nußbaumregulator tropfte die Gemütlichkeit und die alte Zeit herab.

Um die Dämmerung herum kamen ein paar alte Rentner und warteten auf den Pensionisten Heini Himmelreich, der so schöne Schwindelgeschichten erzählen konnte. »Der liagt schneller, wie d' Trambahn fahrt!« kicherten die Alten. Heute erzählte der Heini todernst, daß er schon eher gekommen wäre, aber über die Reichenbachbrücke wären gerade sechsunddreißig Krokodile hinübergetrieben worden, und da hätte er halt warten müssen, bis die vorbei waren. Es war ein stiller Friede in dem alten Laderl. Einer von der seltenen kleinsten Sorte, der eigentlich schon lange ins historische Stadtmuseum gehört hätte.

Und doch lag auch ein leises Bangen in der Luft. Denn die

Alten wußten es natürlich auch. Eines Tages würde die »Königin der Ausgezogenen« wohl selbst aus ihrer kleinen Schmankerlwerkstatt ausgezogen sein. Und statt der Schmalznudel-Bar wäre eine Stehbar aus der kleinen Küchelbäckerei der Witwe Bawett Foag geworden. »Chez Babs« würde dann in sachlicher greller Neonschrift vielleicht darüber stehen.

Hinrichtung der Junggesellen

Hochzeit tut not. Der einsame Witwer geht aufs Standesamt, aber nicht in eigener Sache, denn er ist bereits bedient und völlig satt – der nächste bitte anschließen! In einem nackten Vorzimmer, dem »Wartesaal zum Glück«, studiert er den bräutlichen Auftrieb. Auf einer Bank sitzen zwei alte Weiberl. Das eine hat einen hutzeligen zahnlosen Mund, der beim Sprechen spitzig und faltig wird wie der Zipfel einer Hartwurst. Auf dem Kopf trägt sie eine abenteuerliche Stachanowmütze. Ihre Freundin entblößt zwei einsame gelbe Schneidezähne, die beim Schnattern an die Arbeit einer Sattlernähmaschine erinnern. Die beiden alten Abgewöhnungsjungfern sitzen als Mahnmal für die Bräutigämer fast jeden Tag auf dem Standesamt und kritisieren die Pärchen. Traurige Orgelmusik klingt aus der Montagehalle des lieben Gottes. Alle zwei Minuten, wie beim Volkswagenwerk, verläßt ein betriebsfertiges Ehepaar das Gebäude.
Offenbar kommt das Wort Standesamt vom Stehen. Außer den beiden Anwärterinnen auf die Brockensammlung sieht man nämlich überall nur Stehgäste. Mit schweißgebadeten Händen zupfen die Hochzeiter an ihren neuen Anzügen, während die Bräute durch demütiges Augendeckelsenken ihren Triumph notdürftig zu verbergen suchen. Nun schlägt ihnen ja endlich die Spezialstunde, und bald können sie die anstrengende Maske fallen lassen. Bei kaltem Kartoffelgemüse und Tee werden dann die geschanghaiten Männer Gelegenheit haben, über die unheimliche Wandlung der Walli Leisegang und über den nüchternen Zettel »Bin im Kino, Essen steht im Rohr« nachzudenken.
Einen unbezahlbaren Anblick bieten die Beiständer und

Schwiegerleute. Die Männer haben meistens Veloursĥüte auf, und ihre Kinnpartien sind durch eine rücksichtslose Generalrasur gräßlich zerfleischt, so daß sie aussehen wie die Schnittmusterbeilagen in den Frauenillustrierten. Bei einer Braut stehen zwei Kinder. An der Ähnlichkeit mit dem Hochzeitspaar ist unschwer zu erkennen, daß dasselbe bereits Vorratswirtschaft getrieben hat. Da die Jungfer aber trotzdem einen Myrtenkranz trägt, fällt sie eigentlich unter das Heimtückegesetz.

Der betagte Einsiedler wirft auch einen Blick in den eigentlichen Hinrichtungssaal der Junggesellen. Hinter einem Holzpult steht das Fräulein vom Protokoll, und der Zaungast des Eheglücks muß denken: »Was lächelt die so bös?« Wie er aber erfährt, daß die Dame selbst noch ledig ist, kann er sich leicht in ihr Innenleben hineindenken. Das muß schon ganz besonders herb sein, wenn einem Tausende von fetten Hochzeitern durch die Hände gehen und keiner bleibt hängen.

Am meisten aber bewundert der einschichtige Witwer den Standesbeamten Wiegetritt, der die Unterschriften hergibt. Erst wenn Herr Wiegetritt seinen Servus hinmalt, dürfen die Pärchen jede Menge von jenen Äpfeln essen, derentwegen der Adam aus dem Paradies direkt in den Achtstundentag hineingetrieben wurde. Nur mit der schriftlichen Erlaubnis dieses Herrn durften auch der schöne Hans Albers, der starke Boxer Conny Rux, der allmächtige Volksvertreter Adenauer nach zweiundzwanzig Uhr noch am Familienbaum herumschnitzeln. So mächtig ist Herr Wiegetritt. Hut ab vor ihm!

Soeben fließt ein noch warmes Ehepaar vom Band. Es wird eskortiert von zwei Trauzeugen, die vom Studentenschnelldienst ausgeliehen wurden. Die Studierten machen beim Glückwunsch einen strammen Diener, und jeder drückt auf die drohend hingehaltene Riesenhand der Braut einen Kuß. Dann kriegen sie vom Ehemann, der mit seinen schwarzen

Mörderkoteletten ausschaut wie der U. v. D. von Ali Babas Leibwache, zusammen drei Mark. Mit ausgesuchten höflichen Worten, unter die allerdings eine lateinische Verwünschung gemixt ist, verabschieden sich die beiden und fahren mit krachenden Radlketten davon.

Am Hinterausgang des Standesamtes, dort wo die Fotografen warten, um aus dem Unglück ihrer Mitmenschen auch noch Kapital zu schlagen, lauert ein pfiffiges Männchen mit einer Bratwurstnase. Jedesmal wenn ein Paar das Haus verläßt, zückt er sein grünes Plüschhütchen und wünscht Glück. Dieses Männchen mit seiner haarigen Sammelbüchse nötigt dem Beobachter unbegrenzte Hochachtung für seine kommerzielle Ader ab: Da fast jeder Hochzeiter im Zimmer des Standesamtes zu nah an die weißgestrichene Wand kommt, tritt er nach der Zeremonie mit einem Kalkfleck aus der Tür. Darauf stürzt sich die Bratwurstnase, die nur darauf gelauert hat, mit gezückter Kleiderbürste auf die Verunreinigten, nicht ohne nach der Prozedur seine Filztüte in Auffangstellung zu bringen.

Der Witwer denkt auf seinem Heimweg noch lange darüber nach, ob wohl der Kleiderputzer mit dem Maler, der das Standesamt pinselte, ein Geheimabkommen getroffen hat oder ob vielleicht sogar die Stadt an seinem Umsatz beteiligt ist – dafür, daß sie die Wände pudern ließ statt weißeln.

Iß schneller, Genosse!

Zu den kleinen Schmunzelgenüssen des Alltags gehört schon von jeher das unauffällige Beobachten der Mitgenossen beim Tafeln, Speisen, Essen oder Schmatzen in den vornehmen Grills und Restaurants wie beispielsweise dem berühmten »Hinkemayer«, in Baukantinen, der Vorstadtwirtschaft »Zum schmierigen Haferl« und der »Schlacht am kalten Büfett«. Da möchte man mit einem bekannten Ausspruch sagen:

Zeige mir, wie du ißt,
und ich sage dir, wie du bist.

Weil sich doch auch bei der Nahrungsaufnahme wieder einmal die Geister scheiden. Und das beginnt meistens schon beim Platznehmen.

Ein Pessimist wird fast immer zuerst einmal den Sesselsitz anvisieren, hält ihn dann schräg gegen das Licht, richtet ihn haargenau aus und spannt dann seinen Hosenboden so glatt und energisch, als sollte er übergelegt werden. Anschließend nimmt er mit den züchtig geschlossenen Knien einer hartnäckigen Jungfrau Platz.

Der »Wurschtikus« wiederum klemmt sich den genormten Sperrholz-Sattel mit einem wilden Cowboyschwung unter sein Hochparterre, macht schmale Texasaugen und beginnt sofort, im Schweinsgalopp zu schaukeln. Ein unverbesserlicher Zappelphilipp. Während der stille Träumer versonnen und milde lächelnd in die Hocke geht und erst beim Nachtisch bemerkt, daß er die ganze Zeit auf dem Schoße seines Tischnachbarn saß.

Eine besonders disziplinierte Kategorie der Schmauser sind

die »Viereckesser«. Sie bevorzugen symmetrische Nahrung wie eckige Fischfilets, quadratische Rohrnudeln und gleichschenkelige Lendenschnitten, die sie in tadellose Würfel zerlegen können. Der Viereckesser ist der Bürokrat unter den Löffelschwingern und teilt sich seine Beilagen so ein, daß bei einhundertvierundvierzig servierten Erbsen auf jeden Fleischbissen genau zwölf Stück kommen. Denn beim letzten Happen muß sich null von null heben.

Artverwandt ist der Rundherumkollege oder Spiralgast. Er rührt die Suppe grundsätzlich nur im Uhrzeigersinn um und arbeitet auch bei Gemüse oder Püree im Schneckenhausdrall vom Tellerrand aus zur Mitte hin. Am liebsten würde er wohl zum Schluß auch noch die Gabel auf dem verbliebenen Gipfelrest aufpflanzen und dazu die »Wacht am Rhein« singen.

Schlimm sind hingegen die Plapperer. Diesen fällt jedesmal genau zwischen Sauerkraut und Schweinebauch ein köstlicher Witz ein. Und obwohl sie den Kanal geradeso voll haben wie bei einer Überschwemmungskatastrophe, gelingt es ihnen doch noch, im Mundwinkel eine kleine Öffnung auszusparen, durch die sie ihrem Gesprächspartner die schelmische Neuigkeit zusammen mit ein bißchen Sauerkraut ins Gesicht husten.

Der schrecklichste der Schrecken ist aber wohl der »Transcher«, ein Zeitgenosse, der alles mit dem Messer kreuz und quer zersäbelt, unregelmäßige Brotbrocken dazugibt sowie auch gleich ein paar Zahnstocher, um dann das Ganze umzurühren und sich die entsetzte Speiseröhre damit zuzumörteln.

Nun, bei so viel geschilderter Individualität der zweibeinigen Wiederkäuer und der Vielzahl von Menagierschuppen sollte man glauben, daß die gewerblichen Futtermeister wohl kaum mehr eine neue Masche erfinden würden, um darin den begehrten Gast fangen zu können. Doch ein gewisser Herr McDonald hat dies tatsächlich geschafft. Und

während mancher Würschtlbrater den Passanten als Werbegag früher lediglich mit der vernickelten Zange winkte, hat dieser smarte Yankee einen ganzen Stab von Eierköpfen engagiert, um einen hungrigen Kostgänger psychologisch zu überzeugen.
Dabei hat er herausbekommen, daß beispielsweise der Franzosenkönig »Ludwig der Schlinger« sieben Stunden am Tage fraß. Während ein moderner Mensch zur Sättigung heute nicht länger als zwanzig Minuten haben dürfte.
Darum wurde zuerst einmal in seinen fünftausend Sandwich-Schuppen, die er von Miami bis München-Moosach eröffnet hat, alles genormt. Vom »Hamburger« bis zum »Royal«, wie die Spezialitäten heißen. Und sogar der Anstrich der Lokale und der Möbel erfuhr nach farbenpsychologischen Grundsätzen eine eigene Tönung. Denn der große Abfütterer hat herausgekriegt, daß ein sanftes Grün, gemischt mit Rosa und einem Stich Gelb, dem Gast ein Freudsches Gefühl unterjubelt, das ihn, ohne daß er es merkt, nach der Devise »Iß schneller, Genosse!« handeln läßt.
Selbst die Stühle in seinen »Big-Mac«-Mansarden sind überall vereinheitlicht und am Boden angeschraubt, damit ja kein Augenblick zum Hin- und Herrutschen dieser Podeste verlorengeht und eventuell ein neuer Kostgänger länger warten müßte. Außerdem handelt es sich bei diesen Hokkern höchstwahrscheinlich um die Enkelkinder des elektrischen Stuhles von Sing-Sing.
Immerhin hat ein pedantischer Gast festgestellt, daß er tatsächlich sechs Minuten – im Vergleich zur sonstigen Zeitspanne, die er für eine Mahlzeit einplant – erübrigen konnte. Nur wußte er leider nachher nicht, was er denn mit diesen gesparten Augenblicken anfangen sollte. Also blieb er doch lieber bei der Methode, in seiner Stammwirtschaft ein Surhaxl in zeitraubender Filigranarbeit abzufiseln. Denn er hält es immer noch mit dem Spruch, den

sicher auch schon der »Schmankerlwürger von der Seine« kannte:

's Essen und 's Dringa
san de drei schönsten Dinga.

Kleines Glück im Glas

Sieht man vom Trink- und Badewasser ab, so lautet die Reihenfolge der meistverbrauchten Flüssigkeit in unserem Vaterland: Bier, Milch und Wein. Dann kommt beim heutigen Bundesbürger lange nichts mehr und erst weit später die klare Schildkrötensuppe, das Kölnische Wasser und der Schweiß. Dabei hat in letzter Zeit nach der Statistik der goldene Rebensaft erst nach hartem Ringen den Kaffee auf den vierten Platz verweisen können. Daran mögen die allerorts aus dem Boden geschossenen Stehausschanks, Schoppenstuben und die Weinprobier-Lokalitäten wesentlich schuld sein.

Die betreffenden Lokale, in denen das kleine Glück im Glas ausgeschenkt wird, haben fast immer diesbezügliche Namen und heißen deshalb »Zur letzten Liebe« oder »Zum sanften Hieb«. Und die ersten Gäste kommen schon um elf Uhr vormittags, wenn der Tag kaum angeschnitten ist. Alte Hundespazierenführer, Pensionisten und Vertreter, die einen Anlauf nehmen. Dann ist bis zum frühen Nachmittag Pause, und die Weinbeizn gähnt ein wenig vor sich hin. Bis die Zeit wieder bergab läuft und die Dämmerschoppen-Gäste anrücken: Philosophen mit freudig geröteten Weißwein-Äuglein, betagte Amtsgerichtsräte, Emigranten mit eingebautem Heimweh, Studenten, Liebesleut, Zimmervermittlerinnen und später auch Witwen, Witwen, Witwen.

Und sie schlabbern, beißen, schlürfen, scharmuzieren. Manche locken den Wachenheimer Lumpen durch leises Zungenschnalzen aus dem Gläschen, fangen ihn geschickt ein mit schlenzendem Gaumenlatz, oder knipsen ihn auch mit goldigem Augenzahn. Es ist dämmerdunkel im Wonne-

Stübchen. Das tut den Alten gut und auch den Falten. Die milden Birnen an der Decke geben nicht mehr Licht wie gelbgefärbte Ostereier. Gebeizt ist die Täfelung vom Schreiner und den Aussprüchen der Zecher. Tische, Stühle und Bedienungen sind einladend, strapazierfähig und herzhaft anzufassen.

Auf der alten Polsterbank am Kamingitter sitzen die Stammgäste. Ein gewesener Rittmeister mit dünnen Wickelgamaschen-Beinen, die ausschauen wie zwei schlecht gerollte Krautwickerl. Eine gefürchtete Hausbesitzerin mit künstlichem Obst auf dem Strohhut, das beim Trinken immer klappert wie die Kastagnetten einer andalusischen Fremdenverkehrs-Hexe. Ferner ein altes Männchen mit freundlichem Rundkopfgesicht, so wie es gern die allerkleinsten Kinder zeichnen:

Punkt, Punkt, Komma, Strich –
fertig ist das Angesicht.

Dazu kommt auch ein rätselhafter Weinbeißer, den sie den »Mister Kauderwelsch« nennen, denn nach dem dritten Schoppen redet er in einer selbstgemachten Sprache kichernd vor sich hin, und das klingt dann wie eine Tonbandaufnahme von der Eröffnung des Ludwig-Donau-Main-Kanals, die versehentlich verkehrt abgespielt wurde.

Der Wein in einem Schlürferstübchen wird meistens nicht seinem Namen nach bestellt, sondern der Nummer nach, die er auf der Karte hat. Das ist gut so, denn wie würde denn eine Bestellung klingen, die da heißt: »Fräulein, bitte schön, was kostet denn euer Gröver Nacktarsch?« Oder: »Bringen Sie mir bitte noch ein Glas von dem köstlichen Potsdamer Schüttelfrost.« Zum Getränk gehört auch ein Happen für den aufkommenden Appetit. Drum stehen auf den Tischen sauber bedeckte Brotkörbchen, die der Wirt immer wieder nachfüllt. Denn das roggene Manna geht meistens gratis. Drum machen sich hungrige Studentlein oder Musensöhne gerne über das »Karo einfach« her und bestreichen es mit Senf, der ebenfalls nicht bezahlt werden muß. Diesen Gratisbraten heißt man in der Fachsprache ein »Semester-Kotelett«.

Manchmal trippeln auch gut durchwärmte Schönheiten von den nahen Appartement-Häusern rasch zum Flaschenbüfett hin. Sie holen in großen Literbottles Nachschub für den Budenzauber. Verschiedentlich nur im rasch umgeworfenen Regenmantel. Und ihr Rat-einmal-Lächeln sagt ganz deutlich: »Wie's darunter ausschaut, geht niemand was an.« Da wird es dann jedesmal still am Stammtisch, und wenn die schreitende Versuchung wieder hinausgeht, kriegt der leberkranke Hofrat Geiger Zähne so lang wie ein oberbayerischer Heurechen. Die anderen aber stoßen sich nur leise an und schmunzeln, denn sie wissen, daß der alte Geiger längst nicht mehr recht viel mehr zerreißt wie höchstens noch ein verfallenes Straßenbahnbillett. Drum seufzen sie eben kollektiv miteinander, und der Herr Rittmeister trällert vielleicht noch leise in schöner Selbsterkenntnis: »Wenn man älter wird, ein wenig kälter wird ...«

Im Wermut-Wigwam

»Zum Reuigen Anton«, »Zur Alten Liebe« oder »Trüber Philipp« hießen einige der kleinen Stehbars, von denen es früher in leicht vergammelten Spitzweg-Winkeln noch viele gab. Sie waren der Tratschstützpunkt von braven, rotnasigen Rentnern, Austraglern und Spitalern, schnellen Möbeltransporteuren und Leuten, die im Vorübergehen einen kleinen Trost im Stehen suchten.

Manchmal verlief sich vielleicht auch ein älteres, waagrechtes Mädchen an die verwaschene Theke, um ein bißchen flüssigen Mut für ihr trauriges Leben zu tanken. Und auch winzige Tagediebe, schrullige Käuze, verhutzelte Sonderlinge oder filmreife Clochards kamen und nahmen einen Stockzahn voll vierzigprozentigen Lebensgeist zu sich. Die Gäste, die dort verkehrten, wurden vielfach nicht mit ihrem bürgerlichen Namen angesprochen, sondern man nannte sie je nach dem Aussehen, ihren Eigenschaften und Aussprüchen den »Zittermax«, den »Alimentenheini«, »den Wagscheitellenz« oder den »Ob-hoid-Jackl«.

Im Stehausschank »Zur Alten Liebe« war ein alter Hausierer mit dem Kriegsnamen der »Wetzschtoa« immer der erste. Kaum wurde das Rollo des kleinen Wermut-Wigwams hinaufgeschoben, schlüpfte er wie ein süchtiger Russel in den halbdunklen Laden und bestellte sich einen dreistökkigen »Schtoahackl«, einen Steinhäger.

Das Gesicht vom »Wetzschtoa« war lila gesprenkelt, als hätte man einen Tintenstift über sein lustig-wüstes Antlitz geraspelt. Und er zitterte wie der »Dritte Mann«. Drum mußte er auch das erste Glas mit beiden Händen auf dem Schanktisch festhalten und sich dazu hinunterbeugen. Dann saugte er den »Stoff« mit seinem grauhaarigen Igelrüssel an. Erst nach dem dritten »Hieb« wurde er etwas ruhiger, obwohl er auch da noch beim Griff nach dem Glas vibrierte, als wäre er an den städtischen Wechselstrom angeschlossen.

Der narrische Martl, angeblich gewesener Lokomotivführer bei der Lokalbahn, suchte nur eine einzige Gesellschaft im schmalen Stehladl. Und das war seine eigene. Freudig begrüßte er sich jedesmal selber in dem großen Wandspiegel und befragte dann lachend sein Konterfei: »Wia san ma heit beinand?« Und der Quecksilberfreund antwortete prompt und vergnügt: »Wia 's Vaterland.« Alsdann prosteten sich die zwei mit einem würzigen Roten zu. Manchmal aber schien der Martl auch in Geldschwierigkeiten zu sein. Da pumpte er sich dann selber vor dem rauchblinden Reflektor an und bettelte: »Aber geh, weast doch an oidn Freind an Fünferwecken leicha. Gib da 'n ja morgn wieda zruck.« Und in der Tat, anderntags erfolgte pünktlich vor der gläsernen Schwachsinnswand die feierliche Begleichung der spinösen Schuld.

Ein Hauch von sanfter Idiotie schwebte über allen Häuptern. Und von der geliebten Theke wehten komische Wortfetzen herüber: »Was ist denn des für a neier Roter? Theatiner-Maushöhle, was?« – »Ja, ja, von den Reichen kann man 's Sparen lernen und von den Armen 's Kochen.« Ein hochdeutscher Stammgast, der eine Brille von Taschenlampenlinsendicke trug, philosophierte einfach so in die Luft hinein: »Ach ja, es ist nicht leicht, ein Stachelschwein zu küssen. Da muß man erst am Kaktus üben.« – »Naa«, meinte dann ein hoffnungslos versackter Karussellbesitzer, »draufzoid ham ma desmoi net, aba an Defizit ham ma ghabt.« Und der Nordgermane sagte beim sechsten Bommerlunder gelassen zum lächelnden Stopselbewahrer: »Schmeiß noch een rin, Felix. Immer nach der Parole, was nützt schon 'nem toten Hund ein Beefsteak.«

Stöbern tut not

So wie der heiße Schirokko von der afrikanischen Goldküste die geheimnisvolle Beri-Beri-Krankheit über den schwarzen Erdteil bringt, so trägt wohl ein rätselhafter Fummel-Föhn den grausamen Stöberbazillus über das abstiegsbedrohte Abendland. Dieser Bazillus befällt mit Vorliebe die im allgemeinen grundgütigen Hausfrauen, Witwen und einsamen Fräulein zwischen fünfunddreißig und sechzig. Die sichersten Anzeichen des bevorstehenden Kollers sind ein unruhiges Flackern der Augen, in denen sich kleine gelbe Punkte zeigen wie im Danziger Goldwasser, sowie ein schlecht eingesäumtes Lächeln um die Mundwinkel. Ferner erhöht sich das Verlangen nach Mottenkugeln, Stahlspänen, Eisenlack und Schmierseife ins Krankhafte.
Am Tage der Krise binden sich die betreffenden Frauen als äußeres Zeichen ihres Leidens weiße Tücher um den Kopf. Dann wird der Ehemann bereits um sechs Uhr fünfunddreißig mit einem blauen dreiteiligen Essenküberl aus dem Haus gejagt. Die eingeschüchterten Kinder aber und der Kater Max finden ein vorübergehendes Asyl bei der Hausmeisterin, die sie gründlich und süß über das geheimste Familienleben ausfrägt.
Nun binden sich die Stöber-Amazonen mit einer blaulinierten Schürze den Leib in der Mitte ab wie einen westfälischen Rollschinken. Und da kommt auch schon die Zugehfrau Riegelsam, und dann beginnt das gemeinsame Reinigungs- und Zerstörungswerk. Zuerst wird der unverwüstliche Boucléteppich aufgerollt und im Hof von zwei Seiten so vernichtend geklopft, daß sich das persische Blumenmuster erschöpft auflöst. Dann werden die Vorhänge von den Fen-

stern gerissen, die Betten zerlegt, Nachtkastl, Hocker und Bilder, das große Nudelbrett und ein handgestrickter Straminsegen, der lautlos verkündet: »Tue Recht und scheue niemand«, auf den Gang geschleppt, auf dem bald ein Stilleben herrscht wie bei der Räumung von Tobruk.
Mit Sicherheit stößt der Stöbertrupp bei der weiteren Evakuierung an die große Milchglaslampe, deren schicksalhaftes Pendeln mit angehaltenem Atem verfolgt wird. Beim Aufklappen der kleinen Staffelei zwickt sich die Hausfrau eine brombeergroße Blutblase in den Zeigefinger, und mit schmerzglitzernden Augen nimmt sie dann zwei verkümmerte Hirschgrandl von der Wand.
Nun fallen die Reinlichkeitsaktivistinnen in den Liegestütz und über den wehrlosen Parkettboden her. Durch den Stiegenhausgeheimdienst hat die Zugehfrau Riegelsam erfahren, daß die Hacklin vom ersten Stock den hellsten Boden der ganzen Straße hat. Diese Jahresbestleistung muß unter allen Umständen überboten werden. Mit Berserkerwut und Stahlspänen sowie einer scharfen Lauge, die sich langsam bis in die Mittelhandknochen durchfrißt, wird der von Generationen abgetretene Zimmerboden bearbeitet, so daß ein Mathematiker haargenau errechnen könnte, wann nichts mehr von ihm übrig sein wird. Gegen Mittag treffen die zwei rückwärtsarbeitend mit den Holzschuhen aufeinander und kochen sich aus Anlaß dieser Äquatortaufe einen Kaffee. Schade, daß die Hausfrau dabei statt der Zuckertüte die mit dem Wasch- und Bleichsoda erwischt.
Am Nachmittag werden die Fenster ausgehängt und auf einer Zeitungsunterlage zusammen mit Daumen, Zeigefinger und Teilen des Unterarmes weiß gestrichen. Auch das Ofenrohr kriegt eine neue Silberhaut, die beim ersten Feuer so stinkt, daß die Nachbarin die Feuerwehr ruft. Wie das Vogelhäusl gestrichen wird, kommt der Hansi aus, und beim Versuch, ihn mit dem Besen vom Küchenkasten zu angeln, stößt die Kimmel Fanny das bleigefaßte Balkonfenster ein.

Aber schließlich ist doch wieder alles halbwegs eingeräumt, wenn auch der große Standregulator durch brutale Reinigungseingriffe für immer stumm bleiben wird.
Auf dem spiegelblanken Gangfußboden liegen in mehreren Schichten alte Illustrierte, und die bedauernswerte Hauserin empfängt abends ihren Hermandi mit dem Zuruf: »D' Füaß abbutzn!« Der Hermann aber macht nur zwei Schritte, dann gleitet das Papier unter ihm weg, und seine Flüche ersticken im Gepolter des Garderobenständers, der ihn unter sich begräbt. Mit dem Fall des Haushaltungsvorstandes scheint die Stöberkrise ihren Höhepunkt überschritten zu haben. Langsam kommt wieder ein mütterlicher Schmelz in die Augen des Eheweibes zurück, und mit beinahe zärtlicher Stimme sagt sie: »Sei schtaad Mandi, Weihnachtszeit is ja auch nur einmal im Jahr.« Die weißen Blutkörperchen haben über den rätselhaften Fummelbazillus gesiegt.
Viele Menschen halten die Frühjahrszeit aber auch für die geeigneteste, ihr persönliches Innenleben wieder appellfähig zu machen, und eröffnen einen gnadenlosen Blutreinigungsfeldzug unter der Parole: »Des is gsund.« Da gibt es welche, die befolgen getreulich die vorerst kostenlosen Ratschläge der Zeitungsinserate, von denen mindestens die Verleger ein gesundes Leben führen. Da steht zu lesen: »Klosterbruder-Brennesselgeist ärgert den Bandwurm«, oder »Lisanda nimm her, dann brennt der Sod nicht mehr«. Unzählige Tees werden offeriert, von denen die Erfinder behaupten, das Rezept stamme direkt von Marco Polo, der es dem Vogel Jakob abgekauft habe. Einige dieser Tinkturen schmecken wie der hinreichend bekannte Schwedentrunk, und nach dem Genuß brennen die Innereien, wie wenn man in einen Brennesselhaufen Harakiri gemacht hätte.
Es gab eine Zeit, da schwärmte das ganze westliche Europa vom indischen Teepilz, der von Millionen Hausfrauen fanatisch gezüchtet, in Flaschen abgezapft und bei Vereinsausflügen unter Erstickungsanfällen angesaugt wurde. Auch

gibt es welche, die machen eine Frühjahrskur mit Heilerde, von welcher sie nach jedem Menü einen Schöpflöffel voll zerknirschen. Das Geheimnis, was nun wirklich total gesund ist, hat jedenfalls noch niemand ergründet. Höchstens jener Hofbräuhausstammgast, der bei der dritten Maß auf die Frage, was denn das Allergesündeste sei, antwortete: »'as Gsündeste is oiwei, wenn ma nia krank wead.«

Familie Saubermann im Wiesengrund

Um diese Zeit reißen nicht nur wütende Weiber die Gardinen von den Stangen, jagen ihre Männer schon in grauer Unterhosen-Frühe aus dem Haus und werfen sich dann auf den Fußboden, um ihn mit Stahlspänen und abgerissenen Fingernägeln so lange zu schrubben, bis sie schließlich ein Stockwerk tiefer herauskommen. Nein, neben den vielen bundesdeutschen Fummel-Fannys, die unweigerlich im holden Lenz von dem gräßlichen Stöberbazillus befallen werden, kommt auch über die Automobilisten plötzlich das dringende Bedürfnis, ihre Familien-Archen und Feuerstühle einmal wieder persönlich »aufzubrezeln«.

Und dann pfaucht die Familie Saubermann hinaus in das idyllische nahe Wiesental, durch das sich ein lustiges Bächlein kichernd und murmelnd hindurchschlängelt, und beginnt zu scheuern und zu schuften mit den Resten alter Unterhosen und ausgedienten baumwollenen Liebestötern. Und sie arbeiten mit Bohnerwachs und Spucke und schmirgeln an jedem Lackflecken so lange herum, bis das blanke Zinkblech der Karosserie freundlich durchschimmert. In ihrer fürsorglichen Stöberwut kitzeln manche sogar die kleinen Steinchen noch aus den Gummizehen der Reifen heraus.

Was bedeutet dabei schon die ruinierte Kaltwelle der Frau Mutter oder der verlorene Füllfederhalter vom Onkel Max, von dem er ja noch gar nicht weiß, daß er lautlos in die klaren Fluten flutschte. Schließlich hat man ja auch mindestens fünf Mark am Garagenwart gespart und nunmehr ein Fuhrwerk, mit dem man getrost an der großen Autoausstellung teilnehmen könnte. Ganz genau genommen, würde der Pa-

pa den gereinigten Wagen ja sowieso am liebsten zur nahen Straßenbahn tragen und ihn auf dem Schoß heimfahren, wenn sie ihn bloß in das Abteil hineinlassen würden.
Dort unter der Buche poliert sogar ein dicker Direktor auf seinem noch dickeren Brummer herum. Er wollte zwar ursprünglich nach Großhartpenning zu einer Liegenschaftsbesichtigung. Aber im Vorbeifahren wurde er vom Reinigungs-Erreger angesteckt, und nun ruiniert er mit platzenden Schweißtropfen die Kunstharz-Haut seines Dividenden-Sauriers.
Und nebenan werkelt die Familie Rutsch, die ihren Abzahlungs-Cadillac mit fünf Paar fleißigen Händen und viel unerwiderter Liebe in Arbeit nimmt. Zuerst baut der Papa die Sitze aus, die von der Mama mit einem rasch geschnittenen Haselnußstock gnadenlos verprügelt werden, als trügen sie die Schuld an den hohen Wechselspesen. Tante Wally »geht« indes in die Ecken des entrümpelten »Schäserls«, weil sie anerkanntermaßen durch den ständigen Umgang mit Winkeln und Ritzen die flachsten Fingerkuppen hat, die eindringlich an gebrauchte Wäscheklammern erinnern. Und Vetter Paul, der auch immer mitfährt, aber nie einen Pfennig Benzingeld zahlt, kriegt die minderen Fußmatten zur Behandlung anvertraut. Wütend haut er sie der verdutzten Ausflugs-Buche um die unschuldigen Knorpel-Ohren und verschwindet sekundenlang im aufsteigenden Staubpilz wie Jung Siegfried unter der Tarnkappe.
Mittlerweile hat der Dackel Krambambuli endlich den Ersatzriemen für den Ventilator erwischt und mit schneeweißen kerngesunden Zähnen in vier gleich große Stücke gebissen, die er schwanzwedelnd seinem Herrchen apportiert. Plötzlich jedoch erleidet das Betriebsklima einen heftigen Schock. Die Frau Mutter hat nämlich unter den Laufschienen der Sitze eine Haarklammer von völlig fremdem Baumuster gefunden. Nun bittet sie den Papa energisch und kurz hinter den nächsten Busch. Erst nach fünf Minuten

erscheinen die zwei schließlich wieder auf der Bildfläche, und Mama hat einen schmalen gefährlichen Mund wie ein Boxer, wenn er angeschlagen ist. Immerhin gelang es dem Haushaltungsvorstand, seine Lebensgefährtin mangelhaft zu überzeugen, daß die beanstandete Haarspange höchstens vom Verteilerkopf heruntergefallen sein könnte.

Und auf einmal ist die Verschönerungskur dann doch glücklich beendet. An den Ufern des lieblichen Bächleins aber, das ganz leise, doch deutlich »Saubande« vor sich hin murmelt, liegen jetzt Putzlumpen, Hühnerknochen, Ölflaschen, Orangenschalen, Zündkerzen und zehntausendvierhundertsiebzehn Zigarettenkippen. Während die umliegenden Sträucher und Bäumchen prächtig geschmückt sind mit dem runzeligen Lametta schmieriger Wursthäute aus Rügenwald, aber auch aus Ramersdorf. Ausgelutschte Leberwurstdärme auf wippenden Tannenbaum-Ästen verschönern ferner die Botanik, und linksgewebte durchlöcherte Damenstrümpfe sowie abgerissene Hosenträger beleben die freudig sprossende, jedoch ziemlich eintönige Natur.

Die ganze Sippe allerdings steht am Ende ehrfürchtig, rotohrig und noch leise nachtranspirierend um das stolz glänzende Gefährt herum. Und im Lack der blanken Kotflügel spiegeln sich sechs zufriedene Eierköpfe. Genau in dem Augenblick aber, als der Papa seinem Spiegelbild noch einmal in höchster Anerkennung zunickt – da beginnt es dann zu regnen.

Schönheit aus der Tube

Eigentlich wollte Frau Mathilde Birzel in der Stadt nur zwei neue Feuersteine für den Gasanzünder kaufen. Wie sie aber an einer offenen Kaufhaustüre vorbeigeht, hört sie einen jungen Mann laut schreien. Er fordert jedermann auf, ihm seine patentierten Frischhaltetüten abzukaufen. »Weißer Preßsack, Pfannkuchen, Hasenragout und gute Vorsätze« sollen sich gleichermaßen lang in so einem Zellophan-Eisschrank halten.

Frau Birzel wetzt schon ihre Feuersteinzehnerl zwischen den Fingern, da erhebt ein anderer Mann im Hintergrund seine Lautsprecherstimme. Er hält das präparierte Skelett eines Vorderfußes in der Hand und weist auf dessen einzelne Bestandteile mit einem zerbissenen Bleistift. Vor ihm liegen einige Stapel Gummischwammsohlen, die ausschauen wie gefärbter Leberkäs. »Und wer ist Ihr treuester Wegbegleiter durchs ganze Leben – der Fuß. Wer darf nimmer müde werden, beim Warten auf die Trambahn, auf die Geliebte oder auf bessere Zeiten – der Fuß. Wer trägt sein Geschick, und mag es über hundert Kilo wiegen, ruhig und ohne zu murren – der Fuß. Sie selber, meine Herrschaften, müssen deshalb wissen, ob Ihnen Ihre Füße achtzig Pfennig, was diese Wunderkissen kosten, wert sind.« Der Verkäufer argumentiert mit solcher Tiefenwirkung, daß das Hartgeld der Umstehenden ganz von selbst einen Ausbruchversuch unternimmt.

Doch da wirft eine blonde Dame ihren streitbaren Kehlkopf energisch in die Umsatzschlacht. Auf einem kleinen Tischerl vor ihr stehen zwei wund gekämmte Perückenköpfe, denen ein Schüppel Haare herunterhängt wie der Skalp des feigen

Chin-ga-kog. Daneben liegen kleine, makkaronidicke Gummischläucherl und zahlreiche Tuben mit dem todsicheren Lockengelee »Wella-Wella-Marie«. Soeben beginnt die Verkaufsdame die schäbige Mähne des Hartfaserkopfes unter großen Lobgesängen mit ihrer Kräuselmarmelade einzufetten. Dann wickelt sie die saftige Strähne um die Ventilschläucherl, versetzt dem Gipskopf mit der Bürste noch einen liebevollen Hieb über die Nasenwurzel und stellt ihn beiseite, um sich aufklärend an das mittlerweile angesammelte Publikum zu wenden. Es gelingt ihr auch unschwer, aus der verschönerungshungrigen Weiblichkeit Versuchspersonen zu finden, die das Wunder aus der Tube über sich ergehen lassen wollen. Ein Fräulein mit der wilden Haarpracht eines Hunnenponys wird sogleich in Behandlung genommen, und im Nu schaut sie aus wie die Roboterbraut von einem Weltraumschiff. Ein älteres Mädchen mit steifen Zinnkraut-Locken jedoch wird abgelehnt, da sich ihre Haare nicht biegen lassen. Sie muß zum Frisieren wohl einen Spengler aufsuchen. Nach zehn Minuten ist das Lockenwunder vollzogen. Zwei Gratisköpfe weisen tatsächlich liebliche Sechserschneckerl auf, während die dritte Probeperson den Eindruck macht, als sei ihr die Linie 2 über den Zopf gefahren.

Nicht weit von der Wellentechnikerin hat sich inzwischen eine andere Verschönerungsdame bemerkbar gemacht. Sie offeriert eine neue Hautcreme, die nach ihrer Schilderung sogar die Falten eines verwitterten Bergstiefels glätten würde. Auch die Warenhauskosmetikerin findet mehrere ergebene Zuschauerantlitze, die sich die Verjüngungssalbe aufstreichen lassen. Während des Erläuterungsversuchs müssen sich die Opfer in die Ecke stellen und dürfen nicht lachen, damit die eindringenden Hormone nicht beleidigt wieder umkehren. Ein auffallend farbenprächtiges Mädchen läßt sich auf seine durch die Schönheitselixiere sämtlicher alliierten Länder ruinierten Wangen gleich einen doppelten Aufstrich machen. Ihre Haut schluckt das Wunderschmalz sofort auf wie ein Stück trockenes Bauernbrot. Nach zehn bangen Minuten haben sich die hungrigen Poren endlich satt gefressen, und die Gesichtshaut der Versuchskaninchen ist gespannt wie das Fell einer Kesselpauke. Im renovierten Antlitz leise knisternd, verlassen sie die Stätte ihrer Verjüngung. Während sie beim Heimgehen gierig die verwunderten Blicke der Straßenpassanten einsammeln, malen sie sich im Geiste schon aus, wie der Gatte an der Wohnungstür liebenswürdig fragen wird: »Zu wem wollen Sie denn, Fräulein?«

Sehr zum Wohle

»Hatschi«, sagen die Leute in dieser Zeit zueinander. Und dabei waren doch nur die wenigsten von ihnen schon einmal in Mekka. Was ein echter Hadschi, wie beispielsweise Karl Mays kleiner Patronenhülseneinsammler »Hadschi Halef Omar Ben«, auf jeden Fall gewesen sein muß, damit er diesen Titel tragen darf. Gebildete Leute natürlich wünschen »Gesundheit« oder »Helfgott«. Doch der liebe Gott hat halt auch bloß etwas mehr als tausend Hände und kann deshalb bei einer Katarrh-Epidemie nicht jedermann eigenhändig die Nase putzen. Besonders vornehme Nieser, die dezent und verstohlen hinter ihrem Mantelrevers prusten, sagen auch zueinander: »Zum Wohl«, bevor sie sich dann gegenseitig mit gewinnendem Lächeln und höflicher Verbeugung anstecken.

Der Katarrh, im Apotheker-Deutsch auch Schnupfen genannt, kommt nicht auf Vorbestellung, sondern wird völlig unverlangt und frei Haus direkt in die Nase geliefert. Früher galt es für jeden Gassenbuben als eine absolute Selbstverständlichkeit, im Frühjahr und im Herbst wenigstens ein glänzendes Nasentröpferl herumzutragen. Es war wie eine Art Orden für den jungen »Ritter von Barfuß«. Da eventuell vorhandene Taschentücher meistens zum Fischerlfangen oder im September als Schwanzschleiferl beim Drachensteigenlassen verlorengingen, wuchsen sich die kleinen feuchten Nasengehänge häufig zu einem stattlichen Klöppel aus, der lustig hin- und herschwang. Und leise ertönten die Glocken von Sankt Kathrein. Daher auch der Kosename »Rotz-Bibbn«. Denn erst wenn der Nasen-Gletscher den zärtlichen Kindermund zu verschließen drohte, schneuzte

sich ein echter kleiner Asphalt-Cowboy schließlich mit Daumen und Zeigefinger. Und gab dann der Tante Erna brav die kleine Patschhand. Die schöne, bitte.
Das Schönste an einem Schnupfen ist bekanntlich der herzhaft genossene Nieser. Manche ältere Individualisten wollen diese erlösende Entleerung ihrer Ansaugdüse auch in grippearmen Zeiten nicht mehr missen und kaufen sich deshalb einen Katarrh in der Dose. Einen Schnupftabak. »Wer niemals einen Nieser tut, der ist kein braver Mann«, behaupten alte Spezialisten. Und damit jeder hört, wie gut ihnen das »Schnauben« tut, sagen sie ja auch gegenseitig:

Hoif God, daß' wohr is –
und schod is's, daß' gor is.

Hebt's einen gleich öfters, so geben sie freudig zu verstehen: »De scheena Leit reißt's dreimoi.« Und ganz regelsichere Nies-Genossen gebrauchen auch den weisen Ausspruch:

Hoif da God in Himme nauf,
wenns d' obafoist, kommst nimma auf.

Unter richtigen Katarrh-Genießern gilt es als ausgesprochen taktlos, jemandem die Hatschi-Lust zu stören. Wenn also der verschnupfte Spezl suchend und verträumt zum »Juchhee« mit der linken Hand abwinkt, so weiß der andere gleich, daß er ihn jetzt ja nicht stören darf. Denn die »Österreicher Marie«, wie das Zentralgestirn bei spaßigen Leuten auch heißt, oder notfalls auch eine Lampe lösen die geladene Sprühpistole am leichtesten aus. Die paar Bazillen, die dabei frei werden, schnauft ein guter Freund weg wie nix. Denn gegen den Katarrh seines eigenen Spezls ist er doch längst immun. Die Bakterienstämme sind ja ebenfalls befreundet.
»Bist höchstens wieda im Zug gwen«, sagt die besorgte Mutter daheim, wenn der Herr Semmelreich abends mit roter Nase erscheint. »Ja, im Schnellzug nach Ampfing«,

murmelt der Betroffene grantig. Das Fräulein Tochter dagegen wird hart getadelt, wenn das Näschen nässelt. »Weilst oiwei so a Spinnawebn-Wasch ohast«, zürnt die besorgte Mammi. Und verweist leise auf ihre eigene reinwollene Verpackung.

Gegen den Schnupfen gibt es viele Mittel und gar keins. »Zwiefezoitl« empfahlen die Großmütter. Oder geheimnisvolle Mixtürchen aus Honig, Fenchel und drei Tropfen Weihwasser. Den Anhängern von Sympathiemitteln wird gegen das Nasenkitzeln geraten, mit dem Daumen der linken Hand siebenmal über den Rücken ihrer Gesichtswurzel zu streichen. »'as sicherste Mittel gegen an Katarrh is, schaugn, daß ma 'n net kriagt«, kichern dagegen die Spaßvögel. Allerdings verraten sie nicht, in welche Richtung man dabei schaugn soll.

Auf den Spuren Rambos

Die Geschichte der Körperertüchtigung ist wohl genauso alt wie die der Ägypter, der Azteken, der Fakire und der Jogis. In unserem Jahrhundert begann sie vor allem im stillen Kämmerlein, wo die angehenden Muskelprotze den »Expander« zogen oder mit schweren Hanteln ihre Fäuste so lange trainierten, bis sie die Rolle eines Schraubstocks übernehmen konnten. Etwas später kam dann das berüchtigte »Punktrollern« auf. Wobei die zukünftigen Herkulesse ihre Anatomie mit roten Gummiwalzen, die ausschauten wie entzündete Nudelwalgler, stöhnend und unter größeren Schweißausbrüchen terrorisierten. Damals gab es auch überall schon die Turnvereine, die sich hauptsächlich an den Erkenntnissen des rauschebärtigen Turnvaters Jahn und seiner Jünger orientierten. In den Hinterzimmern der kleinen Vorstadtwirtschaften, aber auch auf den Wäschespeichern in den Mietshäusern stöhnten indessen die einsamen und fanatischen Kniebeugen-Spezialisten unter den Tempozahlen von eins bis hundert, mit denen sie ihr Martyrium begleiteten.

Etwas sympathischer waren dann die Jo-Jo-Zeiten. Und an jeder Straßenbahnhaltestelle oder kleinen Spaziergänger-Rast schnurrten die runden Nähspulenscheiben auf und ab. »Sanfter Schwachsinn am Schnürl« wurde diese Seuche von jenen genannt, die das Geheimnis des Jo-Jo nimmermehr enträtseln konnten. Gleich nachher war das »Kiesgruben-Tennis« mit den fliegenden Rasierpinseln der neueste Hit. Federball hieß das auch bei jenen, die es sogar zu einer ordentlichen Disziplin im regulären Sportprogramm ausriefen und entsprechende Meisterschaften arrangierten.

Dazu forderten auch noch zahlreiche Inserate in der Größe von sechs mal sechsunddreißig und unter Darstellung eines jungen Athleten, der überhaupt nur mehr aus eisenharten Grießnockerln besteht, dringend auf, den sogenannten Strongfortismus zu betreiben. Die Hula-Hoop- und die Aerobic-Bewegung reichen ebenso wie das Jogging auch noch in die neuere Zeit. Und die Body-Builder, eine Rasse, die dem sagenhaften Sylvester Stallone bereits rein optisch immer näher kommen will, sind wahrscheinlich auch noch lange nicht der Wahrheit letzter Bizeps-Schluß.

So kommt es denn auch, daß täglich hauptsächlich gegen Abend ein tausendfaches Seufzen, Stöhnen und Ächzen durch die Stadt wimmert. Und in Turnhallen und Sportschulen, auf Spiel- und Rasenplätzen kullern die kleinen blitzenden Perlen der körperlichen Züchtigung wie zweikarätige Diamanten auf die frisch gewachsten Böden. Oder sie werden von der guten Erde ohne jedes Nebengeräusch aufgesaugt. Ehrsame Wittfrauen, würdige Oberinspektoren, knusprige Fräuleins und füllige Hilfs-Trichinen-Beschauer folgen dann dem unhörbaren Rufe des klassischen Herkules.

Überall gibt es dafür auch noch Trainingsplätze der offenen Tür, städtische Spielanger und Tummelwiesen, auf denen sich jedermann zwanglos und ohne amtliche Marschkompaß-Zahl vergnügen kann.

»Tempo eins«, sagt der gestrenge Ertüchtigungswart, und zwei vergrämte Steuersekretäre, ein gewitzigter Verkäufer für Wasserstrahlregler und ähnliche Dult-Neuheiten, vierzehn Festbesoldete sowie ein halbes Dutzend Freiberufliche fallen in den Liegestütz. Mancher der Figuren hängt dabei der »Hendl-Friedhof« auf das spiegelblanke Linoleum wie ein altes schweres Bauernplumeau. Während andere nur ein bescheidenes Schaukelpferdhohlkreuz zur Debatte stellen. Verzweifelt knirscht ein angehender Oberinspektor mit den Zähnen, als er wieder hoch soll. Und für einen Immobilienhändler, der eine glatte Bruchlandung machte, will der Vorturner schon einen Wagenheber holen, da rollt sich der spitzbübische Schüler geschickt auf die Seite, strampelt lange wie ein Maikäfer und ist überglücklich, weil er gar so wendig und geschickt ist.

»Tempo zwei – den Rumpf beugt«, das Bemühen der Feierabendriege, jemals mit den Fingerspitzen den Boden zu berühren, ist ebenso hoffnungslos wie Größenwahnsinn. Immerhin sehen einige der »Artisten« dabei zum erstenmal seit Jahren ihre eigenen Zehen wieder. Nur ein einziges mageres Männchen klappt mechanisch wie ein Taschenmesser nach vorne. Böse Zungen behaupten, der Herr wäre Portier im Landtag. Als die Köpfe dann nach einem weiteren Kommando wieder hochkommen, sind sie durchweg rot wie der berühmte Holländer Geheimratskäse. Nun folgen Lockerungsübungen. Begeistert schlenkern die zukünftigen Parterre-Akrobaten mit Händen und Füßen, als ob sie dieselben loswerden wollten. Beim Kopfrollen knirschen bei den meisten die abgenutzten Wirbel des Rückgrades dezent, aber deutlich. Und ein paar Witzbolde ziehen sich auch noch zusätzlich die Finger aus den Gelenken, was zwar eine lustige Schnacklerei ergibt. Doch will zum Schluß ein ausgerenkter Däumling um keinen Preis mehr in seine Knochenpfanne zurück, sondern hängt blaß und beleidigt nach unten.

Nach der Boden- und Atemgymnastik steht die gesamte Schwadron schließlich auf einem Bein wie ein Rudel blasser Maststörche. Doch anschließend tritt die langersehnte Pause ein. Mit kollegialem Respekt greifen sich nun die hummerroten Bizeps-Protze gegenseitig an die gut durchwärmten Geleemuskeln der Oberarme und beglückwünschen sich zu ihrem eisenharten Training. Der hoffnungsvolle Kanzleiassistent August Nötig aber zieht nach Beendigung der ersten Stunde ein Wachstuchbüchlein aus der Tasche und trägt haargenau die Resultate seiner Messungen ein, die er mit einem Schneidermaß vorgenommen hat. Am Ersten schickt er die ermittelte Tabelle dann seiner Braut Monika nach Burglengenfeld. Die wird sich aber freuen.

Schnauferl-Schicksal

Zu den absoluten Hits einer Vorstadtjugend in den zwanziger Jahren gehörten mindestens drei Super-Begriffe. Nämlich der »Kara Ben Nemsi«, der »Waffelbruch« und das »Schnauferl«. Letztere waren die unehelichen Kinder von Gottfried Daimler und die wilden Vorfahren der heutigen Feuerstühle. »Schnauferl« hießen diese stinkigen Bastarde und Partisanen der Landstraße deshalb, weil der Besitzer diese Vehikel, um sie zu einem rachitischen Husten zu bewegen, so lange anschieben mußte, bis ihm schließlich der »Schnauferer« ausging und er so atemlos war wie der legendäre Nurmi, der ebenfalls zu den unerreichten Idolen der Barfußläufer gehörte.

Der absolute Experte auf dem »Töff-töff«-Gebiet im Viertel des Spaziergängers war anerkanntermaßen der Buckel Fritz. Obwohl er natürlich selber auch nicht das winzigste Schnauferl besaß. Aber er war wohl schon als Säugling statt mit Muttermilch mit einem Zweitaktergemisch gesäugt worden. Und statt eines zarten Verdauungskanals besaß er wahrscheinlich einen schnalzenden Auspuff. Jedenfalls konnte er absolut treffsicher von jedem entfernten Motorradl unfehlbar die Fabrikmarke erhorchen. Auch wenn es sich um ein solch seltenes Phänomen wie beispielsweise eine »Megola« handelte, eine »Harley Davidson«, die schwere »Indian«, die »Viktoria« mit den zwei waagrecht liegenden Zylindern, welche die Verkehrspolizei fuhr, die im Volksmund ganz schlicht die »Schwarze Schmach« genannt wurde, oder bloß um eine bellende »Zündapp«.

Waren andere Fachleute bei seinen Erklärungen anwesend, so gab er als Zuwaage gratis auch noch den Zylinderinhalt

der Benzinfresser bekannt. Und er wettete dabei mit jedem Gassenbuben ohne Federlesens »tausend Pfund« Kokosnußschokolade oder »drei Maßkrüge voll Zehnerl«, daß er immer recht hatte. Natürlich verlor er nie.
Und das war wohl auch gut so, denn die Mutter vom Fritzl war doch nur eine besonders magere Zeitungsfrau. Aber der Buckel-Balg hatte auch noch ein zweites Talent. Seine Wertschätzung oder Kritik eines Kraftfahrzeuges drückte er nämlich in später recht populär gewordenen Reimen aus. Da hieß es zum Beispiel:

Dekawe –
steig ab und geh.

Oder:

Ein bisserl Blech, ein bisserl Lack –
fertig ist der Hanomag.

Die seltenen »Cockerell«-Erzeugnisse aber versah er mit dem hervorragenden Prädikat:

Cockerell –
steigt alle Berge schnell.

Als er dreizehn Jahre alt war, erhielt er von der braven Mama wenigstens eine richtige Motorradbrille, die er ständig trug und in der Schule weit aus der Stirn schob, wie es der Herr Lehrer mit seinem teuren Augenglas auch tat. Doch der Traum von den eigenen zweihundert Kubikzentimetern schien ihm für alle Zeiten unerfüllbar. Aber obwohl der böse Pensionist Seidenschwanz, der immer die bedeutendsten Aussprüche vom ganzen Häuserblock tat, wie: »Nix Gwiß weiß ma net«, als Prachtstück seiner Aphorismen den derben Satz prägte: »Das Schicksal is a oide Sau«, schlug schließlich dasselbe gerade beim Buckel-Buben unverhofft und kräftig zu. Die Mama des Fritzl spielte nämlich schon jahrelang in der Pferdelotterie und gewann aus heiterem

Himmel plötzlich den dritten Preis. Und das waren zwei herrliche Fuchsstuten. Damit war das gesamte Glücksproblem für den Fritzi-Buben gelöst. Er schlug nämlich seiner guten Mamatschi ganz einfach vor, weil sie doch nicht mit den zwei Gäulen die Zeitungen austragen konnte, beziehungsweise ausreiten, er würde sich einfach ein Motorrad kaufen und die Gazetten alle blitzschnell am Morgen ausfahren. Dann könnten sie sich vielleicht auch noch einen zweiten Bezirk dazunehmen und wären bald reich.
Und so stand eines grauen Vormittags auch eine ungemein geduckte, dem Namen nach aber fast unbekannte »Lord«-Maschine vor dem Haus und seinen staunenden Insassen. Ebenso rasch gesellte sich auch eine richtige Motorradbraut zu dem neuen Landstraßenschreck. Diese Mädchen wurden meistens zwischen dem Sattel und dem hinteren Schutzblech beim Fahren wie eine Wäscheklammer eingezwickt, ganz hautnah halt, wie es damals der Brauch war. Also mit bloßen Beinen und manchmal sogar mit einer ebensolchen »Mitgift«. Vor Fritzens Haus donnerte nun jeden Morgen die »Lord« wie ein gewaltiger Wecker los, und der Fahrer selbst trug auf dem Rücken, gefüllt mit den Zeitungen, den alten Soldatentornister seines Herrn Papa, der leider bei Verdun gefallen war. Weil aber seine »Lordschaft« einen ungeheuren Gasolin-Durst entwickelte, meinte die Mama ein bißchen traurig: »Bub, schau doch einmal nach, der Tank von diesem Säufer muß ja ein Loch haben, so groß wie mein Daumen.«
Aber diese Kritik der Frau Mutter schob der Herr Sohn natürlich gelassen beiseite. Ja, er legte sich sogar noch eine lederne »Schnellfeuerhose« zu. Und natürlich auch ein zweites Girl, das auf den Namen Isolde hörte. Diese jedoch hatte sogar dem Spaziergänger schon lange gefallen, und er versuchte, mit einem faulen Trick bei der Hinterrad-Schönheit zu landen. Er zeigte ihr nämlich ein Bildchen, auf dem er mit einem Freund eine schwere Maschine in windschlüpf-

riger Haltung mit verkehrt aufgesetzter Schlägermütze dirigierte.

Die Isolde aber lachte schallend dazu und meinte, weit würde er wohl damit nicht gekommen sein. Denn das Motorrad stand ja auf einem Ständer, wie man ganz deutlich sah. Das stimmte leider, denn die Aufnahme war doch bloß auf dem Oktoberfest in einem Foto-Zelt getätigt worden. Der Abgewiesene aber war letzten Endes sogar erleichtert über diese Abfuhr, denn die Isolde wäre ihm sowieso zu »gescheit« gewesen. Sie erschien Jahre später sogar auf einem Plakat, das sie als Stadtrats-Kandidatin vorstellte. Und schaute wie viele dieser Plakate schräg und höhnisch auf das mindere Volk hinab.

Indessen war der Friederikus schon ein paarmal in arge Gewissensqual gekommen, denn nicht nur, daß er die fälligen Wechsel »prolongieren« ließ, wie ihm ein anderer Schnauferlritter empfahl, sondern er kassierte, um den Riesendurst der »Lord« zu stillen, auch heimlich ein paarmal die Abonnentengelder. Da war es auch nur ein schwacher Trost, daß die Buben vom Haus so einen schönen Vers über ihn gemacht hatten, den sie manchmal, wenn er startete, im Chor sangen. Und der hieß:

Der Buckel Fritz,
der Buckel Fritz –
is schneller wie ein Kugel-Blitz.

Aber langsam sprach es sich dann auch herum, daß wieder einmal ein älterer, streng blickender Herr mit einer kleinen amtlichen Tasche bei den Buckels war. Worauf die Frau Buckel mindestens einen Tag lang noch magerer wurde. Und dann kam alles ganz schnell.

Längst war Isolde auf eine fünfhunderter »Sunbeam« umgestiegen, und der strenge Herr mit dem Ledermapperl hätte sein Pfändungswapperl beinahe noch am Tank des gerade startenden »Ritters der Landstraße« anbringen können, da

bewahrheitete sich der miserable Schicksalsausspruch vom Rentner Seidenschwanz doch noch auf das traurigste. Denn nachdem der Fritz Buckel zum letzten Mal das Rennen »um das Blaue Band von Egelfing«, wie die Fußgänger die Rennstrecke von München nach Grünwald benannt hatten, absolvierte, bog er dann in der S-Kurve zum »Brückenwirt« nicht stark genug nach links ein, wie er es hätte tun sollen, sondern er segelte stur geradeaus und mindestens zwanzig Meter durch die Luft. Direkt in die Ewigkeit hinein.
Aus dem schwarzen Gestänge der »Lord« aber schweißten ihm seine treuen Spezl ein einfaches schwarzes Kreuz zusammen. Das heute noch an dieser Stelle im nahen Gebüsch zu sehen ist.

Die Via Misere

Man findet sie wohl noch überall auf der Welt. Die kleine miese Straße. Sonst würden auch die letzten Hinterhof-Carusos von ihr in einem abgewandelten Heinrich-Zille-Text längst nicht mehr singen:

Die gibt's in London, Wien und Essen,
Mittersendling nicht vergessen,
gibt's in Leipzig und Berlin,
oh Isabella Fridolin.

Und ihre Namen haben diese Blinddärme im Unterleib der Städte teilweise aus dem amtlichen Straßenverzeichnis, aber zum guten Teil auch aus dem Phantasie-Schatz jener Leute, die in ihrer Nähe wohnen. Deshalb heißen sie womöglich verächtlich »Grattler-Gasse«, »Strizzi-Straßerl«, »Pfuideifi-Pfad«, und wenn früher einmal ein Tierverwerter darinnen hauste, höchst korrekt »Schinder-Anger«.
So eine »Via Misere« ist immer schlecht beleuchtet, schlecht gelüftet und schlecht beleumundet. An ihrer Einmündung riecht sie meistens wie ein magenkranker Gefängnisaufseher. Und an ihrem Ende nach dem Gegenteil. Dennoch wird sie von den Bewohnern geliebt. Am meisten wohl von den vielen Gassenkindern ledigen Ursprungs.
Dort findet man manchmal sogar noch das Märchenpaar »Joringel« und »Jorinde«. Vielleicht mit einem Windradl aus rotem Glanzpapier in den dunkelweißen Fingern. Die aber dem Schnauzl von der verkommenen Wirtschaft »Zum letzten Hieb« doch auch liebevoll einen Rest eingetrockneten Kartoffelsalat aus dem verfilzten Fell kämmen. Und

beim Gebetläuten von dem schiefen Kampanile ihrer Firmungskirche ein tadelloses Kreuz machen.
Aha, und gleich drei Friseurläden mit ondulierten fliegengesprenkelten Schaufensterpuppen sind ja auch noch da. Aus dem mit Abstand vornehmsten Salon kommt doch gerade der letzte Kunde heraus. Das Genick des Mannes leuchtet weiß und sauber. Doch sein Hut ist ihm jetzt viel zu groß. Mit fluoreszierendem Hinterkopf, aber hochzufrieden bricht er in die aufkeimende Dämmerung hinein. Er muß sich morgen wo vorstellen. Oben in Augenhöhe des hinkenden Figaros ist im Rollo ein länglicher Schlitz im Eisernen Vorhang. Wie bei einem Panzerspähwagen. Abends wirft der Verschönerungskünstler immer noch schnell einen Blick da durch. Als ob er so sein verlorenes Bein noch einmal sehen wollte. Er war einmal Richtschütze gewesen.
Eine zweite Wirtschaft gibt es schon auch in der Via Misere. Eigentlich ist es nur noch ein Stehausschank. »Zum beliebten Gustav« nennt er sich. Unter dem blatternarbigen Verputz kann man aber auch die längst verblichene alte Inschrift noch entziffern. »Bismarcks Ruh« hieß der Grattlerladen also einmal stolz. Fremde Leute sagen, man muß bei diesem Etablissement, bevor man es betreten will, wahrscheinlich seinen Hut auf dem Griff eines Spazierstocks vorsichtshalber durch die Türe halten. Im düsteren Hinterzimmer vom »Justav« haust seit manchen Jahren der Athleten-Verein »Ursus«. Denn wenn die Gäste vorne genug »Krüge« gestemmt haben, gehen sie dann ins Nebenzimmer und stemmen dort Hanteln. Der Herr Vorstand geht nach der letzten Halbe mit abgespreizten Armen stolz nach Hause und singt die ersten vier Zeilen der Vereinshymne:

Wia sind die Schtemmer
von Mittersendling.
I schtemm an Wirsching
mit oana Hand.

Später erscheint dann pünktlich der Wasserspeierkopf der Frau Faust in der obersten schiefen Mansarde des Eckhauses. Und in dem kleinen Hinterhof schaukelt noch immer ihre Unterwäsche an einem mürben Strickerl. Mit dem man wohl nicht einmal die dünne Seele eines armen Sünders hängen könnte. Die Frau Faust hustet schon seit acht Tagen überhaupt nicht mehr. Bald wird sie wohl hinüber sein. Drum schaukeln ihre Unaussprechlichen auch völlig unausgefüllt und verlassen noch immer auf der Leine. Es ist eine von jenen einbruchsicheren Wollgarnituren Marke »Kunigund mit Gummibund«. Zum »Treppenwischen dadn se's no«, meint die fromme Betschwester Selenbinder hämisch. Die ist allerdings mit siebzig Jahren noch immer ein Fräulein.

Und sogar der Mond meidet die freudlose Gasse. Nur manchmal schaufelt er ein paar »Schippen« Schein in ein Parterrefenster ohne Vorhänge. Eine Frau sitzt drin am Tisch und tupft mit dem nassen Zeigefinger ein paar Kuchenbröserl zusammen. Vom Geburtstaggugelhupf des kleinen Enkerls Meisi, die ihn nachmittags gebracht hatte, sind die. Ein wenig spröde ist er halt geworden. Denn sie hat ihn in einem Puppen-Näpfchen gebacken. Und da hätte sie doch zuvor ein bisserl Butter hineinstreichen müssen. Aber es war wie immer keiner da. Nein.

Schnaufend tastet sich die Standlfrau Siebenschritt vom Südbahnhof auf dem Rauhputz nach Hausnummer achtzehn vor. Sie hat Asthma. Und der Nebel würgt sie auch noch her. Das Knarzen ihrer hohen Witwenstiefel kommt immer näher. Und dann verschlingt sie die schmutzige Vorstadtwatte. Nachher ist es Nacht über der bösen Kopfsteinschlucht. Und aus dem Straßengulli steigt fetter dicker Rauch auf. Da sagen dann irgendwelche Leute, die genau gar nichts wissen: »Jetzt raucht in der Gesindelgasse der Teufel wieder einmal einen verkommenen Menschen aus der Pfeife.«

Viertes Kapitel

München, wie es früher war

Der liebe Gott heißt Schorsch

Es geschah in einer liederlichen Maiennacht des Jahres 1158. Da kauerten zwei rüde Gesellen am Ufer der Isar. Der eine fummelte mit einem Hartholzpflock wütend an einem Stück Zunder herum, während sein Kumpan, hustend und mittlere Flüche ausstoßend, so lange auf das primitive Feuerzeug hinblies, bis ihm die begehrte rote Zunge den verwilderten Bart leckte.

Dann aber brannte sie endlich. Die verwahrloste Holzbrücke nämlich, die in der Nähe von Föhring über den weißblauen Nil führte. Sie brannte: »So wie das Gesetz es befahl.« Und das Gesetz hieß seinerzeit Herzog Heinrich der Löwe und saß im schmiedeeisernen Maßanzug etwas abseits auf einem hochmütig blickenden Pferd. Zufrieden nickte dieser Recke beim Anblick der fleißigen Flammen und der zusammenstürzenden Balken. Und auch das Rößlein wieherte ein herablassendes »brav, brav, brav«. Denn jetzt war also der lange Salzpfad endlich unterbrochen, der von Reichenhall hinunter zu den Flachland-Tirolern führte, die den sauren Grieß vielleicht deshalb so dringend benötigten, weil sie ihn bei der Vogeljagd den Fasanen auf die langen Schwänze streuen wollten.

Und der Freisinger Bischof, dieser geldgierige Christenmensch, der an seiner Brücke die armen Salzfahrer finanziell immer kräftig »abgeschlafft« hatte, mußte von nun an kleinere Brötchen backen. Jetzt galt es für Heinrich nur noch, eine geeignete Stelle für einen neuen Flußübergang, den er selbst kontrollieren wollte, zu finden. Einige Meilen isaraufwärts, dort, wo eine Handvoll zottiger Mönche hausten, fand er sie dann auch. Und aus dieser lausigen Siedlung,

Munichen genannt, entstand nach längerer Durststrecke schließlich Deutschlands heimliche Hauptstadt München. Jene Stadt, von der Schwedenkönig Gustav Adolf meinte, sie wäre »ein goldener Sattel auf dürrer Mähre«, auf welche der Dichter Thomas Mann das Wort prägte »München leuchtet« und von der Karl Valentin meinte, sie sei »leider nicht die schönste Stadt Deutschlands, sondern nur die schönste Stadt der Welt«. Und die alten Münchner wiederum sagen in schöner Bescheidenheit nur schlicht und grantig: »München mag man.« Und deshalb hat man sie wohl auch für die Olympischen Spiele auserwählt und ihr die fünf verschlungenen Reifen verliehen. Wobei viele Einheimische behaupten, das wären gar keine olympischen Ringe, sondern schützend über die Stadt gehaltene Heiligenscheine von fünf verblichenen Münchner Jungfrauen. Eine davon habe Petrus leider von Regensburg ausleihen müssen.

München ist aber nicht nur die Stadt des Biers, der schönen Brunnen und der schönen Mädchen, von denen jährlich über zehntausend aus allen deutschen Kolonien zuwandern. Sondern auch eine Fundgrube an komischen Käuzen, seltsamen Rekorden, Begebenheiten und Kuriositäten. Wer beispielsweise durch die dunklen Wandelgänge der Residenz pilgert, sieht dort einen riesigen Isarkiesel von dreihundertvierundsechzig Pfund Gewicht liegen, den der Bayernherzog Christoph frei vom Boden aufgehoben und weit geworfen hat, »ohn Gefehrt«.

Drei Nägel an der Wand darüber zeigen ferner an, daß die Bajuwaren schon in grauer Vorzeit große Sprünge machen konnten. Denn der oberste, weit über drei Meter hoch eingeschlagen, wurde von demselben Ritter mühelos mit den Füßen heruntergehauen.

Einen ganz anderen Rekord wiederum stellte der Münchner Pflasterer Georg Schäsl auf. Er aß nämlich einmal zum Mittagessen zweiundvierzig Leberknödel, und am Sonntag darauf verschluckte er ein ganzes Kalb, gesotten und kleingehackt. Nur wenige Münchner wissen übrigens, daß der erzene Valentin, der berühmte Linksherumdenker, der drunten am grünen Markt steht, aus einem zerschossenen Löwen aus der Siegestor-Quadriga gegossen wurde. Und als er noch leibhaftig durch die alten Gassen schlich, hatte ihn auch der »braune Napoleon« einmal zur Audienz empfangen und ihn dabei mit den Worten begrüßt: »Ich habe schon viel von Ihnen gehört, Herr Valentin.« Worauf dieser schlicht erwiderte: »I von Eahna aa.« Und damit den Besuch rasch beendete.

München ohne »Platzl« wäre wie ein Maßkrug ohne Henkel. In diesen weißblauen Kammerspielen wird noch immer das schöne bayerische Brauchtum gepflegt und gezeigt. Da gibt es hin und wieder ein Fingerhakl-Turnier, bei dem sich die Rivalen gegenseitig über einen Tisch ziehen müssen. Was oft mit einer solchen Vehemenz geschieht, daß der Unterlegene nachher ängstlich seine fünf Kameraden nachzählt, ob nicht einer ausgerissen wurde. Mit waffenscheinpflichtigen Nagelschuhen und Lederhosen, in die vorne eigens Falltüren für den »bösen Hosenwurm« eingebaut sind, wird auch der bayerische Kriegstanz, das Schuhplattln, gezeigt. Oder das Maibaumstehlen, bei dem es als Lösegeld für den geraubten, dreißig Meter langen Gaudipfosten mindestens einhundert Maß Bier gibt, bei Fehlschlägen des Unternehmens ebenso viele Kopfnüsse. Zur Atzung aber werden hier jede Menge »Bayerischer Bananen«, wie manche zu den köstlichen Weißwürsten auch sagen, serviert. Eine kräftige »Schmalzler-Prise« aus der pfundschweren Dose des Herrn Nachbarn beschließt als herkömmliches Nasenfutter einen herzhaften Platzl-Abend.

Wer schon etwas von dem Schäfflertanz gehört hat, der nach dem Erlöschen der bösen Pest erstmals stattfand, kann ihn auch täglich am Marienplatz beim Glockenspiel nachempfinden. Dort sieht er auch ein Ritter-Turnier mit lebensgroßen Figuren. Kurz nach dem letzten Weltkrieg stiftete übrigens ein amerikanischer Major die kostbaren Ölfarben zum Renovieren der Figuren unter der Bedingung, daß er einmal anstelle des hölzernen Turnierritters auf dessen Pferd ein paar Runden in zwanzig Meter Höhe über dem Marienplatz drehen dürfe. Er durfte.

Im Sommer trifft sich schließlich ganz München und das übrige Abendland in den großen Bierkellern, in denen an einem einzigen heißen Tag an die einhunderttausend Maß Bier getrunken werden. Wobei im Augustiner-Keller der bekannteste Stammtisch Deutschlands steht. An welchem der Bundeskanzler oder sein Außenminister ebenso saßen wie die Soraya oder der Westernheld Richard Widmark.

Im Winter hingegen geht es mit dem hölzernen »Freizeit-Schwammerl«, dem Eisstock, hinaus auf die zugefrorenen Kanäle und die kleinen Seen. Und nachher wird natürlich in einer der stillen kleinen Wirtschaften am Nymphenburger Kanal oder Hinterbrühler See noch kräftig eingekehrt bei Leberkäs, Wurschtsalat, einem Züngerl oder einem herzhaften Handkas.

Und so schön wird es in dieser Stadt immer sein – bis ans Ende ihrer Tage. Weil sie halt irgend jemand da oben mag. Die im Dreiquartel-Dunst ergrauten Bierdimpfel werden es übrigens auch jedem, der es hören will, ganz genau sagen können, warum. Weil nämlich der liebe Gott selber aus München ist und mit dem Vornamen Schorsch heißt.

Stadt an der Yser

»Die Zeit vergeht – sie kennt es nicht anders«, sagen die Satiriker. Und die Lyriker reimen: »Eins, zwei, drei, im Sauseschritt – eilt die Zeit, wir eilen mit.« Auch die Schlagerdichter und Komponisten beschäftigen sich eifrig mit ihr. »Schön war die Zeit, die ich mit dir verbracht«, verkünden sie wehmutsvoll, und »Kinder, wie die Zeit vergeht«. Besonders ausführlich wird auch die längst vergangene Jugendzeit besungen. Am häufigsten aber zitieren manche Menschen die gute alte Zeit. Diese ist manchmal, gerahmt und hinter Glas, auch in der Wanderausstellung »München im Wandel der Jahrhunderte« zu besichtigen.

»Diese Stadt ist in eim wunsamen Ort an der Yser gepawt«, berichtet auf einem leberkranken Pergament ein mittelalterlicher Geschichtsschreiber dem Kaiser Ludwig. Und daneben hängen die ersten Zeichnungen, Skizzen und Kupferstiche dieser Stadt, als sie noch Kniehosen trug und barfuß auf staubigen Salzstraßen heranwuchs. Aber schon kitzelt der Alte Peter mit spitzem Turmfinger den weißblauen Himmel. Der seine Wolkenbacken bläht, als ob er gleich niesen müßte. Und auch der Alte Hof, in dem seinerzeit schon alle Steuern verschwanden, reißt sein gefräßiges Tormaul auf. Draußen an der wilden Yser, in Richtung Volksbad etwa, lauert ein raubender Ritter in blitzendem Kruppstahlkammgarn. Er schwingt bedrohlich seinen meterlangen Büchsenöffner, fest entschlossen, damit die Wanstkonserven der nahenden Kaufleute gewaltsam aufzubrechen.

Hundert Jahre später hat München schon eine Stadtmauer, Türme und Zugbrücke. Händlerinnen bieten fleißig die Produkte der nahen Provinz feil, die in strahlendem

Schweinfurter Grün direkt hinter der Pettenkoferstraße beginnt. Diese Marktfrauen sind schon genauso vermummt wie die heutigen Selleriewalküren. Wahrscheinlich kamen sie schon so zur Welt. Wie sehr sich aber die Zeiten seit dieser Zeit geändert haben, sieht man auf der Darstellung eines Fischers, der zappelnde armlange Ungeheuer aus dem wogenden Glockenbach zieht. Der Text zu diesem Wunder ist allerdings lateinisch. Daher wohl der Name Fischerlatein. Die Yser selbst kommt aus dem Oberland und ist kurvig wie die Claudia Cardinale. Sie frägt sich in vielen Windungen durch München hindurch: »Sie bittscheen, wo geht's denn da nach Freising?« Bei der Mariahilfkirche jedoch wird ihr bereits ein Korsett aus Faschinen angemessen.
Später nimmt die Stadt hinter Glas allmählich ihren Lauf. Aber immer ist es noch ein stiller und beschaulicher Ort. Da schlängelt sich bereits die Sendlinger Straße durch die tuschelnden Häuser. Dieser Pfad schaut aus wie der Heimgang eines betrunkenen Bauers von Sentlinga, der im Gasthof vom »Koch in der Höll« eine fette Sau verkauft hat. Auf halber Strecke muß er sich wohl ein wenig hingelegt haben, und so entstand dann der spätere Goetheplatz. Schon damals aber spielte sich am Stadtgraben, dort wo man etwa heute den Unteranger schreibt, ein liederliches Treiben ab. Im Vordergrund hat ein Wachsoldat umständehalber sein Bajonettgewehr vor sich in den Boden gepflanzt, weil er gerade beidhändig eine diskrete Geländeerkundung bei einer drallen Bürgerstochter vornimmt. Und mit drei Schritt Abstand und Zwischenraum tändelt auch noch der Hauptmann dieses Gemeinen, den außer einem niedlichen Bäuchlein nichts auszeichnet, mit barocken Früchten.
Mit der Erfindung des Kupfer- und Steindrucks gewinnt auch die darstellerische Ausdruckskraft. Auf den ersten Stadtplänen Münchens erkennt der Beschauer ganz deutlich die Maxburg, die damals im Volk noch nicht Murksburg hieß. In der Nähe betrieb ein Kurfürst eine Marmorsäge mit

solcher graphischer Deutlichkeit, daß man es heute noch kreischen hört. Auf einem anderen Bild wird gerade ein Reiter von seinem Pferd abgeworfen, daß es ihn von dem versteinerten Semmelknödelpflaster wieder hochprellt. Eine meckernde Eisenbahnerkuh kreuzt zusammen mit der tiefen Abspülwasserrinne vom Gasthof »Goldener Storch« die Straße erster Ordnung. Aber in den schmalen Gassen ist schon Spitzwegs Liebe unterwegs. Vom Mansardenfenster des Studiosus Maurice Vorschuß baumelt eine rosarote Einladung zur Minne der lächelnden Jungfrau Züchterlich vor das freudig schnuppernde Näschen. Und die kreuzbrave Biedermeier-Schwiegermutter nadelt schon verschmitzt an den Windeln herum.

Um das 19. Jahrhundert herum wird die Vergangenheit auch in München etwas unruhig. Ein Bierkrawall findet statt, der den damaligen Verbrauchern nicht das beste Zeugnis ausstellt. Bravo, die hohe Obrigkeit, die Herren Offiziere und Akademiker prügeln auch fleißig mit und ziehen sich mit Stuhlbeinen gegenseitig den Scheitel nach. Feine Zeiten das. Und dort das Ende des bayerischen Hiasl. Einhundertzwanzig Mann, im Anschlag liegend, kniend und stehend, wurden aufgeboten, um den Hallodri zu besiegen, was schließlich in längeren Comic-Strips auch gelang. Andererseits zeigt ein weiterer Stich, wie Kurfürst Max IV. ganz allein des Nachts durch München fährt. Ohne Blaulicht und Sirene.

Nicht zu übersehen auch das Geschichtliche. Zum Beispiel Zar Nikolaus bei der stolzen Parade auf dem Marsfeld, als er beinahe über einen freudig winselnden Hund gefallen wäre. Oder das Vierfarbendokument, das den bayerischen Leutnant Kieffer von den Leibern zeigt. Etwas vergrämt eine preußische Kanone erbeutend. Und dann zum Schluß die Generalstabspläne des Münchner Appetits. Alte Speisekarten von den großen Bräus. Immer dicht umringt von Schmankerlpatriarchen und kopfschüttelnden Nachwuchsbrotzeitern. »Bierkäserl pro Stück 6 Pfennig. Und Portion Voressen 10 Pfennig. Und Suppe leer 3 Pfennig und ein Springerl 10 Pfennig und Faßbier die Halbe 13 Pfennig.« Halt, da steht ja gar noch das Datum: Peter und Paul, den 29. Juni 1914.

Zwischen zwei Toren

Eine Stadt hat viele Gesichter. Wenn sie morgens aufsteht und ein bißchen aus den weitgeöffneten weißen Poren riecht – nach kaltem Rauch, nach Hochspannungsleitungen und gewachstem Asphalt –, da erinnert sie an einen Fremden, der soeben eingetroffen ist und der sich nach einer langen Eisenbahnreise gähnend umschaut. In der Abenddämmerung eines schönen Sommertags wiederum, da ist ihr Antlitz erfüllt, sanft und leicht verrucht. Und was immer sie da denkt und tut, es wird Liebelei daraus. Auch ein bißchen Liederlichkeit und ein bißchen Lola Montez.

Trist wie eine schöne Frau beim Treppenwischen sieht die City hingegen an Regentagen aus. Und wenn in den Pfützen und Lachen die kleinen Wassermännchen hochspringen, so meint man fast, die Stadt weine nach oben, dem Himmel zu. Aber wehe erst, wenn am waschblauen Firmament kleine Wattebäusche herumliegen. Und die Luft wund, warm, gereizt und böse ist. Sogar die Spitzen der Kirchtürme haben da Migräne. Denn dann bläst der tückische Föhn übers Gebirge. Der Schirokko der Melancholiker, der Nihilisten und der Selbstmörder. Dann verzerrt sich das sonst so strapazierfähige Antlitz der Zementoase zu einer Fratze. Und die Menschen werden im weichen Wahnwind verrückt.

Am schönsten aber ist die Stadt, wenn sie sich einmal ausruhen darf von ihren lieben Kindern. An einem stillen Sonntagmorgen vielleicht. Da haben sich die unruhigen Wellen des Häusermeeres geglättet. Und die Stadt hat ihr schönstes Gesicht auf. Das Gesicht einer zufriedenen guten Mutter. Natürlich ist es auch entscheidend, von welchem Punkt aus

und mit welchen Augen man die City anschaut. Von oben etwa, von den Türmen des Alten Peter. Oder aus der Randsteinperspektive eines alten Spaziergängers. Und es ist ein Unterschied, ob man von den hohen Bergen kommend ihre Bekanntschaft macht oder von Schwabing her durch das Siegestor den ersten Blick auf sie wirft. Durch jenes Tor, das Ludwig I. 1843 bis 52 erbauen ließ. Und von dem die Münchner nach Beendigung der letzten feldgrauen Ära ein bißchen spöttisch meinten: »Na ja, das Siegestor hätt ma eigentlich ruhig abbrechen können; denn in letzter Zeit ham ma 's sowieso ziemlich wenig braucht.« Die Quadriga mit der Siegesgöttin, die obendrauf stand, wurde von Bomben arg beschädigt. Sie ist heute wieder restauriert und befindet sich am alten Platz. Die Einheimischen aber sagen jetzt: »Heut hat das Siegestor nur mehr eine größere Bedeutung als Verkehrshindernis.« Und die ganz Alten fügen leise hinzu: »Möge es noch tausend Jahr so bleiben.«
Wendet der Fremde aber vielleicht unabsichtlich seinen Fuß dem ältesten Münchner Stadtviertel zu, nämlich Sentlinga, dem Dorfe Sentilos, in dem einst Bayerns prächtigste Söhne aus Liebe zu ihrer weißblauen Heimat an der Mauer des uralten Kirchleins verbluteten, so kommt er vorher durch das Sendlinger Tor. Heute hausen unter den leise verbröselnden, dunkelroten Torbogen keine Wachen mehr, sondern höchstens ein paar wilde Tauben und im Winter die Maroni-Frauen. Vermummte mütterliche Gestalten mit Siebenmeilen-Filzstiefeln, die wie wärmende Bruthennen um ihre leise knisternden Kastanieneier herumsitzen. Bevor du jedoch diese Pforte durchschreitest, Wandersmann, verweile noch ein wenig vor der Fassade des Asamkirchleins. Und tritt dann erst ein in diese stille, gute Zuflucht mitten im hysterischen Straßenverkehr. Cosmas Damian und sein Bruder Egid, zwei bayerische Architekten und Bildhauer, erbauten dieses Rokoko-Kleinod, das seitdem ihren Namen trägt, aus eigenen Mitteln.

Drinnen ist es kühl. Und es riecht nach Weihrauch und Frieden. Blaugelbes Licht beflackert die Heiligenschreine und betende Hände unglücklicher Märtyrer. Und Frauen kommen und gehen. Ein Weihwasserflascherl füllen sich die einen auf. Andere kramen wohl auch versonnen in ihren Einkaufstaschen, denn sie haben für ihren Schutzpatron ein Sträußerl Schlüsselblumen gekauft. Erschrocken zucken jedoch ihre sündigen Finger wieder zurück, denn beinahe hätten sie die ebenfalls eingekaufte Petersilie erwischt.
Manchmal kommt auch ein müder Handelsvertreter, stellt seine halbgeöffnete Tasche mit den dicken, unbeschriebenen Auftragsblöcken auf eine der dunklen Bänke und stülpt sein Gesicht in die erfolglosen Hände. Oder ein Büblein hastet herein. Schluchzt, kniet und reibt sich das verweinte Gesicht mit seinen schmutzigen Fingern.
Und alle blicken sie dann scheu und bittend zur vergoldeten Gottesmutter hin, deren friedliches Gesicht im Zwielicht verschwindet. Doch manchmal ist es fast, als lächele sie ganz leise. Über all diese kleinen Anliegen und kindlichen Bitten. Denn sie hatte ja schließlich selber eine Familie.

Links, wo das Herz war!

Schwabing, das veredelte ehemalige Dorf Swapinga, pulsierte einst am heftigsten dort links, wo das Herz ist. Nämlich auf der Backbordseite der Prachtstraße Ludwig I. und des Schwabinger Boulevards, wie die Avenue Leopold auch gerne genannt wird.

Dort spielte im berühmten Café »Größenwahn« der Malzkaffeerevoluzzer Roda-Roda mit den anderen Welterneuerern hinter den großen Schaufenstern vierundzwanzig Stunden lang am Tag Schach, heftig kritisiert von gestikulierenden Zaungästen, die vom Bürgersteig aus zuschauten. Dort ging die sagenhafte Gräfin Reventlow, bleich, romantisch und schön wie ein Mondstrahl, nachts durch die gelben Gaslaternenstraßen. Um den Knöchel ein güldenes Kettchen, wie eine Brieftaube zu Fuß, und an der Hand ein stilles Märchenkind, dessen Vater nie jemand erfuhr. Auf den Treppen der Akademie aber saßen die Modelle für die Maler- und Bildhauerklassen. Versponnene Mädchen in langen Rupfengewändern und mit kernigen Kopfsalatbrüsten, die sie stramm zu Markte trugen. Markante Charakterköpfe zum Aussuchen. Das Stück für zwei Mark ganztägig. Dort tanzte um die Zeit, wenn der käsige Morgenmond über die Giebeldächer nach Hause ritt, Schwabylons François Villon, der letzte große Poet Hans Reiser, einen gespenstischen Wiegentango auf der Straße. Sagte dann seinen Freunden, daß er schnell an den Amazonas müßte zum Orchideenpflücken und verschwand für die nächsten fünf Jahre.

Und die Elf Scharfrichter, das köstlichste Brettlkabarett, das es je gab, saßen im »Goldenen Hirschen« und schlachteten

ganz unblutig drei Dutzend Weißwürste, die ihnen ein unbekannter Mäzen auf ein Jahr im vorhinein bezahlt hatte. Der Seemann Ringelnatz, der Star des alten Simplicissimus, der Maler Franz Marc, Heinrich Mann, Stefan George, Klabund, die geheimnisvolle Marya Delvard, und wie die berühmten Figuren der goldenen zwanziger Jahre alle hießen, warteten gleichermaßen sehnsüchtig, bis die Säufersonne »La Luna« wieder aufging, um sich zusammen mit all den anderen Traumtänzern, Feinspinnern und sanften Irren um die Kathi Kobus zu versammeln. Jener Edelweiß-Monroe, die aus dem nahen Gebirge als »Simpl«-Wirtin eingezogen war und ihre Künstler mit einer Bowle anlockte, die sie selber braute und von der Frank Wedekind behauptete, das einzige Natürliche, was da jemals drin gewesen sei, wäre der Daumen der Kathi selbst gewesen.
In einem Hinterzimmer der Kaiserstraße, das jetzt von einem freundlichen alten Friseur benützt wird, schrieb indes ein Herr namens Meyer, der sich dann später Lenin nannte, jenes berühmte Buch, das nachher die politische Bibel von vielen Millionen Menschen wurde. Heute ist es längst still geworden in diesen Gassen und Straßen um die leise verbröselnde Akademie. Verschwunden ist auch die seltsamste Künstlerpension Europas, »Bei Papa Fürmann«, deren Zimmer so winzig waren, daß die Dichter und Denker drinnen ihre Pfannkuchen höchstens senkrecht verzehren konnten. Vergessen ist der kleine Tabakladen des großen Ringelnatz, von dem er eines Tages, als das Geschäft nicht mehr ging, einfach die Türe aufließ, um nie mehr zurückzukommen.
Vorbei sind die Tage, in denen der letzte Bürgermeister der Traumstadt Peter Paul Althaus einem Fremden, der ihn am Bahnhof nach Schwabing fragte, einfach erwidern konnte: »Wenn Sie mit mir reden, sind Sie bereits in Schwabing.« Und der dann, bevor er sein geliebtes Wahnmoching für immer verließ, von diesem Stadtteil, der längst nur mehr

aus Nepp, Neon und Nutten bestand, resigniert feststellen mußte: »Früher war Schwabing das Herz der Welt gewesen. Heute ist es sein Unterleib geworden.«

Die verlorene Hauptstraße

Jede Stadt hat ihre Hauptstraße. Diese heißt aber nicht so, weil in ihr lauter Hauptleute oder Hauptlehrer spazierengehen. Oder weil man dort eine aufs Haupt kriegt. Auch muß die Hauptstraße keineswegs identisch sein mit der Prachtstraße einer Weltstadt, wie es die Via Veneto in Rom oder die Champs-Élysées in Paris sind.
Auch in München gab es einstens eine Hauptstraße. Damit war aber nicht die Ludwigstraße oder der Boulevard Leopold gemeint, sondern die langsam verkalkende Verkehrsarterie vom Marienplatz zum Stachus. Doch die heimliche Hauptstadt hat ihre Hauptstraße schon längere Zeit verloren. Und es ist nicht schade darum. Denn an ihrer Stelle entstand doch die wunderschöne »Zone di Silentium«. Trotzdem denkt der Ur-Münchner, wenn er durch diesen Nobel-Korridor bummelt, öfters daran, wie es in der Neuhauser Street und ihrem Wurmfortsatz, der Kaufingergasse, vor irgendeinem Jahr an irgendeinem Monat und irgendeinem Tag gewöhnlich zuging.
Sie begann dort, wo die Säule mit der segnenden Madonna aufragt. Und nicht nur seit der Zeit, als in ihrer unmittelbaren Nähe ein Stück der Maginot-Linie, der sogenannte Kaufhof, aufgebaut wurde, sondern schon immer wandte die hohe Frau dem unguten Verkehrsgewühl ihren gebenedeiten Rücken zu. An der Ecke beim Sporthaus Münzinger befand sich einer der berühmtesten Rendezvousplätze unserer Stadt.
Wenn der Abend in die Häuserzeilen einfiel, standen dort Dutzende von Versatzbrüdern mit auswärts gerichteten Stiefelspitzen und um die Ohren vom Rasieren so rot wie

eine Forelle unter den Kiemen. Sie warteten mit wasserdichten Armbanduhren und manchmal auch mit einem Strauß Schwertlilien, den sie bei der Begrüßung der Geliebten wie einen Degen zum Zeichen der totalen Kapitulation senkten.
Auf den Trottoirs standen in der Nebel- und Frostsaison manchmal noch graue, mürbe Sandkisten. Auf die eine spielende Kinderhand vielleicht mit Kreide geschrieben hatte: »Heute gibt es Nudelsuppe, Kartoffel, Hund.« Statt Huhn. Weiter vorne, bei dem kleinen Gasserl, in dem sich einst das sagenhafte Panoptikum befand, war ein Gitter aus lauter Eisenlanzen. Sauber ausgerichtet wie in der Waffenkammer der Nibelungen, standen sie aufrecht in einer Reihe. Die in der Mitte war die längste. Wohl des grimmen Hagen schurkischer Speer. Auf seiner Spitze baumelte aber nicht der gemeuchelte Held Siegfried, sondern ein verlorener Handschuh aus Nappaleder.
Auch eine verspätete Baustelle lockte öfter noch bummelnde Tritschler an. Irgendeine Firma suchte da wohl wieder im schmatzenden Münchner Untergrund den Fußweg nach Amerika. Die Baulücke war mit einem Zaun abgesperrt, in dem sich viele Astlöcher befanden. Zum Durchschauen für Leute, die an Gerstenkörnern litten. Und auf der Höhe des jetzigen Jagdmuseums rudelte sich jeden Sonntagnachmittag die Heilsarmee zusammen. Und die spielte immer ein Lied mit Tschingderassabum, dem ein namenloser Poet folgenden Text unterlegt hatte:

Ich weiß bestimmt.
Klingelingeling.
Daß der Erlöser kimmt.
Tschimbum.

Unter den Arkaden saß tagaus, tagein ein Bettler mit nur einem Bein. Das andere hatte er auf dem Altar des Krieges geopfert, der es aber wahrscheinlich gar nicht brauchen

konnte. Und er selber hätte es doch so nötig gehabt. Der Mann hatte einen Filzhelm vor sich hingestellt, in den zögernd der Messingdank des Vaterlandes hineintröpfelte.
Manchmal schwenkte in die Ettstraße auch ein hochroter Herr im grünen Lodenmantel ein. Er stieß einen kopfhängenden Burschen vor sich her. Ein Fahrrad sollte der gemaust haben. Der Grünrock war es dick zufrieden, weil er die Missetat wieder einmal am Wickel hatte. Wahrscheinlich sagte seine Mutter schon immer von ihm als Bub: »Des werd einmal oana, wo man die andern fangt damit.« Recht hatte sie gehabt, die Brave. Kriminaler ist der Sprößling geworden.
Dazwischen wimmerte der Verkehr wie ein vom Schmerz gebissener Zahnwehbruder. Dann rauschte eine grelle Blondine vorbei. Eine ganz moderne mit Strahlturbine. Und wie aufregend sie lief. Wie ein sechsstelliger Wechsel. Bis sie mit ihrem Pfennigabsatz in einer Fuge hängenblieb. In keiner von Johann Sebastian Bach natürlich. Nein, vom Randstein war's eine. Auch ein frecher Bäckerbub, der lauthals die traurige Version eines Schlagerliedes sang:

Ei, ei, ei, Korea,
der Krieg kommt immer näher,

kam mit dem Vorderradl in eine Straßenbahnritze. Und einhundertsiebzehn abgezählte sozialdemokratische Kaisersemmeln rollten unters Publikum.
Der Ur-Münchner, der das sah, mußte dabei kurz an die Auslage von der Niederlassung einer großen Brotfabrik denken, auf welcher in köstlichem Deutsch zu lesen war: »Begaxel dringend gesucht.« Erst nach Tagen kam er darauf, was das »Begaxel« bedeuten sollte. Na ja, war sich Filialleiterin wahrscheinlich aus Bemmen. Einen »Bäckergesellen« wollte sie nämlich haben.
Dort, wo das alte Tor noch immer steht, das heute frisch geweißelt ist, sang die Hauptstraße ganz leise die Weise:

»Muß i denn, muß i denn zum Städtele hinaus.« Ach ja, das alte Stadttor. Wenn es erzählen könnte, würde es vielleicht vom Pförtner Leberecht Luginsland berichten und von dessen Frau. Die ihrem Gatten, bevor sie zum Spinnen ging, immer einen Zettel hinterließ: »Bin im Hoagart, Schlüssel liegt in der Schießscharte. Essen steht im Kanonenrohr.«

Wie in Spitzwegs Tagen

Es gibt in München ein paar Dutzend Winkel, Gebäude und Stätten, vor denen die alten Einwohner von Zeit zu Zeit immer wieder kopfschüttelnd, schmunzelnd oder träumend stehenbleiben. Dazu gehört beispielsweise ein simples Fenster im verdämmernden Märchenhof des uralten Radspieler-Hauses. Und der Großstadtwanderer stellt sich dabei vor, wie der Dichter Heinrich Heine, der einmal hier wohnte, an die erblindeten Scheiben mit den Fingernägeln einen zornigen Vers getrommelt haben mag, als ihm der Bayernkönig Ludwig kühl die goldbetreßte Schulter zeigte.
Besonders gerne bummelte der Asphaltlatscher an lauen Sommerabenden auch hinaus zu einem kleinen verschonten Herbergshäuschen hinter dem Wiener Platz, wo man den dicken Hausschlüssel noch in die Dachrinne legte. Und wenn er Glück hatte, konnte er einem blassen Knaben zuhören, der im Rahmen des Giebelfensters einer Schülergeige das Lied von den zwei Königskindern abbettelte.
Mit ungläubigem Stirnrunzeln verweilte der Ortskundige ferner am Eingang jenes vergammelten Hinterzimmers, in dem der bekannte »unbekannte Soldat« des Ersten Weltkrieges seine wirren Ideen spann. Und dessen biergebeizte Wände eine blutige Geschichte erzählen hätten können von einem, der auszog, um anderen das Gruseln zu lernen.
Zu den letzten Alt-Münchner Idyllen gehörte auch der »Gries«. Eine verbröckelnde Häuserzeile unweit des stolzen Stammsitzes der Bayerischen Staatsregierung. Dort schaute es immer so aus, als hätte man die alte Zeit einfach auf einen Haufen gekehrt. Die Luft schmeckte hier wie das Messingmundstück einer Postkutschentrompete. Während aus den

Mauerruinen ein Lüfterl aus Spitzwegs Tagen wehte: ein Düfterl von Wäschermadln, die am nahen Bach ihre knielangen Unaussprechlichen rubbelten. Und der Ruch von würzigen Dachhasenbraten, die hier mit wenig Hemmungen, aber viel Pfeffer verspeist wurden. Sicher hießen die Kinder, die in dem schmalen Gäßchen wie die Saunägel beim Sonntagskegeln herumpurzelten, nicht gerade Wulf-Dieter, sondern Micherl und Zenzi. Während sich die Eltern meistens Schratzenbeck schrieben, aber niemals Kneese.

Den nordöstlichen Eckpfeiler des Grieses bildete eine seltsame verlassene Halle, die direkt um einen meterdicken Baum herumgewickelt war. Und drinnen war es duster und verkohlt. Möglich, daß hier an der rußgeschwärzten Ecke sogar einmal Siegfrieds Balmung geschmiedet wurde. Oder vielleicht hatte auch nur ein böser Kugelblitz eine Stadtwohnung hier.

Im ersten Stock fand der neugierige Betrachter das zeitweilig verlassene Lager eines Wermutbruders. Und im nächsten Raum die Wellpapier-Couch einer Asylschwester. Aha, dachte er sich, auch Stadtstreicher bevorzugen getrennte Schlafzimmer. Dann entdeckte er auch noch einen frischen Stirnschmuck aus Weidenblättern. Wohl den Myrtenkranz der Tippelmamsell. Und auf einem Stück Papier zwei frisch gerupfte Täubchen. Womöglich sollte da heute Hochzeit sein. Plötzlich aber zischte ein grauer Strich an ihm vorbei. Eine armlange Ratte. Und weg war der Braten der Braut.

Drohend gähnte dem Ruinenschnüffler nachher ein widrig kühler Kellerschacht entgegen. Und es roch daraus wie aus der Tiefkühltruhe des Weiberschlächters Blaubart. Durch einen Wald von schlagbaren Brennesseln und wilden Rhabarberblättern, die so groß und grün waren wie die Hände vom Riesengebirgsgeist, wenn er das Kraut von seiner Leibspeise gerissen hat, um die Rüben besser zählen zu können, führte ein kleiner Pfad in eine verzauberte Märchenwelt. In einem verwunschenen Garten stritten sich lautlos Hunderte von duftenden Liebesorchideen darüber, wer von ihnen die schönste im ganzen Land sei. Gewiß würde gleich ein Rosentroubadour die blühenden Büsche teilen und eine strapazierfähige Serenade von diesen »Büchsenöffner-Bleamaln« in die beginnende Dämmerung hinausschluchzen.

Es war ein heißer Spätsommertagabend, als der Wanderer schließlich vor dem zerfallenen Haus Nummer 19 ankam. Die roten Dachziegel glänzten in der halben Beleuchtung wie die Schuppen eines riesigen Goldbarsches. Verwaschene Schnörkel zierten die hundertjährige Fassade. In der Mitte ein Stern mit der steinernen Umschrift: »Stella Matatino«. Lautlos wie in einem großen Stundenglas lief das weiße Mehl der Mauern durch die langen Risse des Verputzes.

Zwei Stuckmonogramme kündeten wohl von den Menschen, die einmal hier lebten: »I. G.« stand links an der Wand. Und rechts daneben: »B. G.« Wie der Pflasterbummler das so vor sich hin murmelte, wurde ein »Ich geh« aus dem einen, und aus dem anderen Schriftzeichen: »Betty ging auch.« Und lächelnd fügte er ein drittes Monogramm hinzu. Nämlich ein stummes »W. G.« Und brummelte resigniert dazu: »Wir gehen leider alle.«

Stachus-Serenade

Warum der Stachus Stachus heißt, wurde nie ganz genau geklärt. Die einen sagen, er trage diese Bezeichnung, weil dereinst in dem tiefen Festungswall, der dort verlief, die Armbrustschützen ihre Übungsstätte hatten. Und von den Bolzen oder Stacheln, die diese grimmigen Krieger verwendeten, sei auch sein Name abgeleitet. Die anderen behaupten indes, einst wäre an dieser Stätte eine beliebte Einkehr gewesen, die ein gewisser Eustachius Federl betrieb. Aus dem Eustachius aber wurde bald ein »Stacherl«, und aus dem Karlsplatz eben dann der »Stachus«.
Für die Münchner jedenfalls war dieser Platz, der heute bis zu dreißig Meter tief ausgehöhlt und der absolute Verkehrsknotenpunkt ist, früher der Nabel ihrer Weltstadt. Und aus dem Motorengebrumm, dem Gewinsel der Mopeds, dem dumpfen Blöken der Boschhörner, den sanften Kosenamen, die fast pausenlos von Autofahrer zu Autofahrer ausgetauscht wurden, der Trillerpfeife des Verkehrsschutzmannes und den pausenlosen Diskussionen der geschwätzigen Starenschwärme auf den nahen Bäumen und Leitungsdrähten formte sich die unvergleichliche Stachusmelodie.
Der gemütliche Wanderer aber, der noch Augen hatte zu schauen und die Ohren nicht allein deshalb, damit ihm der Hut nicht über die Nase fiel, suchte sich wohl manchmal irgendeinen Winkel oder einen freien Platz auf den grünen Bänken. Und blinzelte dann hinein in dieses bunte Panorama, ärgerte sich da ein wenig, schmunzelte dort ein bißchen, stillte seinen Großstadthunger und holte sich dabei auf jeden Fall seinen bescheidenen, amtlich genehmigten Dämmerschoppendurst.

Der Karlsplatz war aber nicht nur ein bedeutender Straßenkern. Sondern auch Münchens Marktplatz des Stelldichein. Am Stachushäusl standen nicht nur im Mai Verliebte, Verlobte und Versetzte. Und alle Jahre in der Zeit der unruhigen Wäsche erlebte diese Oase der Hoffnung besonders viel Freud und Leid, Beginn und Ende, aufgeschnupfte kleine Tränen und zerwuzelte Trambahnbillettl. Und in unsichtbarer Neonschrift der Firma »Angst und Bange« stand über dem kleinen Straßenbahnbungalow das Menetekel aller wartenden Kavaliere: »Wenn du nicht kommst, dann hab ich mich abends umsonst rasiert.«

Mancher Eckensteher kam deshalb zur blauen Stunde hierher. Zum Kiebitzen und zum Schmunzeln. Deutlich waren drei Kategorien von Rendezvouzelchen festzustellen. Um 19 Uhr nahte der »Treff« der Bürozähne. Um 20 Uhr kamen die Kaufhausspargel und um 20 Uhr 30 die Friseusinnen. An Begrüßungsaussprüchen konnte man notieren: »Servus, Dreiquartel«, »Hei«, »Grüß Gott« zum Beispiel, »Hallo, Sugar«, »Gnädigste, ich hatte kaum zu hoffen gewagt«, »I frei mi ganz greisli«, »Bist halt ein Faß«, »Was sieht mein rotumrändertes Auge« und »Laß di griaßn, oide Schiaßn«. An besonderen Vorkommnissen: Ein Schneeweißchen mit plastikblassen Lippen ging auf einen Galan zu, auf den der ahnungsvolle Kolumbus-Vers deutlich zutraf: »Was blickst du, Amanda, so trüb und so bleich, du bringst mir traurige Mär.« Und tatsächlich sagte sie auch kühl bis ans Herz hinan: »Koa anderer kummt überhaupts net in Frage. Des kon i beeidn.«

Zärtliche Kosenamen fielen: »Honey«, »Schtutzifacki«, »Raschperle«, »Rehlein«, »Schnullerchen«, »Kleiner Pascha«, »Stachelbeerle«, »Bampferle«, »Scheißer«, »Fuchserl«, »Schatz« und »Ratz«.

Beim Begrüßungszeremoniell überwog das sachliche Shakehands. Nicht alle Herren zogen die Hüte, manche tippten nur mit dem Zeigefinger an den Rand. Einige bauten aber

einen strammen Max und legten einen gepflegten Diener aufs Pflaster. Das öffentliche Küßchengeben war passé und lächerlich. Und auch der Handkuß gehörte sichtlich ins Archiv verstaubter Gepflogenheiten. Selten errötete jemand. Höchstens vielleicht unter der Zunge, wo's keiner sah.
Mitbringserl schienen bereits unmodern geworden zu sein. Nur manchmal noch wurden Bonbontüten gezückt. Ein junger Freier überreichte seiner strahlenden Maid vielleicht eine Streichwurstsemmel, die sie sogleich mit blankem Zahn benagte. Und ein seltener Kavalier brachte Blumen. Einen Strauß roter Heimgartenorchideen. Er trug sie auf dem Rücken, wie Andreas Hofer die Hände in Mantua. Nachdem er aber vierzig Minuten über die Zeit gestanden war, senkte er seine Schwertlilien wie einen Degen der Kapitulation. Und stieß sie dann in den blechernen Haltestellenkorb, daß der Boden unten herausklappte.
Auch einige Mißverständnisse fanden statt. Freudig wollte ein energischer Blondschopf auf seine Erwählte zueilen. Da sah er an ihrem Arm die Mutter, die kein Mensch bestellt hatte. Er verglich, wandte sich und erreichte mit kühnem Sprung gerade noch die hintere Plattform der Linie 9. Er wählte die Freiheit. Und hinter dem Kastanienbaum »Adolf«, der deshalb so genannt wurde, weil er stets als erster braune Blätter kriegte, sah der Beobachter auch einen jungen Mann lauern. Der bespitzelte wohl seine frühere Freundin beim neuen Stelldichein. Denn als sein Nachfolger erschien, schlug er sich freudig aufs Knie und meinte erleichtert: »Ablösung vor.«
Der großen runden Stachusuhr mußte das Zifferblatt sicher wehtun vom unentwegten Anstarren. Dabei wollten die einen den Zeiger des Schicksals aufhalten, die anderen aber schoben mit unruhigen Blicken an. Bis halt jedem seine Stunde schlug. Von der aber keiner wußte, was sie ihm bringen würde. Einen Erfolg oder eine Pleite. Ein Trauer-

spiel oder einen Schlager. Nur an der Südwand der Zentralstation Sehnsucht hatte ein unbekannter, aber ehrlicher Chronist schon mit Bleistift hingeschrieben, was jahrelang noch zu lesen war. Nämlich: »Hier begann mein Leidensweg. 30. Mai 1959. Franziskus Knechtl.«

Turmstube zur alten Zeit

Seit 1337 steht der rechte Isartorturm nun bereits Wache. Verwegene Raubritter haben ihn schon häufig berannt, aber auch wimmernde Mopeds. Doch immer noch steht er, obwohl man ihn sogar unterhöhlt hat, so unerschütterlich im brodelnden Verkehrsstrom wie der Georgenstein im reißenden Isarfluß. Doch von den schmalen Zinnen schaut heute kein Reisiger, kein Stadtsoldat und auch kein Landsknecht heraus ins weite Land, sondern nur noch die Tauben, die dem alten Söller leider auch immer wieder einen ungewollten Anstrich verpassen, sitzen auf den schmalen Giebelplatten, aufgereiht wie die Kugeln einer Zählmaschine.
Im Turmcafé hängen von der Decke, mühsam glitzernd, im Zigarrenrauch namhafter Konzertcafés erblindete Kristallüster. Eine Kaffeemühle für acht bis zwölf Personen, das verwitwete Biertragerl eines Dreiquartelprivatiers und ein verwaistes Vogelhäusl baumeln auch vom gekalkten Himmel hernieder. Marmortischerl stehen herum. Eins davon stammt sogar noch aus dem berühmten Café »Größenwahn«. Groß wie ein Ölofen ist das Prachtstück der alten Pfeifensammlung an der Wand. So groß, daß man aus ihr so einen dürren Stengel wie den Karl Valentin leicht hätte rauchen können. 1843 steht auf einer. Die ist also aus der Zeit, wo das Rauchen in München auf öffentlichen Straßen und Plätzen noch gar nicht erlaubt war. Damals gab es deshalb zwei eingeschriebene Rauchclubs. Einen akademischen und einen bürgerlichen. »Zum Koch in der Höll« hat das Lokal mit vollem Recht geheißen, in dem sie pafften.
Auf den Haken der Holzlamperie ringeln sich die Zeitschriften der Jahrhundertwende. Die Meggendorfer Blätter, die

Fliegenden und der Simpl. Mit Bildern und Zeichnungen, die sicherlich heute »geahndet« würden. Hinten im Inseratenteil werden Mittel empfohlen. Gegen bleiche Wangen, Damenbart und Schüchternheit. Auch für stramme Bartbinden, Leberfleck- und Sommersprossentinkturen suchte man Abnehmer. Und »böse Träume« vertreibt Jonas Siebenzehnriebel. Alles gegen Voreinsendung.

Volkssänger schauen dich an. Porträts und Gruppenaufnahmen mit starrem Belichtungsblick oder retuschierten Blinzelaugen. Dort die alten Niewiedererreichten. Der Papa Geis, Hesselschwerdt, Helmstätt, Karl Maxstadt und Papa Schmidt. Damenkapellen, Imitatoren und Soubretten, den Rock tollkühn bis zum Wadenbein gelüftet. Und daneben der Nachwuchs. Die jungen Trübsinndompteure, Blädl, Peukert, Michl Lang, Ehbauer, Paulig. Und jeder der alten Besucher hat sie besser gekannt als der andere: »Wissen S', i wenn redn dad. Romane kannt i schreibn über den.« Aber sie tun's nicht.

Dazwischen bimmelt die Büfettglocke. Schmalznudeln werden serviert. »Ausgezogene«. Vielleicht von der Wirtin eigenhändig übers Knie gezogen. Rentner, Tritschler, begeisterte alte Münchner schnaufen immer wieder im Alleingang daher. In einem Wandschrankerl stehen Kaffeehaferl mit güldenem Rand. Und verblichenen Aufschriften: »Vergiß mich nicht«, »Zur Erinnerung an unsere Liebe«, »Malwine gewidmet«. Ganz Bevorzugte kriegen so eine Vergißmeinnichttasse. Und dann brocken sie ihre Nudeln hinein. Und kichern leise. »Ja, des is hoid a Gmiasal.« Aus verstaubtem Gladiolenhals spielt dazu zögernd das uralte Grammophon. Die Toselli-Serenade, den Mussinan-Marsch oder das Blim-Blim des »Bienenhauses«. Manchmal zupft die Alte eine schläfrige Zither: »Doktor Guuuden, der wollt helfen.« Dann wackeln sie wichtig wissend mit den Köpfen.

Aber sonst sitzen sie auf den altmodischen Kaffeehausrohrstühlen und sagen: »So, so«, »Ja, wos Sie net song« und

»Feid si nix«. Oder sie schauen der Hildegard zu. Der Kellnerin. Wie sie mit Tellern und Tassen hantiert, neue Bestellungen an die Tische bringt und die Bierfilzl auflegt. Früher, als die alte Anna noch bediente, die jetzt nur mehr in der Küche mithilft, gab es noch die braunen Bierfilzl, die zum Trocknen aufgestellt wurden wie Kartenhäuser.
Manche dösen und nicken auch ein bißchen. Dort der Grauschimmel zum Beispiel. Der an dem Tischerl sitzt, auf dem eine Bronzegöttin mit wehrhaftem Stoßdämpferbusen eine milchige Obstschale emporhält. Der hat seinen Kopf ganz schief auf eine Seite geneigt, damit die Erinnerung ein bisserl zusammenlaufen kann. Am Ende ist er gar ein wenig eingeschlafen.
Mäuschenstill wird's jetzt, denn nun ertönt Valentins Ententraum: »Ja, wia konnst mi denn du aufwegga, wo i grod so an scheena Dram dramt hob«, zürnt der lange Wortklauber. Da fährt auch der Silberkopf hoch und schaut mit vorwurfsvollen Duselaugen herum. Aber dann lächelt er schnell. Denn sein nickender Kopf war wirklich nicht mehr weit von der harten Tischplatte weg gewesen.

Tauben im Turm

Vor vielen, vielen Jahren, als die Münchner Zeitungen dafür kämpften, daß der alte Löwenturm, der wie ein erhobener Zeigefinger der Vergangenheit am Rindermarkt um Schonung bittet, erhalten blieb, bekam der Chronist einen Leserbrief. Darin erzählte ein betagter Münchner Junggeselle, daß er einmal als Zimmerherr in der Turmstube des roten Söllers gewohnt hatte und wie er dann abends vom Zinnendach aus voll glücklicher Liebe auf seine Vaterstadt hinuntergeschaut und hinabgeprostet habe.
Schon damals wollte der Berichterstatter gerne nachforschen, ob auch die anderen ehrwürdigen Stadttore bewohnbare Hohlräume hätten, und er spielte wohl auch ein bißchen mit der romantischen Vorstellung, wie er selber als grimmer Schreckensteiner mit einem blonden Nachtgespenst so wo hausen und sausen täte. Doch erst jetzt konnte der grauhaarige Träumer mit behördlicher Genehmigung eine entsprechende Entdeckungsreise antreten, von deren Resultat er die interessierten Mitbürger gerne unterrichten will.
Zuerst geht es also in das Karlstor. Eine kleine Geheimtür, zugänglich nur durch ein vornehmes Pelzgeschäft, führt in den linken Pfeiler des Anwesens Neuhauser Straße 38. Denn auch die Münchner Stadttürme haben als ordentliche Gebäude natürlich Hausnummern. Eine Leiter führt ins Mittelstück über den großen Rundbogen, und der Besucher ist in einem großen, ehemals wohl sehr gemütlichen Raum. In der dunklen Ecke ist irgendein verdächtiges Geräusch zu hören, und fast könnte man glauben, es würde da hinten vielleicht der Martin Bormann seine Memoiren schreiben.

Aber nein, nur ein unternehmungslustiges Täubchen hat sich dort einen geräumigen Lasterpfühl gebaut. Es handelt sich bei der gefiederten Lady vermutlich um eine fliegende Nitribitt. Denn in kurzer Zeit können die Besuche von drei rüstigen Täuberichen registriert werden. Die sich nach heftigem Geschnäbel erleichtert wieder durch die kleinen Spitzbogenfenster empfehlen. Schmunzelnd muß der Beobachter dabei denken, was das kleine Luder wohl für so eine Kosestunde nehmen wird. Vielleicht siebzehn Semmelbrösel. Denn sicher gilt auch bei den La Palomas das bekannte Wort des ebenso bekannten Gewerbes: »Aus Liebe tut's weh.«

Versuchsweise steckt nun der Turm-Gast einmal seinen Kopf durch eines der Fensterlein und schreit irgendeinem fremden Radfahrer zu: »He, Sie!« Der Strampelmann schaut einen Augenblick herauf und fällt vor Schreck fast von seinem Drahtesel. Denn daß ihn vom Karlstor herab jemand angerufen hat, kann er gewiß nicht einmal seiner Alten daheim erzählen, ohne daß sie ihn zur Blutprobe schickt.

Im Sendlinger Tor, Sendlinger Straße 46, öffnet dem Neugierigen ein Feuerwehrmann auf langer Leiter eine Klapptüre, die etwa vom Stammplatz der Maronifrau in das hohle düstere Dachkammerl der sechshundert Jahre alten Ziegelgroßmutter führt. Doch nur die vergangenen Jahrhunderte gähnen dem Turm-Kriminaler entgegen, als er mit der Taschenlampe hineinleuchtet. Immerhin soll früher einmal eine Künstlergesellschaft in diesem verlassenen Verlies gehaust haben. Plötzlich aber fallen dann noch zwei mumifizierte Tauben auf die Erde. Wahrscheinlich ein paar Reserve-Friedenstauben, denen noch niemand erzählt hat, daß der Krieg schon lange aus ist.

In den Mittelbau des Isartores, der dreiunddreißig Meter hoch ist, führen noch genau dieselben Treppen hinauf, über die schon die Weiberleute der damals Wacheschiebenden

ihre Brotzeit-Haferl und die Krüge mit Einböckschem Bier hinaufschleppten. Hier träumte wohl auch der Karl Valentin seinen berühmten Ententraum. Und unter dem mächtigen Rundbogen zogen Könige, Kaufherren und Kurtisanen in die Stadt hinein. Auch der braune Dschingis-Khan aus Braunau mit dem schwarzen Dobermann Himmler an der Seite ging durch diese Öffnung in die Weltgeschichte ein. Im großen Uhren-Raum hat der Schnüffler in die alte Turm-Vergangenheit eigentlich erwartet, schwere tickende Riesenräder anzutreffen, welche die beiden häßlichsten Zeitmesser der Welt, die das Isartor schmücken, betreiben. Doch die ganze Minutenmaschine ist erstaunlicherweise nicht viel größer als eine Männerfaust.
Eine dämmrige steinerne Wendeltreppe windet sich schließlich in das wuchtige Siegestor hinauf. Auf halber Höhe entdeckt der Besteiger in einem stockdunklen, aber gemütlichen und durch den Lichtkegel der Taschenlampe etwas erhellten Zimmer ein halbes Dutzend gut erhaltener origineller Wandgemälde, die darauf hindeuten, daß in irgendeiner grauen Wedekind-Zeit in diesem ausgefallenen Versteck Faschings- oder Künstlerfeste abgehalten worden sind. Der weitaus größere Raum jedoch befindet sich zwischen beiden Säulen, ist vollständig leer und wenigstens hundertfünfzig Quadratmeter groß. Was aber hat sich wohl der ehrwürdige König Ludwig gedacht, als er diese geheimen Zimmer schuf? Möglicherweise war seine Majestät zu der Überzeugung gekommen, im großen Saal des Ruhmes-Silos könnten einmal viele Doppelzentner getrockneter Siege gelagert werden. Und in dem kleinen Verlies vielleicht die Niederlagen. Doch erstens kommt es anders ...!

Großmutters gute Stube

In dem alten Museum am Jakobsplatz kehrt immer wieder einmal die gute alte Zeit ein. »Wohnkultur von 1700 bis 1900« hieß beispielsweise eine Ausstellung, die viele schmunzelnde junge Ehepaare, versonnene Pensionisten oder blasse schwarzgekleidete Stummfilmdamen besuchten. »Genau wia im Kabarett«, lauteten die Kommentare, und »Hhm, wia bei da Grossmuadda selig«, oder aber auch nur »Jaha, jaha.«

Zwischen gilben Möbeln nistete noch die Wärme einer naiven Wohlstandsära. Weißes Linnen und gelbe Dukaten ruhten in den dunklen Truhen, und von den Wanduhren tröpfelten die Brunnenhahnsekunden herunter, weil die Jahrhunderte doch schon etwas undicht geworden sind.

Zuerst tat sich eine Stube in bäuerlichem Blau auf. In der Mitte stand das Bett, wuchtig und geschnitzt wie ein Traumschiff. Auf der Zudeck waren die Geburtsdaten der Kinder rot eingestickt. Damals fand Werden und Vergehen noch daheim statt, und der Storch und der Gangerl kamen beide zu Fuß ans eigene Bett. Auf dem hölzernen Privathimmel war eine stattliche Maria aufgemalt, die einer satten Feuerwehrschlauchschlange den Kopf zertrat. Ein Betschemel und ein Spinnrad standen im dämmrigen Eck.

»Wenn in Großmutters Stübchen ganz leise ...«, summte ein älteres Mädchen. Die bemalten Bleiglasfenster ließen den Tag nur zögernd herein. Irgend jemand zitierte den Schwedenvers:

... ham d' Fensta eingschlong,
ham 's Blei davotrong,

ham Kugln draus gossn,
ham Bauern daschossn.

Dann das vornehme Wohnzimmer 1750. Mit dem Prunkstück, einem hölzernen Patriziertresor. Wäre da was runtergerollt, wär's für die Ewigkeit liegengeblieben. Denn nur ein Erdbeben hätte so einen Schrank heben können oder vielleicht noch der Herzog Christoph. Sicher wurde darin ein Geheimabkommen über den Westfälischen Frieden aufbewahrt. Und da standen auch noch zwei mindere Verwandte des großen Kastens. Wahrscheinlich mußten sie ihn mit »Euer Liebden« anreden, wenn sie zusammen um Mitternacht knarzten. Auf den Simsen die riesigen Kupferkannen waren wohl für Rübezahls Brotzeitbier bestimmt. Und im Erker der »schwarze Gesell«, ein gußeiserner Kachelofen, mit einem Bratäpfelgrill und einer Rheumatismusschneise in Rückenhöhe.

Folgte der bürgerliche Wohnraum. Mit dem ersten Kanapee. Zum Sitzen zu schmal, zum Liegen zu kurz und zum Einheizen zu schade. Heller waren die Möbel geworden und auch die Gesichter der Ahnen und Muhmen, die aus güldenen Fenstern schauten. Um diese Zeit schienen die Maler das Lächeln erfunden zu haben. Der Kachelofen versteckte hier schon sein feuriges Innenleben verschämt hinter einem gestickten Schirm, wie die Schönen an den Wänden das ihre hinter den Fächern. Zwei Seidenbrokatsessel breiteten zaghaft die Lehnen auseinander. Seid uns willkommen, ihr lieben Besucher. Aber nur bis hundertfünfzehn Pfund und nicht darüber.

»Und das haben die Mädchen so gerne, die im Stübchen und die im Salon«, spielte ganz von selbst das zierliche Spinett im Renommierzimmer von 1820. Ein kränklich zarter Seidenschemel wuchs davor aus dem Boden mit einem spargeldünnen Stiel. Kam der jetzt unter den Reifrock oder der Reifrock darauf? Na ja, es wurden ja auch nur ganz leichte

Sachen klaviert. Menuette und Gavotten. Keine Märsche. Trotz der riesigen Spiegeleierorden und Ehrenkometen, die auf blauem Samt in den Glaskästen ruhten. Über einer weißen Marmorplastik eines Ersatz-Raffael weinten glitzernde Lüster hochkarätige Bleikristalltränen. Und dort hinten am Intarsientisch tagte wohl einst der Familienrat. Dort wurde sicher auch die Fahrkarte nach Amerika für den mißratenen Enkel herausgeschrieben. Nur einen im heiligen Zorn verabreichten Schlag mit der Vaterfaust vertrug der dünnwadelige Vierbeiner wohl kaum. Sonst mußte am nächsten Tag im Stehen gegessen werden.
Und schließlich die wirklich gute Stube der Jahrhundertwende. Die gepolsterte Purpurzeit, in der alle Motten rot sahen. Mit Plüsch, Pleureusen, der Schäkerecke und dem Verlobungssofa, vor welchem die glückstrahlenden Freier kniend von der verzeihenden Schwiegermutter aufgestöbert wurden. Schiller, Goethe und Gneisenau schauten herab auf den Tisch, auf dem die Petroleumlampe, der milde Abendmond der Satten und Zufriedenen, schien. Dort in der Vitrine lag auch noch der Myrtenkranz, der einmal unverrückbar auf die Schneckenfrisur der Melusine Muckl paßte. Melancholisch mit einem »Sic-transit-gloria«-Lächeln schauten die Herrscher und Könige von der Blumentapete. Und hinten in der Ecke döste der hohe Mahagoni-Regulator, der noch »Anno Domino« erbaut wurde. Gleich würde unten das mattschimmernde Türl aufgehen und das siebente Geißlein aus dem Uhrenkasten schlupfen. »Mchehehe.«
Da pfiff es vom nahen Industriebau Mittag. Und der große Perpendikel schupfte den verträumten Chronometer, auf dem es erst fünf Minuten vor zwölf war, an, als wollte er sagen: »Kumm, tritschelt net gor so, jetzt foit scho wieda wos an deine Schtund.« Aber der Alte murmelte nur leise aus dem Gehäuse: »Wia lang do bei uns herin a Schtund is, beschtimm oiwei no i und da Peta Henlein.«
Ach ja, es war halt eine andere Zeit!

Geliebtes Biermöpserl

Da geht es hin und kommt nie wieder. Das geliebte, wackere Biermöpserl oder das Wassermadl, wie es in den wenigen alten Cafés noch hieß. Weil doch seine Hauptaufgabe darin bestand, den alten Tritschlern, die dort Karten oder Billard spielten, mindestens vierzig Tassen frisches Wasser zu ihrem einzigen Haferl Kaffee zu servieren.

Das »Biermöpserl« oder das Kellnerinnenlehrmädchen, wie man auch sagen könnte, wurde meistens von einer Tante oder anderen Blutsverwandten, die in den Großgaststätten und in den Bräus als Bedienung arbeitcten, an die Servietten und den Maßkrugspültrog geliefert. Es hieß Annerl, Sopherl, Reserl oder endete sonst mit irgendeinem »erl«. Seine Grundausbildung bestand darin, den Gästen aus dem Mantel zu helfen, den Stuhl zurechtzurücken und mit der Serviette etwas darüber zu wedeln, die Bierfilzl aufzulegen und die Speisenkarte bereitzuhalten. Das Annerl durfte dabei auch von dem ältesten Stammgast noch nicht am Hinterquartier getätschelt werden, weil das nur der Stammkellnerin zukam. Das Ausleeren der Aschenbecher wurde von dieser aus dem Hintergrund mit den Augen ferngesteuert. Ebenso das Feuergeben, wenn ein Bierdimpfl »unter Dampf ging« und seine Virginia aus dem Schachterl herausfieselte.

Später, im zweiten Jahr, durfte das mollige Kind auch schon die Suppe eingießen und »guten Appetit« wünschen. Zu dieser Zeit hatte das Madl meistens auch bereits einen Spezl oder Freund, der es abends auf der Radlstange nach Hause fuhr. Das war zwar etwas hart, aber so ein »Biermöpserl« stand meistens recht gut im Futter und vertrug deshalb auch noch ganz andere Stöße. Jeden Tag um halb zehn Uhr abends war bei ihr »Maria Empfängnis«, denn dann sagte sie mit der Andeutung eines Knickses, der meistens wie der verunglückte Absatztrick eines Fußballers ausfiel, an jedem Tisch züchtig »gute Nacht« und hielt ganz unabsichtlich die leicht transpirierende Hand hin, in welche dann allerlei Erz, vom Messing aufwärts, klimperte.

Ein Münchner »Biermöpserl« trug grundsätzlich Schwarz. Und zwar nicht nur vom Hals bis zu den Laufsohlen, sondern auch noch darunter. So feuerte zum Beispiel ein Großwirt in München kurz nach der »Niederlage II« alle seine Möpschen, weil sie ohne dunkle Strümpfe zur Arbeit kamen. Ja, streng waren damals die Bräuche. Da jedoch schwarze »Halbseidene« kaum zu kriegen waren, strichen sich die jungen findigen Dinger einfach ihre Wadl bis zum Ursprung hinauf mit Stiefelwichse an. Geschehen Anno Domini 48.

Und so wuchs also nun das »Annerl« heran, wurde schließlich zur Kellnerin »Anni«, um eines Tages als die alte »Anna« den Maßkrughenkel für immer auszulassen.

Außerdem hatte eine richtige Münchner Kellnerin nicht nur weiche Stiefel, sondern fast immer auch ein solches Herz. Vielleicht blieb sie deshalb auch vielfach ledig. Denn schon als blutjunge Handlangerin hatte sie einen lieben Freund, der sie ein bißchen schüttelte. Und es fielen ihr dann meistens auch mühelos ein paar Trinkgelder aus der traditionellen Geldtasche, die sowieso nur ganz leicht verschlossen war. Später vertraute sie mit Gewißheit irgendeinem scheuen Studiosus, der halt gar so arm dran war, daß sie sich das genossene Schweinsbratl einfach nicht zahlen lassen konnte. Und so fütterte dann eine Minna oder Thea gut und gern in ihrem Zubringerdasein drei bis vier Studenten bis zum Doktor durch, um dann schnell mitsamt den lauen Versprechungen eines späteren Lebensbundes vergessen zu werden.

Einen schwarzen Bischof aus Uganda hatte die Anna wohl auch einmal bedienen dürfen und die Dingsda, die Filmschauspielerin Henny Porten, von der heute fast niemand mehr was weiß. Ferner kamen auch indische Damen mit schwarzen Konfettiplättchen auf der Stirne, vielleicht auch der Löwenmensch vom Oktoberfest, dessen Lieblingsspeise ausgerechnet Salzburger Nockerl waren, die ein echter Leu niemals fressen würde. Und in den braunen Jahren hätte sie einmal beinahe »ihm selber« servieren müssen. Aber ein blondgelockter Parteikellner nahm ihr die bestellte Limonade aus der Hand und gab ihr mit abgewandtem Blick im allerhöchsten Auftrag eine Mark Trinkgeld.

Im Alter war dann für die Münchner Kellnerin fast immer irgendein Kusinchen oder Nichterl da, für welches die gute ehrliche Fischhaut ihren kleinen Geldregen sammelte und auf »d' Sparkass« tat. Darum blieben so einem Brotzeitdampfer am Ende seiner Tage eben meistens nicht viel mehr als ein paar ausgelatschte Ringkämpferstiefel, zwei zerquälte Spreizfüße, eine Handvoll falscher Geldstücke und die Erinnerung, die jedoch dann längst genauso grau geworden war wie sie selber.

Das Café »Haarpuderwaberl«

Im Schatten des Alten Peter befand sich Münchens ältestes Kaffeehaus, das Café Neumayr, das in grauer Vorzeit auf den seltsamen Namen »Haarpuderwaberl« hörte. Wenn eines der zweiundzwanzig Fenster zum Viktualienmarkt hinaus etwas geöffnet war, wehte ein leiser Duft nach Mittelmeer und Kasloaberl herauf, und man konnte sehen, wie die Marktfrauen lautlose Klimmzüge an ihren Preisen machten, wenn sie mit der Kundschaft handelten. Keinem Gast wäre es eingefallen, hier nach der Bedienung zu rufen. Man wartete halt, bis sie kam. Die alte Emmi hatte einen grundguten Lederapfelkopf, Brennscherlocken und Boxcalfstiefel. Hinter der spanischen Wand am Büfett stand eine Thermosflasche mit Gesundheitstee, den sie alle zwei Stunden trank. Man konnte auch Malzkaffee bei ihr bestellen.
Wer von den Gästen noch nicht fünfzig Jahre alt war, gehörte gewissermaßen noch zu den jungen Spritzern. Manche alten Stammgäste trugen bis zu fünf glänzende Drehbleistifte sichtbar im Joppentascherl und Krawattennadeln, die Hufeisen oder Reitpeitschen darstellten. Den Herrn Oberst a. D. erkannte man mühelos an den grünen Wickelgamaschen, unter denen die lange Unterhose mangelhaft gerollt war. Das Lüstersakko, der ehemalige Sonntagsharnisch des guten Beamten, verriet den Pensionisten. Wenn die Alten beim Reden heftig gestikulierten, sah man, daß sie rote Gummischnürl ums Bünderl des Flanellhemdes gespannt hatten. Aus rätselhaften Gründen.
Die Leute im Café hatten viel Zeit. Am liebsten hätten sie ihren Kaffee auch mit Zeit bezahlt, aber auf überflüssige Stunden konnte man halt niemandem herausgeben.

Eine Ecke wurde von Schachspielern beherrscht. Sie trugen Nickelbrillen und nachdenkliche Frisuren. Die Königin faßten sie nie an der Taille oder an einer anderen respektlosen Stelle an. Niemand sagte »schachmatt«. Aber der Erfolg richtete dem Sieger behutsam das Rückgrat auf. Mit einem Rundblick suchte der Glückliche die Kellnerin Emma, die ihn verstand und nickte. Andere lasen viele Zeitungen, zunächst »Unsere Toten« und »Entlaufen«, dann »Leben und Treiben in der frühen Kreidezeit« und »Ein Posten Biberschwänze günstig zu verkaufen«. Sie lasen alles. »Der Hund sitzt drauf«, »Schellebelle« und »Grinsebinse« meldeten die Kartenspieler an den Marmortischen. Sie spielten Tarock oder Sechsundsechzig. »Hoch in die Sechzig«, sagte der Gewinner, wenn er einundsechzig Augen hatte, oder auch einfach »dausad«. Der Verlierer zählte zweimal halbleise. Die Kiebitze waren zahlreich, allwissend und schadenfroh. Sie konnten selber nur um den Ersten herum spielen, wenn die Rente kam.

Vielleicht gab es auch irgendwo eine eigene Stummelfabrik, denn nie sah man einen in dem alten Café eine ganze Zigarette anzünden. Beim Billard wurden die Lanzen genauso begeistert geschwungen wie einst auf Winnetous Pfaden. »Klick« machten die glänzenden Bälle. Wenn dann der Albertini spielte. Hinter dem Rücken durch, von oben auf den Zehen, oder lauernd am Rande der grünen Filzwiese liegend, wurde es still. Er war der Beste. Er war schon früher immer der Häuptling gewesen.

Gegen Abend schloß das alte Kaffeehaus. In der leise ausrollenden letzten Kugel verdämmerte die winzige Silhouette des Alten Peter.

Texas am Eck

Lange und zornig pickte der hydraulische Spitzhammer am letzten Zementbuchstaben der regenbleichen Aufschrift »Isar-Lichtspiele« herum. Dann fiel auch der allerletzte Hinweis auf die einst so geliebte Traumfiliale am Eck auf den großen Schutthaufen, unter dem nun auch die Erinnerungen an so viele längst verblichene Stars, an den großen Wildwesthelden Tom Mix und den uralten Herrn am Klavier begraben waren.

Und dann fiel dem eisgrauen Großstadtbummler langsam auch wieder alles aus der ebenso eisgrauen Stummfilmzeit ein.

Ein Vierteljahrhundert lang kam jeden Nachmittag gegen zwei Uhr mit gemächlichem Schaukelgang die Besitzerin der kleinen Sehnsuchtsmühle angewackelt. Sie öffnete das winzige Theater mit einem großen, weithin klingelnden Schlüsselbund, drehte verschiedene Schalter an und zwängte sich dann seufzend in das lächerliche Schilderhaus, über dem das lebenswichtige Wörtchen »Kassa« stand. Ein paar Minuten später strampelte auch schon der Vorführmann auf einem ehrwürdigen Drahtesel daher und sperrte seine Freiluftlimousine mit einem dicken Kettenkabel an das gußeiserne Regenabflußrohr.

Wie der alte Klavierspieler, der hinter einer spanischen Wand saß, in das Dämmerdunkel des Zuschauerraumes kam, wußte kein Mensch. Vielleicht war er auf seinem wackeligen Sessel angeschraubt und übernachtete direkt vor seinem melodischen Hammerwerk.

Stand ein Heimatfilm auf dem Programm, etwa die Wildderertragödie »Lebe wohl und laß mich still verbluten« oder

das Bergdrama »Die Sennerkathl von Mariaeich«, so nahten alsbald brave vielfache Mütter aus den nahen Rückgebäuden und legten mit zerfurchten Blaukrautfingern ihr Scherflein auf den Altar der Kunst, der aus einem abgewetzten Gummiteller bestand. Auch ein paar krankgeschriebene Friseusen, ein Besuch aus Niederbayern oder die Köchin von der nahen Wirtschaft »Burg Schwanenfels« kauften sich für sechzig Pfennig eine Portion Schicksal mit Rührung.
Am duftesten wurde es immer dann, wenn einer der frühen Western auf dem Programm stand. Aus dem lauwarmen Colt, der auf den Plakaten vor dem Kino abgebildet war, rauchte vorne sinnig der Namenszug Jenny heraus. Mit frostiger Glaspapierhaut, die sich prächtig zum Abschmirgeln der kantigen Heldenköpfe geeignet hätte, betrachtete der Beschauer die ausgehängten Bilder der Voranzeigen. Er blickte erschaudernd abwechselnd in die tadellos gereinigten Mündungen sechsschüssiger Smith & Wesson, die direkt auf seine Kennkarte zielten, in die lockenden Kinsey-Schluchten blonder Pistolenvamps und auf die zerschmetterte Inneneinrichtung der Texasbar »Zum Räudigen Eisbein«.
Ein echter Revolverfilm begann fast immer mit einem galoppierenden Reiter, der von der Filmleinwand rechts unten direkt in die billigen Parkettplätze hineinsprengte. Im Hintergrund die blauen Berge. Mit fünf Schritt Abstand und Zwischenraum folgte des Helden getreuer, aber älterer Freund, der nur drei Finger hatte, einen Bart wie wildgewachsenes Sauerkraut und einen knochentrockenen Humor »extra dry«. So gelangten sie in die staubige Hauptstraße von Bloody Hill. Dort banden sie ihre Mustangs an ein Geländer, das sich unter der Balkonveranda befand. Dies war notwendig, weil im dritten Akt eine Szene vorkam, bei der sie mit geöffneten Staffeleibeinen aus dem Zimmer der Colorado-Lilly direkt auf die parkenden Pferderücken sprangen.

Vorerst aber stand der Held an der Bar und ließ sich von der mäßig beleumundeten Lilly bedienen, die aber absichtlich so tief gesunken war, weil sie für ihren lungenkranken Bruder Geld verdienen mußte. Dann kam der Bösewicht und sagte: »Was, du willst mir einen Drink ausschlagen?«

Es folgte ein Boxkampf, bei dem man die klatschenden Schläge bis nach San Antonio (Bezirksamt Kentucky) hörte. Wenn der Schurke unten war, griff er tückisch nach dem Colt. Dies sah wiederum durch den großen Spiegel über der Bar der Dreifingermann. Blitzschnell zog er seine Kugelspritze und pumpte den schuftigen Slim so voll Blei, daß dieser durch das erhöhte spezifische Gewicht zwangsläufig zu Boden ging. Durch seine zersiebte Brust schienen die letzten Strahlen der Abendsonne. Starkes Aufschnaufen auf den billigen Plätzen zeugte von der Genugtuung der männlichen Kinobesucher, die von ihren Bräuten prüfend am Oberarm angefaßt wurden.

In der Schlußszene ging dann ein Cowboy mit gemäßigten Biedermeierbeinen durch die menschenleere Hauptstraße, denn im Gefängnis schmachtete sein Freund. Gerade wie er gehängt werden sollte, entdeckte er dann noch schnell, daß die Zellenstäbe genau so weit auseinander sind, daß er mühelos den Wächter heranlocken, niederschlagen und der Schlüssel berauben konnte. Das Pferd aber stand mit eingeschaltetem Taxameter schon an der hinteren Tür. Jetzt begann die Knallerei. Sechzehn Schüsse fielen, achtzehn Banditen sanken aus ihren Sätteln. Die eine Hand war weiß, die andere braun, denn er trug sonst Handschuhe und schoß aus der Hüfte. Nach der letzten Patrone blies er das Rauchwölkchen von der Revolvermündung und galoppierte zur Lilly. Er legte die Aufschluchzende quer auf den Sattel wie einen zarten Maltersack. Dann ritt er in den Abend hinein, knapp an der Sonne vorbei. Den Dreifinger-Bob aber, der den Abmarsch deckte, hatte es erwischt. Mit fünf Unzen Blei in der Milzgegend machte er sich auf die große Rei-

se. Sterbend verlangte er noch eine auf C-Dur gestimmte Mundharmonika, um dem jungen Paar das letzte Liebeslied zu spielen: »Braune Rose, jippi jei«. So treu war er.
Als der Film zu Ende war, verließen hundertvierundzwanzig junge Helden stumm und mit schleppenden Schritten das Kino. Ein paar Schurken waren natürlich auch darunter.

Rosen, Tulpen, Nelken

In den ehrwürdigen alten Birnbaumschubladen, in wackeligen Vertikos und Sekretären bewahrten die Großmütter neben der vergilbten Kommunionskerze, dem abgeschnittenen Zopf und einem Pack Briefe, die als Marken die Köpfe von Königen trugen und mit dem blauen Band der Romantik zusammengebündelt waren, auch noch ein ganz besonderes Buch auf. Ein Buch, in zartes Leder gebunden, mit vergoldeten Blättern und einem Silberschloß oder auch nur mit jenen Vergißmeinnicht bemalt, die aussehen, als wären sie in Milch gekocht worden. Das Poesiealbum. Den rührenden Brockhaus der ersten chemisch reinen Gefühle aus der Zeit der frühen Krokusse. Ganz gewiß wäre in jenen Tagen kein schwärmerischer Backfisch ohne ein solches Nachschlagewerk ausgekommen. Denn wo man sich heute beim Besuch die farbigen Dias von Alassio zeigt, blätterten die Trotzköpflein früher kichernd und tuschelnd in diesem Lexikon der Erinnerung.

Doch jetzt, im Zuge der Stöberwut unter den Zeugen der Vergangenheit, hat man es zusammen mit alten Butterfässern, Spinnradln, Petroleumlampen und Kutscherlaternen neu entdeckt. Sogar bei den kessen Teenagern und Madison-Zähnen gilt das Poesiealbum bereits wieder als »dufte« und »gefragt«.

Deshalb führen es wieder die Buchbinderläden in der Nähe der Vorstadtschulhäuser und sogar die noblen Geschäfte in der Innenstadt in ihren Sortimenten. Ebenso wie die sanft verkitschten Veilchenkränze, die gurrenden Täubchen, die Rosen so groß wie Blaukrautköpfe in den zarten Schnäbeln halten, oder die zierlichen Rotkäppchenkörbe, mit den Kindern der Flora reich bestückt, zum Einkleben. Trotz all dieser nachgemachten Requisiten werden die neuen Andenkenbücher aber gewiß nie nicht die versponnene Dornröschenromantik der alten bebilderten Herzenskataloge erreichen.

Im vergilbten Poesiealbum der Jahrhundertwende gehörten die ersten Seiten den Eltern. Und der Herr Vater schrieb mit einem gekonnten Anfangsschnörkel wohl folgende korrekte Mahnung aufs Papier:

Als Du geboren wardst, da weintest Du,
Es freuten sich die Deinen.
Leb so, daß, wenn Dein Auge bricht, Du dich freust,
Die Deinen aber weinen.

Eine kleine Girlande von wasserblassem Wasserfarbenmohn umgab dieses Poem, das die Frau Mutter auf Seite zwei dann mit lieblicher Hand ergänzte, indem sie zu bedenken gab:

Die Jugend ist die Zeit des Säens,
Im Alter reift die goldne Frucht.
Doch wer als Jung die Saat versäumte,
Vergebens alt zu ernten sucht.

Auch diese Lebensweisheit erhielt einen handgemalten Rahmen zur Bekräftigung. Ein Kranz von Heideröslein sollte es vermutlich werden. Aber infolge der bösen roten Tinte sah es dann aus, als wäre das ernste Zitat mit Preiselbeeren garniert.

Kam auf Blatt drei das Fräulein Lehrerin. Diese durfte natürlich an geistreichen Formulierungen keineswegs nachstehen. Allerdings war da an passenden Sprüchen oft große Not, weil doch alle zweiunddreißig Schülerinnen später einmal »in sorgender Liebe« an ihre Einmaleinsdompteuse erinnert werden wollten. Eine beliebte Widmung war jedenfalls folgende:

Wer sich an andre hält,
Dem wankt die Welt.
Wer auf sich selber ruht,
Steht gut.

Nun folgten die guten Anverwandten, die Tante Sidonie, die Firmpatin Amalie Leberfinger, die Basen, Vettern und Onkel. Viele von ihnen versuchten sich in selbstgestrickten Reimen, die nicht immer ganz glücklich endeten und oft auch energische Radierspuren zeigten. Doch wogen das die herrlich kitschigen Lackglanzbildchen wieder auf. Engelsköpflein an allen vier Ecken der Seite. Die possierlich zum Gedicht hinbliesen, als wäre es etwas zu heiß geraten. Kostbare Spitzenbildchen, an die geheimen Staatssiegel von Märchenkönigen erinnernd, und manchmal ein eigenhändig verbrochener Scherenschnitt im Profil mit viel zu langer Nase. Stark strapaziert wurden für die notwendigen Gedankensplitter und Reime vor allem die Dichter Schiller und Goethe. Doch auch Abreißkalender mußten vielfach herhalten. Der Widmungsbestseller war zweifellos der Vers:

Rosen, Tulpen, Nelken –
Alle Blumen welken,
Nur die eine welket nicht,
Diese heißt Vergißmeinnicht.

Sowie:

Schiffe ruhig weiter,
Wenn der Mast auch bricht,
Gott ist dein Begleiter,
Er verläßt Dich nicht.

Um die Wirkung dieser Lebensweisheiten noch zu erhöhen, konnte man sie zusätzlich mit Goldstaub panieren. Wie die Sonntagsschnitzel für Königskinder.
Schließlich nahmen die Schul- und Busenfreundinnen noch

einen größeren Platz im Poesiealbum ein. An Gedichten zwischen den Gespielinnen der Kindheit rangierte an erster Stelle eine längere Abhandlung über Lebenslust und Leid, die schließlich an einem Grabhügel endete mit dem sanften Trost der Zurückgebliebenen:

Dann schreib' ich leise in den Sand:
Diese hab' ich auch gekannt.

Und auch die schmerzlich bittere Gebrauchsanweisung:

Sei vor andern froh und heiter,
Doch im stillen weine weiter.

Manchmal fehlte im Album allerdings auch ein Blatt, das die Besitzerin herausgerissen hatte. Vielleicht weil die »in ewiger Freundschaft« eingeschriebene Banknachbarin der Freundin prompt die erste Liebe ausspannte. Oder auch, weil ein frecher Vetter auf das reservierte Blatt einfach hingekritzelt hatte:

Die Liebe ist ein holder Wahn,
Der Walfisch liefert Lebertran.

Leider passen diese Albumverserl heute gar nicht mehr in unsere Zeit. Drum könnte man so einem jungen Bittsteller vielleicht im Zeichen unserer Hetze und Unrast lediglich die Standardparole mit auf den Weg geben:

Schaff und erwirb,
Zahl Steuern und stirb.

Möblierte Menschen

Neben den Hinterhofhausierern, der Schienenritzenreinigungsdame und den Vogelträgern, die sich alle aus dem hektischen Großstadtgetriebe weggeschlichen haben, ist auch noch ein anderer, einst so weit verbreiteter Stand nahezu ausgestorben. Der möblierte Herr. Schuld daran ist zweifellos das Appartement, die Einzimmerflucht der erwachsenen Schlüsselkinder, mit eigenem Herd, eigener Eingangstür und eigener Polizeistunde. Das Appartement ist auch der vornehme Wohlstandsbruder des einstigen Treppenzimmers geworden. Diese Kemenaten waren früher ein Unterschlupf, dem irgend etwas Verruchtes anhaftete, weil er den scharfen Untersuchungsrichterblicken der Vermieterin, die ihr gestrenges Auge ja schließlich nachts auch etwas schließen mußte, nie in dem Maße ausgesetzt war wie ein Zimmer zum Gang.

In den dreißiger Jahren gab es in München nahezu hunderttausend leere und möblierte Zimmer, sturmfreie Buden, Schlafstellen und andere Bleiben zu vermieten. Und jedes Schreibwarengeschäft führte damals die vorgedruckten weißen Tafeln »Zimmer frei«, die an fast allen Münchner Haustüren baumelten.

Und weil ein »möblierter Herr«, wie ein Untermieter gewöhnlich hieß, obwohl ja nicht er, sondern die Unterkunft »möbliert« war, erfahrungsgemäß nicht länger als drei Monate bei ein und derselben Wirtin blieb, hob an jedem Monatsende ein gewaltiges Suchen und Wandern an. In ganzen Rudeln, wie beim »Bäumchen-wechsle-dich«-Spiel, rannte das junge Volk scheinbar sinnlos hin und her, als hätte der Rübezahl selbst mit seinem großen Stock in den

Wohnwaben der Stadt gestochert wie in einem Ameisenhaufen.

Wobei die ziehenden Nomaden ihre Habe durchweg selbst transportierten. Und die intimsten Kleidungsstücke, soweit sie nicht mehr in die Eierkörbe und Persilkartons hineingingen, sowie alte Plüschbären, die Puppen ihrer Kindheit, Zimmerlinden, Vogelhäusl, Mandolinen, Weihwasserkessel, Hirschgeweihe, die Bilder der Geliebten oder schwarze Kleiderbüsten nach Einbruch der Dunkelheit und des öfteren absetzend von Haus zu Haus schleppten. Die stolzen, satten Hauptmieter sahen dann diesem Auszug aus Ägypten oder der Einquartierung neuer Wohngäste, hinter den Geranienstöcken ihrer Fenster heimlich lächelnd, kommentierend und frotzelnd, aber immer sehr selbstherrlich zu.

Die Gründe, warum ein möblierter Herr fast immer Juckpulver in den Schuhen hatte, waren überall dieselben. Hier war ihnen die Wirtin zu einsam, wollte sie bemuttern, beflicken, bekochen und was sie sonst noch glaubte, daß es einem ledigen Habenichts guttun könnte. Dort wieder hatte der Heimatvertriebene das bitzelnde Gefühl, daß er nicht ganz allein in seinem Flohweiher zu Hause war. Dann gab es die berühmten Deckerl-Madamen, die auf dem Kanapee und den Sesseln kugelsichere Schonbezüge hatten und darüber noch einmal ein gesticktes Schutzdeckerl, das ja nicht verrutscht werden durfte. Ferner jene Hyänen im Wickelschurz, die ihre Einnahmen dadurch noch etwas aufbesserten, indem sie dem Zimmerherrn den Sprung im Waschkrug, den derselbe schon seit dem Untergang von Pompeji hatte, zuschoben und aufrechneten. Auch wenn das Ganglicht durch sein Verschulden zu lange brannte oder der ehrwürdige Fleckerlteppich ein Zigarettenloch aufwies, war das Grund genug zu einer empfindlichen »Maut«. Andere wieder arbeiteten mit dem Trick des verlorenen Kastenschlüssels, der dann mit zwei Mark auf der Monatsabrechnung stand. Freilich, gewitzigte Aftermieter feilten diese

Apparate mit der Nagelschere schon beim Einzug leicht an und konnten so mitunter beweisen, daß der neugelieferte Schlüssel in Wirklichkeit der alte war.

Und so kam es denn auch, daß sich der Spür- und Geruchssinn aller möblierten Menschen im Laufe der Jahre so schärfte, daß sie schon beim Betreten eines Hausganges mit an Wahrscheinlichkeit grenzender Sicherheit erkennen konnten, was ihnen wieder einmal bevorstand. Da gab es gewisse Wohnkasernen, die rochen faul und warm wie alte Kühe. Das waren die mit Familienanschluß. Andere dufteten streng nach Justizpalast. Dort standen die Wirtinnen um zehn Uhr abends mit der Stoppuhr als Sittlichkeitsapostel vor den Türen ihrer vermieteten Muffelhöhlen. Während in Häusern mit Bohnerwachsaroma die Untermieter meistens nur mit pedikürten Zehennägeln ins Bett durften und die Klosettschüsseln im totalen Reinlichkeitsfimmel verchromt waren.

Hatte aber so ein gehetzter Ahasver endlich eine Bleibe gefunden, so schauten von der Wand aus den ovalen Fenstern der Ewigkeit gewiß die Großmutter und der Herr Großpapa mit scharf retuschierten schwarzen Wacholderbeeraugen genau auf die weiß gestrichene Bettstatt des neuen Eindringlings herab. Und dieser blinzelte mit bangem Ahnen seinem alten Vulkanfiberkoffer auf dem Schrank zu und pfiff dem vertrauten Kameraden das alte Lied vor: »Das Wandern ist des Müllers Lust«. Denn er hatte beim Anblick der fotografierten Ahnen rasch wieder klar erkannt, daß er die stumme Seelenmassage der vier drohenden Pupillen kaum länger als vier Wochen ertragen könnte.

Requiem für einen Gasableser

Durch den schlafenden, sockensanften Morgen knarzten die soliden Stiefel des städtischen Gebühreneinnehmers Melchior Wiegetritt. Er war einer der letzten eines aussterbenden Stammes, denn der brave Strom- und Gasverbraucher zahlt heute seine Schuld bargeldlos. Viele Millionen Treppenstufen hatte der wackere Münzensammler während seines langen Kleingeldlebens bestiegen. Elfmal war er von Hunden gebissen worden, siebenmal zu einer Josefsehe ermuntert, und einmal war er sogar regelrecht die Stiegenhaustreppen heruntergeflogen, die ihm die Welt bedeuteten. Denn ein Ami, der bei dem blonden Zimmerfräulein Mia Bittgesang zu Besuch gewesen war, hatte ihn wohl wegen seiner bescheidenen Schirmmütze für den gesuchten Martin Bormann gehalten.

Nun betrat der geduldige Melchior wieder einmal jenes alte Mietshaus, das er auch ohne Hausnummer sofort an dem sanften Geruch nach Witwen, Wirsing und Wacholderbeeren als eines seiner liebsten Kinder erkannt hätte. Gleich parterre wohnten die Haberls. Und als der Gasmann auf die kleine weiße Schwachstromwarze am Türstock drückte, erschien wie immer der kleine Edi barfuß und brunnenwasserhaarig, und sein »Mama«-Ruf klirrte den Gang entlang und prallte auf eine Frau mit einem versorgten Holzapostelkopf. Sie zählte den geforderten Betrag aus einer goldrandigen Kommuniontasse auf die flache Hand des Kassiers. Und den Rest von einundzwanzig Pfennig kitzelte der verwegene Sprößling mit einer Haarnadel noch aus seiner Patentsparkasse.

Dann läutete der Gasmann am nächsten Wohnungsdeckel.

In der Türe erschien der Spitzbart des Rentners Salzmann. Er war hart und steif wie ein Mohnzöpfchen, weil er ihn seit Jahren beim Kaffeetrinken ein bißchen in die Tasse tauchte. Das verlangte Geld fingerte er aus einem Portemonnaie, das mehr Falten und Fächer hatte als eine Ziehharmonika. Endlich hatte er die bescheidene Summe zwischen geweihten Amuletten, mehreren Gummischnüren, einem Patenthosenknopf und dem Abzeichen einer längst erloschenen Schützengesellschaft herausgefischt. Da freuten sich alle beide sehr und gaben sich zum Abschied kräftig die Hand. Im ersten Stock antwortete auf das Glockengebimmel der Hund Jericho mit einem schrecklichen Ultraschallgewinsel. Nach einem längeren Hausschuhgeschlürfe nahte der ehemalige Buntmetallhändler Mager, dessen Gesicht so zerknittert war wie eine weggeworfene Semmeltüte. Als er die Höhe des Betrags erfuhr, beschimpfte er im Rückwärtslatschen den völlig unschuldigen Gasometer auf dem Gang und drohte ihm sogar mit spitzknöcheliger Faust. Zahlen tat er jedoch nichts. Das besorgte seine Ehefrau, die längst hinter ihm stand und dem Gebührenableser beschwichtigend zuwinkte.
Die nächste Kundschaft waren die zwei Rentnerinnen Amalie und Walburga, die hinter der Sperrkette flüsternd berieten, ob sie öffnen sollten oder nicht. Doch dann holte eine ihr altes Lorgnon, schaute durch den Spalt hinaus und kicherte erkennend: »Ach, der Herr Gassekretär!« Bis vor drei Jahren hatte die Walburga immer wieder versucht, ihre Schuld mit einem alten Reichsmarkzwanziger zu begleichen. Bis ihr der Gasmann endgültig klarmachen konnte, daß er nicht mehr galt. Da hatte sie nur in maßlosem Erstaunen gesagt: »Jetzt so was!« Drei Parteien suchte der Wiegetritt wie immer umsonst heim. Sie bekamen eine Zahlungsaufforderung durch den Briefkasten.
Im vierten Stock wohnten drei Einzelabnehmer. Die linke Pforte ward aufgetan, und einen Schuhschachteldeckel als

Palette in der Linken, den kobaltnassen Pinsel in der rechten Hand, stand ein Maler im gähnenden Mansardenschlund. Geld hatte er keines, aber einen unerschütterlichen Glauben an seine Zukunft. Trotzdem bekam er wahrscheinlich in der nächsten Zeit Besuch von einem gewissen Herrn Zanglmeier, der den Zählerhals mit einer sechskarätigen Bleiplombe schmückte. Auch bei dem mittleren Besuchten hatte der Melchior kein Glück – wie immer. Es war ein reicher, aber geiziger Makler, der sofort bei der Nennung des Betrages einen Ausdruck ins Gesicht bekam wie ein Kabeljau, bei dem man eine Taschenpfändung vornehmen will.

Dagegen bat ihn das Fräulein Elvira in ihr geräumiges Wohnzimmer und nötigte ihn, auf einem strapazierten Sofa Platz zu nehmen. Dann suchte sie sämtliche Fächer ihrer sieben Handtaschen durch und sang dazu ein bekanntes Hamburger Lied, das so endet: »Meine Ehre, die ist mir genommen ...« Zwar zweifelte Herr Wiegetritt keinen Augenblick an diesem Geständnis, aber die lustige Elvira förderte einfach keinerlei gültiges Erz zutage. Einmal vor sieben Jahren hatte sie auch versucht, den braven Gasmann mit einer Währung zu bezahlen, die zwar internationale Gültigkeit hat, aber leider vom städtischen Energiewerk nicht angenommen wurde. Seufzend stellte sie schließlich die erfolglose Suche ein, lächelte, weithin blitzend mit fünf herrlichen Goldplomben, und meinte: »Morgenstund' ist aller Laster Anfang.«

Aus mit der Au

Der sehr alte Mann steht am Auer Mühlbach und hat eine leise Wehmut im Bauch. Denn er denkt an die Zeiten, wo am grünen Ufer dieses Canale Piccolo noch die Hammermühlen standen und kniende Herbergsmütter ihre Wäsche und den guten Leumund der Nachbarin im rauschenden Bache wuschen. Und wo es zwischen den kleinen Häuslein und in den engen Gassen von Originalen und komischen Käuzen nur so wimmelte.

Da war doch einst die böse »Minna Hupf«; ihr fehlte es zwar am Gangwerk, denn es sah ihr ein derber Landsknechtholzfuß unter der gestreiften Schürze hervor, dafür aber hatte sie ein Mundwerk, das von Neudeck bis weit über den Gebsattelberg hinaus bekannt und gefürchtet war.

Auch vom »Lokomotiverl« hat dem träumenden Greis sein Vater, der alle diese Figuren noch gut kannte, gerne erzählt. Das war ein harmloses Manderl, das um eine Maß Bier zischend und fauchend um die halbe Au herumlief und an jedem Eck einen warnenden Orient-Expreß-Pfiff ausstieß.

Dann der Stadtpfarrer Simon Knoll, der ebenso beliebt wie grob war, und der Sägefeiler Robl mit seiner ambulanten Werkstatt. Er befuhr damit fast die ganze Gegend rechts der Isar und sein »Hooofabindn« und »Sooogfeiln« hörte man gerne in allen Hinterhöfen, da er dieses Handwerk wie keiner verstand. Der Robl war auch ein gewaltiger Nasenkönig, und es hielt ihn eigentlich nur noch sein Schnupftabak zusammen, der ihn wie eine Glasur bis über die Knie hinab überzog.

An seinem Gefährt, einem uralten umgebauten Damenfahrrad, war vorne ein Schleifstein anmontiert, und an der Lenkstange hing eine zerfranste Hundepeitsche für die Lausbuben, die ihm während des Ausrufens, das wie das Geheul eines alten gefangenen Wolfes klang, seine »Fabrik« immer wieder ein paar Häuser weit wegschoben.

Und noch einer war da, dem sein Fleckerl Vorstadterde alles bedeutete. Der Hofer Jackl, wohnhaft Mariahilfstraße 18, in einem Häuschen, das so nieder war, daß man den Kaffee aus der Dachrinne trinken konnte. Ein kleines Garterl war auch davor mit blauen und roten Glaskugeln auf grünen Stecken und einer alten, mürben Bank, auf welcher der Jackl feierabends immer saß. Auch dann noch, als man ihm direkt vor die Nase einen sechsstöckigen Häuserblock setzte, dessen Brandmauer fortan seine einzige Aussicht war.

»Und trotzdem vakauf i einfach net«, trotzte der grauhaarige Sohn des Feuerbachl-Paradieses allen Interessenten und Verlockungen auf sein Fleckerl ererbten Vatergrund. Aber als der eisgraue Chronist wieder einmal nach dem winzigen Hexenhäuschen schauen wollte, fraß ein Bagger gerade die letzten dunkelroten Ziegelsteine von ihm auf und wischte sich danach auch noch höhnisch das eiserne Maul ab. Ende.

Da mußte der müde gewordene Pflastertreter wieder einmal resigniert feststellen: Es ist halt kein Platz mehr in unserer Zeit für kleine Häuser und kleine Romantik. Und das hat wohl alles schon viel früher angefangen. Schon damals, als man die Ufer des lustigen grünen Bacherls mit Betonmauern einfaßte.

Seitdem läuft der Auer Mühlbach mit einem spinnerten, steifen Stehkragen aus Zement herum, und es ist ihm sichtlich gar nicht recht wohl darin.

Und Jahr für Jahr ging es dann unaufhaltsam weiter mit der Kolonisation dieses urwüchsigen harten Geschlechts vom Kare und vom Lucki. Von denen die alten Lieder so stolz besagen:

Mei zeama Gang, der is aus Giasing
und aus da Au mei Dynastie.
I bin a echte dufte Mischung
von Münchner Vorstadt-Aristokratie –
hau hi.

’s Garterl am Bach

Nein, es war kein Heimgarten, der kleine versteckte Knöterichkral hinter dem berühmten Weltstadthotel. Drum wuchsen halt auch keine Maßliebchen drin, sondern simple Maßkrüge mit kühlen weißen Bierdolden. Acht oder neun Brotzeittische dienerten höflich mit viereckigem Buckel vor sich hin. Ein paar wettermürbe, ausgediente Faßl, aus denen unbekannte Botanik gedieh, ersetzten die Nymphenburger Gartenvasen, am Eingang blühte ein Rosenbusch Reklame für alte Volkslieder, und die junge Kellnerin kam mit klappernden Holzschuhen und sparsamer Architektur unter dem Mieder und sagte mit süßer Schlampigkeit: »’ß Goood.«

Zur Straßenseite hin, wo schemenhaft riesige Benzinvampire vorüberschlichen, war das Garterl am Bach durch eine drei Meter hohe Blätterwand abgegrenzt. Die Schmalseiten der versteckten Kiesparkettoase bildeten die rückwärtigen Fassaden Altmünchner Mietshäuser, die mit ihrem risottogelben Verputz und den roten Arbeiterorchideen der Geranienstöcke wie die Reiseprospekte für eine Sizilienfahrt ausschauten. Und auf der Wasserseite standen in loser Rührt-euch-Front wehrpflichtige Weiden und Espen. Wenn dann nachmittags der Bierwagen kam und die kühle Suppe vom Faß abgeladen wurde, bewegten sich die Blätter der Bäumchen im sanften Dreiuhrwind wie tausend grüne kleine Hände, die eifrig Beifall klatschen möchten.

Dahinter aber schwindelte sich schnell und scheu ein Stadtbächlein vorüber. Lautlos wie ein Zimmerherr, der die Schuhe in die Hand genommen hatte, um an seiner Zimmerwirtin vorbeizukommen, weil er halt die Miete bereits im vierten

Monat schuldig war. Nur dort, wo er sich bücken mußte, um unter dem Haus hindurch in sein eigentliches Quartier, den Englischen Garten, zu schlüpfen, schimpfte er mit feuchten Lippen ein bißchen in sich hinein.
Geheimnisvoll jedoch war das dunkle Loch, in dem er verschwand. Es schaute fast aus, als würden die Mauern des uralten Wirtshauses, das darüber stand, bereitwillig O-Beine machen, damit der nasse Bruder leichter durchkonnte. Vielleicht führte auch eine versteckte Falltüre von der dämmrigen Gasthausküche direkt in den Bach hinab. Wie im Edgar-Wallace-Roman »Das Gasthaus an der Themse«. Und möglicherweise war da mancher festverschnürte und geknebelte Zecher, der seine Radlermaß nicht bezahlen konnte, schon hineingestoßen worden. Freilich konnte es auch nur sein, daß die Köchin jeden Abend durch diese Luke einen Korb mit schmutzigen Tellern hinunterließ. Die dann über Nacht von braven Weißfischkindern ganz sauber abgeleckt wurden, so daß man sie am Morgen frisch abgespült wieder herausziehen konnte. Wer weiß, wer weiß ...
»O Vater unser«, auf einmal standen auf dem äußersten Kaminrand des himmelhohen Hotels zwei Kaminkehrer und schauten direkt ins Garterl hinab. Wenn von denen plötzlich einer niesen hätte müssen, wäre der weiße Preßsack, den ein müder Handlungsreisender gerade unter ihnen verzehrte, bestimmt ein schwarzer Preßsack geworden. Die Kellnerin hatte die zwei auch gesehen, winkte hinauf und schepperte dazu mit ihrem Geldbeutel. Die beiden Textilneger lachten zurück und riefen auch etwas hinunter, das sich anhörte wie: »Heit auf d' Nacht.«
Dann schüttelte ein junges trällerndes Mädchen aus einem Fenster der Risotto-Front ein Tischtuch oder weißes Laken aus. Das erinnerte irgendwie an eine Kapitulation, als wollte die Nachmittagsschönheit zu verstehen geben: »Ich werde keinerlei Widerstand leisten. Man kann mich jederzeit besetzen.«

Wenn dann der Abend kam, leuchteten im kuschelnden Laub reife gelbe Birnen aus Glas auf. Wie das Nachtessen für einen Fakir, der gerade seinen Obsttag hat. Und manchmal ging draußen auch der berühmte Schauspieler Fritz Kortner vorbei. Langsam, lauernd, stumm. Der große alte Mann und der Zorn. Oder die Therese Giehse kam vorüber. Weil sie doch hier in der Nähe wohnte.
Um diese Stunde waren auch gern ein paar Pärchen in der heimeligen Feierabendlaube. Ganz hinten saß ein junger Handwerker bei seiner blonden Halben und dem gleichfarbigen Fräulein Braut. Nach einer Weile und ein paar geflüsterten Zärtlichkeiten, wobei die junge Dame ein wenig verschämt lächelte und nickte, stand er auf und nahm die langhaarige Gelegenheit mit zarter Hand am Wickel. Sein Bier hatte er ganz vergessen.
Und das kleine Garterl am Bach ist auch schon wieder längst vergessen. Denn vor Jahren hat man es einfach zugeschüttet.

Zeit der ersten Kirschen

Wenn der alte Grauschimmel das so sieht: Wie's die jungen Leute heutzutage treiben. Wenn die kleinen Strohhalmbabies so selbstverständlich wie ein Ausrufezeichen an den Bars stehen. Und mit ihren kühnen Wikingern kühl bis ans Herz hinan von der Liebe sprechen. Und wenn sie dann tanzen. Die Schönen der Nacht. Barfuß manchmal und mit einem Kettchen um die Knöchel, als wären sie bei der Garmischer Vogelwarte registriert. Und zwischenhinein rauchen sie dann wohl auch noch eine Zigarre. So eine dicke, schwarze, wie sie der Churchill in seiner Glanzzeit schmauchte. Oder sie werfen einen nagelneuen Kupferpfennig ins Sektglas, quirlen und trinken den Grünspancocktail. Mit den Mienen von sterbenden Philosophen.

Da möchte der sinnierende Alte zu den Philistern gerne sagen, die da den Kopf schütteln: Was versucht ihr immer bloß sie zu verstehen. Ihr seht doch, sie verstehen sich ja selber kaum. Die sind sich alle selbst ein Kreuzworträtsel. Ihr Geheimnis ist nämlich nicht, daß sie eins haben, sondern keines. Die Zeiten ändern sich eben. In grauer Vorzeit lasen die jungen Leute Gedichte. Jetzt lesen sie Getränkekarten. Und früher ließen sich die Backfische vielleicht vom Klavierlehrer verführen. Heute dagegen lieber vom Klavier selber.

Manchmal muß der stille Greis daran denken, wie das damals war in seinem eigenen Frühling. In jenen Tagen. Auch da gab es natürlich Twens und Playboys. Nur hießen sie halt Stenze oder Gigerl. Und die Zähne nannte man Hasen oder Tangofrauen. »Eva, werde bitte meine Tangofrau«, hieß seinerzeit ein bekannter Schlager. Da nahm so ein

Treppenhaus-Casanova also am Samstagnachmittag seine gute »Schale« aus dem Kasten, legte die »Sonntagsstaude« übers Bett, und dann wurde erst einmal eingeheizt. Das Kohlenbügeleisen der Frau Mutter nämlich. Und das wurde auf dem Stiegenhaus geschwungen wie die Feierabendglocke vom nahen Vorstadtkirchlein.

War dann die Hose – im Schnitt so weit wie jene vom Kremlchef selig – scharf wie Siegfrieds Balmung, so ging's ans Binden des Schlipses. Höchstens drei Karat groß durfte der Knopf des Selbstbinders sein, und ganze Familien zogen mit angestemmten Vorderfüßen am »Renommierplatz« des Sohnes. Die Schuhe, auch Schleich oder Zischpen genannt, glichen den heutigen fast aufs Kapperl. Sie waren jedoch ganserlgelb und salzstangenspitz. Denn man tanzte gerade den Shimmy und den Charleston.

Auf den Kopf aber kam der »Obermann«, der Hut. Ein Hut mit einem lächerlichen Chaplin-Rand und einer Stieglitzfeder im Band. Ein Einstecktuch, groß wie eine Kirchweihfahne, ein Schirm, florettdünn gerollt und ohne jeden Gebrauchswert, und eine Uhrkette, die aus dem rechten Hosensack baumelte, aber am anderen Ende höchstens den Hausschlüssel sicherte, machten den »Gent« der zwanziger Jahre komplett. Dazu noch zwei rote Tupfen in die Augenwinkel, mit Bleistift nachgezogene Räuberkoteletten und eine blecherne Senoussi-Schachtel, die aber nur ein halbes Dutzend »Wuzelberger Privat« enthielt.

So holte man also seine Fanny zum »Feifuhrglock« ab. Diese durfte sich ihrerseits noch nicht mit elterlicher Genehmigung anstreichen, so daß sie ihr Make-up im Hausgang an- und beim Heimkommen auch wieder ablegte. Die Brauen wurden säuberlich mit einem abgebrannten Zündholz nachgezogen. Auf die Wangen kam Kornfrank-Papierrot, und die Lippen erhielten eine A.-W.-Faber-Tönung aus dem Malkasten des Bruders. Nun ging's hinein ins Café »Nahkampf«, belächelt, beneidet und natürlich zu Fuß. Beim

Tanzen trug die Dame damals ihre Handtasche in der Ellenbeuge, denn die Not war groß und das Vertrauen klein.
Engagiert wurde im Sitzen mittels einer international anerkannten Zeichensprache diskutiert, und wenn die Boys kamen, räumte der Ober die Zuckerdose weg, weil doch manche Quick-Step-Jünglinge nachmittags um fünf Uhr noch nicht gefrühstückt hatten. Auch drehte der Herr Wirt ab sechs Uhr eigenhändig die Wasserhähne auf den Toiletten ab. Denn er wollte ja keinen »Gänsewein« loswerden, sondern seine saure Hausmarke. Zwischen Fünfuhrglock und Abendschwof gingen »Braut und Bräutigam« getrennt nach Hause zum Mahl. Nie im Leben wäre es nämlich einem Gigolo eingefallen, seinen Wiegentango-Schatz zum Abendessen einzuladen. Denn da hätte jene mit Sicherheit angenommen, ihr Galan hätte irgendwo eingebrochen.
Nachher erzählte sich das Liebespärchen, was es gegenseitig daheim für »Menage« gab, und dann ging's in die zweite Runde. Selbstverständlich wieder auf den eigenen Foxtrottleisten. Nun gab's einen Liter Bier und für den Ober fünfzig Pfennig im vorhinein. Zahlte nämlich irgendein Boy diese »Privatsteuer« nicht, stand er beim Zurückkommen von der Walzerprärie vor dem nackten leeren Marmortisch. Es war Sitte, daß ein Sonntagsliebchen vorher fragte, wenn es am Maßkrug nippen wollte, und nachher danke sagte.
Zwischen zehn und zwölf Uhr wurde auf dem Vorplatz gerauft. Stumm, verbissen und ohne Sakko, das die Auserwählte hielt. Dann wurde noch das »Gelände« erkundet, denn auf Verdacht ging mit dem Heimbegleiten gar nichts. Das Sprichwort »Außer Spesen nichts gewesen« war damals nicht »drin«. Allerdings auch kein Taxi oder gar ein eigener Schlitten. »Wozu ist die Straße da«, hieß da die Parole. Und dann ging's ab nach Laim.
Löste da die Erkorene aber den Verspruch vielleicht nicht ein, kam sie bald in schlechten Ruf und ward Mauerblümchen. Nicht aber beim Gegenteil. »Ja, ja, so warn s', de oidn

Rittersleit«, möchte der alte Mann in memoriam sagen. Aber er glaubt, es hat sich trotzdem nicht allzuviel geändert seit jenen Tagen.

Denn auch in unseren »modernen Zeiten« kann man beim ersten Liebeshandgemenge in einem kupplerisch dunklen Hausgang gar manche hart bedrängte Schöne noch leise und ohne jede Überzeugung die berühmten Worte flüstern hören: »Machen Sie nur so weiter, mein Herr, Mutti wird schön schimpfen.«

Der strapazierte Oachkatzlschwoaf

So wie sich ganz unmerklich, aber beharrlich viele neue Begriffsbestimmungen und Ausdrücke in unser weißblaues Esperanto eingeschlichen haben, so sind im gleichen Maße viele andere Worte und Bezeichnungen aus dem bayerischen Sprachschatz verschwunden. Jedes Marktweiberl kennt beispielsweise heute viele der geläufigsten Neuzugänge wie »Party«, »o. k.«, »Society« und »Shopping«. Und es weiß auch ganz genau, was ein »Zahn« ist, ein »Twen«, ein »Teenager« oder ein »Doping«. Ebenso wie es »Camping«, »gammeln« und einen »Beatle« übersetzen kann.
Wer aber erinnert sich noch an das umfangreiche Kauderwelschalphabet, das den alten Münchnern bei einigem Nachdenken sicher wieder in Erinnerung kommt und gewiß auch ein kleines Schmunzeln auslösen wird? Ganz fanatische Eingeborene allerdings werden nachdenklich mit den Köpfen pendeln wie die Perpendikel von alten Nußbaumregulatoren und sogar mit kleiner Wehmut sagen: »Aus, Äpfe, Amen und vorbei, jetzt schtirbt oiso der schöne Münchner Dialekt tatsächlich aus.«
Beginnen wir mit unserer kleinen Reise in die sprachliche Vergangenheit ordnungsgemäß mit dem Buchstaben A.
A wie »arschlings«, was soviel wie rückwärts bedeutet. »Arwatn« ist nichts anderes als einem »Tschop« nachgehen, während »oisdann« genau dasselbe bedeutet wie etwa das norddeutsche »na denn«.
Ein »Bankert« ist ein kleines Kind von zweifelhafter Herkunft, das der Vorstellung nach auf einer Anlagenbank beim Storch in Auftrag gegeben wurde. Daß ein »Banzn« ein Bierfaß ist, die »Bappn« eine traurige Miene, der »Bazi« ein

Spitzbub, die »Bisguhrn« ein böses altes Weib, die »Bluatsauerei« eine Schweinerei, eine »Blunsn« eine Blutwurst und ein »Botscherl« ein unbeholfenes, aber liebes Frauenzimmer, wird da und dort noch bekannt sein.

Schwieriger wird es schon bei den Bezeichnungen »drend und herend«, womit drüben und herüben gemeint ist. »Daloawet« heißt erschöpft, »dantschi« ist ein mit bäuerlichem Sex-Appeal ausgestattetes »Botscherl«, der »Datschi« ist ein Zwetschgenkuchen und hierzulande bestens beliebt, »dengascht« heißt die Bekräftigungsformel, die soviel wie sicher oder gewiß besagt, und das »Dengeln« ist das Schärfen einer Sense. »Diam« heißt manchmal, als »Ditschi« bezeichnet man einen alten Hut. Der »Doagaff« wird von einem schlappen Mannsbild abgeleitet, der »Dotschn« von einer Rübe oder einem plumpen Weibsbild. »Dramhapperd« bedeutet traumbefangen, und ein »Dritschler« ist einer, dem nichts von der Hand geht.

Wenn jemand »etwa« meint, kann er in München auch »ebba« sagen, und statt bevor »ehnda«. »Eiawekl« macht der Bäcker aus einem Milchteig. »Edla« gilt für einige und »ewe« heißt soviel wie ewig.

Der »Foam« ist der Schaum auf dem Bier, ein »Flitscherl« ein leichtes städtisches Mädchen, das man, wenn es ländlicher Herkunft ist, auch »Flugga« nennt. »Flagga« dagegen heißt liegen, und die »Froasn« ist eine fiebrige Krankheit.

Beschwört man den Teufel, so kann man auch »Gankerl« sagen. Ein unschönes Gesicht wird ein »Gfries« geschimpft, ein kleiner Gaudibursch ist als »Gischpi« bekannt, wogegen ein ungehobeltes Mannsbild ein »Gloiffi« ist und bleibt. »Gokolori« sagt man zu einem harmlosen Luftikus, »Grampfen« zum Stehlen, »Graffi« zu altem Gerümpel, »Grampfhenna« zu einer unglaubwürdigen Person, »Gschleaf« zu einem schlampigen Weiberleut, »Gschoos« wird ein fahriges Mädchen gerufen, das »Gschpusi« ist die

angehende Braut, und ein »Gsoichts« ist ein Rauchfleisch, spaßeshalber auch manchmal »Kaminkäse« geheißen.
Unter H registriert man den »Hadalump«, was ein Schimpfwort ist, den »Huisnblasi«, die lustige Bezeichnung für einen unbeholfenen Mann, den »Hoagartn«, eine bäuerliche Kaminparty, und den »hundsheitan Bazi«, die Titulierung für einen ganz besonders gerissenen Kerl.
»Iglanghi« kommt nicht aus dem Chinesischen, sondern heißt ganz simpel »Ich lange hin«, ebenso wie »Imoandoschoa« nicht die Anrufung einer aztekischen Gottheit sein soll, sondern »Ich meine doch schon auch« bedeutet.
Das »Kammerfensterln« wird nach der Vorstellung vieler Flachlandtiroler als bayerischer Nationalsport bei preußischen Dirndln nächtlicherweise fleißig ausgeübt. »Kaiwistrick« sagt man zu dem Strick, mit dem ein Kälbchen angebunden ist, der »Kasloab« nennt sich auch »Laibkäs«. »Kiwig« heißt frech, der »Kumpf« ist eine große Nase und der »Kletznsepperl« ein gedörrter Birnenjosef, also ein verhutzeltes Männchen, das aus Dörrobst nachgebildet wurde.
Will man einen Pantoffelhelden hierzulande besonders charakterisieren, so schimpft man ihn einen »Laddirl«. Ein »Linsendipfi« verkörpert ebenfalls einen männlichen, nicht ernst zu nehmenden »Schpringgingerl«, wogegen ein »Loamsiada« ein langweiliger Mensch ist. »Da Loabidoag« ebenso wie »da Oachkatzlschwoaf« ist wohl das Lieblingswort aller, die sich mit dem bayerischen Dialekt auseinander setzen wollen. Manchmal klingt es aus dem Munde eines »Andersgläubigen« geradezu wie eine Halskrankheit. Ins Schriftdeutsche übersetzt, heißen die beiden Wörter Sauerteig und Eichkaterschweif. »Lobhudler« sagt man zum Schmeichler. »Luder« zu zweifelhaften Weiberpersonen und »Luser« zu den »Ohrwaschln«.
Unter dem Buchstaben M wären aufzufahren der »Malefizbazi«, ein Halunke, »Mariandjosef«, ein häufig gebrauch-

ter Ausruf der Überraschung, die »Maz«, ein Schimpfname für eine Weibsperson, »Moin«, das weiche Innere des Brotes, und der »Muhakl«, ein ungeschlachtes Mannsbild.

»Neamd« bedeutet niemand, »nindascht« nirgends und »Notnikl« Hungerleider.

Unter »oisamzam« sind alle miteinander gemeint. »Ozapfa« tut einer, der ein Bierfaß ansticht, was unser seliger Oberbürgermeister Thomas Wimmer »oiwei«, also immer, tat.

»Pfiade God, Pfundhammi, pfundiga« ist keine empfehlenswerte Sprachübung für Leute mit den dritten Zähnen. Es bedeutet übersetzt etwa »Behüt dich Gott, Saubär, sympathischer«. »Plempl« hieß bei den alten Bierdimpfln das schlechte Bier. Zur Zunge wird auch heute noch gerne »Pleschl« gesagt. Der »Protz« kommt vom Angeber, das »Potschamperl« aus dem Französischen und heißt Nachttopf.

»Quadratratschn« sind bedeutende Klatschbasen, das »Quartel« ist ein sogenanntes kleines Bier, das man in München lieber nicht bestellen soll, und das »Quax« ein Gewächs.

»Ramma damma« war das Schlagwort bei der großen Schuttaktion nach dem Kriege und heißt übersetzt »Räumen tun wir«. Überhastet jemand etwas, so sagt man von ihm, er tut »rampfa«. Einen Rüpel nennt man »Riapi«, und ein »Twen« hieß früher ganz einfach »Rotzleffe«.

»Saklzement« sagen die frommen Leute in Bayern, wenn sie fluchen wollen. Diese braven Menschen tragen auch noch gerne einen »Schawa«, was eine Arbeitsschürze ist. »Schparifankerl« heißt der Beelzebub und »Schnepfa« das horizontale Großstadtmädchen.

»Trutscherl« läßt sich jedes bayerische Mädchen als Kosewort gerne gefallen. Weniger gerne hört sie dagegen das Wort »Tschumpe«, das für ein unordentliches Weib gilt, oder den »Trampl«, ein unbeholfenes Geschöpf.

»Vuizvuigfui« ist wiederum ein Ausdruck, der mit Vorsicht verwendet werden soll, wenn das »Porzellanklavier« zu locker im Munde sitzt.

Wenige kennen noch den »Woadling«, ein irdenes Milchgefäß. Wogegen die »Watschn« ein absoluter Begriff ist, während der »Woipatinger«, den vornehmlich die Flachlandtiroler nachts mit einem Sack und einer Kerze fangen wollen, ein bayerisches Fabeltier darstellt.

Zum Abschluß dieses Alphabets wären noch »zeam« (gemütlich), »Ziwebn« (Rosinen), »zoin« (zahlen), »Zoitn« (Tolpatsch) sowie das »Zuzeln«, die einheimische Art des Weißwurstverzehrs, der »Zuaweziaga« oder das Fernglas und zu guter Letzt der »Zuagroaste«, also der Nichtbayer, zu nennen.

Fünftes Kapitel

Im Herzen der Stadt

Untern Linden

Nicht nur die einstige Reichshauptstadt Berlin hat in einem berühmten Paul-Lincke-Lied so stolz von ihrer Prachtstraße »Untern Linden – untern Linden« gesungen. Sondern auch die beliebteste Metropole des Abendlandes, München an der Isar, hat so eine Spazier-Allee, in der es sich bestimmt genauso beschaulich promenieren läßt wie einst in Preußens Glanz- und Gloria-Avenue. Nämlich die luftige Promenade im alten Hofgarten.

Zwar tröpfelt von dem Wandgemälde unter den Arkaden »Kurfürst Max Emanuel erstürmt Belgrad« das dunkle Ölfarbenblut zerstückelter Türken fast in das Himbeereis der Cafégarten-Gäste hinein. Aber sonst geht es dort äußerst friedlich und menschlich zu in dieser von der Gesundheitsluft der Juniblüten schläfrig durchwehten Schlagrahm-Oase.

Leise knirscht der weiße Kies unter den seidigen Beinen bildschöner Mokka-Stewardessen. Aber ebenso leise lispelt die blonde Gerda, der soeben ihr Kuchenbrett mit vierundzwanzig Mohrenköpfen auskam, in sächsischer Mundart lange, in einem Beichtstuhl-Esperanto flüsternde Verwünschungen vor sich hin. Fleißige Bienen kommen angesummt und machen sich mit wippendem Stachelleib über die notgeschlachteten Schlagrahmneger her.

Der alte Grünspanbrunnen mitten unter den Efeustöcken, den kleinen Laternen und den bettelnden Turteltauben weint vier lange silberne Märchentränen in den schläfrigen Nachmittag. Ein kleines Mädchen nimmt das semmelköpfige Brüderlein an der Hand, stellt sich lange vor die vier Jungfrauenköpfe, die in das kühle Becken plätschern, und sagt dann schließlich mit leisem, zaghaftem Stimmchen: »Wer aus mir trinkt, der wird ein Reh.« »Geh, du schpinnst ja«, plärrt da ein zehnjähriger Struwwelpeter dazwischen, hüpft auf einem Bein an den Tisch seiner Tante zurück und schreit, laut auf das erstaunte Mädchen deutend: »Tante Emmi, de schpinnt.« Die Tante Emmi, die plötzlich alle Leute anschauen, klopft ihrem nahen, aber vorlauten Verwandten mit dem Alpakalöffel fest und innig auf die Fingerknöchel. Da beginnt der Zurechtgewiesene verkniffen und ziemlich trocken zu weinen. Brüderchen und Schwesterchen aber gehen vorbei und sind's hochzufrieden.

Und die behäbigen Kuchendamen schnattern und schnattern. Es klingt wie in der Abnahmeabteilung einer Nähmaschinenfabrik. Kleine und mittlere Hunde sitzen vor ihren Tischen und schauen bewegungslos zu Frauchen auf, ob ihnen vielleicht wenigstens etwas aus dem nimmermüden Tortenquetschwerk zufällt. Aber nein. Beim letzten Bissen schlucken die treuen, vollfetten Bellmaschinchen enttäuscht noch einmal mit, um dann an den heimgesuchten Lindenstämmen das Neueste vom Tage zu erschnuppern.

Dann schreitet eine langhaarige Heiratsfalle durch die Tischreihen. Vor einem jungen Mann mit einer Brille, die so dick ist wie eine Taschenlampenlinse, bleibt sie stehen und hält ihm die Hand zum Kusse hin. Gierig fällt der Jüngling darüber her. Nicht ohne sofort sein Himbeerwasser umzustoßen. Die kleine Lache ringelt sich flugs zur Königin von Saba hin. Und ein viel zu dicker Einheimischer sagt kichernd und taktlos: »Des gibt a Kindstauf.« Da schaut ihn die Lady aber unsagbar hochnäsig an. Als wollte sie ein für allemal klar zu verstehen geben: »In den Starnberger See hat noch niemand ein Haus hineingebaut.«

Unter den Spitzbögen geht langsam ein bejahrtes Stummfilmpärchen spazieren. Sie im Häkelhäubchen und mit durchbrochenen Handschuhen über den müden Aristokratenhänden. Der Hofrat Geiger indes trägt ein kurzes gelbes Gabardinemäntelchen, wie sie wohl in Gustav Freytags »Soll und Haben« modern waren. Fast könnte man glauben, er hätte noch den Spitzweg gekannt. Und sie habe vielleicht an einem Frühlingstag vor hundert Jahren dort bei den großen Rosenbüschen gestanden und tief errötend geknickst, als der dunkellockige Traumkönig vorüberging. Später steigen die zwei doch tatsächlich auch noch in eine richtige Pferdekutsche ein, die in der stilleren Nebenstraße vorrollt.

Wenn sich dann die Tauben von St. Kajetan auf dem Scheitel ihrer Sandsteinheiligen versammeln und lange, ungebetene Schatten auf den leeren Gartenstühlen Platz nehmen, dann sitzt an einem Tischchen nur noch der lautlos rechnende Cameriere Luigi Sarcletti. Er hat die Abrechnung schon gemacht und sein ganzes Trinkgeld in Papierscheine umgewechselt. Die steckt er jetzt umständlich in ein Briefkuvert, das an seine ferne »bella Angelina« adressiert ist. Von dem ganzen Nachmittag voller Arbeit, Sprachschwierigkeiten, zwei Zechprellern und ebensoviel Wasserblasen bleibt ihm selber nichts. Nur ein bißchen klebrigen Geschmack vom Anfeuchten des Kuverts hat er auf den Lippen. Jetzt fährt er sich auch noch bei geschlossenen Augen mit der Zunge darüber und lächelt verklärt. Er stellt sich wohl vor, Angelina hätte das genauso getan.

Besuch bei Königs

Zu den Freunden des süddeutschen Genies Albert Einstein soll auch das belgische Herrscherpaar gehört haben. Und wenn der Relativitäts-Professor von seinen Besuchen bei ihm erzählte, so begann er meistens mit der Einleitung: »Neulich war ich wieder einmal zu Besuch bei Königs.«
Nun haben natürlich auch viele andere Länder schon immer Kaiser und Könige gehabt, darunter auch das weißblaue Bayernlandl. Und die »Villa« der gekrönten Bayern-Monarchen steht noch immer auf dem alten Platz und wird heute ganz schlicht und bescheiden von der Bevölkerung »d' Residenz« geheißen.
Es war ja auch früher noch nie ein Türschild an der viel zu großen Hoheits-Festung befestigt mit der Aufschrift: »König«. Aber auch sonst hat sich rein äußerlich an dieser Majestäten-Villa nicht besonders viel verändert.
Allerdings hat der Löwe rechts vom Eingang heute respektlos manchmal einen faustgroßen Isarkiesel im Maul. Den ihm wohl irgendein paar mitleidige Tierfreunde zwischen die erzenen Lefzen geschoben haben. Der Rachen des linken Wüsten-Königs hinwiederum dient häufig als Briefkasten. Und wird hauptsächlich von den Besuchern der nahen Weinstube frequentiert. Äußerst wichtige Mitteilungen werden dort deponiert. Zum Beispiel die welterschütternde Nachricht: »Sind im Café ›Nahkampf‹. Bitte nachkommen. Euer Wastl.«
Die Nasen beider Leus aber sind hochglanzpoliert. Denn in grauer Vorzeit hat irgendein Student einmal erklärt, es würde Glück bringen, wenn man einem der beiden Buntmetall-Lionels mit Daumen und Zeigefinger die bronzene Nase

umdrehte. Und deshalb funkeln die Riechorgane der beiden Wittelsbacher Hauskatzen gelb und freundlich wie Sumpfdotterblumen.

Und über dem Portal sind zwei weitere Simbas als zwecklose Wache aufgestellt. Beide »Königspudel« halten ein Wappen, das abermals ein Löwenkopf ziert. Und der hat nun schon die Krone auf. Allerdings ist sie ihm viel zu groß und wird erst durch die Ohren etwas gebremst. Man hätte unbedingt einen Streifen Zeitungspapier in den Regentenhut legen müssen. Abermals darüber sind zwei rätselhafte Weibsleute in Erz geformt. Und an die Wand geschraubt. Daß die eine einen bronzenen Prügel in den Armen wiegt, statt ein schlummerndes Kind oder ein Füllhorn, wie man solches gewohnt ist, mutet schon sehr verdächtig an. Ihre Schwester hält gleich gar eine barocke Uhr hoch in die Höhe. Kurz nach zehn ist es darauf.

Dieses Stilleben befindet sich seit etlichen hundert Jahren an der Fassade der Münchner Residenz über dem großen Tor. Die Tür selbst hat kein Schlüsselloch. Nun ja, Herrscher sperren ihre Wohnungstür ja schließlich nicht mit dem Schlüssel auf, sondern mit einem Wachsoldaten.

In dem langen Vorhof schaut aus viereckigen Fensteraugen der Ruhm der Welt auf das Buckelpflaster herab. Dort in der Ecke aber liegt noch immer der zentnerschwere Lesebuchstein des wackeren Herzog Christoph. Ein Maurer sitzt gerade drauf und bindet sich das Schuhbandl. Daneben an der Wand sind auch noch die drei berühmten Nägel. Den höchsten, »zwölf Schuech von der Erd«, soll der sportliche Landesherr mit seinem Fuß herabgeschlagen haben. Die jetzigen Leichtathleten aber erklären zu dieser Story mit einem neidigen Zweimeter-Lächeln: »Jaja, der hod scho scheene Nägl grissn.« Der originelle Muschelhof schaut aus, als hätte ein erzürnter Kurfürst die Reste seines königlichen Austern-Frühstücks jedesmal an die Wand geschmissen: »Jeden Tag Austern! Potz Blitz und Leberkäs!«

Dahinter ist ein längerer Saal, in dem Dutzende von Büsten hochwohlgeborener Herren stehen. Das Antiquarium. Sie tragen eine Rock-'n'-Roll-Frisur und haben keine Nasen mehr, die sie irgendwo hineinstecken könnten. Alle hören sie am Brustbein auf. Wahrscheinlich handelt es sich bei dieser Sammlung um die Paßbilderabteilung von Xaver dem Mißtrauischen, der sich auf diese Art ein Steckbriefalbum seiner Minister anlegte.

In der Nähe des einstigen Schlafzimmerwinkels Seiner Majestät wird gerade eine Geheimtür restauriert samt einer verborgenen Treppe. Nebenan träumt Prinz Eugen, der edle Ritter. Ein fahrbereites Mofa lehnt an seiner Hüfte. Und es schaut aus, als wollte er gleich damit wegfahren. Und »dem Kaiser wiederum bringen Stadt und Festung Belgerad«. Daneben stützt sich ein wohlbeleibter Rittergeneral auf sein Schlachtschwert. Was diese Kettenhemden-Marschälle bloß für unpraktisch lange Röcke anhatten. Aber vielleicht, muß der einfältige Besucher möglicherweise denken, war das seinerzeit Vorschrift, damit sie im Krieg nicht davonlaufen konnten. Schade, daß diese Mode nicht beibehalten wurde.

Parade unter Pappeln

Man saß wieder einmal auf der Traumstraße der Welt. Dem Boulevard Größenwahn gleich hinterm Siegestor. Überall lungerten bereits die makkaronibeinigen Faulenzerschemel vor den Randstein-Cafés herum.

Unter den Pappeln aber, die wie verwunschene Gardegrenadiere Spalier standen, fand die große Frühsommer-Parade statt. Und es gingen vorüber die barfüßige Gräfin und die liebliche Marquise Pumpernickel. Blonde Windmühlen und kurvige Versuchsstrecken fesselten die Blicke. Und unter Batist und Seide war irgendwas los. »Wipp, wipp, hurra.«

Manch still gewordener Botaniker und Pampelmusen-Liebhaber, der gewiß keine nasse Zeitung mehr zerreißen konnte, dachte beim Anblick aller dieser Pracht und Herrlichkeit sicherlich an das schmerzlich wahr gewordene Bibelwort: »Von allen Bäumen des Paradieses kannst du essen. Von diesen Früchten der Versuchung aber nicht mehr.« Dabei wurde andererseits überall fleißig gepflückt und geerntet. Und wenn die herzallerliebsten Jungfern beim Parademarsch lächelten und dann wegschauten, dann wußten sie, daß auch sie bald geschüttelt werden. Von bitterbösen Bubenhänden.

Die schönsten Mädchen der Welt gab es zur Zeit wieder einmal in Schwabylon. Vor dem Europa-Espresso standen zwei besondere Extra-Ausgaben. Die eine nickelhaarig, die andere rot wie die Bartholomäusnacht. Die Verchromte hatte ihre Zehennägel abwechselnd weiß und schwarz lakkiert. Wie die Tasten eines Pianos. Und als sie mit den Füßen zu wippen begann, dachte mancher: »Man müßte Klavier spielen können.« Die Erdbeerblonde rauchte ein kleines niedliches Tabakspfeifchen. Auf der Suche nach Laster war sie wohl auf den Krüllschnitt gekommen. Auch ihre Nägel an den blanken Pedalen waren gefärbt. Veilchenblau. So blau, als hätte man ihr die Zehen mit einem schweren Eisenhammer pedikürt.

Acht harte Stöckelschuhe klapperten herausfordernd über das Pflaster. Wie Kastagnetten. Nach der weltbekannten Weise: »Auf in den Kampf, Torero«. Die Cocktail-Fannis, denen sie gehörten, arbeiteten in der nahen Bar. Als sie zu dem Maler kamen, der eine saftige Schönheit auf den warmen Asphalt kritzelte, blieben sie mit schrägen Singvögelköpfen stehen und schauten das Pastellgemälde lange an. Dann klimperten springende Silbermünzen auf den Boden. Die späten Mädchen hatten das Porträt erkannt. Es war die Büßerin Magdalena. Die Schutzpatronin aller Nebenstraßen.

Weiter unten bei der Frosteria Cadore waren überhaupt nur noch Mädchenbeine zu sehen. Die Zwillings-Lafetten Beelzebubs. Eine Artillerie der Todsünden. Ach ja. Lange verweilte ein Wanderer am jenseitigen Straßenufer mit fleißigen Pupillen. Seine Augen kletterten bereits hurtig an den schlimmen Nylonstämmchen empor. Da kam ein blauer Omnibus und fuhr ihm direkt über die bereits geplante Hochzeitsnacht.

Ein langhalsiger Kran schlug sich den Bauch voll schwarzer Schwabinger Erde. Mit weit ausholenden Gesten lernte ein magerer Schauspieler die Rolle seines Lebens. An der Straßenkreuzung weinte ein kleines Mädchen, das ganz in Weiß gekleidet war. Es sah aus wie ein Glas Milch, das überlief. Eine junge Ehefrau in der Parterrewohnung schloß Fenster und Vorhang, ließ auch die Jalousie noch herab. Und errötete trotzdem dabei. Ein sanfter Irrer mit einem babylonischen Bart murmelte die mißverstandenen Katechismusworte vor sich hin:

Jehova, dir künd' ich auf ewig Hohn.
Ich bin der König von Schwabylon.

Was aber tat das kleine Waldbauernmädel dort drüben? Ja, die mit dem züchtigen Binsenkörbchen. Ei, hat sie nicht Rotwein und Kuchen darin? Um damit zur kranken Großmutter zu gehen. Aber mit wem ging sie statt dessen weg? Mit einem Herrn vom Film wohl. Der die langen Zähne nur mühselig hinter wäßrigen Lefzen verbergen konnte. Ja, merkte denn die Kleine nicht an seinen milden Worten, daß jener nur Kreide gefressen hatte? Aber es hatte sich wohl gar nichts geändert seit den Gebrüdern Grimm. Denn diese Mädchen mit dem dunklen Blick hatten immer noch eine schreckliche schaurige Liebe zu den bösen Räubern. Und sie folgten den Wölfen.
Und keine konnte so einen Isegrim dann nach vollbrachter Tat wenigstens in den Brunnenschacht stoßen. Wie im Märchen. Weil doch die modernen Hotelzimmer alle nur noch Spülbecken haben.

Der alte Mann und das Meer

»A bisserl mehra Meer deafad's eigentlich scho sei«, kichert der alte Mann, der natürlich längst auch das berühmte Buch des amerikanischen Rauhreif-Bartes gelesen hat. Und er schickt sich wieder einmal an, das lächerliche Verlegenheits-Laggerl zu umrunden, das die alten »Wahnmochinger« in ihrem sanften Wahn mit ruhigem Gewissen das »Schwabinger Meer« tauften. Ganze zweitausendsiebenhundertvierundachtzig Halbschuhschritte ist der Rundkurs lang. Aber wer Augen hat, die nicht nur auf die nächste Bindehautentzündung warten, der kann sich gerade in diesen Tagen, wo es im Gebälk der alten Ulmen und der Unterwäsche der jungen Menschen wieder heftig knistert, allerhand Schmunzel-Schmankerl zusammenschauen.

Gerade kommt ein blutjunges Pärchen gegangen. Ein rotes Gummischnürl, das beide um den kleinen Finger gewickelt haben, hält es symbolisch zusammen. Eigentlich müßte der Jüngling das mittelhochdeutsche Liedchen dazu trällern:

Süßes kleines Mädchen,
hast mich schon am Fädchen,
hast mich schon am Gängelband.

Aber hinter seiner reinen Stirn nisten wohl viel dunklere Gedanken. Denn das Gesicht seiner Schönen ist leider von vielen sprossenden Frühlingspickelchen übersät wie ein Mohnweckerl. Und das muß sich rasch ändern. Der junge »Naturheilkundige« weiß auch schon eine Medizin, die todsicher hilft. Nämlich: »Zweimal täglich beim Dunkelwerden.« Er wird ihr ein sanfter Samariter sein.

Dann naht eine alte Frau mit einer Harpune. Weggeworfene

Papiertaschentücher, Prospekte über günstige Bankzinsen, zerknitterte Semmeltüten und gestempelte U-Bahn-Karten spießt sie blitzschnell auf. Niemals verfehlt ihre Stocklanze das Ziel. Nur ein einziges Mal sticht sie daneben. Sie hat nämlich gerade noch erkannt, daß diesmal das kleine runde Ziel nur Spucke war.

Zu ihrer Rechten arbeitet eine ammenrunde Kollegin nach einem anderen System. Sie trägt lange chirurgische Handschuhe aus Gummi und hebt die Gegenstände mit einer vernickelten Entbindungszange vom Boden auf. Also eine Heb-Amme. Hinter den beiden Rasenkosmetikerinnen trabt ein Pferdchen her, das einen kleinen Müllwagen zieht. Das Rößlein hat einen wunderschönen Fidelbogenschweif, Schaumgummilippen und melancholische Würfelzuckeraugen. Ein Basset-Hund mit dem ganzen Schmerz dieser Welt im englischen Blick schaut lange zum Cavallo empor, und der alte Mann muß denken, vielleicht schauen diese langgezogenen Bellmaschinchen nur deshalb alle so ungeheuer beleidigt drein, weil sie eigentlich auch ein Pferd werden wollten.

Und jetzt kommen zwei Buben geschlendert, die sicher noch von jener längst vergessenen Sorte sind, die man in grauer Vorzeit »um für a Fünfal a Ibidumm« zum nahen Kramerladl schicken konnte. Sie bleiben stehen und treiben ein lächerliches, heute nicht mehr bekanntes Wortspielchen. Wobei der eine zu seinem Spezl sagen muß: »Du bist ja a Blähublä.« Und der andere muß darauf nach den strengen Regeln erwidern: »Des bist ja du, wos bin dann i?« Und das alles bis zur völligen Vernichtung des Gegners.

Unter den Sträuchern am Ufer liegt noch ein Armvoll Schnee, und an den schwarzen Zweigen hängen die roten Beeren vom vergangenen Jahr, wie die Blutstropfen von Schneewittchens Mutter. Das Eis im See ist schon sulzig, wässerig und geschmacklos wie die Nachspeise für Pauschalreisende.

Mensch, wie kommt aber da nur der hundertjährige Penner auf die kleine Insel hinüber? Nun spielt er gar noch auf einer Mundharmonika das Lied »Es wird in hundert Jahren wieder so ein Frühling sein«. Und er lacht mit zahnlosem Mund den Passanten zu. Aber nur ein winziger, uralter Spaziergänger kennt die Melodie noch und schreit kichernd zurück: »Da seng mia zwoa de Radi aber scho lang von unten, Kamerad.« Gerade in dem Augenblick schnappt sich ein riesiger Schwan auf Landurlaub die Buttersemmel, die ein kleines Mädchen achtlos in der Hand hält. Jetzt weint die »Marili« laut, aber nur vor Schreck. Dem weißen Räuber, der majestätisch abzieht, drohen zwei Rentner mit ihren Hakelstecken.

Ein frecher Lehrling ändert unterdessen die Aufschrift der Tafel »Fußweg« mit einem dicken Bleistift in »Kußweg«. Dann singt er laut und wahrscheinlich ohne Genehmigung seiner Gewerkschaft das Lied:

’s Deandl hod gsogt,
jetzt kommt da Frühling,
kimmst auf d’ Nacht,
dann mach ma Zwilling.

Dampfend wie ein russischer Samowar und den Blick schnurgerade auf das mittlere Podest des nächsten olympischen Treppchens gerichtet, stampft ein Dauerläufer vorbei. Ein Kind fragt: »Mutti, warum bellen denn die Enten so laut?« – »Die bellen nicht, du Dumme, die schnattern.« – »Und was tust dann du?« – »Ich geb dir gleich eine!«

Hart ist das Leben an der Küste. Watschelnde Wildgänse dringen bis zu den Packtüten ihrer Wohltäter vor und taxieren mit schnellem Blick jede Manteltasche. Ein kleiner dummer Bub glaubt wohl, der riesige weiße Vogel, der völlig bewegungslos dahinsegelt, wäre aus dem alten Karussell am Chinesischen Turm herübergelaufen. Er würde gerne ein Zehnerl spendieren, wenn er auf ihm einmal durch den See

pflügen dürfte. Und ein spitznasiger Spaßvogel murmelt beim Anblick der vielen rudernden Sonntagsbraten leise jenen rätselhaften Spruch vor sich hin, den ein gefräßiger Landpfarrer einmal von der Kanzel herab im gefälschten Latein seiner Köchin zugerufen hat: »Lenawendantum brotshintarum!«
Drüben am Ostufer haben unbekannte Missetäter einer der vier Frauenfiguren auf dem Sockeldenkmal die Sandsteinlippen rot angemalt, einen Büstenhalter umgebunden und sie für den Frühling aufgebrezelt. Auf dem ehrwürdigen Sockel stehen die Worte eines großen Verse-Schmiedes:

Der Staub vergeht,
der Geist besteht.

Darunter aber hat ein kleiner Liebes-Ingenieur hinzugekritzelt:

Wenn zwei sich lieben auf Erden –
da können leicht drei draus werden.

Kopfschüttelnd stellt der alte Mann fest, daß dieser Geistesblitz noch immer da steht. Also hat sich wohl nichts geändert an dieser Weisheit. Bei ihm allerdings schon, muß er mit schrägem Lächeln zugeben. Und da fällt ihm auch jenes frivole Gedicht wieder ein, das er von dem unvergeßlichen Walter Hillbring vor vielen Jahrzehnten im Alten Simpl oft gehört hat. Es begann mit dem Dreizeiler:

Ach, kehrten doch die Zeiten wieder,
wo gelenkig warn die Glieder –
alle bis auf eines.

Zwoa Boor Schtiefe

»Die Münchner«, so behauptet mancher mittlere Globetrotter, der bereits zum zweiten Male in seinem Leben vor dem Hofbräuhaus steht, »sind entweder grantig oder besoffen.« Und ein besonders gelbzüngiger Bratkartoffel-Teutone fügt da vielleicht noch hinzu: »Oder beides.« Der also eingestufte Ureinwohner aber antwortet auf diese harte Kritik höchstens mit einem gelangweilten »Na und«. Daran hat auch die Entwicklung des Millionendorfes zur Weltstadt mit Herz nichts geändert. Denn diese hat für den hartnäckigen Münchner überhaupt nicht stattgefunden. Der denkt und empfindet nämlich so, wie hierzulande die Maurer sagen: »Ein Kübel Wasser, ein Kübel Sand und ein Kübel Kalk geben zusammen immer erst einen Kübel Mörtel.« Drum hat diese Stadt den Schwedenkönig Gustav Adolf, die vielen tausend Flüchtlinge, die asiatische Grippe und auch die geliebten »zuagroasten Preißn« zwar mit grollendem Murren, aber fast ohne jeden Substanzverlust überstanden.

Nun ist es aber für einen zugereisten Flachlandtiroler gar nicht so leicht, einen echten Münchner zu finden. Denn so, wie er glaubt, daß ein echter Münchner ausschaut, schaut er nämlich gar nicht aus. Zu beachten wäre außerdem noch, daß nur noch jeder fünfte Einwohner der Weißwurst-Metropole ein Urmünchner ist. Nämlich von Münchner Eltern in München geboren. Drum wendet sich der Durchreisende, der Fremde oder der pauschal antransportierte Omnibusgast vielleicht auch an einen jener »Rülpsbajuwaren«, die zur Fremdensaison gern an den Plätzen der touristischen Neugier bereitwillig herumstehen. Sie sind leicht an den großen Mengen von Klauen, Krallen oder Gebissen zu erkennen, die an einer dicken Uhrkette über ihrem »Brauereigeschwür« baumeln, wie ein Säuferbäuchlein hierzulande auch genannt wird. Außerdem fallen sie durch viel zu lange »Gemsenpinsel« auf, die auf ihren viel zu grünen Scheitelhülsen wippen, und an den leicht auswärts gestellten X-Beinen, die käsig und bleich aus der ledernen Kanalisation ihrer Kniehosen herauswuchern.

Diese Kitschpostkarten-Figuren leben hauptsächlich vom Fotografiertwerden, von Bettelräuschen und der Verachtung der echten Eingeborenen. Denn sie haben mit den Münchnern so wenig gemeinsam wie ein Bismarckhering mit dem Eisernen Kanzler. Ihre Urheimat ist häufig das wunderschöne Sachsen: »Nu härn Se mol.« Um aber ihre Urwüchsigkeit zu beweisen, bestellen sie bei der Kellnerin, wenn sie endlich von gutmütigen Pirmasensern, Pinnebergern oder Pittsburgern eingeladen werden, weithin hörbar eine Maß Bier mit der ungemein witzigen Bemerkung: »Aber den Schaum bittescheen in der Mittn.« Oder: »Den Henkel links, goi.« Um dann nach dem dritten Tröpfchen einen von niemandem verlangten Vortrag über bayerische Lebensart und die bodenständigen Biersorten zu halten. Sie selber trinken aber alles kreuz und quer durcheinander, getreu nach der Lebensregel aller Schnorrer: »Das helle Bier geht aufs Herz, das dunkle macht dick, nur das Freibier schadt gar nichts.«

Zum Abschied singen sie dann ihren neuen Freunden womöglich auch noch die völlig idiotische Kannibalen-Hymne vor:

Heut auf d' Nacht,
wern Preußn abgschlacht,
wer a Preußnfleisch mag,
der soll kumma de Tag.

Dazu klappern sie noch einmal wichtigtuerisch mit dem schauerlichen Gehängsel an ihren Uhrketten, so als würden die daran befestigten Trophäen schäbige Trophäen längst aufgefressener Potsdamer sein. Nein, Amigo, Freund, Tramp und Besucher.

Wenn du wirklich einem echten Münchner begegnen willst, so laß grundsätzlich alle Vorstellungen von einem edamerköpfigen Säufer mit blau angelaufener Auberginennase und riesigen Nagelschuhen fallen und halte lieber Ausschau nach irgendeinem unscheinbaren Manderl mit einem vergilbten Lodenmantel, einem Hut, wie ihn womöglich auch die alten Rentner in Neuseeland tragen, und nach einem einfachen Hakelstecken, den so ein gemütlicher Bummler als geliebte Feierabendlanze gern mit sich führt, und wenn du vielleicht gerade auch noch hörst, daß dieser Randstein-Trippler von einer ähnlichen Type mit den Worten angesprochen wird: »Na, wie geht's denn?« und der Befragte dann mürrisch erwidert: »Des wer i scho selba wissn«, dann hast du mit großer Wahrscheinlichkeit einen waschechten Münchner vor dir und sogar einen von jener aussterbenden Sorte, den man einen »Grantler« oder »Grantlhauer« nennt.

Dabei ist der Grantler keineswegs ein ewiger Meckerer. Genaugenommen verkörpert er nämlich den Übergang vom Nörgler zum Philosophen. Ein richtiger Grantlhauer ist im Grunde seines Herzens tatsächlich ein stillvergnügter Mensch, der nur mit seiner Seele schmunzelt. Der Grantler wird in den weißblauen Breitengraden überall mit äußerster Vorsicht genossen oder bedient. Denn der grantige Mensch erweckt überall den absoluten Eindruck: »Mit dem ist nicht gut Kirschen essen.« Er findet deshalb in seiner Obsttüte auch fast nie einen verfaulten Apfel, dafür aber in jeder überfüllten Straßenbahn einen Sitzplatz.

Wenn jedoch hinter dem Rücken eines Grantlers irgend jemand womöglich einmal leise wispert: »Dem armen Tropf kommt auch nie ein Lachen aus. Bestimmt ist der schwer leidend«, dann kichert der Grantlhauer nur ganz vorsichtig nach innen, damit's ja keiner sieht, und zitiert heimlich den berühmten Ausspruch des Münchner Volkssängers Weiß Ferdl vor sich hin: »... Aba d' Leit wissn an Dreeg. So weit feit's bei mia net!«

München muß man mögen

Es ist schon ein arger Jammer, daß sich auf München gar nichts Rechtes reimt. Wie haben's da doch die anderen Städte leichter. »Nach Wien, da zieht's mich hin«, schwärmen die Text- und Schlagerdichter. Oder sie fordern forsch: »Komm doch ein bißchen mit nach Madrid.« Doch auf München paßt halt höchstens noch das Wörtchen »tünchen«. Und das heißt hierzulande leider »weißeln«. Wovon wiederum nur der schöne bodenständige Spruch abgeleitet ist: »Unser Herrgott wird's schon weißeln – zwei Zimmer und die Küch.«

Vielleicht haben es deshalb manche Leute auch gar so schwer, sich einen passenden Vers auf die Stadt München zu machen. Die schlimmsten von ihnen behaupten dabei von den Einwohnern Münchens gleich gar: »Die sind entweder grantig oder besoffen.« Ein Argument, auf das die Ureinwohner vielleicht mit ihrer angebotenen Dreiquartel-Logik antworten würden: »De ham scho recht. Und wer recht hat, zahlt a Maß.«

Immerhin haben die Münchner aber wenigstens in den paar nüchternen Augenblicken noch schnell das Deutsche Museum erbaut, die Bavaria gegossen, das Fernrohr erfunden und drei bis vier Nobelpreise in Empfang genommen. Eine solch herbe Kritik darf sich deshalb hierzulande höchstens noch ein echter Münchner selber erlauben. Von denen es aber bald nur mehr so wenige geben wird wie Riesenwarane auf den Galapagos-Inseln.

Die meisten der Traveler, Sportsfreunde, Gastarbeiter, Globetrotter und Pauschalreisenden sind sich dagegen einig: »München muß man mögen.« Die Stadt, in der einst der romantische Wedekind und der berühmte Nasenkönig Ringelnatz durch die gelben Gaslaternen-Gassen gingen, die barfüßige Gräfin Reventlow durch Wahnmoching geisterte. Wo isarabwärts in dem Dschungel des Hochwasser-Flußbettes Thomas Mann mit seinem Hund »Bauschan« herumstreunte und seinen geliebten Schweifwedler mit halbfetten Gedankensplittern fütterte. Und wo in einer stillen Dachstube Mozart seine Quintette schrieb, während ein paar Kilometer nordwärts und ein Jahrhundert später der magere Lenin in einem Schwabinger Hinterzimmer sein Manifest verfaßte.

In dieser Welt, in der die Studenten ihren König wegen einer langhaarigen Zirkusreiterin zur Abdankung zwangen und ihm nachher noch den Spottvers auf den Balkon hinaufsangen:

Keine aber so konnt es,
so wie die Lola Montez.

Wo Gustav Adolf hauste, später dann die schwarze Pest und noch später die braune ihre Opfer forderte. Wo ein unbekannter Taglöhner namens Adelmann außen auf die Mariahilfkirche hinaufkraxelte und droben auf dem Kreuz weithin schallend eine Protestrede hielt, weil ihn nämlich die Feuerwehr mit der Begründung nicht angestellt hatte, er wäre zuwenig schwindelfrei. Wo Buffalo Bill mit einem Bayern-Herzog ein Wettschießen auf der Theresienwiese abhielt und die Lollobrigida im Hofbräuhaus den alten Märchenspruch »Siebene auf einen Streich« dahin gehend auslegte, daß sie, fast ohne anzustoßen, sieben Weißwürste verschluckte.

Diese Stadt muß man doch irgendwie mögen. Und was sagt ein gestrenger Kritiker wohl dazu, daß ein Münchner Regiment zwar mit dem blanken Messer einen in die Geschichte eingegangenen Höhenzug in Frankreich erstürmte, daß sich aber der Kaiser gleichzeitig beschwerte, warum denn die

Bayern gar keine Meinung von so einem Feldzug hätten. Worauf er von einem weißblauen Marschall die Antwort bekam: »Ja, wissen Sie, Majestät, meinen Münchnern sind halt die Maß-Kriag lieber wie die Welt-Kriag.«
Nun, Fremder oder Freund, der du schon einmal in diese seltsame Kolonie, die man auch den »widerspenstigen Freistaat« nennt, verschlagen wirst und der du seine Hauptstadt, die wiederum die »heimliche Geliebte Europas« heißt, kennenlernen willst, schau sie dir zuerst einmal von oben aus an. Von dem gemütlichen Turmzimmer der Frauenkirche oder auch von der Plattform des fast dreihundert Meter hohen Olympiaturmes, der wie ein Zeigefinger in den Himmel ragt, als wollte er stolz vermelden: »Hic rodes, hic salta.« Mit etwas dichterischer Freiheit übersetzt: »Hier ist München, hier werden sie springen.«
Da schaut man also hinunter auf die rothaarigen Häuserköpfe der nahen City und in die Asphalt-Schluchten mit dem lächerlichen Gekrabbel der Automobile, die wie Läuse über die Straßenscheitel ziehen. Und langsam beginnt man sich zu orientieren. Das silbern blinkende Rinnsal, das aus dem Süden kommt, ist demnach die vielbesungene grüne Isar. Aber aus der Vogelperspektive schaut sie halt bloß aus, wie wenn einer der riesigen Berge, aus dem sie kommt, undicht geworden wäre. Und so schlängelt sie sich durch die Landschaft und die Stadt hindurch, als wollte sie ihre Umgebung dauernd fragen: »Bittschön, wo geht's denn da nach Deggendorf? Dort muß ich nämlich schleunigst in die Donau münden.«
Weht der vielgelästerte Südwind, der Föhn, über das bayerische Land, so könnte so ein Turmkraxler direkt meinen, er bräuchte sein Taschenmesser oder seine neugierige Nase nur direkt am nahen Gebirge zu wetzen. Dann möchte er wohl am liebsten den Bergen auch noch kameradschaftlich den grauen Buckel tätscheln. Und der Geländekundige kann dabei auch ganz genau jenen dunklen Elefantenrücken er-

kennen, von dem der schöne Münchner Schüttelreim herstammt:

I gang so gern auf d' Kampenwand,
wann i mit meiner Wampen kannt.

Die Stadt selber jedoch schaut für denjenigen, der ein bißchen Fantasie hat, irgendwie wie ein Bilderbuch-Herz aus. So, wie man sie noch in den alten Poesie-Alben findet mit der Unterschrift »Ewig dein«. Unweit der großen Münchner Karussell-Prärie, der Theresien-Wiese, entdeckt der Höhenlüftler auch das stilisierte rote Andachtshaus, das manche Leute wegen seiner Bauweise gern »Martin Luthers Achterbahn« nennen. Weiter links drüben davon hält der Friedensengel, der goldene Optimist, in schöner Beharrlichkeit, doch mit eingeschlafenem Bronzearm seinen Palmenzweig in den blauen Seidenhimmel. Sicher ist er längst Weltrekord-Inhaber im Dauermahnen. Im Norden pafft der Münchner Leuchtgas-Vesuv, der Moosacher Gaskessel, gemächlich kleine Dampfkringel in die Luft. Und fünf Daumenlängen links von ihm steht Bayerns erzene Buntmetallgroßmutter, die Bavaria, in deren Kopf für ganz besonders gemütliche Ausguck-Freunde sogar ein kleines Kanapee untergebracht ist. Und der geliebte Monopteros-Hügel, der »Monte Rendezvous«, wie diese künstliche Bodenerhebung im Englischen Garten heißt, ragt aus dem blaßgrünen Blättermeer nur so lächerlich wie ein winziger Pubertätspickel heraus. Zum Greifen nah sind die Zeiger des Alten Peters, jener ehrwürdigen Münchner Kirche, die seltsamerweise acht Zifferblätter besitzt.
Und dann überraschen den Betrachter womöglich gerade die elf hellen Klänge der Rathausuhr, die gleichzeitig das tägliche Glockenspiel einläuten. Mechanisch klappen dann am Marienplatz die Köpfe von vielen hundert Neugierigen zurück. Und sie öffnen lautlos den Mund wie bei einer Schluckimpfung. Schlitzverschlüsse klicken leise, und viele

Kameras surren wie singende Spätherbst-Mücken. Bunt ist jedesmal die Völkerschaft und gemischt wie bei dem bekannten Bauvorhaben zu Babylon. Und sie starren alle zum Turm hinauf, zum Karussell der großen Kinder. Inderinnen sind darunter mit dem schwarzen Konfetti-Mal des Adels auf schönen Stirnen, kleine Kinder aus Schottland, die zögernd ihre verirrten Finger aus dem Schnuppernäschen nehmen, lächelnde Japaner, Iren mit roten Knien, sanftlockige Griechen und ältere Amerikanerinnen mit starren Rubinstein-Gesichtern. Wenn das erste »Klingeling« heruntertröpfelt, machen die meisten den Mund noch ein bißchen weiter auf, als wollten sie mit den herabfallenden Tönen ein bißchen gurgeln. Andere zeigen auch nur grimmig ihre Zähne. Doch das Münchner Kindl ganz hoch oben auf der Spitze hat keine Angst, gebissen zu werden.

Beginnt dann das Duell, nehmen manche Sportsleute aus Britannien oder Adelaide in echter Solidarität ihre grauen Filzhelme ab. Und einer ist immer dabei, der das Turnier schon zum vielten Male sieht, und weil doch jedesmal der linke Ritter abgestochen wird, äußert er seinen Mißmut über diese Ungerechtigkeit in einem heimatlichen Zitat, indem er leise vor sich hin murmelt: »It's not a fair fight – no, no, no.«

In das schöne Rathaus zu München, das manche leider als kitschiges Marzipan-Bauwerk abtun, haben schon viele prominente Besucher den Staub der großen weiten Welt getragen. Um sich dann im Goldenen Buch der Stadt zu verewigen. Es ist natürlich nicht ganz aus Gold, dieses Nachschlagewerk der Berühmtheiten. Und auch nur wenige von jenen, die ihren »Friedrich Wilhelm« dort hinterlassen durften, haben heute noch Glanz und Namen. Von dem ersten großen Turnfest, das in der Isar-Metropole 1897 stattfand, blieb beispielsweise nichts hinterlassen als einige unleserliche Kritzeleien, und keiner der aktiven Athleten ist heute noch bekannt. Es scheint also auch seinerzeit schon eine Diktatur der Funktionäre geherrscht zu haben, da sich nur Oberturnwarte, Organisationsleiter, Zeitnehmer und Trainer verewigt haben.

Anläßlich der großen Kaiser-Manöver, an denen der gesamte preußische Generalstab teilnahm, taucht dann zum ersten Mal ein echter »Friedrich Wilhelm« auf. Unter seinen Namen hatte der hohe Gast den lateinischen Kommentar »Suprema lex regis voluntas« gesetzt, was zu deutsch ganz schlicht heißt: »Das oberste Gesetz ist der Wille des Königs.« Diese Bemerkung erregte bei vielen bayerischen Patrioten großes Ärgernis und einen erhöhten Blutdruck. So daß sich zahlreiche weißblaue Eigenbrötler ihren bereits stark nach oben geringelten »Es-ist-erreicht-Bart« wieder abrasiert haben.

Doch dann liest der Neugierige 1899 den Namen Fridtjof Nansen, später den Freiherrn von Gebsattel, nach der Münchner Version der Entdecker des gleichnamigen siebzig Meter hohen Berges, der zu Giesings Höhen gehört, und schließlich 1913 zum letzten Mal den Servus des strahlenden Hohenzollern. So energisch ins Papier graviert, als hätte er ihn direkt mit der Spitze seines Säbels geschrieben. Auch Richard Strauss, Graf Zeppelin und der Erfinder des Stiftenkopfes, Paul von Hindenburg, sind hier zu finden. Folgt nach Erich Rademacher, der König der Schwimmer. Und dann kommt lange nichts. Denn die Blätter, auf denen der braune Napoleon seinen hecklastigen Namenszug zur Debatte stellte, sind verschwunden. Und vielleicht auch gar nicht so ohne jedes Dazutun. Denn wie schlimm wäre es doch manchmal heute für einen, der längst wieder in Amt und Würden ist, wenn man von ihm sagen könnte: »Er schrieb an seiner Seite.«

Nach »eleven o'clock« in München, der klassischen Zeit der Weißwurst und der sonstigen Brotzeit-Schmankerl, geht es am späten Vormittag besonders rund um das feuchte Herz von München und den »Stammtisch aller Völker«, das Hofbräuhaus, zu. Jeder halbwegs gebildete München-Tourist weiß heute schon, was ein Schmankerl ist, nämlich ein Fleiß-Billett für den Magen. Zum Hungrigbleiben zu viel und zum Sattwerden zu wenig. Leider verschwinden diese zwischenzeitlichen Leckerbissen selbst in der Hauptstadt der Lebensfreude zusehends immer mehr. Obwohl hier immer noch die altbayerische Lebensweisheit gilt: »Beim Arbeiten soll man frieren, beim Beten schlafen und beim Essen schwitzen.« Doch im »Bratwurst-Herzerl« in der Nähe des Viktualienmarktes, im »Markthof«, im »Blauen Bock«, beim »Haxnbauer« oder beim »Räucher-Onkel« kriegt man auch in unseren Tagen noch sein »Magentratzerl«. Vielleicht sogar eine Schweinskron, eine Milzwurst, ein saures Bries auf dem Holzteller, ein kleines Pichelsteiner oder ein Kesselfleisch. Sicher aber eine Lunge mit Knödl, ein Beuscherl, und das sogenannte »Beamten-Ripperl«, den Leberkäs, in dem sich natürlich ebensowenig eine Leber befindet wie eine Königin in der Königin-Suppe.

Eine der berühmtesten Brotzeit-Inseln war schon immer das »Nürnberger Bratwurst-Glöckl« im Schatten des mächtigen Doms, in das der gehobene und gelernte Brotzeitmacher fast mit der gleichen stillen Ehrfurcht eintritt wie in die weihevolle Kühle der Frauenkirche. Hundertsiebzig Jahre lang werden hier die Hungrigen von riegelsamen Wirtsleuten mit allen Leckerbissen der weißblauen Welt bereits bekocht und die Durstigen mit der »Suppe vom Faß« gelabt. Und das alles von ein und derselben Bierschlegel Dynastie, und zwar mit wirklich angemessenem »Schanknutzen«.

Das Gebälk der Bierstube ist gebeizt vom Rauch der Virginias und von dem Föhn des offenen Herdfeuers, der aus der Küche kommt. Es ist wahr, daß auch Deutschlands unheilvollster Abstinenzler öfters hier saß und aß. Aber sein Menü bestand zum Mißvergnügen der Kellnerinnen meistens nur aus »Macht mit Magenbitter«. Heute sitzen zufriedene Rentner, Weinhändler, Apotheker und andere Bür-

ger unter dem Regulator, dessen Pendel den Feierabend ganz gleichmäßig in weißwurstgroße Stücke teilt.
Hinter ihnen von der »Sankt-Nimmerleinswand« schauen mit retuschierten Augen alle jene Stammgäste herunter, die ihre letzte Maß längst ausgeschleckt haben. Da blinzelt der Karl Valentin mit hilflosen Pupillen zum Büfett hinüber, ob es denn für ihn gar keine Bratwurst mehr gibt. Lächelnd schaut der Leo Slezak der strammen Bedienung Fanny unter die Kniekehlen.
An schönen Sommertagen aber sitzt man draußen vor der Tür. Dann muß die Fanny oder die Frieda von der »Schenk« weg noch weiter laufen. Doch sie tut es mit einer Geduld, die ebenso weich und so lang ist wie die Boxcalf-Stiefel alter Münchner Bierkellnerinnen. Dem Herrn Rat hilft sie wohl beim Heimgehen auch in den Mantel, obwohl sie dabei fast in den Zehenstand muß. Zum Quetschwerkbesitzer Lenz jedoch sagt sie bei derselben Gelegenheit nur höflich: »Geht's?« Denn kleine Unterschiede möchten da schon sein.
Ach ja, es ist immer gemütlich und schön in der »Bratwurst«. Denn alles, was ein echtes Münchner Herz begehrt, kann man dort noch kriegen. Gekochte Erdäpfel in der Montur, ein Hasenjung mit Semmelknödl, eine Schorle oder sogar eine »Grimmiteigsuppe«. Nur einen Platz kriegt man halt meistens auch als Einheimischer keinen.
Die eigentliche Tränke des Abendlandes aber ist und bleibt doch das Münchner Hofbräuhaus, das nach einer halbamtlichen Umfrage bekannter ist als das Ulmer Münster und der Straßburger Dom zusammen. Selbst »Adolf der Tausendjährige« hatte eine Zeitlang sein Hauptquartier im Hofbräuhaus aufgeschlagen. Und einmal schoß er ganz genau so wie im Bürgerbräukeller in überschäumendem Heldentum in die schöne gebeizte Holzdecke. Was ein pfiffiger Hausmeister nach dem Zweiten Krieg dazu ausnutzte, den Stuhl, auf dem der Verführer damals gesessen hatte, über ein

Dutzend Mal an souvenirhungrige Amis gegen Chesterfield und Lucky Strike zu vertauschen. Warum das flüssige Brot aber »da drunt am Platzl« gar so besonders gut ist, erklärte der berühmte Kapellmeister Sulzbeck so: Weil er selber nämlich von Napoleon persönlich für seine schönen Weisen bei seinem Rückmarsch einmal einen fünfkarätigen Brillanten geschenkt bekommen habe, und der sei ihm aus Versehen in den Sudkessel gefallen und mitverkocht worden. Eine weitere Hochburg der Münchner Bierseligkeit ist ferner der »Monte Nocker«, der Nockherberg, mit seiner weltbekannten Salvator-Quelle. Jenes bittersüße Gebräu, von dem die ganz alten Münchner immer wieder behaupten: »Da Salvator is hoid des oanzige Gmias, des wo i no beißn ko.« Und begeistert schrieb ein ehemaliger Oberbürgermeister der Stadt in das aufgelegte Gipfel-Buch:

Gott erhalte meinen Durscht,
alles andere is mir wurscht.

Während ein bayerischer Innenminister durch das Starkbier gleich gar zu dem sehr populär gewordenen Poem inspiriert wurde:

Man muß Gott für alles danken,
auch für Ober-, Mittel- und Unterfranken.

Die wirkliche Olympiade der Maßkrüge ist alljährlich das Oktoberfest auf der »Sierra Theresia«, der schwarzgelben Schiffschaukel-Savanne zu Füßen der Bavaria. Viele Millionen Liter des berauschenden »Malzkaffees« zischen dann unter dem Schlachtruf »Oans, zwoa, gsuffa« in die vom Singen und Schreien arg ausgetrockneten Kehlen der internationalen Zecherschar. Und wenn man die Schweinswürstl, die bei der Riesenwiesen-Gaudi bisher verspeist wurden, aneinanderknüpfte, so gingen sie der guten Mutter Erde gut dreimal um den dicken Bauch. Doch trotz der Völlerei ist die »Wiesn« fast immer ein Fest des Friedens und der

Völkerversöhnung gewesen. Nur Anno Domini 1844, als das Bier einmal um einen einzigen Pfennig teurer werden sollte, mußte ein ganzes Landwehr-Regiment »scharf munitioniert« aufgeboten werden, um die kochende Volksseele wieder zu beruhigen. So ändern sich halt die Zeiten.

An den heißen Sommerabenden aber trifft sich nicht nur das Münchner Bierdimpfltum, sondern auch die junge Welle in den herrlichen Oasen der Rettich-Seligkeit in den Bierkellern. Behäbige Tritschler mit hängenden Lefzen sitzen da unter den hundertjährigen Kastanienbäumen des »Augustiner«-Kellers. Seltsame Vögel picken die Brotbrösel aus den Papierln, und wippende Bachstelzen hüpfen über den gemütlich knirschenden Kies. Ein paar Leute sind natürlich auch darunter, die ganz bestimmt nicht wissen, ob der Henkel bei einem Maßkrug links oder rechts ist. Aber sie alle kommen unter der biblischen Devise hierher: »Hier ist es gut sein, hier wollen wir uns drei Liter kaufen.«

Und in diesem Feierabend-Atoll ist dann jeder gleich. Der ehemalige bayerische Ministerpräsident Franz Josef Strauß stellte sich friedlich um einen Handkäs an. Richard Widmark, der Westernheld, schnitt einen Münchner Rettich in drei ganze Scheiben, und unter dem verblühten Holunderbusch saß die Ex-Kaiserin Soraya Hand in Hand mit einem fahrenden Gardeoffizier, und beide hatten einen resignierten »Schöneweltdugehstinfransen«-Zug um die Lippen.

Es spielt keine Musik. Und nichts stört die Unterhaltung. Denn nach einem unverbürgten Erlaß soll aus diesem Keller der General Lärm für immer verbannt bleiben. Existiert doch zwischen den Sträuchern im Hintergrund immer noch derselbe kleine Platz, auf den einst der letzte Münchner Scharfrichter-Kunde Johann Stopfer sein Haupt aus Sühne für eine gruselige Moritat auf den Block legen mußte.

Draußen in den Vorstädten gibt es auch noch die typischen kleinen Efeu-Inseln. Fleißiger Knöterich oder wilder Wein wächst dann aus den im sauberen Viereck aufgestellten grünen Holzkästen des Wirtsgartls. Ein paar versprengte Sonntagsvormittagsgäste und heimkehrende Kirchgänger sitzen dort so lange beim Frühschoppen, bis der kleine Micherl mit der dringenden Meldung der Mutter daherschnauft. »Papa, du sollst glei kemma, d' Knödl san scho drin.« Nachmittags verlaufen sich etliche Kegelbrüder hierher, um »vier Maß auszuwatten« und die kleine Speisenkarte zu studieren. Wobei unter das vielseitige Angebot »Wiener mit Brot«, »Wiener mit Senf« und »Wiener mit Meerrettich« irgendein Spaßvogel auch noch geschrieben hat: »Wiener mit Mundstück«.

Freilich muß ein Biertrinker, der kein gelernter ist, hierzulande auch ein bisserl was über den Genuß der köstlichen Hopfenbrause wissen. Das Bier wird nämlich in München nach dem Tode der berühmten »Dreiquartel« nur noch in dreierlei Maßeinheiten ausgeschenkt. Das bekannteste ist die Maß. Sie wird vom bundeseinheitlichen Begriff des Liters abgeleitet. Wenn in Bayern die Maß den vorgeschriebenen Eichstrich auch meistens nicht erreicht, so kommt das daher, weil die Einheimischen eine gewisse Schaumborte und die Schenkkellner ihre Familien lieben. Ferner ist ein ebenfalls recht populäres Quantum die »Halbe«, im Stehen getrunken auch »Steh-Hoibe« genannt. Und für nordische Touristen wird manchmal ausnahmsweise auch der Schoppen oder »das Kleine« verabreicht. Bier und Gemütlichkeit sind zwei Begriffe, die das Leben der bayerischen Weißwurst-City weitgehend bestimmen. München hat die Gemütlichkeit in Erbpacht frei, franko und gratis. Philosophen mögen diese Münchner Eigenschaft womöglich Toleranz nennen, Arbeitgeber werden vielleicht Faulheit unterstellen und Psychologen etwas von »psychosomatischer Balance durch Indifferenz« murmeln. Der Münchner sagt Gemütlichkeit und wendet sie in jeder Lebenslage an. Er will seine Ruhe haben, seinen »Grüabigen«, wie er's nennt, eine Maß Bier vor sich und keinen sächsischen Dialekt hinter sich.

Andere mögen vielleicht prahlen: »Unsere Schlote sind höher als die bei euch, unsere Kirchtürme spitzer, unsere Lineale gerader, unsere Pferde sauberer und unsere Dummen dümmer« – den Münchner stört das nicht. Gemütlich sein heißt, sich nicht aufzuregen, mit einem gesunden Schuß Selbstvertrauen: »Mir san mir und schreiben uns uns.« Gegen welche Weisheit höchstens grammatikalisch etwas einzuwenden wäre.

Wie weit es mit der Münchner Gemütlichkeit aber auch kommen kann, besagt ein besonders treffender Witz: Deutet da ein Fremder auf ein paar Figuren hin, die auf dem Sims eines großen neuen Gebäudes stehen, und fragt den Einheimischen: »Hören Sie mal, was sind denn das da für Statuen?« Worauf der Angesprochene erwidert: »I woaß aa net genau. Aber warten S' halt, bis's zwölfe schlogt. Und wenn sie sich dann rühren, dann san's Maurer.«

Eine unerwiderte Liebe hegt der Zuagroaste seit eh und je zum Münchner Dialekt, der wahrhaftig international anzuhören ist. Denn klingt der Ausspruch »Imoadoschoa«, was soviel heißen soll wie »Ich meine doch schon auch«, nicht direkt französisch, und erinnert der Satz »Tsun-tscheintsche« – sprich: »Die Sonne scheint schön« – nicht ans Chinesische? Die schwierigste Zungenübung aber ist vielleicht die Übersetzung der an sich wenig sinnvollen Vorstellung: »Wer weiß, wie man es heißt, wenn man einen abgenagten Eichhörnchen-Schwanz in Vitriol-Öl für zwei Pfennige abschwenkt?« Auf münchnerisch lautet das nämlich: »Wer woaß, wia ma des hoaßt, bal ma an ogfieseltn Oachkatzlschwoaf in um oan Zwoaring Vitrioiöi oschwoabt?«

Weit weniger schwierig als der Umgang mit der bayerischen Sprache ist wohl der Umgang mit der hübschen Münchnerin. Zwar wandern jedes Jahr mehr als zehntausend Schönheiten aus allen Bundesgebieten in das Mädchen-Mekka München ein. Aber das richtige »Deandl« kommt doch aus dem eigenen flachen Land und den weißblauen Provinzen. Ursprünglich hieß der Teenager aus der Münchner Umgebung daheim »das Mensch«. Man unterscheidet noch heute ein »Stallmensch«, ein »Kuchelmensch« oder ein »Hausmensch«. Dieses ländliche Fräulein wohnte in der »Menscherkammer«, in jenem Dachzimmer, zu dem abends dann die »Seppls« pilgerten, um die Leiter anzulegen und dem bayerischen Nationalsport, dem Kammer-Fensterln, zu huldigen. Wenn so ein unverbildetes Naturkind dann schließlich in die Stadt zur Herrschaft kam, so änderte sich hier zwar sein Aussehen sehr schnell, nicht aber die Mentalität. Nur statt »Resl« heißt sie dann halt einfach »Thea«, statt »Marie« »Mia« und statt »Kathl« »Katja«.

Und schnell schälten sich auch alle die heute in München vorkommenden zahlreichen Typen heraus. Der Kenner unterscheidet dabei das »Schlamperl«, ein lockeres, mannschaftsdienendes Geschöpf. Das »Gschpusi«, etwa der ständigen Begleiterin entsprechend. Das »Matschakerl«, die sorglose Künstler-Geliebte, den »Boizn«, ein köndlgefüttertes Naturtalent, das »Fräulein«, die zeitbedingte Fraternisierungs-Spezialistin, die »Alte«, im Norden auch »Nebengeräusch« geheißen, sowie das »Botscherl«, das wegen seiner Gutgläubigkeit immer etwas alimentös gefährdet ist. Ferner tummeln sich natürlich auch »Dauerschrauben«, »Fässer« und »Balla-Balla-Schwestern« auf dem hölzernen Hopsasa-Parkett der Bars und Clubs genauso hektisch wie in Wanne-Eickel oder am grünen Strand der Spree. Was das »Dirndl« jedoch immer von seinen Rivalinnen unterscheiden wird, sind die Motive, warum es ihr junges Herz so gerne verschenken tut. Sie tut es nämlich nicht so sehr wegen eines »Verspruchs«, eines dicken Wagens oder eines pausenlos schnatternden Sonntags-Kiefers. Sondern »weil er hoid so arg nett war«. Oder »weil er gor so lang bettelt hod«.

Das Eldorado aller Münchner Madl, Jungfrauen, Revoluzzer-Bräute und schrägen Zähne ist nach wie vor Schwabylon.

Und sagte man früher ein bißchen hochnäsig, »Schwabing sei das Herz von München«, so behaupten manche bösen Mäuler, jetzt sei dieses Herz wohl etwas arg tief gerutscht. Wer aber einmal in der Traumstraße der Welt, auf dem Boulevard Leopold, gleich hinter dem Siegestor in einem der Randstein-Cafés sitzt und die Parade unter den Pappeln, die wie verwunschene Grenadiere am Wege stehen, beobachtet, hat seine helle Freude an diesem Aufmarsch. Und schnell wird es dem Gast oder Einheimischen klar, daß es die schönsten Mädchen der Welt unbedingt in »Wahnmoching« gibt. Mit Beinen länger als ein Junitag, schwarzgeränderten Augen, die aussehen wie die Knopflöcher an der Sonntagsweste eines Landpfarrers, und bleichem, rätselhaftem Lächeln, das wohl besagen will: »Wir wissen es schon, daß Gott uns allmählich vergißt«, so wippen sie vorüber. »Hurra, hurra, hurra!«

Etwas abseits von dem großen Getriebe jedoch, »links, wo das Herz ist«, kann der Großstadtwanderer auch hin und wieder auf eines der alten Ateliers treffen, in denen die ersten Traumstadt-Bewohner lebten und liebten.

In Dutzenden von berühmten Galerien und stillen Museumswinkeln hängen noch heute die Musenkinder alter Münchner Meister. Und immer ist beispielsweise die Schack-Galerie so eine kleine Reise in die Vergangenheit wert. In ihr ist es still und ein bißchen feierlich wie in einer Dorfkirche, wenn alles beim Heumachen draußen ist. Und das junge, verträumte Märchenpaar Joringel und Jorinde geht dann Hand in Hand durch die Säle. Bei den muskulösen griechischen Helden putzt sie sich jedesmal ein bißchen verlegen die Nase. Dafür schaut er beim Anblick der klassisch blanken Damen immer in den Katalog und liest eine Zeile zu tief den falschen Text vor: »Griechische Küste im Sturm«. Da muß sogar sein blasses Herzliebchen leise kichern. Vor einem Riesenbild hat eine indianerhaarige Malerin ihre Staffelei aufgebaut und kopiert. Sie macht dabei ganz schmale Augen, wenn sie mit dem Pinselstiel am Original Maß nimmt. Wie ein verbitterter General, der eine Festung berennen will. Manchmal klemmt sie sich auch eine Spachtel zwischen die porzellanweißen Zähne und ähnelt dann dem großen Häuptling Sitting Bull auf dem Kriegspfad, wie er gerade sein Skalp-Messer beim Angriff im Munde hat. Ihre Sandalen sind genau in demselben Ton gestrichen wie die Sonne über Korsika, an der sie gerade arbeitet. Vielleicht ist halt noch etwas Farbe vom letzten Abendrot übriggeblieben.

Etwas abseits in der winkeligen Ecke setzt sich der Museums-Diener, des Stehens und Aufpassens müde, ein wenig hin. Denn heute kommen ja doch keine Bilderdiebe mehr, mag er denken. Er hat den blauen Stoffhelm seiner kleinen Wichtigkeit abgenommen und schaut nun ohne Mütze fast so nackt aus wie ein Mensch in der Badehose.

Viele schreiend reklamierte Cafés, aber auch versteckte und fast unbekannte kleine Bierwirtschaften genießen in der einstigen Hauptstadt der Kunst auch noch den Ruf einer wirklichen Künstlerkneipe. Darunter das »Klösterl« in einer unbelebten Seitenstraße im Theaterviertel. Von der Decke des kleinen viereckigen Raumes herab hängt ein Wagenrad, eine Heugabel und ein Pferdekummet. An der linken Seite steht ein grüner Kachelofen, auf dem zwei Reihen französischen Landweins ein wohltemperiertes Dasein führen. Jedesmal, wenn sich der dicke Vorhang an der Eingangstür teilt und irgendein berühmter, ein kleiner oder völlig unbekannter Mime hereintritt, bleibt dieser Komödiant eine Sekunde lang stehen und läßt seine Erscheinung auf die anwesende bürgerliche Statisterie wirken. Stille, halb vergessene Stummfilmstars kommen noch manchmal hier herein, die entfernt an die Adele Sandrock oder den Grafen von Monte Christo, Rudolf Forster, erinnern. Auch fleißige Synchron-Roboter treffen sich im »Klösterl«, und die Heldendarsteller von der nahen Komödianten-Kaserne wischen sich noch schnell ein paar Reste von Macbeth und von Mastix vom Kinn, bevor sie ihren Tafelspitz in Angriff nehmen.

Hier in dieser Schelmenscheune sind ebenso wie fast in allen gemütlichen Münchner Wirtschafterln die Hunderl noch herzlich willkommen. Rund fünfzigtausend »Wau-wau-Maschinchen« und »Wärmflaschendiensttuer« werden nämlich in München registriert. Denn diese Stadt ist nicht nur die »Weltstadt mit Herz«, sondern auch die »Weltstadt der Tierliebe«.

Die größte Gruppe der »waagrechten Kumpel« sind wohl die braven Gebrauchshunde. Der strapazierte Schnauzl, regenfest, unkompliziert und grau wie ein uralter VW. Dann die treuen Boxer mit dem Sammy-Davis-jr.-Gesicht, die stundenlang vor dem Schulhaus sitzen und auf ihren winzigen Einmaleins-Freund warten, für den sie sich im Ernstfall jederzeit zu Schaschlik verarbeiten ließen. Oder der drahtige, vorhangfressende, jetzt leider ziemlich aus der Mode gekommene Foxl, dessen Ohren von den vielen Straßenkämpfen meistens so durchlöchert waren wie eine Arbeiterrückfahrkarte. Ferner der kluge Schäfer, der dem Blinden ein ganzes Leben lang seine Augen schenkt und in feldgrauen Zeiten leider auch für seinen Gebieter willig auf die Himmelfahrtsminen trat. Der legendäre Bernhardiner, das sagenhafte Dolomiten-Kalb, der Münchner Dackl, als Dämmerschoppen-Lotse der Dreiquartel-Privatiers weltbekannt geworden. Und vor allem der witzige, blitzgescheite, totalverpfuschte, vielgeliebte Bastard. Kind der Liebe, Modell der Karikaturen, Gesundheitspolizist der Bierkeller, letzter Rattenfänger, Freiluft-Vagabund, Bühnendarsteller, Gammler, Kamerad und unbezahlbar. Weshalb auch bekanntlich niemand was kriegt für ihn.

Die zweite Gruppe, das sind dann schon die Zier-, Renommier- und Schlafzimmer-Hunderl. Die Tyrannen der tierliebenden Familien. Pudel, Spitz und Spaniel gehören ebenso zu ihnen wie der blauzüngige, heute selten gewordene Chow-Chow, der immer ausschaut, als würde er sich nur von Tintenbleistiften ernähren. Häufig schlafen diese Herzbinkerl mitten im breiten Ehebett, und die Familie liegt gekrümmt um sie herum. Manchmal ist es auch schon so weit, daß ihnen das Herrchen den künstlichen Knochen apportieren muß und das Frauchen auf mehrmaliges Bellen ein braves Männchen baut.

Neben den vierbeinigen Freunden haben nicht nur die gebürtigen, sondern auch die gelernten Münchner schon immer die vielen Originale, Volkssänger, Komiker und seltsamen Käuze zwischen den schwarzgelben Stadtmauern geliebt und verhätschelt. Deshalb wurden den berühmtesten von ihnen, dem Valentin, dem Weiß Ferdl und der Liesl Karlstadt, drunten auf dem Viktualienmarkt kleine Brünnlein mit einem erzenen Denkmal gewidmet, aus denen, wie der Roider Jackl sagt, der ebenfalls zu den Sonderlingen gehören dürfte, »'s Wasser rauslaaft«. Und zu allen Jahreszeiten legen die braven Sellerie-Walküren und Marktweiber kleine Sträußlein oder ein paar Blumen auf die Brunnensockel hin. Auch im Winter, wenn der grüne Markt weiß ist, lassen sie in ihrer Treue nicht nach. Dann hat der Weiß Ferdl plötzlich einen Föhrenbuschen in der Hand, der oben mit dem ersten Reif garniert ist. Und das schaut dann aus, als wollte er sich mit diesem seltsamen Pinsel gerade zum Rasieren einseifen.

Sind endlich die stillen Wochen der Besinnung, der Nächstenliebe und der Brüderlichkeit vorbei, dann kommen im Münchner Jahr schon wieder die Wochen der Liederlichkeit. Und die fünfte Jahreszeit, wie der Münchner Fasching auch heißt, bricht an. Groß ist dann die Zahl der Lustbarkeits-Silos. Schon am Eingang dieser Konfetti-Burgen tummeln sich dann die Schönen der Nacht. Für jeden Geldbeutel und für jede Kragenweite passend. Appetitliche Sprotten sind darunter und schmackhafte Sardinen, die mit unschuldigen Augen dringend darauf warten, verspeist zu werden. Freilich, ein paar Haie lauern auch. Man erkennt sie aber sehr leicht an ihren hungrigen schrägen Augen und dem wütenden Magenknurren. Wehe dem Freiersmann, der ihnen in die Flossen fällt. Selbst wenn es sich um den routiniertesten rheinischen Karnevals-Touristen handelt, ist er in zwei Stunden bis auf die Rückfahrkarte in seine Vaterstadt restlos ausgeschlachtet. Und er sieht aus, als hätte er die Hauptrolle in dem Stück »Der alte Mann und das Meer« gespielt. Aber nicht den alten Mann, sondern den großen, abgenagten Fisch natürlich.

Manche der Faschingszähne haben ihre Sommersprossen nur mit einem halben Meter Rüschen eingezäunt. Aber auch originelle Bräute sind zu sehen, die noch den Mut zur Lächerlichkeit haben. Zum Beispiel eine wuchtige Amazone, die einen verchromten Aufschlagzünder auf dem Kopf trägt. Die geht wohl als Stuka zu Fuß. Und zweiundzwanzig knusprige Töchter Winnetous sind auch da. Kein Mensch hätte gedacht, daß die alte Rothaut so unsolide gewesen war. Und dort stöckelt die Märchen-Rapunzel vorbei. Welcher Rittersmann oder Knapp würde wohl nicht an ihren Zöpfen emporklettern. Wenigstens bis zum Balkon. Zum Einhalten ist ja überall genug vorhanden.

Und wenn die Nacht dem Morgen weicht, dann sind so manche kühle Gänge und Treppen dieser Vergnügungs-Stätten mit seltsamen Gestalten und Pärchen übersät. Sie bedecken das Brachfeld wie die Gefallenen nach der großen Schlacht bei Leichtsinn. Und der Dichter würde sagen: »Spießer, kommst du nach Hause, so sage, du habest sie liegen gesehen.«

Ist dann auch der »bunte Flitter« wieder verblüht, bleiben sowieso nur mehr wenige Tage, bis abermals angezapft wird. Und die ungezählten Starkbier-Quellen zu sprudeln beginnen. Dazwischen hat der arme Sünder gerade noch ein bißchen Gelegenheit, Buße zu tun. Doch weil von den

Faschings-Sünden bekanntlich tausend auf ein Kilo gehen und sie durchwegs nur läßlicher Natur sind, genügt zu diesem Zweck auch schon eine Gewissenserforschung und beschauliche Wallfahrt in die kleinen Kirchlein von Bogenhausen, Maria-Thalkirchen oder das vom alten Südlichen Friedhof. Ratlos steht es zwischen den glotzenden Betonklötzen, als hätte es der liebe Gott an der Hand durch die große Stadt geführt und dann verloren. Ein mageres Türmchen hat es auch auf dem Dach. Das ist so dünn und schlank, daß die Leute sagen, man bräuchte da gar keinen Strick mehr für die Glocke. Da könnte man beim Läuten genausogut gleich das Türmchen schütteln.

Und wenn dann manchmal das schüchterne Bim-Bam ertönt, klingt das so verlassen wie bei einem verirrten Kälbchen in den Dolomiten. Weiße Tauben warten auf dem Dach. Als müßten sie Modell sitzen für den Heiligen Geist. Wenn der berühmte Künstler nochmal kommt, der das Deckengemälde machte. An der Westseite des mürbe geregneten Gotteshauses wächst wilder Wein. Sogar das Bildnis des Gekreuzigten ist schon etwas überwuchert. Und an heißen Sommertagen beschatten die grünen Blätter mitleidig die gräßlichen Wunden. Daneben mündet ein Blitzableiter in die geweihte Erde. Oh, ihr Kleingläubigen.

Drinnen ist das Kirchlein kühl wie ein Apfel. Und es riecht nach Weihrauch, Schlaf und Frieden. An den Wänden dämmern die Heiligen vor sich hin, Apostel, Evangelisten, Märtyrer. Opferstöcke bitten lauthals mit halboffenem Holzmund um milde Gaben. Die dunklen Betbänke aus wertvollem Holz, das man heute nur noch zu dünnen Blättern schneidet und aufklebt, sind an den Stellen, wo die Gläubigen knien, stark ausgebuchtet. Denn die Sorgen der Menschen drücken sie schwer auf die Schemel. Klein und gebrechlich klebt die Kanzel an der Wand. Ein goldenes Schwalbennest. Und darunter steht der einzige Beichtstuhl. Er ist dunkel und erschöpft vom Vergeben der Sünden.

Frauen kommen und gehen. Schwarz angezogen und scheu wie Dohlen. Ein Weihwasserflaschl füllt sich die eine auf. Ach, es ist wohl einmal eine Medizin drin gewesen, weil noch immer auf dem Schild steht: »Dreimal täglich zwanzig Tropfen«. Viel von dem Weichbrunn braucht diese Alte. Sie hat es noch von der Mutter her, daß man auch ins Essen manchmal ein Spritzerl tut. Wird schon keine Sünde sein. Weil doch auch das tägliche Brot vom Herrgott kommt.
Immer wieder kommen Menschen, verbraucht und müde. Und solche, die schon lange wissen, daß alles eitel ist. Ja, aber was will denn der weinende Bub hier? Er kniet und flennt und es stößt ihn: »Himmimama«, schluchzt er. Sonst nichts. Ist's eine Fensterscheibe? Sind's verlorene Schlüssel? Ist's eine kranke Mutter?

Ach, liebe Frau, ich bitt,
verlaß den Wolferl nit.

Nein, wegen so einem kleinen Häuferl Elend kann die Madonna natürlich nicht gleich ein Wunder wirken. Aber sie fährt dem Buben mit der blauen Hand der anhebenden Dämmerung übers Gesicht. Und da schläft er nach einem letzten Schluckauf friedlich ein.

Sechstes Kapitel

Gschpaßige Leut

Sag mir, wo die Käuze sind

Hamburg hatte einst seinen berühmten Wasserträger Hummel-Hummel, ganz Berlin schmunzelte über den Eckensteher Nante, Köln nannte den weltberühmten Schalk Till Eulenspiegel sein eigen, Hameln seinen Rattenfänger, Hannover den Münchhausen. München jedoch war geradezu immer schon das Paradies der komischen Vögel und der sanften Irren.

Und so wandern diese Käuze, belächelt, geliebt und manchmal auch beneidet, durch die gesamte Stadtchronik. So wie einst durch die schmalen Gassen, die Auer Vorstadt oder die alten Café-Häuser, von denen das berühmteste das Café »Haarpuderwaberl« am Petersbergl war. Dort ganz in der Nähe hatte auch der Peter Fleckerl vom Rindermarkt, der geradezu zum Sprachschatz des alten Münchens gehörte, seinen Standplatz. Er war die »Ortsratschn« vom Dienst und den ganzen Tag nur auf den Beinen, um allen Tratsch, alle Latrinenparolen und Neuigkeiten zu erfahren und seine lieben Mitmenschen gehörig auszurichten. Bürgerlich hieß er Peter Wirrlein, und seinen Spitznamen hatte er davon, weil ihm ein paar andere Spaßvögel einmal ein rotes Fleckerl auf seinen Rücken geheftet hatten, damit man ihn gleich überall erkennen sollte.

Ein Zeitgenosse von ihm war auch der »ewige Hochzeiter«, der ein bißchen verloren und hilflos durch die Altstadt stolperte und alle Leute fragte: »Habts ihr mei Fannerl net gsehn?« Dazu trug er einen feierlichen Zylinderhut und einen völlig abgeschlafften Blumenstrauß in der Hand. Aus Jux hatte sich nämlich eine reiche Brauerstochter mit ihm verlobt. Doch der Einfaltspinsel war auf den Spaß herein-

gefallen und fahndete bis an sein Lebensende nach der verlorengegangenen Braut.
Zur gleichen Zeit genoß der »Finessen-Sepperl« mit seiner Freundin, dem »Zwerg-Lehnerl«, die zusammen nur einhundertachtzig Zentimeter groß waren, die Sympathien der Münchner Bürger und Tritschler. Der Sepperl hatte eine Art Stadtpost für verliebte Leute aufgezogen und war den ganzen Tag fleißig mit den rosaroten Brieflein unterwegs. Das »Zwerg-Lehnerl«, das ihren Freund um Jahrzehnte überlebte, kam auch nach ihrem Tode noch zu hohem Ansehen. Ihr Skelett wurde nämlich in der Medizinischen Sammlung, in der es sich immer noch befindet, aufgestellt. Direkt neben dem Lorenz Hauser, einem gutmütigen Tölpel, den seine Frau Mutter schon zu Lebzeiten an die Anatomie verkauft hatte, weil er 2,18 Meter groß war und ein ungeheures Unterkinn besaß. Als das Riesenbaby dann mit zweiundzwanzig Jahren starb, zog ihn die Frau Mama, fest in Decken gewickelt, »auf zweimal« mit dem Leiterwagl von ihrem Heimatort Tegernsee nach München herein.
Im Range eines närrischen Staatssekretärs »Humoris causa« vergnügte der letzte bayerische Hofnarr Prangerl die königliche Tafelrunde, obwohl man ihm nachsagte, daß er überhaupt kein spaßiger Mann war, sondern ein böser kleiner Duckmäuser, der meistens auf einem Pony ritt. Vier der bekanntesten Berühmtheiten aus dieser guten alten Zeit hat übrigens irgendein Steinmetzmeister der Nachwelt für immer überliefert. Denn ihre Köpfe schauen noch heute von den vier Ecken des Karlstor-Hauptbogens verstaubt und ein bisserl verbröselt aufs Münchner Pflaster herab. Es sind dies der Prangerl, der Peter Fleckerl, der »ewige Hochzeiter« und der Finessen-Sepperl.
Ganz besonders viele Amateurkomiker und Eigenbrötler traf man immer schon in den sogenannten Vorstädten, in der alten Au, in Haidhausen oder Giesing. Vielleicht ist das darauf zurückzuführen, daß man gerade in diesen Zonen

jeden auf seine Art selig werden ließ. Als berühmtestes Au-Original muß man wohl den unvergeßlichen Karl Valentin bezeichnen. Und obwohl seine Mutter eine Sächsin und sein Vater ein Hesse war, wollte der weltberühmte Linksdenker von seiner Abstammung nicht viel wissen und bezeichnete sich selbst als »Auer Vorstadtlackl«. Und der philosophische Spaßettlmacher hing mit solcher Liebe an seiner kleinen Heimat, daß es ihm oft die Tränen in die Augen trieb, wenn er von der Zeit seiner Kindheit am Auer Mühlbach erzählte.

Stadtpfarrer Simon Knoll, nach dem sogar ein Platz benannt wurde und der wegen seiner gefürchteten Kanzelreden, bei denen er manchen Sünder namentlich von seiner hohen Warte aus ansprach und auch bisweilen eigenhändig aus der Kirche warf, ist heute noch ein Begriff bei den letzten Auer Ureinwohnern. Auch die »Minna Hupf«, ein altes Weib und so bös wie ein Furunkel, mit einem Holzfuß, den sie bisweilen als Wurfgeschoß benützte, gehörte in diese Ära. Ganz besonders harmlos dagegen war das »Lokomotiverl«, ein kleines wirres Männlein, das für ein Fünferl um den ganzen Mariahilfplatz lief und dazu genau wie eine Lokomotive schnaufte. Der Turmkraxler Adelmann gehörte ebenfalls zu den populären Auern. Ihn hatte man nämlich bei der Feuerwehr nicht genommen, weil er angeblich nicht schwindelfrei war. Da stieg er dann barfuß an der Außenwand der Mariahilfkirche bis zum Gipfelkreuz hinauf. Ohne allerdings dafür etwas anderes zu kriegen als eine Polizeistrafe.

Fast Weltberühmtheit erlangten einst die bayerischen Herkulesse, wie der Alois Seelos und vor allem der Steyrer Hans, der sich selbst als den stärksten Mann der Welt bezeichnete. Er hob, zwischen zwei Stühlen stehend, mit dem Mittelfinger einen fünf Zentner schweren Stein »aus dem Kreuz«. Denselben Stein, den heute in der Starkbierzeit die kräftigsten Söhne der weißblauen Kolonie beidhändig im Löwenbräukeller gerade noch etwas »lupfen« können. Die

Schnupftabaksdose vom Steyrer Hans hatte das niedliche Gewicht von vierzig Pfund, und sein Hakelstecken wog einen runden Viertelzentner. Der Hans, der einige Wirtschaften mit wechselndem Erfolg betrieb, liegt seit 1906 ziemlich friedlich im Ostfriedhof begraben.

»Ich bin am 19. November 1639 geboren und habe ein Vermögen von 9700 Gulden«, so schrieb der Konditor Eduard Bachmair in sein Zuckerbäcker-Konzessionsgesuch vom 27. Juli 1663. Der Edi bekam seine Betriebserlaubnis auch und gründete ein Konditorgeschäft, Ecke Karl- und Barerstraße. Damit wurde er auch zum Erfinder des Schaufensters. Denn er war der erste Geschäftsmann seiner Zunft, der sich eine riesige Glasscheibe vor seine Auslage machen ließ, die nach unserem Geld 15 000 Mark gekostet haben soll. Diese Wahnsinnsausgabe brachte ihn auf die »Gant«, und er kam bald so weit herunter, daß er völlig zerlumpt als Hausierer sein Geld für ein Flaschl Schnaps verdienen mußte. Von da ab hieß er einfach »der Rahmerl-Mann«, weil er kleine gepreßte Papierrähmchen von Heiligenbildchen darbot. Nie jedoch sah ihn irgendein Mensch etwas verkaufen, weil er – durch die Gaststätten laufend – seine Ware nur mit den Worten anpries: »Sie kaffa nix, Sie aa nix – ihr kaffts wohl alle mitanand nix.«

Der »Oachkatzl-Baron« hatte seinen Stammsitz beim »Schlicker« im Tal, trug mindestens sieben Brillantringe an den Fingern und eine massive Goldkette um den stattlichen Bauch. Das Gewaltigste an ihm aber war sein Schnurrbart, der von Spitze zu Spitze fünfzig Zentimeter maß und so buschig war wie ein Oachkatzlschwoaf.

An der Schmalseite des Prominententisches im Hofbräuhaus saß zur selben Zeit der »Pfui-Deifi-Professor«, der deshalb so genannt wurde, weil er bei jedem Bissen, den er aß, in den Schlachtruf ausbrach: »Pfui Deifi, pfui Deifi, is des a Fraß.« Seine Phantasie kannte keine Grenzen, und er erzählte unglaubliche Geschichten von seiner Freundschaft mit dem König Pompilius und dem Maharadscha Zimbabimbra. Sein Lieblingsthema jedoch blieb das Essen. Und weil er gar so viel von chinesischen Schwalbennestern und Meerspinnen in Madeira-Sauce schwärmte, ließen ihm seine Spezl einmal so ein Gericht machen, das er tatsächlich säuberlich bis zur letzten Faser aufaß. Erst später erfuhr er dann, daß man ihm einen in feinste Streifen geschnittenen, weichgekochten und pikant gewürzten Bierführerhandschuh serviert hatte.

Droben in Grünwald, hinter dem bekannten »Brückenwirt«, lebte eine Zeitlang als erster Münchener »Kohlrabi-Apostel« der hochbegabte Maler Dieffenbach. Er trug stets wallendes Christushaar und einen ebensolchen Bart und eine aus Malerleinwand selbstgenähte sackartige Kutte. Seine Hauptnahrung bestand aus Kohlrabi, Dotschen und Meerrettich. Auch seine Kinder erzog er streng vegetarisch und härtete sie etwas brutal ab, indem er sie nachts zum Schlafen in zwei Säcken vor das Fenster hing. Er soll 1910 auf der Insel Capri aus Heimweh nach seinem geliebten Isar-Athen gestorben sein.

Wie der »Wurzel-Sepp« in Wirklichkeit hieß, hat niemand erfahren. Aber seine Erscheinung mit dem ungeheuren Rübezahlhut, der Aufmachung als gelernter Waldschrat, ist den alten Münchnern heute noch bestens in Erinnerung. Er war ein saugrobes Mannsbild und ebenso schlagfertig wie schmutzig. Und als er einmal auf dem Oktoberfest seine Essenzen verkaufte und eine Gnädige meinte, er solle vielleicht vorher die Gläser auswaschen, schrie der erzürnte Medico: »Wos, ausschwoabn aa no. Bei mir is ois echt, aber Sie, moanat i, ghörten ausgschwoabt.« Und er nahm einen großen Kübel voll Wasser und stülpte ihn der kreischenden Dame über den Kopf.

Vom selbstherrlichen Xaver Krenkl ist vor allem sein respektloser Ausspruch »Wer ko, der ko« in den bayerischen Breitengraden ein geflügeltes Wort geworden. Krenkl war ein Pferdehändler, fuhr aber ebenso sechsspännig wie der Kini. Und als er diesen einmal im Englischen Garten überholte, was verboten war, und ihm der Monarch warnend mit dem Finger drohte, rief er dem König den bekannt gewordenen Slogan zu: »Ja mei, Majestät, wer ko, der ko.«

Der »Hofbräuhaus-Lenbach« und das »Tauben-Muadderl« waren einige der wenigen »Spinner«, welche die braune Götterdämmerung überlebten. Denn damals verschwanden die »nichtsnutzigen Eigenbrötler« rasch in irgendwelchen Anstalten und Heimen. Der »Hofbräuhaus-Lenbach«, ein eigenwilliger, durch eine Enttäuschung völlig heruntergekommener Künstler, von dessen gewandtem Zeichenstift auch Josefine Baker und der Zeitungskönig Hearst porträtiert wurden, fristete sein Leben vom »Noagerl«-Bier im Hofbräuhaus und starb kurz nach dem Einmarsch der Amerikaner eines natürlichen Todes. In seinem Marschgepäck, das er immer mit sich führte, fand man dann allerdings einen wertlos gewordenen, sehr stattlichen Geldbetrag.

Das »Tauben-Muadderl«, das jahrzehntelang zum Münchner Stadtbild – besonders vor den Kirchen und auf dem Odeonsplatz – gehörte, lockte ihre gefiederten Kostgänger mit dem schrillen Ruf: »Deiwi, Deiwi, Deiwi«, streute dann ihre magere Pension, die sie in Gerstenkörndl verwandelte, ihren Lieblingen auf und konnte entsetzlich ausfallend werden, wenn man sie dabei störte. Ihr einziger Wunsch, daß nach ihrem Ableben auf ihrer Grabstätte eine Futterstelle für Tauben errichtet würde, wurde ihr zwar erfüllt, doch es kamen nie irgendwelche Vögel an die Ruhestätte, auch keine Tierfreunde, sondern gar niemand. Ein kleines, hübsches Standbild in einer Münchner Passage erinnert aber noch an das verhutzelte Muadderl.

»Sag mir, wo die Käuze sind, wo sind sie geblieben«, könnte man heute bei der Aufstellung dieser Chronik, die noch lange nicht vollständig ist, fragen. In den letzten Jahren war es hauptsächlich der Mann mit dem Kettenhund, der zu den ausgefallenen Figuren im Großstadtgebrodel gehörte. Er führte einen Schnauzer, der ihm selber zum Verwechseln ähnlich sah, an einer langen Eisenkette spazieren. Und alle Leute machten gerne einen kleinen Umweg, wenn das seltsame Gespann aufkreuzte. Dann starb der Hund, und der Mann zog eine Zeitlang die leere Kette hinter sich her, bis er selbst auch irgendwo in Sankt Nimmerlein verschwand.

Der »Mundharmonika-Professor« dagegen sitzt noch hin und wieder unter einem der Stadttore, bläst auf einem völlig verstimmten »Fotzhobel« die Serenade in »einer Dur« oder irgendeine unvollendete Semmelbrösel-Ouvertüre und verkauft Postkarten.

Die »Enten-Marie«, ein achtzigjähriges Frauerl, das in einem alten Kinderwagen wohl schon den zehnten, nicht besonders sauberen Kirchweihvogel vor sich herschob, wurde sogar vom Fernsehen entdeckt. Und der Stimmenimitator Franzl, der als Zeitungsverkäufer durch die Lokale pilgert, gibt auf Wunsch und für ein bißchen Handgeld das Abfahren eines Zuges, ein Requiem auf Hitlers Reichsparteitage oder das Heulen der Düsenriesen zum besten.

Seit einiger Zeit geht leider das »Zitter-Mandl« in der Innenstadt ab. Meistens war dieser freundliche alte Spitaler mit den großen Schaukelpferdaugen und einem phantasievollen Scheitelschoner in der Wein- und Dienerstraße zu sehen. Zum Zurücklegen seines Tageszieles von der Hauptpost bis zum Kaufhaus »Beck« benötigte er mit winzigen Liliputanerschritten etwa vier Stunden. Dabei zitterte er ebenso hilflos wie gekonnt vor sich hin. Das »Zitter-Mandl« bettelte aber nicht, sondern nahm nur Geschenke an. Seine Sackltasche stand immer weit weg und war Tag und Nacht geöffnet wie das Isartor. Woher er kam, wohin er ging, niemand wußte es so genau. Viele Passanten und Gönner, die den »Schnellzug«, wie ihn auch manche nannten, liebgewonnen haben, befürchten wohl zu Recht auch, er hätte schon länger still und heimlich ausgezittert.

Bier-Athleten

Mit schrägem Hals standen Spaziergänger oder beschauliche Passanten vor der kleinen Auslage im alten Isartorturm. Und mit brummeligen Lippen entzifferten sie die Aufschrift auf dem wuchtigen Bierschlegel, die besagte, daß Thomas Wimmer mit dieser populären Keule zum letzten Mal als Oberbürgermeister den ersten Wiesn-Banzen angezapft hatte. Eine silberne Uhrkette lag daneben, stark genug, um einen niederbayerischen »Gmoaschtier« damit in Zaum zu halten. Dahinter prangte das Bild des bayerischen Herkules, Hans Steyrer. Ein wahrer Gaskessel von einem Mannsbild. Und unter seiner Nase hing der berühmte Riesenschnauzbart wie eine haarige Wolke. So groß, daß die alten Münchner behaupteten, der Steyrer hätte als Bartbinde nachts immer eine Hängematte genommen.
»Starke Männer – starkes Bier« hieß die kleine Ausstellung im alten Verlies. Und sie zeigte Hunderte von alten Bildern, Humpen und Reliquien bierherrlicher, kraftstrotzender Zeiten. Denn sie ließen alle mal was liegen, die Starken unserer Welt. Da war zum Beispiel der Programmzettel des Nationaltheaters vom 13. Jänner 1841, auf dem kundgetan wurde: »Die Produktion des französischen Ringers und Athleten Jean Dupuis und seiner Kollegin Demoiselle Kuhn. Jean Dupuis stellt auf beide Arme sechs erwachsene Personen und wird dazu auch noch dreihundert Pfund im Munde tragen.« Ja, da mußte dieser Herkules aus Frankreich seinen Brotladen schon ganz gewaltig aufreißen. Allerdings wurde er ihm dann vom Wirtsknecht Simmerl Meisinger auch gehörig gestopft. Indem ihn dieser biedere Hausl an einem Mittwoch im Zweikampf besiegte. Und ihm dann seinen um

diese Wochenzeit nicht extra gewaschenen Fuß auf die welsche Brust setzte. Wovon die Chronik ausführlich erzählte.

Dafür, daß Muskelkraft und Gerstensaft schon immer zusammengehörten, gab es viele Beispiele. Schon vor mehr als einem halben Jahrhundert lebte in Amerika ein Holzfäller namens John L. Sullivan, der als berühmtester Faustkämpfer der Jahrhundertwende in die Boxgeschichte einging. Mit blanken Fäusten kippte er seine Gegner in den roten Sand von Arizona. Aber nie, ohne vorher mindestens zehn bis fünfzehn Liter Bier gekippt zu haben. Auch die alten bayerischen Ringer und Kraftmenschen hatten wohl dieses Rezept übernommen. Denn sie trainierten meistens in den Nebenzimmern von bekannten Gastwirtschaften und Bräus, damit sie im Bedarfsfalle nicht zu weit zu ihrem hölzernen Lebensborn hatten. Und überall bekam der Sieger als Preis einen Pokal oder Humpen. Sicher nicht deshalb, um ihn als Blumenvase zu benützen.

Schnauzig und grimmig schauten sie von den Wänden herab. Der Alois Seelos und der Geer Lenz. Der dräuende Omar D. Bullion. Fritz Kerl und Georg Singer. Köndlgefüttert und die Muskeln im heiligen sportlichen Zorn angeschwollen, daß sich jeder Betrachter wundern mußte, wie der Handwerker dabei überhaupt das Glas in den Rahmen bekam, ohne daß es sprang. Angetan mit schwarzen selbstgestopften Trikots, die nur zwischen Knöchel und Knie ein kleines blasses Stück Niemandsland frei ließen. Und die kolossalen Brüste mit Medaillen gepflastert. Wie der Stachus mit Fußgängernägeln. Und nicht ein einziger Stemmer war ohne Schnurrbart. Die Enden jederzeit zum Einfädeln zugespitzt. Vielleicht benutzten manche Heimtücker diese waagrechten Nasengeißeln auch nur, um damit den Widersacher zu kitzeln. Denn auch unter den Altvordern gab es gewiß Schelme genug.

Besonders imponierend war der Toni Gassner aus Bayerisch

Eisenstein. Ein ungeheurer schwarzer Maltersack. Vielleicht im Nebenberuf auch noch der Erfinder der Strumpfhose. Denn ein solches Beinkleid verdeckte seine Wadl bis zu den Füßen, die ihrerseits wieder ganz in Freiheit lebten. Sicher rankelte dieser urwüchsige Gladiator nur unter Zuhilfenahme seiner Zehen, mit denen er sich gewiß im bierfeuchten Arenaboden einkrallte.

Und immer wieder wurden die barocken Oberarme zur Diskussion gestellt. Sie sahen alle aus, als wären ihren Besitzern die Sonntagsknödel in die falsche Kehle gekommen. Und mitten unter ihnen entdeckte der Betrachter tatsächlich auch eine Frau. Sie war an jeder beliebigen Stelle knorrig und knollig wie pelziger Sellerie. Einladend hielt sie ihre Früchte des Zorns jedwedem Interessenten entgegen. Doch nicht einmal ein Athletenkollege wollte da wohl anbeißen. Denn sie starb stark, aber ledig.

In der kleineren Abteilung dieser Muskelmesse wurde noch eine ganz besondere Abart von Kraftmeiern beschrieben. Nämlich jene, denen ihr sportlicher Ehrgeiz ein Stockwerk zu tief gesunken war. Die Rekordfresser und -säufer. Unter ihnen der Weltklasse- und Dienstmann Johann Kessler. Der einen vierzehn Zentner schweren Ochsen in einem einzigen Monat aufaß. Selbst wenn es der Februar war. Oder hundert Weißwürste in einer Stunde inhalierte. Sein Zeitgenosse, der Schedl-Schorsch, ein Akkordpflasterer, war wieder mehr fürs nasse Futtern. Er ließ sich seinen ganzen Lohn gleich in seine Stammwirtschaft überweisen und lebte nur vom Bier allein. Vierzig Maß täglich soll er geschleckt haben. Und meistens mußte ihn dann der Herbergsvater auch noch an die Luft setzen. Von ihm stammte auch der schöne Spruch:

Wia s' mi nausgschmissn ham,
schreit grod oana Prost.
Das war dann wenigstens
noch ein Trost.

Verblichen waren die alten Drucke und Bilder von den Stätten und Stuben, in denen diese Recken einst trainierten und tranken. Verblaßt war das Bild vom Bockkeller vom Unterpollinger in der Sendlinger Straße oder vom Damenwirt in der Au. Auch über die retuschierten Augen und die präsentierten Zinnkrüge jener vier Zecher, die an einem einzigen Abend hundertvierzehn Maß Bier tranken, waren wohl längst die Deckel gefallen.

Der Maler und sein Modell

Leise verbröselt die kleine Sandsteinmadonna, die in der runden Nische über der seufzenden Türe des alten Mietshauses steht. Ihr königsblaues Kleid jedoch und der güldene Heiligenschein glänzen milde auf die Ein- und Ausgehenden herab. Und als der alte Mann mit dem zeitbleichen Haar zu der stillen Mutter hinaufgrüßt, huscht ein winziges Lächeln über ihre Züge. Es kann aber auch nur eine Handvoll untergehender Sonne gewesen sein, die das Bildnis gerade noch traf. Tatsache ist jedenfalls, daß der freundliche Greis die mürbe Statue jedes Jahr einmal frisch lackiert.

Der Alte ist Maler. Und jetzt klettert er mühsam mit seinem zugschweren Einkaufsnetz die Treppen hinauf in seinen winzigen Ölfarbenhimmel. Zu einem der letzten Jugendstilateliers, die es einst zu Hunderten in dem berühmten Künstlerviertel gab. Ganz oben in den Giebelgeschossen, nahe bei den Sternen, die selten einer von diesen romantischen Sepia-Jünglingen erreichte. Auch der alte Mann nicht, der die Stufen des versagten Erfolges hinaufsteigt und in jeder Etage stehenbleibt und sein ledernes Herz schlagen spürt. Und der zur grüßenden Hausmeisterin, die hinter ihm die Mietshausleiter hochkeucht, tröstend sagt: »Ums blaue Band geht's ja nimmer.«

»Wen die Götter lieben, den holen sie näher zu sich«, denkt sich der unentwegte Leinwand-Lenbach jedesmal, wenn er schließlich vor der zahngelben Tür auf dem dämmrigen Vorplatz steht. Manchmal raschelt es da auch und huscht. Als würde die kleine bettwarme Columbine aus einem längst verrauschten Atelierfest noch einmal tuschelnd Abschied nehmen von ihrem Pierrot. »Servus du, und denk nicht schlecht von mir ...« Schnaufend schließt der Grauschimmel die Türe auf. Er muß dabei lächeln, wenn er daran denkt, wie schnell doch bei einem Mann das große Schweigen in die einst so unruhige Makowäsche kommt. Und daß sie bei ihm schon viele Jahre nur mehr warm ist.

Hell von oben fällt alles Licht dieser Welt in die Malerwerkstätte. Wie auf den Pfingstbildern im Katechismus die Erleuchtung. Eigentlich kein Wunder, denn der alte Tubenquetscher bezieht es ja auch ohne jeden Zwischenhandel direkt aus erster Hand. Es hat sich noch niemand die schmutzigen Finger daran abgewischt. Von den Wänden schauen seine Werke auf ihn hernieder. Gerahmt und ungerahmt. Unvollendete und unverkäufliche. Ein Mädchen, barfuß bis zum Hals hinauf, blinzelt sehnsüchtig zu dem erloschenen Kachelofen hinüber. Und eine junge Unschuld mit saftigen Tomatenwangen stellt ein rührendes »Nimm-mich-mit«-Lächeln zur Debatte. Die Kleine war die Tochter des Hausherrn. Und das Bild sollte ein Andenken an die heilige Konfirmation sein. Es wurde aber nie abgeholt. Weil sich der Hausherr nämlich gläubig in ein Inflationsgeschäft einließ und postwendend baden ging. So hat der brave Künstler das porträtierte Fannerl eben langsam abgewohnt.

Staffeleien stehen herum und alte Gurkengläser, die mit verstaubten Pinselsträußen gefüllt sind. Im Ofenrohrwinkel hängt eine dreisaitige Gitarre, die noch aus der Wedekind-Zeit stammt und deren chronisch aufgerissenen Sperrholzmund der verkannte Kaulbach häufig mit den leeren Zinntuben fütterte. Der verblichene Paravent sah sicher manches Modell pur. Und dort, wo er die Atelierwand abschließt, hängt sogar noch ein brüchiges Geheimnis mit schwarzseidenen Trägern über der spanischen Wand. Doch zu verbergen hat diese sonst nicht mehr sehr viel. Außer einem alten Küchenhocker, auf dem ein mitgenommener Kocher steht. Gerade jetzt ertönt ein leise lockender Pfiff aus dem

erblindeten Wassertopf. Da beginnt der betagte Maler hastig zu malen. Aber kein Bild. Sondern Kaffee natürlich.
In der rechten Ecke stehen viele Werke mit dem Gesicht zur Wand. Vielleicht zur Strafe, weil sie sich der neuen Zeit einfach nicht anpassen wollten. Eine gemütliche Pferdebahn bimmelt da beispielsweise ungesehen durch einen saftigen Frühlingstag. Auf den großen Blumenbeeten des Schloßgartens wiederum drohen strotzend rote Rosen.

Knabe, wart, ich steche dich,
daß du ewig denkst an mich.

Und der Kies auf den sauberen Plätzen vor dem Residenzbild knirscht lautlos vor sich hin. Gleich wird der verträumte Märchenkönig in seiner Prunkkalesche vorbeifahren. Und das bleiche Jüngferlein im Reifrock, das unter der Kastanie beim Lustschlößlein wartet, wird ihm sicher sehr huldigen.
Die ganze Nordwand jedoch ist von ein und demselben Geschöpf bevölkert. Eine flammende Schönheit mit dem wehend roten Haar einer geglückten Revolution. Es ist die Mariele, das Modell seines Lebens. Dort als Jungfrau am Bach mit dem siegreichen »Prahlst-du-gleich-mit-deinen-Wangen«-Gesicht und daneben als Kniende, als Ruhende und dann schließlich als Fruchtbare. Und immer mit dem pfennigrunden Muttermal auf der linken Schläfe. Später auch Mariele, die blaue Blume pflückend. Oder als Leda mit dem Schwan. Ach ja, ach ja.
Langsam fällt der Abend durch das große Zimmer ein. Im vergessenen Atelier ist es still geworden. Da gellt die Türglocke zweimal durch das Erinnern. Im Lichtdreieck auf dem Vorplatz draußen steht ein altes Weiblein mit weichen Ringkämpferstiefeln an den müden Füßen. »Grüß dich, Toni«, sagt sie beim Eintreten. Und links auf ihrem freundlichen Lederapfelkopf glänzt ganz deutlich ein tadellos erhaltener Leberfleck.

Begegnungen im Park

Wenn der ausgediente Pensionist auf den Spuren der Könige wandert und seine gewohnten Runden im Nymphenburger Park dreht, begegnet er immer den gleichen Luftschnappern, Auslüftern, Käuzen und seltsamen Heiligen. Es ist wie ein kleines Panoptikum, und wenn eine der vertraut gewordenen Gestalten einmal zur gewohnten Zeit nicht an der gewohnten Kurve, beim Vogelfüttern oder bei den Duck-Anterln angetroffen wird, denkt der alte Rentner unwillkürlich wie Karl Valentin im Krieg, als einmal nachts die englischen Flieger ausblieben: »Es werd eahna doch nix passiert sein!« Denn die Begegnungen gehören längst zum Tagesablauf des Alten wie das Zähneputzen oder das Studieren der Münchner Leberkäs-Preise.
Da ist zuerst einmal gleich bei der Wildentenbai der »Lohengrin« zu bewundern. Ein mehlweißer Bäckermeister im Ruhestand, der eine uralte lederne Motorradmütze trägt, deren Ohrenklappen er genauso hochgestülpt hat wie die Fittiche auf dem Helm des echten Gralsritters. Jeden Tag kommt der Lohengrin mit einem grünen Rucksackerl, aus dem er vierundzwanzig alte Semmeln herauszählt. Für jeden der anwesenden Schwäne eine. Am Sonntag dagegen gibt's Eiweckerl. Manchmal kommen jedoch ein paar seiner fragezeichenhalsigen Kostgänger nicht, und dann schreit der Meister mit einer schnarrenden Furierstimme weit über den Teich: »Es kann nachgefaßt werden!« Und Richard Wagners Wappentiere wollen dem Alten vielleicht seine Schau nicht stehlen, und sie würgen also auch die übriggebliebenen Mitleidsweckerl durch ihre weißen Staubsaugerschläuche.

Etwas weiter vorne, wo's zur Pagodenburg abzweigt, begegnet der betagte Park-Lurer um diese Zeit unweigerlich dem »Tandem«. Einem verbitterten Ehepaar, das streng und im Gleichschritt knapp hintereinander marschiert. Während er immer leise vor sich hin murmelt und beim Einbiegen in den Seitenweg die Hand wie einen Richtungsanzeiger heraushält, macht sie ein Gesicht, das klein, gelb und böse ist wie ein Abszeß. Immer wenn dann ein kleines Hindernis im Wege liegt oder ein Loch kommt, scheint die Sozius-Fahrerin nur darauf zu warten, daß sich ihr Steuermann vielleicht doch noch das Bein bricht. Und jedesmal blickt sie nachher enttäuscht mit tückischen schwarzen Tollkirschenaugen anklagend zum Himmel empor, in den sie wahrscheinlich gar nicht kommen wird.
Da ist »Johannes der Täufer« schon ein ganz anderer Patron. Er ist sehr gesprächig und hat bereits das halbe »Parkinventar« getauft. Der dicke Ahornbaum beim Apollotempel beispielsweise ist der »Admiral Tirpitz«. Die Bank daneben, gestiftet von Rudolf Münnemann, wie ein Schild weithin verkündet, heißt bei ihm »der Grüne Heinrich«. Die Wildenten nennt er »Tante Frieda« oder »Lola Montez«. Und den Aufseher mit dem Holzfuß, der im Gang etwas von einem Zweitakter hat, »Mister Zündapp«. Viele Spaziergänger kennen den Johannes und wissen, wie alle seine Lieblinge heißen. Nur wie er selber heißt, weiß leider niemand.
Allseits bekannt ist auch das seltsame kleine Weiberl, »die Frau ohne Hund«. Die hat eine zerbissene Leine zwischen den Schrumpelfingern, bleibt vor jedem Strauch stehen und lockt dann lange: »Kumm hoid, Bazi, kumm, geh ma wieda, geh schön her zum Fraule!« Dabei wissen doch alle Passanten längst, daß ihr guter Bastardl schon vor sechs Jahren eingegangen ist.
Die liebenswertesten Gesellen jedoch sind zweifellos die »drei Musketiere«. Drei Pensionäre, die sich täglich am Kreuzweg zur Magdalenenklause zusammenfinden, worauf

der Älteste einen Streichwurstdoppeldecker auswickelt und ihn in peinlich genau gleich große Stücke teilt. Nachher erklärt er eindringlich die Qualität des Aufstrichs und seine Herkunft. Und verfüttert seinen eigenen Anteil an die schlingenden Kanalenten. Bei einer kleinen Baumgruppe bleibt das Trio schließlich stehen zum Luftschnappen. Und auch hier schlucken sie wieder gleichgroße Happen und fahren nachher mit großen Taschentüchern über den Mund wie mit Servietten. Mahlzeit.

Ganz hinten jedoch, wo der Park zu Ende geht, beobachtet der alte Ruheständler die dunkelste Figur unter allen Wanderern. Einen Zwei-Meter-Hünen mit Wotan-Schlapphut, langer dunkler Lodenpelerine und einem schwarzen Klappdeckel über dem linken Auge. Was liegt da wohl näher, als daß ihn der alte Stammgast dieses Parks »Hagen von Tronje« nennt? Doch nie hat ihn dieser grimme Recke gegrüßt oder auch nur beachtet. Er hat lange darüber nachgedacht, warum wohl nicht. Und plötzlich fiel es ihm dann doch noch ein. Ganz gewiß weiß nämlich der Hagen, daß der verdächtige Pensionist, der ihn beobachtet, Siegfried heißt. Und darum hat er wohl immer noch ein schlechtes Gewissen. Wegen damals bei den Nibelungen.

Erstklassige Regenwürmer

In München gab es unter den kleinen Leuten auch schon immer bedeutende »Großwildjäger«. Wie beispielsweise die städtisch geförderten »Ratzenklauber«, welche die bösen Nager mit ihren »Rattlern«, den nachmaligen Russeln, gleich zu Hunderten fingen und erlegten. Auch die Kammerjäger, Spezialisten für die blutgierigen »Tapetenflundern«, wie die gewöhnlichen Hauswanzen von mancher überspannten »Gnädigen« tituliert wurden, genossen großes Ansehen. Taubenfänger wurden zu Zeiten, wenn die »La Palomas« wieder einmal stark im Kommen waren, eigens vom Magistrat einberufen. Sie mußten aber ihre meist recht zähe Beute, die sie mit riesigen Klappnetzen fingen, gewissenhaft an die städtischen Armenhäuser abliefern, wo sie zu schmackhaftem Ragout zerwirkt und unter starken Schluckbeschwerden von den Insassen verzehrt wurden.

Drüben in der Au in der Quellstraße 18¾ wohnte außerdem ein Waidmann ganz besonderer Art. Gröninger Wastl hieß er. Sein Hauptberuf war eigentlich das Tarocken und Schafkopfspielen. Wobei er bekanntlich einmal einen riesigen Kübel blaue Emailfarbe von einem Malergesellen an Zahlungs Statt annahm. Mit diesem unzerstörbaren Lack strich er dann gleichermaßen seinen Fensterstock, den kleinen Ofen, den Stiefelzieher, seinen Unterarm und sogar seine kurze Lederhose an. Gab's aber beim »Watten« und den anderen Spitzbubenspielen außer Erfahrung nichts zu gewinnen, so ging der Sebastian flugs in den Wald und sammelte ein paar tausend Ameiseneier, die er den kleinen, zahlreichen Froschladerln, den Vorgängern der zoologischen Handlungen, verkaufte. Auch Wasserflöhe waren für die Aquarienfreunde sehr begehrt. Und gar mancher stattliche »Protz«, wie im Volksmund die Kröten genannt wurden, fand gegen ein saftiges Trinkgeld bei jenen Damen, die mit Warzen behaftet waren, eine neue Heimat als nützliches Haustier, das sich dann auf die befallenen Stellen setzen mußte.

In einem Haus beim Viktualienmarkt aber hing im dritten Stock wohl das originellste Firmenschild der ganzen Stadt. »Ernst Micheli, Wurmgeschäft« stand an der Tür mit drei verschiedenfarbigen Briefkästen. Über dieser Geschäftsankündigung war mit einem Reißnagel außerdem noch ein goldener Kranz mit einem Jubiläumsfünfziger befestigt, der besagen sollte, daß der einzige Wurmhändler der bayerischen Hauptstadt bereits fünfzig Jahre »am Platze« war.

Denn an Tagen, wenn Sankt Petrus seinem mißratenen Bodenpersonal riesige, nasse Wolkenfetzen wie Putzlumpen um die Ohren haut, damit es vielleicht doch noch zur Besinnung kommt, und wenn hunderttausend Engel graue Tränen über die unglückselige Menschheit weinen, da lassen dann viele Kreaturen den Kopf, die Ohren und die Unterlippen hängen. Nur eine Gattung der sogenannten niedrigen Geschöpfe jubiliert, wenn auch lautlos, vor sich hin. Die Regenwürmer nämlich. Und sie schwänzeln und ringeln sich, kommen zu Tausenden aus ihren Löchern, brechen immer wieder in begeisterte Bravorufe aus und stellen fest: »Was für ein herrliches Ausflugswetter!« Ganze Safaris ziehen dann über die Kieswege der Anlagen, über schmale, dunkle Wiesenpfade und manchmal leider auch in ihrem Übermut übers Großstadtpflaster und die Asphaltstraßen, wo sie still und ergeben irgendwo ihre winzigen Wurmseelchen aushauchen.

Nun gibt es bei solchen Massenwanderungen und Ausflügen aber auch immer andere Wesen, die nur auf so was warten, um ihren Vorteil wahrzunehmen. So wie beispielsweise auch bei den großen Lachswanderungen schon die

Braunbären und die Feinkostlieferanten am Ufer der betreffenden Flüsse stehen und sich kräftig bedienen, so lauern auch auf den Regenwurm nicht nur Amsel, Drossel, Fink und Star im nahen Gebüsch, sondern auch die Herren der Schöpfung, und davon war einer der Micheli, mit kleinen Kübeln, Aluminiumschachteln oder Plastikbüchsen, um die unbesonnenen »Ringelmänner« dem alsbaldigen Endzweck zuzuführen. Und auch solchen erfahrenen Wasennattern, die vielleicht nur die spitzen Rüssel ein wenig aus ihrem dunklen Appartement herausstrecken und dann von Schnäbeln oder Daumen und Zeigefinger ergriffen werden, nützt es nur wenig, daß sie in ihrem unverständlichen Dialekt flehen: »Ach bitte schön, lassen Sie mich doch noch ein einziges Mal aus, ich möchte ja bloß meiner Frau sagen, sie braucht heute mit dem Essen nicht auf mich zu warten.« Denn diese faulen Ausreden sind natürlich den Verbrauchern längst bekannt, und da lächeln die bloß drüber.

Der Micheli kam damals durch den Fischer Durek auf die »Idää mit de Würma«. »Um den greana Markt san no d' Heischtodl gschtandn, weil de ganzen Botenfuhrwerk zum Bögner, Schlicker und Soller kumma san«, erzählte der seltsame Firmeninhaber oft seinen Bekannten. »Da san allahand Leit zsammkumma, und do hod mia da Durek dann gsagt, daß mia d' Fischer gern an Pfennig für jedn lebendigen Wurm gebn dan.« Und so hatte sich der Micheli Ernstl dann gedacht, das wäre doch ein schöner Nebenverdienst. Und er fuhr also einmal mit seiner Braut auf dem Tandem in den Flaucher und probierte das Wurmfangen. Ein paar Jahre aber dauerte es, bis er endlich die Pirsch auf die Graswasenvipern ganz beherrschte. Als er schließlich seinen Handel anmeldete, lachten die Beamten vom Gewerbeamt, und die von der Steuer sagten: »Geh, laßts 'n doch schteh.« Und deshalb kam auch nie ein Steuerbescheid.

Ein Wurm kann sehen, hören und denken, behauptete der Ernstl. Und wer beim Wurmsuchen zu laut auftritt, sieht nur mehr die Schwanzl des Wildes in den Löchern verschwinden. »De meistn Regenwürma fangt ma in de Anlagn, da wo a Trambahn vorbeifahrt, weil da durch de Erschütterung d' Erdn locker is, und durch den dauernden Lärm is da Wurm aa net so scheu wia an de ruhign Platzerln.« Die günstigste Pirschzeit ist nach den Erfahrungen vom Ernstl nach Sonnenuntergang, wenn der Tau kommt. »Da geh i mit meiner Taschenlatern los«, berichtete der eigenwillige Wildbretschütze, »nacha schleich i mi o, nacha nimm i an Wurm beim Kopf und federd 'n raus, damit a ma net abbricht, und nacha zähl i 'n in mei Schpezialsammelbüchsn nei.«

Im Frühling hatte er einmal tausendachthundert Stück in zwei Stunden in der Anlage am Gärtnerplatz gefangen. In dieser Jahreszeit nämlich ist die »Strecke« besonders groß, weil da die Wurmmännchen zum Liebeswerben herauskommen und nur aufgeklaubt zu werden brauchen. Damals stand der Kurs auf vier Pfennig pro Stück. Der Micheli stellte sich gleich einen Gehilfen ein und meldete ihn bei der Ortskrankenkasse an. Aber nach zwei Tagen war dem Wurmfängergehilfen das Bücken zuviel geworden, und er kündigte.

Einmal hielt ein Hausinwohner beim Max-II.-Denkmal den Ernstl für einen flüchtigen Dieb, weil er in den Büschen herumschlich. Er alarmierte die Lechlpolizei, die mit sechs Mann die Anlage umstellte, bis ein Wachtmeister rief: »Jessas, des is ja mei Wurmtandler«, denn er war Angler und selbst Kundschaft beim Micheli. Eine ganze Anzahl prominenter Leute gehörte zu seinen Stammkunden. Ein Kommerzienrat mit einem Daimler-Auto war auch darunter. Der kam einmal mit seiner Braut zum Einkaufen. Als er die angebotenen Exemplare fachmännisch durch die Finger gleiten ließ, warf ihm seine Braut voll Grausen den Verlobungsring hin. Sogar bis nach Paris gingen die Münchner Regenwürmer per Postversand. Sie waren zollfrei.

Der größte Regenwurmfreier aber war ein bekannter

Münchner Geschäftsmann und Isarfischer. Auch in der geldknappen Zeit kaufte dieser nasse Nimrod beim Micheli jährlich für mindestens fünfzig Mark ein. Mit diesen Ködern fing er dann ein einziges Mal in sechs Jahren einen Weißfisch im Wert von vierzig Pfennig. Micheli pries ihn deshalb als wirklichen, wahrhaftigen Amateursportler. Nach Meinung dieses ehrenwerten, leider längst verschiedenen Amateurzoologen hat übrigens ein Regenwurm keinen Empfindlichkeitsnerv und spürt also auch das Befestigen an einem Angelhaken oder das Verspeisen durch Vögel so gut wie gar nicht. Diese Theorie widerlegen allerdings die Freunde und Anhänger des Tierschutzvereins mit einer ziemlich logischen Gegendarstellung.

Und sie fragen, ob denn ein Angler vielleicht meint, daß die Regenwürmer nur deshalb so zappelten und sich winden würden, wenn ihnen die krumme Widerhakenseele eingehaucht wird, weil sie so kitzlig wären. Und sich deshalb bei der Prozedur des Aufspießens vor lauter Lachen krümmen müßten.

Siebtes Kapitel

Frühlingsgefühle

Frühlingsschmerz

Auf den »grüngestrichenen Kanapees« am Gasteigberg saßen die Spitaler in der dottergelben Frühjahrssonne. »Grod guad duad's oan«, meinte der ehemalige »Staudenjäger« Zinsl und rieb sich die gichtigen Hände. Sein Banknachbar, der Altersheiminsasse Bonifaz Eisenzahn, schob sich die abgegriffene Eisenbahnermütze über den Nasenrücken und döste, den Hakelstecken mit dem Gummipuffer zwischen den Beinen. »Sausts, da Vawoida hod uns dalurt«, schrie ein zehnjähriger Haidhauser Lederstrumpf und rannte einer Schar Buben voran, die Gasteigwiesen hinunter.
Im Nu war Bonifaz Eisenzahn wieder zehn Jahre alt und rannte mit. Abends ging er dann im Geiste mit der Höger Nanni, mit der er vor fünfzig Jahren »gschobn« ist, zum Fliederstehlen. Die ersten Zigaretten würgten ihn noch einmal, und als er daran dachte, wie er, angetan mit des Vaters Kragen, auf dem Oktoberfest das Fräulein vom Wachsfigurenkabinett angeschnauzt hatte, schüttelte ihn ein lautloses Lachen, daß der »Schtaude« verwundert hochfuhr. Eisenzahn aber träumte weiter von Française und Schiebermelodien, Feuersalamandern, Treueschwüren, Shimmyschuhen und seiner ersten »Kreissäge«. Noch einmal gingen seine Gedanken den Weg, der einst so wirr gewesen war, so vage und doch so fest zurück, den Weg in die Jugend.
Da hörte er das leise Rauschen von Frauenkleidern neben sich, begleitet von einem dankbaren kleinen Aufseufzer. Einmal sollte sie halt noch mal neben ihm sitzen, die Nanni, dachte der Bonifaz, und er zählte langsam bis fünfzig, bis hundert, bis einhundertsiebzehn, dann schob er sich das Eisenbahnerkapperl rasch ins Genick, öffnete erinnerungs-

trunken die Augen und schaute um. Ein altes Weiblein hockte neben ihm auf der Bank, und ihr freundliches, rotbackiges Gesicht glänzte in der Sonne wie ein überreifer Apfel. »Dea wead schaung«, schrie einer der Buben, die langsam wieder über den Berg heraufkamen, und Eisenzahn erhob sich und stelzte auf steifen Beinen dem Schnapslerladen in der Rosenheimer Straße zu.

Bald geht's los

»Mariechen saß träumend im Garten und fraß Klee«, sang das kleine Mädchen mit der Praline-Schleife. Das wahrscheinlich zu der jungen Mutter gehörte, die ihre gelben Loreley-Haare träumend der milden Sonne zum Vergolden hinhielt. »Von unt rauf is oiwei no nix Warms«, erklärte eine Frau mit grünen Handschuhen ihrer Freundin. Und diese entgegnete: »I hob allawei no mei lange Wollene o.« Eine Bemerkung, welche die zwei Teenager nebenan zum Kichererbsen-Kichern veranlaßte. Etwas später sagte der Mann im Ledermantel, der schon längere Zeit die giftgrünen Fäustlinge der Frau wie hypnotisiert anstarrte, sichtlich erlöst: »Waldmeister, jetzt hob is, genau wia Waldmeister.«
Er hatte nämlich verzweifelt darüber nachgedacht, an was ihn die grasigen Flossenwärmer der Banknachbarin so stark erinnerten. Es war die Farbe der Waldmeister-Limonade, die er als Bub manchmal in der Witwe Sechzehnübels winzigem Waffelbruch-Palast gekauft hatte, über dem die völlig schizophrene Aufschrift stand: »Trinkhalle«.
Blaff, klaff, weg da, bellte der kluge Persianerpudel einen jungen Mann an, der um sein romanbeiniges Frauchen herumschlich. Und dann schaute er seine Gebieterin auch noch an, als wollte er sagen: »Wie bin ich?« Aber die junge Pracht auf schlanken Säulen tadelte ihn ganz laut: »Du Dummer, du.« Der Jüngling erinnerte sie nämlich stark an ihren »Finanzminister« Harald Schmalgiebel, nur daß er halt um gute zwanzig Jahre jünger war. Nun kam ein blinder Invalide über den feuchten Kies gehumpelt. Die Sitzenden wurden auf einmal still und staunten. Denn dieser Mensch mit der gelben Binde des Unglücks am Arm pfiff tatsächlich

ein kleines Lied in den Frühlingswind. Die Toselli-Serenade war's. Und die Leute schauten sich fragend an, als wollten sie zueinander sagen: »Dadn Sie jetz da aa no pfeifa?«
Der Ledermantel hatte Verstärkung bekommen. Bald sagten die zwei »Kamerad« zueinander. Und der eine zeichnete mit seiner Fahrradpumpe, die er vorsichtshalber von seinem abseits geparkten Einsitzer mitgenommen hatte, mehrere Linien in die gute Erde. »Hier standen die Badenser«, ergänzte er. »Und am zwoten Julei um null Uhr zwo griff der Russe an, und dann gab's Rabatz mit der Achtacht. Und der Rest war Klumbatsch, Kamerad. Da blieb kein Ooie trokken.« Doch gerade, wie er eine kleine Frontbegradigung seiner Planskizze machen wollte, ging ein städtischer Gartenarbeiter mit riesigen Gummistiefeln vorbei und trat mitten hinein in den Aufmarschplan. Da wollte der Radlpumpen-Feldherr eigentlich was sagen zu dem Gärtner mit den großen Stiefeln und sah ihn prüfend an. Doch der Mann war wirklich kein Kamerad. Und außerdem mindestens einsneunzig groß.
Unter den Arkaden rollten die Ehestandslokomotiven vorüber mit nahezu fabrikneuen Menschenkindern. Wenn sich die Erwachsenen dann gegenseitig über die Wägelchen beugten, hatten sich gewiß manche von den Butzelmännern gedacht: »Was für scheußliche Nasen die bloß haben.« Und sie griffen danach, um sie ihnen auszureißen. Da freuten sich die Alten dann und sagten zueinander: »Jaja, mi meng hoid alle Kinder. I woaß gar net, wos des is.« Von dem kleinen scharfen Kratzer, der von den Liliputfingernägeln stammte und ganz schön brannte, sagten sie weniger.
Eigentlich wollte der sparsame Privatier Mutzenbacher die Erdnüsse den vielen Täubchen und den Vögeln des Himmels hinstreuen. Drum hatte er ja auch nur mindere Qualität gekauft. Aber dann hatte er ein paar davon probiert, und jetzt aß er sie doch lieber selber. Aber der Franz von Assisi rächte die gefiederten Kostgänger: Er schob dem Mut-

zenbacher zwei von den geschälten Kernen zwischen die wackelnde Zahnbrücke. Da half kein Luftdurchziehen und kein Gezuzel mehr. Da wurde er einfach nicht mehr froh. Schnell warf er die restlichen Früchte des Zorns, die noch in der Tüte waren, den rechtmäßigen Empfängern zu und ging heim, um sein »Speisezimmer« wieder in Ordnung zu bringen.

Pärchen gingen vorüber und solche, die es gerne werden wollten. Noch war nichts entschieden, und das Schicksal mischte die Karten. Wurde es nun ein Herz-Solo, oder zog man den Schwarzen Peter? Zwei Tauben turtelten Reklame für das nahe Juweliergeschäft Heiden. Wo die zwei magischen Ringe seit Tagen zur alsbaldigen Verlobung aufforderten. Jetzt hatten die La Palomas ihre Pickmaschinchen endlich ineinander verhakelt. Das Jüngferlein mit dem vorwitzigen Rosenmund sah es und stupste seinen kühn blikkenden Begleiter leise an. Der schaute auch hin, aber dann murmelte er leise, doch bestimmt: »Später.« Da mußten sie alle zwei lachen.

»Warts nur«, sagte im gleichen Augenblick die Frau mit den Froschhandschuhen zur halbeingeschlafenen Freundin. »Des werd euch scho no vergehn.« Aber natürlich hatte die Frau von ganz was anderem geredet.

Alles neu – im April

Der »volkseigene« Reim »Alles neu macht der Mai« stimmt nicht ganz. Meistens macht der April noch viel mehr neu, und zwar dann, wenn Ostern in diesen Monat fällt.
Ostern ist nämlich nicht nur die hohe Zeit der Auferstehung und der gefärbten Eier, sondern auch ein Fest der neuen Kleider. Während aber der Osterhas für die Kinder in der Hauptsache nur reibungslose Gackerl produzieren muß, fordern die Erwachsenen von dem armen Meister Lampe, daß er ihnen durchweg sehr sperrige Güter ins Nest legt. Zum Beispiel lanzenlange Regenschirme, Goiserer Haferlschuhe, Trachtenjanker mit harten Knöpfen oder rucksackgroße Handtaschen. Alle diese Fertigwaren trägt der Mensch dann an den Osterfeiertagen hinaus in die Ferne oder daheim hinter dem verregneten Wohnzimmerfenster hin und her.
Kaum war in den Gotteshäusern das Halleluja verklungen, hob in der Stadt ein gewaltiges Knarzen an. Es wurde von den hunderttausend Paar neuen Schuhen hervorgebracht, die zum erstenmal die knospenden Zehen drücken durften; sie verlangten von der Eitelkeit oder dem schlechten Augenmaß ihrer Träger einen schmerzhaften Pflasterzoll. Die Herrenschuhe waren auffallend häufig von grellgelber Farbe, von welcher alle Verkäufer der Welt beruhigend behaupten, sie würde sehr schnell nachdunkeln. Die Damenschuhe waren grundsätzlich zu klein. Ein aufmerksamer Beobachter fand um Ostern herum auf einsamen Hausgangstufen, in Garten-Cafés, Kinos oder Trambahnen immer wieder jene Ruckedi-guck-Prinzessinnen, die ihre mißhandelten Füßchen halb aus dem brennenden Boxcalf-Grill gezogen hat-

ten, aber mit Essenz-Lächeln beteuerten: »Kein Blut ist im Schuh.« Sie bewiesen jedem Zweifler durch eine raffinierte Zehenroulade, daß hinten sogar noch für einen zweiten Fuß Platz wäre. »Z' groß san s'«, sagten sie mit reiner Stirn.

Viele junge Mädchen und solche, die sich mit großer Zähigkeit dafür hielten, bekamen zum Fest auch eine karierte oder geringelte zweizöllige Röhrlhose. Selbst Männern mit absolviertem Technikum wird es ein Rätsel bleiben, wie man in diese Futterale hineingelangt. Möglicherweise könnte man von häuslichen Hilfstruppen hineingeschossen werden.

Aber nicht alle Hosen-Häschen füllten diese Textilien mit eitel Wohlgefallen aus. Manche sahen in den drallen Eigenheimen dem Weiß-Ferdl-Denkmal sehr ähnlich. Häufig trugen diese Mode-Märtyrerinnen auch noch jene seltsamen Blumentopf-Hüte dazu, die ausschauten, als hätte man ihnen einen übriggebliebenen Strudelteig aufgesetzt.

Köstliche Wonnen harrten auch der Besitzer stangenwarmer Anzüge und rauschender Roben, die von der geheimen Hausschneiderin Wally Ziangmaszamm in nächtelanger Heimarbeit gefertigt worden waren. Steif und gelenkstarr wie eingefrostete Zimmerherrn aus Lindes Kühlhaus, trugen die Männer ihre Festtagsanzüge mit den gefährdeten Solinger Bügelfalten durch die Straßen. Gewürgt und gescheuert von nagelneuen Maßhemden, die sie noch viel inniger strangulieren würden, wenn sie erst einmal gewaschen waren.

Und die Mädchen blieben interessiert vor jeder Auslagenscheibe stehen, um sich unauffällig darin zu spiegeln, und sie merkten gar nicht, daß in den Schaufenstern nur Eisensägen ausgestellt waren. Aber die Falte, die sich von der Taille bis zum Schlüsselbein zog, bemerkten sie wohl, und deshalb ärgerten sie sich im Weitergehen langsam einen dreikarätigen Gallenstein hin.

Diejenigen aber, deren Kleid oder Anzug nicht mehr rechtzeitig fertig geworden war und die deshalb ihre alten und ungemein bequemen Sachen auf Ostern tragen mußten, mochten sich mit der sicheren Gewißheit trösten: Pfingsten ist auch wieder ein Fest.

Wenn 's Verlobungswinderl waht

»'s Deandl hod gsogt, 's Deandl hod gsogt, jetzt kummt da Frühling, da Frühling ...«, trällerte ohne jede Überzeugung ein kleines Schleifen-Fannerl auf der Straße. Sie hatte das Lied von ihrem großen Bruder gehört. Zwei Stockwerke über ihr schüttelte die mollige Molly Malony schnalzend ein großes Tischtuch aus. Sie hielt die weiße Fahne in die etwaige Richtung nach Dublin, von wo sie auch tatsächlich im Studentenaustausch-Verfahren hergekommen war. Dann blinzelte sie ein wenig zum Metzgerladen hinüber, ob der stämmige Jungmeister wieder unter der Türe stand. Er tat es tatsächlich und winkte auch gleich mit dem Finger zu ihr hinauf. Der aber war eingebunden und weiß wie eine Kastanienkerze. Er selber hieß Lorenz. »Lenz« sagte man zu ihm, hatte ihr die deutsche Freundin erzählt.
Die Fenster des grauen Postamtes waren geöffnet. Allerdings nur etwa so weit wie die Augenlider eines Beamten. Die jungen Dinger aber, welche die Sendungen sortierten, kicherten einfach über alles. Und sie warfen den gebündelten Postsachen, die sie mit geübtem Schwung in die maulaufreißenden Säcke schlenzten, gleich gar noch dumme Kußhändchen nach. Ob es sich nun um Liebesbriefe aus dem Engadin, um Dankschreiben aus Dinkelsbühl, Bittgesuche aus Bitterfeld, Zahlungsbefehle aus Zusmarshausen oder frankierte Treueschwüre aus Treuenbrietzen handelte. Hopplahopp – schwuppdiwupp – ab damit!
Zwei frühe Schönheiten, auf den leicht schwitzenden Näschen noch den selten gewordenen Tau der Verlegenheit, wurden in der grünenden Anlage von zwei Bubble-Gum-Boys schräg angegangen. Es schaute aus, als wollten sie den

blutjungen Todsünden den Fuß legen. Jeder Unparteiische würde da zweifellos einen Elfmeter geben. Aber der Herr Schiedsrichter Frühling ließ einfach weiterspielen. Wahrscheinlich dachte er halt an die Vorteils-Regel.

Auf der Bank Einhundertundsieben im Hofgarten war es noch still. Nur irgendwo knurrte ein Magen. Dann faltete eine Frau mit hartem Sandstrahl-Gesicht ihre Illustrierte zusammen und schimpfte zur Nachbarin hin, was doch die reichen Frauen für eine hohe Abfindung bei einer Scheidung von ihren Männern bekämen. Sie wetterte: »Und wos zum Beischpui hob i kriagt, wia i gschiedn worn bin, wo mei Oida ganga is? Vier Finger und an Daumen hob i kriagt. De nackade Hand kriagt unseroana. Und manche kriagt net amoi de. Jaha.«

Und ein alter Hagestolz erklomm nach siebenmaligem Rasten tatsächlich den Monopteros-Hügel. Sein Schnurrbart hing längst schon auf Halbmast und Verzicht. Aber im Blick schwelte noch immer ein kleines Verlangen. Lange studierte er die Inschriften auf der runden Mittelsäule. »Ich liebe dich, sobald du willst, Curd«, stand da mit weichem »d« und weichem Bleistift. Und überall Telefonnummern, Angebote und Adressen, entzifferte der alte Steiger. Aber es war wohl nicht mehr das Richtige für ihn dabei unter diesem Sortiment.

Da schlurfte er ganz vorsichtig wieder den schmalen Kiespfad hinab und setzte sich auf die erste Bank der »Läster-Allee«, wie die lange Schicksals-Avenue nach Schwabing hinüber auch wegen der bösen Weiber hieß, die hier den Weg säumten. Und wenn der Alte nun das Schild hinter seinem Rücken gesehen hätte, wäre es ihm wohl ganz klar geworden, daß dies der einzige Platz war, den der Frühling für ihn und seinesgleichen überhaupt noch reservieren konnte. Denn auf der kleinen Blechtafel war deutlich aufgedruckt: »Dem müden Wanderer – gestiftet von der Firma Rast und Ruh«.

Das große Rennen

»Hier!« ruft der Lenz jedes Jahr am gleichen Sonneneck im kleinen Park. »Bin scho do!« Und er hebt seine Agfacolor-Finger artig wie ein braver Schüler, den der Professor Jahreszeit soeben aufgerufen hat. Die gebauschten Büsche zeigen kokett ihre Spitzen. Aha, man trägt auch heuer wieder Grün. Protzig prangt der vierzehnkarätige und mit der Zahl 585 abgestempelte Goldregen. Und der Himmel darüber ist blau. Manchmal.

In welligen Schleifen und Kurven hält ein Kieswegband dieses Frühlingsbukett zusammen. Schwarze Amseln mit gelben Rühreischnäbeln schauen schräg fragend auf die Passanten: »Ham Sie vielleicht gseng, ob da irgendwo der Wurm drin is?« Und die gurrenden Masttäubchen schleifen ihr Weißbrotbäuchlein fast im Grase nach.

Liebespaare, Jünglinge, stille Träumer und alte Hagestolze drehen ihre Runden auf dem Nürburgring der Sehnsucht. Ein verschüchterter Student ist hinter einer kühlen Blonden her. Aufrecht schwebt sie vorüber und appetitlich. Wie ein frisches Glas Helles. Und er wischt sich immer wieder seine baumelnden Marschier-Ruder an der samtenen Wellblech-Hose ab. Als wollte er den schmunzelnden Bankbesitzern zu verstehen geben: »Warts nur, jetz pack i's nacha glei.«

Da hat der magere Zimmerherr hinter ihm ganz andere Absichten. Lächelnd und ein wenig lächerlich hält er mit geschlossenen Augen sein Gesicht in die Sonne. Er will braun werden. »Obacht«, schreit jemand. Aber da rennt er schon an die Verbotstafel für frei laufende Hunde. Und wird kasweiß von der Wucht des Aufpralls.

Auf den Bänken sitzen Schwiegermütter und stricken schon

für den neuen Jahrgang. Und der Faden geht ihnen nie aus. Weder der auf dem Schoß noch jener ein Stockwerk höher. Sie stricken ganze Hammelherden kahl. Zwei tuschelnde Mädchen halten die Nase in einen Liebesbrief. Ein Windstoß bläst ihn aus ihren Händen. Und weg ist er. »Um Gods wuin, wenn den jemand findt«, sagt die eine. Doch der Wind kann nicht lesen. Der Cordhosenbubi kommt schon wieder vorbei. Er hat auch in der dritten Runde noch keinerlei Boden gewonnen.

Und das Karussell geht immer, immer rundherum. Die Mädchen auf den grünen Latten-Couches haben ihre seidigglänzenden Zwillingslafetten tadellos ausgerichtet. Wie bei einer NATO-Parade. Ein weißhaariger Gamaschengeneral schreitet wohlgefällig die Front ab und nickt: »Lieb Vaterland, magst ruhig sein.«

Dann kommt ein alter Mann mit einem Kind gegangen, bleibt stehen und füttert die Vögel. Schließlich dreht er seine Sackeltasche ganz um, damit auch die Brösel herausfallen. Und alle sehen das große Loch im Futter. Da sagt der alte Mann beschämt und grollend: »Des glangt ma wieda von meiner Zugehfrau. Löcha im Gwand net seng. Aba mi heiratn woin ...«

Schon lange unterhalten sich der rechtsgescheitelte Luis-Trenker-Typ und die trompetenblonde Nachmittags-Schönheit, die neben ihrem ahnungslosen Mütterlein sitzt, durch Zwinkern und Blinkern. Manchmal sieht das aus wie ein Filmduett, wenn der Tonstreifen abgerissen ist. Nun tänzelt ein Märchenbuch-Mädchen im Ringelreihen-Schritt auf dem Kies und singt mit dünner Mundharmonika-Stimme:

Drei mal drei is neiheine,
du weißt schon, was ich meiheine.

Da müssen Romeo und Julia laut lachen. Der freundliche Professor am äußersten Bankzipfel schaut auf, als der Tour-de-France-Liebhaber zum siebtenmal in die Zielgerade ein-

biegt. Dann schreibt er blinzelnd ein paar Zahlen an den Rand seiner Zeitung.
Zwei Lyzeums-Bolzerl schnäbeln: »De Kinski Nasti muaß desmoi an Oscar kriagn, sonst is ois z' schpät.« Die andere aber erklärt: »Du schau amoi schnell her, Anschi, ob i da net a Wimmerl kriag.« Und sie hält der Freundin die knospende Stirn hin.
Melancholisch schaut ein fremder Hausschuh-Hund in den deutschen Frühling. Ein Afghane ist es. Weit und breit nichts zum Fraternisieren. Zwei Dicke kommen. Der eine sagt: »Do woaß i dia ganz wos anders für dei Wampn ois wia Tablettn. I woaß da an billign Schneida. Und von dem laßt da liaba an Zwickl eisetzn, bevors di von de Pilln zwicka laßt.«
Der Soldat einer fremden Armee stolpert über den Umfassungsdraht und schaut verwirrt. Er war gerade drüben in Connecticut. Da ist es jetzt wohl auch Frühling. Bei der kleinen Molli Marleen.
Der Student geht noch einmal vorüber. Der Professor beginnt, schnell zu rechnen. Zweiundzwanzig Zentimeter kam der junge Traber seinem blonden Ziel insgesamt näher beim Verfolgungsrennen »um den Großen Preis vom Speiseeis«. Bei gleichbleibendem Tempo könnte er sie also bis spätestens im September eingeholt haben. Nun ja, das reichte ja auch noch. Bis dahin würde die Kleine sowieso gerade sechzehn sein.

Der Lenz ist ein Lump

Bekanntlich fordert die Lyrik in diesen Tagen mit allem Nachdruck: »Die Fenster auf, der Lenz ist da.« Dies stellt auch der alte Großstadt-Cowboy mühelos fest. Doch nicht nur die viereckigen Glotzaugen der Häuser stehen in den Wochen des sanften Wahns offen. Sondern ein jeder macht halt auf, was er hat. Die Italiener öffnen ihre Eisdielen, die Geschäftsleute ihre Steuerbescheide, die Bürozähne machen die Blusen auf, die Städte ihre Straßen, alte Jungfern das Poesiealbum, die Heiratsvermittlungen ihre Fotonachschlagewerke, frisch gefirmte Buben die Armbanduhren, Hausfrauen das letzte Glas mit eingemachten Tomaten und die Spitzbuben ein Geschäft. Mit dem Stemmeisen natürlich.

Ferner werden auch die Autodächer, die Bierkeller, zweitausendachthundertvierundsiebzig Liebesbriefe und die Freibäder Zug um Zug geöffnet. Und der alte Hofrat Geiger versucht sogar in Gedanken noch einmal, in eine siebzehnjährige junge »Konserve« einzubrechen. Doch weil ihm das nicht gelingt, öffnet er halt ersatzweise bloß den Mund und summt die traurige Hymne der Resignation vor sich hin: »Mit siebzig hat man noch Träume ...«

Und auch ein großes Suchen hebt allerorten an. Nach einsamen Herzen, nach vergessenen Telefonnummern, nach Freizeitpartnerinnen und nach neuen guten Ausreden für die treusorgende Gattin. Die ihrerseits einen fadenscheinigen Grund für die Anschaffung eines Frühjahrshutes mit klappernden Herzkirschen sucht. Wuchtige Witwen fahnden auch nach einem lieben guten Vati für ihr herziges Buberl, die Besitzerin einer Boxerhündin forscht nach einem eingetragenen Rüden. Ein Sportsmann versucht seinen Skibob gegen ein Faltboot umzutauschen, und treulose Ehemänner suchen nach dem linken Manschettenknopf unter irgendeiner wildfremden Bettstatt, weil sie doch »einseitig« nicht heimkommen können.

Kleine Wellensittiche, denen man bei geöffnetem Fenster auch noch das Futtertürl aufmacht, damit sie endlich die milde Luft in neuen Gesang verwandeln können, suchen sofort das Weite. Dichter hinwiederum suchen nach einem passenden Reim auf »Sulfamidorm«, frühverruchte Azubis nach einer offenen Stelle. Starlets nach sturmfreien Zimmern, enttäuschte Partner nach einem neuen Lebensinhalt und die Professoren – frei nach alten vergilbten Witzbüchern – ihre irgendwo stehengelassenen Regenschirme.

Und ganz gewiß sucht mancher Jüngling auch nach einem stummen »Jaja« in den blauen Treuäugelein seiner Sehnsuchts-Braut. Viele Autofahrer wiederum sind eifrig mit der Erforschung der Kniescheiben ihrer willigen Begleiterinnen beschäftigt, und nur die Kinder und die ganz Alten sind meistens ganz zufrieden. Drum spielen die Opas gerne in der Erinnerung, die Bambinos jedoch im Hinterhof »Fahre, fahre, Zug«, »Drüben am Carolasee« und »Bäumchen, wechsle dich«.

Die alten Wanderer draußen auf der Spitaler-Rennbahn um die Theresienwiese erinnern sich auch noch gerne an längst vergessene Wehmut-Songs aus ihrer eigenen Jugendzeit. Sie schütteln dennoch ein bißchen wackelnd ihre Köpfe, die schon längst nicht mehr notiert werden über all der Unruhe, der hektischen Hast und dem unstillbaren Frühlingswahn. Und dann trällern sie, wohl auch ganz leise vor sich hin kichernd, die Schnulze aus der verblichenen Veilchenzeit: »Es wird in hundert Jahren wieder so ein Frühling sein – genauso schön mein Schatz – wie heut.«

In den heftig knospenden Anlagen suchen die Amseln mit ihren gelben Rühreischnäbeln nach vorwitzigen Engerlingen und sehen immer wieder die vorbeigehenden Passanten an, als wollten sie sagen: »Haben Sie nicht vielleicht irgendwo einen Wurm gesehen, ich muß nämlich zum Rendezvous doch was mitbringen. Statt Blumen.«

Aber die ganz jungen Pfadfinder mit ihren dunkelweißen Einbahnstraßen durch die zartrosa gefärbten Hindenburg-Köpfe erlebten im Museumskino einen uralten Streifen, der noch mit Untertiteln läuft und »Maienzeit« heißt. Und sie haben den projektierten stummen Gassenhauer »Über die Prärie zieht ein Lied durch die Nacht« dahin gehend abgewandelt: »Über die Marie – steigt ein wildfremder Mann.«

Die verrufensten von ihnen, die seltsamerweise manchmal aber auch die allersanftesten sind und nicht nur ihren Schlüsselbund, sondern auch ihre lächerlich kindische Seele nach außen tragen, haben auf einer schrecklich kratzenden Schallplatte von der Größe eines Palatschinkens sogar den Schmachtfetzen aus Ur-Ur-Großmutters-Backfisch-Jahren nochmal zum Leben erweckt. Jenen frechen Schnodder-Song aus der Stopsellockenzeit. Und ihn frei »nach Schiller« für ihren Bedarf zurechtgebogen. Und deshalb heißt diese verruchte Schellack-Sinfonie nach ihrer Version nun:

Auf Lucies Ringellocken,
da fielen Blütenflocken,
und das Gebüsch war trocken.
Und so geschah's
im grünen Gras.
Und zur Frau Mutter sagt man dann,
da Franze war's.

Herz ist Trumpf

In unserer Stadt gibt es genau zweitausendvierundachtzig Freiluft-Kanapees. Auch Anlagenbänke genannt. Eine der lauschigsten davon ist die Bank Nummer zweihundertachtundzwanzig im Alimentenwinkel des großen Parks. Und obwohl so eine Bank weder dem Kreditinstitut Commerz noch der Bayerischen Hypo gehört, findet gerade jetzt im Frühjahr doch ein recht lebhaftes Wechselgeschäft auf ihr statt.

Manche Leute behaupten allerdings auch, das böse Wort »Bankert« stamme von so einem »Liege-Stütz-Punkt« ab, auf dem sich halt der fleißige Gevatter Adobar in einer lauschigen Maiennacht niedergelassen hätte.

Von Zeit zu Zeit werden diese Weichholz-Couches auch mit schöner grüner Farbe gestrichen. Und wenn das ein allzu hitziges Liebespaar übersehen hat, kann es vorkommen, daß die züchtige Jungfrau dann ein quer gestreiftes Bluserl mit nach Hause bringt. Kommt das brave Kind jedoch mit einem Frühjahrskleid heim, das der Länge nach die verräterische Lattenmarkierung aufweist, so könnte dies bei einem eventuellen Vaterschafts-Rendezvous von dem Herrn mit dem schwarzen Hütchen auch als unumstößlicher Indizienbeweis bezeichnet werden.

Viele Monogramme, pfeildurchbohrte Herzen und auch kleine Gedichte sind meistens in der Rückenlehne der alten verschwiegenen »Kuppeltante« eingeschnitzt. »Melanie, vergiß mich nie« zum Beispiel, oder auch: »Auf dir war es immer so schön«. Ferner werden viele Telefonnummern und womöglich auch eine Hand mit ausgestrecktem Zeigefinger und dem Hinweis eingekerbt: »Noch drei Minuten

zum Standesamt.« Der viel zu lange Fingerling jedoch zeigt in die völlig falsche Richtung.
Die duftenden Jasminbüsche um die kleine Station »Amore« stehen in vollem Blütenschaum, als sollten sie demnächst barbiert werden. Aber vielleicht wollen sie auch nur warnen: »Vorsicht, hier wird man sehr schnell eingeseift.« Am jungen Vormittag kommen manche Kindermädchen mit trippelnden Bambinos. Eine Nurse im züchtigen Nonnenkleid liest gerade in einem Buch mit Frischhalteumschlag. Es ist der berühmte Kocherl-Report: »Graf Goggs und die Nuß Kathi«. Indes pflückt Klein Evilein viele Gänseblümchen. Nachher macht die Nurse zwei entzückende Blumenkränzchen daraus, und beide setzen sie auf. Die Evi schaut jetzt genau damit aus wie die frommen Kinderlein, zu denen der Meister einst sagte: »Lasset die Kleinen zu mir kommen.« Der hauptberufliche Anstandswauwau aber wartet eher auf einen größeren Besuch. Da ist er auch schon. Ein riesiger, aber berufsmäßiger Minneritter sagt etwas, das sich etwa anhört wie:

Gestatten, von Latten –
Vertreter von Schallplatten.

Er verbeugt sich auch noch und fragt, ob's »angenehm« wäre. Und die Butzerl-Dompteuse denkt sich: »So ein Blödian, der sieht doch, daß ich die Kleine dabeihab.«
Später naht ein frecher Dackel und gibt am linken Standbein der Bank ein längeres feuchtes Inserat auf: »Junge Dackeline zum Tickel-Tackeln gesucht.« Anschließend nimmt ein älterer Knabe Platz. Er ißt eine ganze Packung Knäckebrot auf. Die Tüte zerschlägt er mit einem Donnerknall. Und weil ihn anschließend ein ungeheurer Hätscher befällt, sagt er noch den alten Spruch, der da unbedingt helfen soll: »Schnacklerblogackler – plog andere Leit, net mi.« Das muß man aber dreimal sagen, ohne dabei durchzuschnaufen.
Dann ist sie endlich da, die blaue Stunde. Und mit ihr

Jorinde und Joringel, das Märchenpaar. Jener ist der »Blue Black Jim«. Und sie schreibt sich Olivia Wirllmeier. Den Kopf mit der bedienten Selleriefrisur bettet die Liebste sofort in den Nietenschoß ihres Testpiloten. Und jener sitzt aufrecht da und blickt ins aufkeimende Dunkel. Schweigsam, lauernd, alt. Seinen kleinen Finger ziert an der linken Hand ein Ring aus einem einzelnen Elefantenschwanzhaar. Während die rechte wortlos das bleiche Haupt der starr blickenden Olivia umspannt.

Ein Einzelgänger nähert sich diesem Stilleben. Er spitzt die Ohren, schaut schief und murmelt schließlich: »Ja geigt si denn do gor nix.« Er ist halt der Mann, der zweimal leben wollte. Drum führt er mit sich selber auch einen lüsternen Dialog: »Ja mei, Madl«, brummelt er, »wos wuist du denn bloß mit so am Bettnässer?« Und er kriegt sogar ganz feuchte Augenzähne, als er dringend zischelt: »Mei liabe Dolorosa. Dia dad i vielleicht schnoi zoagn, wo da liebe Gott wohnt.«

Doch auf einmal muß er dann doch schallend lachen. Denn der grasgrüne Grasober, wie er den taubstummen Freier in Gedanken nennt, erinnert ihn irgendwie an den »Gras Pederl« beim Tarocken. Und deshalb muß er auch in ehrlicher Selbsterkenntnis zugeben: Grün hin – grün her. In der Liebe gilt halt immer noch dieselbe uralte Regel wie beim Kartenspielen: Herz sticht alles.

Rendezvous mit Risiko

Der Mai bringt neben vielen wonnigen Begleiterscheinungen auch das beliebte Rendezvous mit sich. Dieses, auf altgermanisch mit »Stelldichein« und auf swingdeutsch mit »Treff« übersetzt, besteht meistens aus vier Abteilungen:
a) den Vorbereitungen,
b) dem Warten,
c) der Begrüßung und
d) den Spesen.
Manchmal wird die Begrüßung auch durch das Versetztwerden, den Versatz, abgelöst, wobei aber dann, als Trostpreis, meistens auch die Spesen nicht stattfinden.
Der ideale Warter findet sich meistens schon eine Viertelstunde vor der vereinbarten Zeit ein. Er ist um die Ohren rot vom Rasieren wie eine Forelle unter den Kiemen. Sein Anzug ist dunkel, viel zu klein und am Kragen voll ehrlicher Schuppen. Mit auswärts gerichteten Stiefelspitzen und einer wasserdichten Armbanduhr wartet er langsam aber todsicher. Oft wetzt er seine Zunge an den trockenen Lippen mit einem milden Lächeln. Manchmal hat er noch ein Blumensträußchen in der Rechten, das durch die Treibhauswärme seiner Gefühle rasch und lautlos verwelkt. Die Linke preßt ein Paar nagelneue Handschuhe aus wie das tapfere Schneiderlein den Käse.
Der ideale Warter besitzt ein großes Stehvermögen. »Hier stehe ich, ich kann nicht anders.« Er wird nie versetzt. Wenn die Erwählte kommt, pflegt er den Handkuß. Dann hakt er schweigsam unter und geht schief. Er gleicht einem Schlittschuhläufer, der dauernd übersetzt.
Der sogenannte schnelle Warter naht mit fliegendem Start

und offenem Gleitflugmantel. Seine Krawatte hängt ihm über die Schulter wie eine abgerissene Hundeleine. Sofort blickt er auf sämtliche Uhren im Umkreis, schüttelt seine eigene wütend, horcht sie ab und überdreht sie. Wenn er in allen Taschen die Kinokarten, die sanft im anderen Anzug schlummern, sucht, entkleidet er sich bis aufs Hemd. Er ist ein weithin sichtbarer Warter, schreitet den Treffpunkt im Quadrat ab, als wollte er dort demnächst ein Haus bauen, und entschuldigt sich fortwährend bei den Angerempelten. Naht die Holde, so stürzt er mit einem Operettenschrei auf sie zu und drückt ihr den Aquamarin am Ring in Splitter. Dann zerrt er sie ungestüm davon. Sie ist verhaftet.
Der Versatzbruder schleicht mit schlimmen Ahnungen heran. Häufig wartet er hinter Plakatsäulen oder vor Auslagenscheiben, in deren Spiegel sich der Ort seiner sicheren Niederlage übersehen läßt. Er ist seiner Enttäuschung so gewiß, daß er sogar unrasiert antritt. Dann zählt er die Trambahnen. Daraufhin zählt er bis fünfhundert. Schließlich schlägt er dem Schicksal vor: Wenn der fünfte, der vorbeigeht, einen Hut aufhat, kommt sie trotzdem noch. Aber das Schicksal hat keine Sprechstunde. Er wartet mindestens vierzig Minuten. Dann geht er rasch weg, ganz in die Nähe, kommt aber gleich wieder zurück und flüstert: »Vielleicht hab' ich neun Uhr gesagt.« Um zehn Uhr kauft er sich ein farbiges Magazin und schleicht mit rückwärts geschraubtem Kopf in seine Wohnung heim.
Manchmal aber werden auch Mädchen, Damen oder Fräulein versetzt. Für diese Situation gibt es eigene Nachlesespezialisten. Meistens handelt es sich dabei um gesetztere Herren mit Seelentröster-Köpfen. Diese studieren am Tatort Zeitungen mit einem Loch im Text. Oder sie kreisen lautlos wie Bussarde um die traurige Hinterbliebene, um im richtigen Augenblick auf das ermattete Opfer herabzustoßen. Ihr System hat einen hohen Erfolgsprozentsatz und ist ohne jedes Risiko. Sie säen nicht und ernten doch.

Platz an der Sonne

Auf der gut angewärmten Bank saßen fünf Leute an der Sonne. Ein alter Mann mit einem faltigen Dudelsackgesicht und einem Hakelstecken, an dessen Griffende ein silberner Hundekopf lautlos die oxydierten Zähne fletschte. Eine Frau in offenem Lodenmantel. Sie trug darunter mindestens sieben Pulloverhäute wie eine Zwiebel. Daneben eine weitere Frau mit zwei gedörrten Märchentieren um den Hals und dem flachen Filzstahlhelm einer unbekannten Armee auf dem Kopf sowie ein junges Mädchen, das die Bluse auf hatte. Ferner sortierte ein müder Vertreter Prospekte in eine erschöpfte Aktentasche. Vor der Bank stand ein Kinderwagen. Das Kind, das darin schlief, hatte die kleinen Lachsfäustchen in Boxstellung gebracht, als wollte es das Leben schon jetzt zu einem Zehnrundenkampf herausfordern.
Die Sonne grillte vorsichtig auf die steinerne Bank und die Leute herab. Auf den Stufen des Residenztheaters hockte ein Maurerlehrbub mit einem Taschenspiegel und blendete herüber. Da kam ein haariges Fabeltier gelaufen und schnappte nach den Sonnenkoteletts, die der Bub auf das Pflaster spiegelte. »Wiskiii!« schrie eine junge Frau hell. Der alte Mann lachte über diesen Hundenamen lange durch die Nase. Das junge Mädchen, das die Sonne in ihre Bluse ließ, räkelte sich hoch und probierte, ob ihr Hinterkopf in die groben Stuckkerben der Residenzmauer hineinpaßte. Er paßte fein hinein, und das Mädchen richtete sich genau nach der Sonne aus.
Da sagte der Vertreter: »Och, das war scheen, wenn bloß mehr ginge.« – »Was ham ma denn?« fragte der Hundegriffinhaber schräg hinüber. »Gasschparbrenna«, sagte der Ver-

treter ganz ohne Mut. Er stellte die verbrauchte Aktentasche vor sich auf den Boden; sie sank resigniert in sich zusammen. Nun packte die Frau mit den vielen Pullovern ein Strickzeug aus dem braunen Packpapier und begann zu nadeln. Es wurde der achte Pullover.

Ein Bäckerbub fuhr mit einem Lieferrad vorbei und sang laut: »Es wird in hundert Jahren wieder so ein Frühling sein.« »Mindestens«, sagte der Alte. Die Frau mit dem Märchengehänge hielt die Hände wie zwei Schöpflöffel auf dem Schoß, und als sie mit Wärme vollgefüllt waren, begann sie mit knetenden Griffen unsichtbare Sonnenknödel zu formen. Das Mädchen riß aus einer Zeitung zwei blattgroße Stücke heraus und legte sie auf die Augen. Auf dem einen Fetzen war zu lesen: »Den Abend früh verbringe bei ...« Der Rest fehlte. Der andere teilte mit: »... kurzem Leiden, Karl Ka ... , Metz ..., Müh ..., trauernde Hinterbl ...«

Jetzt fuhr der Mann mit dem Stock ein paar Pflastersprünge nach. Die Zeichnung wurde ein Haus mit einem Kamin. Immer größer wurde das Stück, das sich der Schatten von der Sonnentorte herunterschnitt. Da stand das Mädchen schnell auf und ging auf steifen Stelzbeinen weg. Es war sowieso gleich zwei Uhr. Der alte Mann pfiff ihr leise durch die Zähne nach. Und die Frau strickte immer heftiger, als wollte sie mit dem achten Pullover noch fertig werden, bevor sie der Schatten mit seiner kühlen Brause erwischte.

Auf der Jungfernbleiche

Die kleine kuschelige Liegewiese, die ausschaut wie eine sanft geöffnete Hand, heißt im Volksmund auch die Jungfernbleiche. Denn auf ihr liegen in den ersten Sonnentagen des Jahres die Schönen der Stadt. Wie ganz frische Wäsche zieren sie den grünen Rasen. Die meisten haben die Blusen geöffnet und lassen die Sonne hineinspazieren. Aber sonst niemand. Vor allem nicht die Blicke des blinzelnden alten Rentners, der so tut, als würde er mit der Spitze seines Spazierstocks Papier sammeln. Dabei sammelt er etwas, was er längst nicht mehr verkraften kann. Manche der Nachmittags-Schönheiten liegen aber auch seltsamerweise mit hochgeschlossenen Rollkragen-Pullis und schmoren im eigenen Saft. Und einige haben sich einen Liegestuhl geschnappt und versuchen, sich einen sanften Sonnenbrand zu ergattern, den sie dann abends auf dem Boulevard als Saint-Tropez-Bräune lächelnd zur Debatte stellen.
Unter einer alten Buche spielen vier alte Schafköpfe Schafkopf. Sie machen ein Geschrei wie die großen Vier, als ginge es auch bei ihnen um Sprengköpfe. Dabei geht es doch nur um armselige Pfennige. Um Opferstock-Dollars. Der älteste der Spieler hat gerade ein Solo gewonnen und somit Kupfer genug für eine mittlere Grünspan-Vergiftung. Sein Gewinn veranlaßt ihn, aus dem ledrigen Boxcalf-Hals ein völlig unpassendes Triumphlied auszustoßen:

In Hallstadt, in Hallstadt,
da fand einst ein Ball statt.

Bei den zaghaft knospenden Fliederbüschen hockt ein Mann auf einem Patentsessel, breitbeinig und mit bleichem nackten Oberkörper. Lange starrt dieser Mann auf seinen Nabel, als wäre ein zehnkarätiger Brillant darin. Und auf einmal wetzt ein richtiger Feldhase über die kleine Pampa. Und Ur-Instinkte werden wach. Mädchen, gewesene Jungfräulein, bürgerliche Herren und kreischende Frauen springen auf. Coca-Cola-Flaschen, Schuhe und Verwünschungen werden dem armen Meister Lampe nachgeschleudert. Doch der langohrige Störenfried schlägt ein paar Haken, und dann sieht man nur noch sein weißes Schwänzchen wie eine Einladung durch die Büsche leuchten.

Hinter dem Maulwurfhaufen gräbt ein Hund unter den anfeuernden Rufen seines kichernden Herrn »Such 's Mausi« ein tiefes Loch. Bald ist nur mehr sein kleiner Stutzelschwanz sichtbar.

Ein zufriedener Pensionist, der auf einem Baumstumpf kauert, hat Schuhe und Strümpfe ausgezogen und rollt seine Zehen im lauen Nachmittagslüftchen. Dann holt er seine große Eisenbahneruhr aus der Westentasche, öffnet sie hinten und repariert das Werk. Und zwar mit einem Zahnstocher und einem Grashalm. Doch obwohl diese Uhren ruhig einmal unter die Straßenbahn kommen dürfen, wird sie nach dieser Behandlung um einige Monate nachgehen.

Vierzehn Mal hat der blinzelnde Hüne, der ein zufriedenes Nachmittags-Schläfchen machen will, die fünf Buben, die mit einem Plastikfußball spielen, schon ersucht, sie möchten sich endlich trollen. Aber die kommenden Vertragsspieler geben ihm keine Audienz. Da erwischt er ihren Ball und befördert ihn mit einem gewaltigen Spitz weit in die Umgebung. Geht da nicht der winzigste von den fünf Knirpsen zu dem hingestreckten Bullen, stemmt die Arme in die Seite und sagt im gelassenen Texaston: »Den Ball magst du wieder holen.« Worauf der Goliath dem Knirps eine steckt. Worauf dieser jedoch nicht die Flucht ergreift, sondern keß und mit langsam anschwellender Backe provoziert: »Hau noch einmal her.« Der Riese tut's. Da sagt der Zwerg neuerdings:

»Wenn du dir traust, hau noch einmal her.« Der Große lacht und schenkt ihm eine dritte. »So«, sagt darauf der Gnom, »jetzt hast du dreimal herghaut.« Und dann geht er vollkommen gelassen und mit einseitigem Kopf und holt sich den Ball selber.

Unter dem Goldregenstrauch indes wirbt ein wirrhaariger Muselmann um eine mandeläugige orientalische Schönheit. Und er wirbt mit allen Mitteln um die Gunst der Auserwählten. Es ist eigentlich kein Muselmann, sondern eher ein Schmuselmann. Doch erst als sich die Dunkelheit niedersenkt, folgt sie ihm widerstrebend bis willig in einen Seitenpfad. Wie sollte sie auch wissen, daß es in der zwölften Sure des Korans heißt: »Du sollst nicht willens sein, eine Pforte zu überschreiten, hinter der die Finsternis dich umgibt.«

Föhn über der Stadt

Jedes einzelne Haar tut weh. Als wäre man morgens mit dem Reibeisen frisiert worden. Und im Hinterkopf trägt man einen vierzehn Tage alten Kartoffelknödel spazieren. Am Himmel liegen kleine Wattebäuschchen herum. Wie wenn katarrhkranke Engel ihre Tempotaschentücher weggeworfen hätten. Aber manchmal ist das Firmament auch fleckenlos dunkelblau und glasig. Wie eine Haftschale des großen Schöpfers. Die Luft aber ist wund, warm, gereizt und böse. Als würde der Leibhaftige selber dauernd gähnen. Föhn ist über der Stadt.

Nicht alle Menschen spüren diesen tückischen Odem, der vom Süden herkommt. Viele lachen sogar über das Gezeter der Anfälligen und sagen unverhohlen: »Die spinnen halt.« Aber wen es trifft, den trifft es schwer. Die Föhnempfindlichen unterscheiden sich wieder in solche, die den warmen Wind schon ahnen, bevor er überhaupt ausgehaucht ist. Das sind die »Vorföhner«. Bei anderen macht sich dieser Schirokko erst mit Spätzündung bemerkbar. Sie »föhnen« nach. Und wer gar keine Notiz von der Warmluftdusche nimmt, ist »föhnpelzig«. Diese Glückspilze sollten unbedingt vom Lastenausgleich erfaßt werden.

»Am liebsten morgen schon ich sterben mag«, sagt der Heimgesuchte. Und wirklich steigen auch die Selbstmordziffern an diesen Tagen sprunghaft. Und der zu Tode betrübte Handwerker tändelt zerfahren und zerstreut mit seinem Meterstab herum. Und er knickt ihn ab in den Gelenken und macht geometrische Figuren damit. Aber wenn er sie dann genauer anschaut, ist es immer wieder ein Galgen geworden. Und die Schnur, mit der er spielt, formt sich ganz von selbst

zu einer Schlinge. Der einsame alte Mann in seiner Dachkammer aber will sich auf dem Gas sein mageres Süpplein kochen. Da überfällt ihn auf einmal die große Schwermut, und er sagt sich, zu was denn noch so lange so ein Armenhaussüppchen. Und dann ißt er das Gas einfach roh.
Alle Wettervorhersagen in diesen Tagen sind illusorisch. Denn nicht der Laubfrosch, der Herr Meteorologe oder das Barometer, kein isländisches Hoch und kein Biskaya-Tief bestimmen, wie es morgen wird. Sondern einzig und allein der Föhn. Leider bringt er außer der Atmosphäre auch die Leute durcheinander, so daß sich achtzigjährige Ehepaare mit zitternden Fingern an den Ohrläppchen rupfen. Und grundgütige Mütter legen den Michael übers Knie, daß er pfeift wie ein überhitzter Dampftopf. Der sonst so gewissenhafte Gotthelf Silberbiss aber verwechselt in unerklärlicher Zerstreutheit die zwei frischgetippten Briefe an seine Geliebte und den Lesezirkel. Und er bestellt seine langjährige Finni mit einem einzigen brutalen Satz einfach ab.
»Wer bei Föhn nicht krank ist, ist überhaupt nicht gesund«, behaupten die vom Windjammer Befallenen. Trotzdem probieren sie alle alten und neuen Rezepte gegen den flüchtigen Wind aus. Viel Äpfel essen und einen Milchzahn in den Kaffee tun, hat die alte Oma gesagt. Die Nervenärzte empfehlen heiße Bäder und Kerzenlicht. Die Mediziner wiederum meinen: »Mit den Hühnern ins Bett gehen« wäre das vernünftigste.
Ach, und die lieben Autofahrer erst. Wenn das der brave Daimler noch erlebt hätte. Sie spielen mit ihren Limousinen an jeder Straßenkreuzung »Angeprelltes«. Nur, daß der stolze Sieger das eingedrückte Hubmobil nicht mitnehmen darf. Denn meistens wird er selber mitgenommen. Auf die nächste Polizeiwache nämlich. Weil den Verkehrsschutzmännern bei Südwind direkt die gebührenpflichtigen Blökke ausgehen.
Sicher hat auch der Adam an einem Föhntag in den ver-

derblichen Apfel gebissen. Denn wenn der weiche Wahn-Wind weht, geschieht überall das Verrückteste. Die Kellnerin schüttet dem Gast die Suppe in den Schoß statt in den Teller. Der Koch verwechselt das Mehl zum Gulaschstauben mit dem Gips für das Mausloch. Der Schneider hat das Maß verloren, und der Friseur säbelt seinen besten Kunden beim Rasieren zu lauter Schnitzellachs. Der Schriftsteller aber zermartert sich die Ganglien. Aber es fällt ihm trotz der vierzehn scharfgeschnitzten Bleistifte nichts ein. Und dann schreibt er einfach über den Föhn.

Frühling am See

Wie eine alte Schlampe läßt die runzlige Trauerweide ihre blaßgrünen Zottel zum Waschen in den Stadtbach hängen, der sich leise murmelnd um ein Dutzend warziger Ulmen herum zum Kleinhesseloher See durchfragt. Jenes flache Minimeer, von dem die Gassenkinder im Winter so schön singen:

Still ruht der See in Schwabing drunten,
a oide Jungfrau Schlittschuh lafft –
das Eis bricht ein, und sie liegt unten,
schtreckt d' Füaß in d' Höh –
still ruht der See.

Gemächlich schneidet Rübezahls Hoffriseur aus der zerrauften Hecke am Südufer einen eckigen Stiftenkopf heraus. So, wie ihn einst der Feldmarschall Hindenburg trug. Und sein Kollege plombiert mit einer Ladung Zement, die sicher für die Zahnkranken von ganz Guatemala gereicht hätte, ein ovales Loch in einem Stamm, in dem sonst vielleicht ein Eichkatzerlfräulein gegen ein Entgelt von drei Haselnüssen Liebe gemacht hätte. Dem Baum aber muß seine Karies gewiß entsetzlich weh getan haben, und vielleicht hat er manchmal im Abendwind deshalb gar so gestöhnt und gejammert.

Jetzt kommt ein scheinheiliger Spitz den Weg heruntergelaufen, geht bis zum Brustbein ins Wasser und bellt dann sanft zu den ganz jungen Entlein hin: »Kommt doch, ihr lieben Kinderchen. Kommt her zu eurem Gevatter Lumpi, der euch ein bißchen am Halse kraulen möchte.« Entsetzt aber schnattert die Entenmutter: »Weg, weg, weg, weg.«

Vor dem Operettenbrücklein ist ein winziges Gefälle eingebaut, und das schaut aus, als müßte sich der Bach bücken, damit er in den kleinen Feierabendozean fließen kann.
Ein junger Mann mit blauleinenen krummen Bratwurstbeinen steht am Geländer und liest einen langen rosaroten Brief. Dann sagt er höhnisch: »Von wegen. Wenn es mehr als drei waren, gibt's keine Alimente.« Nachher schnipselt er die ungute Botschaft in hundert kleine Fetzen, die wie Mandelblüten ins Wasser torkeln. Ein kleines Fischlein kommt geschwommen und schnappt in jugendlichem Übermut nach dem seltsamen Köder. Und tatsächlich wäre es fast an dem Haken des scharfen »ß« vom »herzlichen Gruß« hängengeblieben.
Irgendwo aus den Büschen kommt eine dünne Mundharmonikamelodie herüber. Es ist eine Weise, die längst keiner mehr kennt. Doch der alte Invalide, der mitten auf dem Kiesweg stehenbleibt und sein verbrauchtes Gesicht in die durchwärmende Sonne dreht, lächelt mager und summt ganz leise mit:

... und so geschah's –
im grünen Gras ...

Er hat das uralte Lied gleich wiedererkannt. Doch den Rest hat er vergessen. Und wahrscheinlich auch das, was im grünen Gras dann geschah. »Bäh, bäh«, sagt die Tante Melanie zum Buben, der aus der feuchten, schwarzen Erde eine Kugel knetet. »Jetzt schau bloß deine Händ o.« Der minderjährige Künstler aber deutet auf den riesigen Schwan und erwidert: »Schau doch, Tante, die Gans hat ja auch ganz schwarze Hufe.« Da entgegnet die Tante energisch: »Erstens ist das keine Gans, zweitens ein Schwan und drittens bist du ein Schwein.« Da nickt der Bub überwältigt.
Nur zwei von zehn herumliegenden Straßenbahn-Tickets hat der pensionierte Mathematikprofessor diesmal mit der Spitze seines Spazierstockes vom Weg aufspießen können.

Seine treue Ruhestandslanze hat halt leider schon viel zu viel Streuung. Jetzt schaut er sich nach einer stillen Bank um. Ein Teil der hölzernen Sofas hat neue grüne Lacküberzüge bekommen. Unter der gelben Bogenlampe läßt er sich schließlich nieder und blinzelt in die blaue Stunde hinein, die jetzt aufkeimt. Und auch die Liebe ist fleißig unterwegs. Der alte Lehrkörper sieht's und lächelt väterlich dazu. Er beobachtet zwei Liebesleut, die von einem versteckten Rastplatz zurückkommen. »Schade«, denkt er sich. »Der schöne, helle Mantel des Mädchens ist leider versaut. Die zwei müssen doch tatsächlich eine frisch gestrichene Bank erwischt haben.« Aber warum die Streifen nicht quer, sondern der Länge nach auf dem Trenchcoat der frühen Schönheit abgedruckt sind, das geht dem intelligenten Mann nicht ein. Dabei war doch gerade die Geometrie einst die Stärke des alten Herrn Professors gewesen.

Sau-Wetter

Das große Barometer auf dem Turm des Deutschen Museums hatte Seitenstechen vor lauter Auf und Ab. In den Einmachglasln fielen die Laubfrösche erschöpft von der Leiter. Die Münchner Marktfrauen, Fensterputzer, Kaminkehrer und Spitaler sowie die Außendienstbeamten für Taschendiebfahndung schimpften. »Is denn des aa no a Wedda? Liaba gor koa Wedda, ois wia a soichas Wedda.«
Heftig entbrannte das Tauziehen um die Gunst des heiligen Petrus. »Ho ruck«, riefen die Kinobesitzer bei schönem Wetter und zündeten geweihte Kerzen an, damit der himmlische Wettermacher die leeren Parkettplätze in den Lichtspielhäusern sehen konnte. Die Besitzer der Ausflugsstätten mit zivilen Preisen, Blaskapellen und bewachten Parkplätzen zwängten beim Sonntagsgottesdienst Markstückl in den Opferstock. Frisch niedergelassene praktische Ärzte, Taschentuchvertreter und die Em-Eukal-Männer in den Drogerie-Auslagen meinten, es wäre gerecht, wenn der liebe Gott der zahlungsfähigen Kundschaft endlich eine mäßige Grippe oder dicke Mandeln schicken würde.
Eine arge Zeit hob an für die Geschäftswelt, für die staatlichen Wettergerüchtemacher und für die Liebespaare, die auf die Freiluftsaison warteten. »Raus mit de Badehosn« und »raus mit de Schlittschuah«, hieß es täglich bis zu siebenmal im Sportartikelgeschäft, und auch in den Damenauslagen wurden viermal am Tag die Modell-Kombinationen »Kunigund mit Gummibund, leicht angerauht« und »Viktoria regia, leicht durchbrochen« gewechselt. Die Wetterberichthersteller hängten in dieser Zeit das Telefon aus, und wenn sie ihre Stationshäuschen verließen, hielten sie

zuerst auf einem Hakelstecken den Hut ums Eck wegen der Publikums-Niederschläge.

Auf ihre Ringellocken,
da fielen Blütenflocken,

schnatterte der Volontär Schäberl, vor Kälte grün wie ein Ausgußsockel. Als er aber mit dem Fräulein Zitzibeh vom Radlerweg im Englischen Garten abwich, stellte er fest, daß man noch überall vom Feinde eingesehen wurde, und er sagte zu ihr: »Bei so am Wedda, da duat ja de Liebe no direkt weh!« Auf der Höhe des Chinesischen Turmes war er dann endgültig zu der Überzeugung gekommen, daß im April mit einer Braut außer Spesen noch nichts zu machen war, und am Nikolaiplatz gab er sie deshalb an die Städtische Straßenbahn ab.
Es gab aber auch Leute, die im Aprilwetter konsequent blieben. Da war der Dichter Leberknecht, der seinen Wintermantel alljährlich genau Anfang April versetzte. Ab da an ging er blank. Denn es war Frühling. Beim ersten Regenschauer schrumpfte sein Anzug, Marke »Zell am See«, zu einem Gartenschlauch zusammen.
Am unbekümmertsten trotzten die Münchner Gassenbuben dem launischen Aprilwetter. Die lästigen Leiberl und Unterhosen waren längst von der Mutter demontiert worden. Spendete der Himmel Regen, wurden »Dreeglaggan« durch Trottoir und Randsteinritzen abgeleitet, und schien die Sonne, schepperten rostzerfressene Radlfelgen über das Pflaster. Die juckenden Wollstrümpfe waren über die Wadl herabgerollt. Weder Matsch noch kalter Nordwind konnten den Bubenbeinen etwas anhaben, denn die Knie der rauhen Vorstadtsöhne waren im April gegen alle Witterungseinflüsse bereits durch einen handfesten »Baamhackl« genügend geschützt.

Krokustage

Frühling läßt sein blaues Band
wieder flattern durch die Lüfte,

zitieren lyrische Leute, wenn es lenzt. Und sie meinen wohl jenes blaue Band, von welchem ganz sicher auch der Ausdruck »anbandeln« herkommt.

Allerdings wird dieses Bandl für manche dann zu einem handfesten Ehestrick und zu einer Schlinge, in welcher sie vielleicht arg zappeln werden. Aber immer wieder sagt halt die Natur um diese Jahreszeit fröhlich und unbekümmert: »Auf ein neues.« Drunten am Schwabinger Meer und auf den Serpentinen um den kleinen Hügel der Sehnsucht, den Monopteros, drehen Liebespaare und alte Spinner ihre Runden.

Drüben in Wahnmoching werden jetzt die Unterröcke unruhig. Vor den Bistros räkeln sich auf den Faulenzerschemeln die Schönen von Schwabylon. Oder sie gehen auf Beinen, die bis unter die Ohren reichen, vorüber.

In den Randsteincafés, die sich trotz aller Hindernisse zwischen mürrischen Kränen, gähnenden Baugruben und heftig sprossenden Pappeln immer wieder einnisten, wird in der Mitte meist eine hohle Gasse frei gelassen. Eben jene, durch die sie kommen müssen. Aber keine gestrengen Landvögte, sondern Starlets, Sternchen und Studenten, Kopfkissenvertreter und langhaarige Heizkissen. Manche nehmen den Weg so energisch zwischen die Beine, wie riesige Schneiderscheren den Stoff. Andere gehen ganz exakt und langsam wie ein Sekundenzeiger auf teueren Stoppuhren.

Der Peppino aus Kalabrien ist auch wieder da zum Bedienen. Er hat schwarze Anthrazitaugen, schwarze Haare und kurze, aber ebensolche Fingernägel. Und er arbeitet immer mit demselben Trick. Gefällt ihm eine sündige Nachmittagsschraube ganz besonders, so stellt er ihr wortlos ein Kännchen und eine Tasse hin. In der kleinen Silberurne befindet sich aber kein Kaffee, sondern ein gerollter Zettel. Darauf sind eine Zeichnung vom nächsten Hauseck, die Zahl 8 und das Wörtchen »amore«. Der angepeilte Zahn braucht dann nur noch »si si« darunterzukritzeln.

Aber auch vornehme Ladies räkeln sich dezent und gekonnt im milden Licht. Sie reichen hin und wieder mit spitzen Fingern ihrem tintenblütigen Pudel ein Kekschen und schreiben irgendeine Ansichtskarte an irgend jemand. Sie haben meistens blasse Lippen und einen Mund wie ein herzkranker Karpfen, dem soeben die Geliebte weggeangelt wurde. Und es ist immer sehr still, wenn sie dann gehen.

Wenig indes freut sich der alte Kellner Christian, der unter den jungen Hofgarten-Linden die Schlappertörtchen und den verlangten Cappuccino serviert. Er hat in seinem Kellnerleben wohl dreimal die Erde umkreist, und im Grunde genommen ebenso sinnlos wie die zweite Stufe einer Apollo-Kapsel. Denn außer einem halben Dutzend Hühneraugen, die sich ausnehmen wie die Knöpfe einer Ziehharmonika, vier versehentlichen Hundebissen, zwei geschiedenen Ehefrauen und einem Kopf, der den eines Renngauls immer ähnlicher wird, hat sein langes Trinkgeldleben keine besonders erfreuliche Bilanz aufzuweisen.

Der Christian ist nämlich ein arger Tierliebhaber, und er füttert seit Jahrzehnten fleißig und brav die vereinigten Gestüte von Riem und Daglfing, wie seine Freunde behaupten. Tatsächlich aber finanziert er mit seiner Wettleidenschaft auch noch den Winterhafer für französische und italienische Gäule. Wenn er aber wirklich manchmal gewinnt, so hat er sich am Abend todsicher aus Freude über sein Glück und seinen Pferdeverstand beim Kassa-Machen saftig verrechnet. Dann wiehert er beim Heimgehen mißmutig vor sich hin und zieht verdrossen den linken Hinterhuf nach.

Löwenzahn zum Frühstück

Im Frühjahr, wenn die meisten Menschen wieder schöne neue Gedanken bekommen, tun sie auch gut daran, sich selber wieder einmal gründlich auszumisten. Denn wie sagt schon die Münchner Malerinnung: Nur in einem frischen Raum zieht auch ein sauberer Geist ein.

Natürlich kann man dabei seinen Körper nicht einfach auf dieselbe Art entschlacken wie zum Beispiel einen Dauerbrenner. Indem man sich möglicherweise mit einem Schürhaken in den Hals hinabfährt. Nein, für diese Art Reinigung, die man auch Frühjahrskuren nennt, gibt es eine ganze Anzahl verschiedenster Kräutlein, Pülverchen und sonstiger Methoden, die allesamt sehr gesund sein sollen. In jedem Fall wenigstens für die Hersteller oder Erzeuger solcher Mixturen.

Grundsätzlich muß eine richtige Frühjahrsmedizin möglichst gräuslich schmecken. Bitter mit finster gemischt am besten. Denn je miserabler bekanntlich eine Medizin schmeckt, desto sicherer hilft sie. Dabei soll sie möglicherweise ganz nebenher auch noch gegen verschiedene andere Beschwerden helfen. Etwa gegen Hammerzehen, Wohnungsnot oder Ohrensausen. Dergleichen wird natürlich bevorzugt gekauft. Auch wenn so ein Tee meistens nur aus denselben Bestandteilen hergestellt wird wie seinerzeit Onkel Adolfs berühmte Helden-Torpedos, jene gräßlichen Räucherstäbchen, auch Sondermischung genannt.

Ist ferner mit einer Frühjahrskur auch noch eine gewisse Gewichtsabnahme verbunden, so dürfte der kaufmännische Erfolg auf jeden Fall gesichert sein. Denn nichts verliert der bundesdeutsche Bürger neben der Erinnerung an schlechte

Zeiten heute lieber als seinen Speck. Und die Statistik hat auch schon errechnet, daß in einem einzigen Frühlingsmonat im Zuge der allgemeinen Regeneration in Westdeutschland etwa hundert Millionen Pfund abgeschwitzt, entsaftet oder auf sonstige Art zum Verschwinden gebracht werden. Die ernsthaften nationalen Politiker mögen allerdings diese fünfzigtausend Tonnen nutzlos entschwundenen Deutschtums sehr nachdenklich stimmen.

Zu den beliebtesten und ältesten Mitteln für die Erneuerung der Lebenssäfte und -kräfte gehört in den ersten Tagen des Lenzes das Sammeln von jungem Löwenzahn oder Brennnesseln. Den braven Kinderchen, die man meistens ausschickt, um die bösen Nesseln an Gartenzäunen und Hekken zu pflücken, wird erklärt, dieselben täten kein bisserl brennen, wenn man beim Abreißen den Atem anhalten würde. Glücklich, wenn auch wild zerstochen, kommen dann die Kleinen mit den begehrten Vitaminspendern nach Hause, und die Eltern beginnen sofort, ein köstliches Gemüslein aus den zarten Stachelpalmen zu bereiten. Und erst wenn sie vielleicht zufällig ein Hundehalsband unter dem gepflückten Grünzeug entdecken, kommt ihnen womöglich der Gedanke, daß die gesunde Nesselpracht am Gartenzaun auch häufig von der Dackelmutter Susumaus heimgesucht worden ist.

Auch das rohe Sauerkraut, von dem die Germanen und sogar die Marlene Dietrich ihren weltbekannten Spitznamen »die Krauts« haben, erfreut sich bei vielen Naturaposteln großer Beliebtheit. Manche legen sich gleich ein ganzes Fäßchen davon zu. Und ernähren sich und die Ihren so lange mit diesem niederbayerischen Hausmittel, bis es jedem einzelnen oben beim Hals heraushängt wie die Füllung von geplatzten Polstersesseln. Eine Selleriekur hingegen ist besonders bei älteren Hagestolzen das begehrte Doping für ihre einsam werdenden Tage. Roh, geraspelt, als Salat oder Suppe, aber auch als selbstgebrannter Schnaps bemüht er sich jedenfalls redlich, die in ihn gesetzten Erwartungen zu erfüllen. Einige Spezialisten kennen auch noch versteckte Plätze am Isarufer, an denen die eisenhaltige Brunnenkresse wächst. Die sie dann mühsam in Frischhaltetüten sammeln, dabei vielleicht bis zu den Knöcheln im eisigen Schneewasser versinken, um die nächsten Wochen bei neununddreißig-zwei unter dem Plumeau bis in den April hineinzudämmern.

Weil aber im Lenz auch das Blut zu dick geworden ist und nach der Darstellung von Apothekern und Drogisten fast schon die Zähigkeit von Himbeergelee erreicht hat, werden natürlich entsprechend verdünnende Mittel wärmstens empfohlen. So der Knoblauch-Verzehr, roh oder in Gelatine-Kapseln. Je nach der eigenen Standfestigkeit und jener der augenblicklichen Freundin.

Auch viele andere Regenerationsmethoden und Runderneuerungen, neben den hochmodern gewordenen Wasserblasen-Polonaisen – oder Frühjahrsmärsche geheißen –, wären zu empfehlen. Zum Beispiel ein ausgedehnter Heilschlaf, der allerdings meistens so teuer ist, daß der Interessent schon beim Gedanken an die Kurtaxe vor Aufregung gar nicht mehr zum Schlummern kommt. Oder eine Wasserkur, bei welcher sich der Patient mittels eines Zwischenstückes direkt an das städtische Kanalisationsnetz anschließen kann.

Hat der Einheimische jedoch den offiziellen Teil seiner Frühjahrskur als Pflichtübung glücklich hinter sich gebracht, so ist er für die Kür meist so geschwächt, daß er sich unbedingt wo einhalten muß. Der Nachwuchsmünchner tut dies am liebsten an einem frischen blonden Gemüse. Der alte erfahrene Rekonvaleszent hingegen bevorzugt schon seit Jahrhunderten den bewährten Maßkrughenkel.

Achtes Kapitel

Sommerfreuden

Vom Holzschaffel zur Lotterlagune

Von den zahlreichen Orten, an denen sich die erhitzten Menschen selber eintauchen und wässern können, sind drei immer ganz besonders typisch: nämlich der Swimmingpool, das kleine Bauernbad und der leicht verruchte Starlet-Grill.

Der Swimming-pool: Er gehört heute genauso zum »Bantschalow« wie einst der Fußabstreifer mit der Aufschrift »Salve« zur Herrschaftswohnung. Zwar erfrischte der Großvater des Besitzers Karlchen Kniffig seine Rosenkohlzehen noch in einem Holzschaffel auf dem Hinterhausbalkon, und der Herr Vater nannte das noch Baden, wenn er nach Struwwelpeterart im Heimgartfaßl dreimal kräftig untergetaucht wurde. Aber Karlchen hat es dann energisch geschafft. Denn er legte den Weg nach oben immer nur auf den Schultern seines Vordermannes zurück. Ähnlich wie jene Chinesen, die von amerikanischen Astronauten gefragt wurden, wie sie denn als erste auf den Mond gekommen seien. Und die dann erstaunt sagten: »Ja, einel auf dem andelen halt.« Aber deshalb sollte man den Kniffig nicht gleich als Emporkömmling bezeichnen.

Das Wasser eines Swimming-pools ist immer so glatt, als wäre es gerade gebügelt worden. Und so blau wie die Freudentränen glücklicher Veilchen. Und natürlich ist jeder einzelne Tropfen handverlesen. Zeitig am Morgen naht Herr Kniffig, von dem das ganze Gesinde längst weiß, daß er überhaupt nicht schwimmen kann. Er schreitet dann so lässig wie einst der Moses durch das Rote Meer in seiner Lotterlagune hin und her. Während der livrierte Chauffeur am Beckenrand die Schwimmstöße machen muß.

Abends hat der Swimming-pool endlich seine große Spezialstunde, wenn das Fräulein Tochter ihren kostbaren Balg netzt. Sie ist blaß, schmal, überall »ohne« wie der abnehmende Mond. Wie ein Lichtschein fällt sie ins Bassin. Und die Wasser sind dabei stiller, als es ein versteckter Hausfreund im Schrank sein könnte. Wenn sie dann nach zehn Minuten so lautlos verschwindet wie La Luna hinter einer Wolke, hört man die winzigen Wellen im Abfluß noch lange leise wispern. Sie müssen nämlich ihre begangenen Streichelsünden sofort beichten.

Das Bauernbad: Es liegt draußen bei einem winzigen Dörfchen an einem Flüßchen, das sich Würm nennt. Aber nur selten rudert so eine Rasennatter im trübwarmen Rinnsal. Manchmal kommt allerdings eine kleine Grasinsel geschwommen, die ein Häuslmann flußaufwärts gerade gemäht hat für einen alten, ranzigen Geißbock. Doch dann sitzt sicher ein gelber Zitronenfalter auf diesem treibenden Eiland und versöhnt wieder alles.

In den mürben Kabinen ist es feierlich und friedlich wie in den Beichtstühlen des nahen Kirchleins. Auf der rachitischen Liegewiese aber bietet hin und wieder ein verirrter Stadtfrack den altmodischen Propellerbremsen seine erdbeerroten Schlüsselbeine zur Akupunktur an. Eine völlig vergessene Konsistorialrats-Witwe, die aus der Ostmark hierher verschlagen und nie wieder abgeholt wurde, bezieht eines der angewärmten Séparées. Sie schwenkt die bloßen zarten »Untermänner« im gutwilligen Wässerlein – und siehe da, gleich kommt ein ganzer Schwarm von kommagroßen Fischlein geschwommen. Angeführt von einem naseweisen Rotäuglein. An den Zehen der plätschernden k.-u.-k.-Lady lernen dann die winzigen Nachwuchssprotten das kleine Einmaleins.

Das Modebad: In München trägt es den Namen einer köstlichen Geburtstagstorte. Zuerst treffen die Früh- und Sexualrentner ein. Sie arbeiten mit eingezogenen Bäuchen und stellen sofort die Kardinalfrage: »San scho Hasn do?« Kommt ein verneinender Bescheid, sagen sie: »Gott sei Dank!« und lassen ihre Futtersäcke sofort wieder herausschnellen.

Dann erfolgt der Aufmarsch der Schönheiten. Sie schleifen ihre Bademäntel lässig hinter sich her, als wollten sie irgendwelche Spuren verwischen. Ihre Sonnenbrillen sehen so drohend und gefährlich aus wie die Handschellen in einem Westernfilm. Die unschuldigen, aber ein bißchen unehelichen Kleinkinder wurden bei der Hausmeisterin eingestellt.

Zu den Topstars gehört das Mädchen »Ay Ay«, das mit bürgerlichem Namen leider Sabine Beckenglück heißt. Klar, daß sie einen der frechsten Tangas untergeschnürt hat. Wenn sie durch die Gegend hopst, schaut das von hinten fast aus, als würde eine Wäscheklammer auf dem Trockenseil nach Rom reiten.

Geht dann die Sonne hinter den Pappeln hernieder wie ein verschossener Strafstoß, dann geht auch »Ay Ay«. In der Kabine brezelt sie sich sorgfältig auf. Auch vergißt sie nicht, das güldene Bauchkettchen wieder von Messing auf achtzehn Karat zu polieren. Nur den kleinen hauchzarten Keuschheitszwickel steckt sie gleich in die Handtasche. Es rentiert sich nämlich kaum. Weil doch um neunzehn Uhr bereits ihr unglücklich verheirateter neuer Freund zum Abholen kommt. Er hat einen Mark II. Mit Liegesitz.

Es ist Grill-Time

Nun schmoren, schmurgeln und schmirgeln sie wieder. Denn in München allein gibt es runde dreihundert Tagewerk nackte Haut zu gerben. Dies ist eine Fläche über hundertmal so groß wie das Fußballfeld im Olympiastadion. Wer das Bräunen hat erfunden? Womöglich die letzten Mohikaner. Vielleicht auch bloß der Gefreite vom rechten Inn-Ufer oder gar der Hühnervater Jahn.

Gewiß aber ist es verbürgt, daß dieser Farbton, sofern er nicht schon von der Natur mitgeliefert wird, jahrhundertelang verpönt war. Denn sonnengebräunt waren früher nur Knechte, die Maurer vom Babylonischen Turmbau, die Galeeren-Sträflinge, Zuchthäusler, Soldaten oder manche Freudenmädchen, wenn sie tagsüber zum Trocknen aufgehängt wurden. Die noblen Damen aber, die Kavaliere mit den eingenähten Hasenpfoten im Schrittwinkel, die gefächerten hohen Priester oder die großen Feinspinner dieser Welt bevorzugten »madenfarbig« und »Ertrunkenenblässe«. Doch dann entschieden sich mit einem Male selbst beichtstuhlbleiche Dauerbüßer und Stunt-Männer für Wasser-Leichen für eine Hautfarbe von Rohrnudeln und geräuchertem Vorderschinken.

Die Sonnenanbeter liegen, sitzen, blinzeln und schwitzen nicht nur zur Frühlingszeit, sondern auch schon im Winter, wenn es schneit. Und zwar auf Sand, Kies, Linoleum, Spaghetti-Stühlen, Langlauf-Skiern, frisch abgeschälten harzigen Fichtenstämmen, auf dem Ettaler Mandl, dem Langwieder Lido, dem Midinetten-Grill im Prinzerl-Bad, dem Witwen-Gral von Maria Einsiedel, am Feragosta-Strand vom Feringa-See, der Botscherl-Bucht von Hinterbrühl, dem Kalbfleisch-Anger im Jardin Anglais oder auch nur ganz simpel auf dem Rücken. Manche der ultragierigen Einwegmädchen zwängen sich auch auf winzigen Balkonen in die richtige Auffangstellung für die warme Gabe. Sie haben dabei alles radikal ausgezogen. Bis auf die Knie. Die müssen sie anziehen, denn eine moderne Appartement-Loggia ist auf keinen Fall größer als ein Aschenbecher für drei Kippen.

Neuerdings haben sich aber in der City auch zahlreiche gewerbsmäßige Sonneninseln und künstliche Rosterias eingenistet. Denn wenn der Mensch schon die Gesetze der Schwerkraft aufheben kann oder die Geheimnisse der Gene und der Isotope ergründete, wie soll er dann der lächerlichen Sonne nicht auch auf ihre Schliche kommen. Schon eine einzige Stunde in den luxuriösen Kabinen, auf deren Milchglashimmel natürlich nie ein Wölkchen aufzieht, schmort den dahingestreckten Besucher genauso naturbraun, wie wenn er einen ganzen Tag in der Karibik gegrillt worden wäre. Dabei kann er die brutzelnden Strahlen bis hinter die Weisheitszähne und die letzten Ileus-Schleifen in sich eindringen lassen. Aber auch die Teilbehandlung, beispielsweise das Abrösten eines Kopfes für nur zweiunddreißig Mark, ist möglich. Allerdings darf der Kunde dabei keinen Wasserkopf besitzen, der ja leicht überkochen würde.

Auch das Sortiment der unvermeidlichen Beizmittelchen hat sich von Jahr zu Jahr geändert. War ganz früher kaltgeschlagenes Salatöl oder eine Tiroler Speckschwarte »in«, so kamen in den vergangenen Jahren immer raffiniertere Förderungshilfen auf. Zum Beispiel die Schalen von grünen Tiroler Walnüssen, das ausgelassene Fett von Nutria oder Murmeltieren und als letzte Errungenschaft die Milch von frisch gemolkenen Löwenzahnstengeln vermischt mit dem winzigen Tröpferlzusatz einer achtzehnjährigen Jungfrau. Aber so eine soll wohl auch in München schon längst so

selten geworden sein wie ein Lindwurm in der Lindwurmstraße.
Als absolute Spitze jedoch gilt das Geheimrezept des Top-Modells Abigail Kommtagüber, das hauptsächlich in der Flohmühle ihre begehrten Liegenschaften toastet. Nämlich ganz gewöhnliches Vanille-Eis, das gründlich in die Haut eingerieben wird. Als diese Schöne das jedoch praktisch vorführte, wurde sie zwar nicht braun, aber immerhin sofort von zwei Bienen gestochen. Worauf ein mitleidiger Samariter aus ihrem Gefolge die winzigen Wunden, die sich in unmittelbarer Nähe ihrer strammen Bordwaffen befanden, lange, genüßlich und völlig gebührenfrei aussaugte.

Gulasch mit Strohhalm

Sicher ist jedenfalls, daß in der guten alten Zeit die Ladies und die höheren Töchter stearinbleich waren, fahl wie die Mitternachtssonne oder käsig wie Magermilch. Bis plötzlich jemand kreiert haben muß, daß Bronze- und Lederköpfe viel ausdrucksvoller seien. Da nahmen die Herren Kavaliere und Petticoat-Damen schnell die Tönung von Schulranzen und von irdenen Töpfen an. Und boten ihr fettes Fell dem manchmal schon recht frühjahrshitzigen Fixstern zum Gerben dar. Und in der Urlaubs-Hauptsaison bevölkerten sie dann ganze Küstenstriche, so daß die Einheimischen ihr Gestade etwas zu Unrecht auch den »Germanengrill« nannten. Denn es ranzelten dort in schöner Eintracht auch rotköpfige Dänen, zähe Briten mit energischen Falzgesichtern und wuchtige Holländer fleißig mit.
Das Braunwerden aber ist nicht nur sehr anstrengend, sondern auch eine ausgeklügelte Systemarbeit. Besonders die Damen tun sich in unseren Breitengraden immer noch sehr schwer, am ganzen Körper so gleichmäßig uni und appetitlich zu werden wie ein Coburger Nußschinken. Denn meist bleiben auf ihrem Gelände weiße Stellen übrig wie auf alten Landkarten, weil sich eine Großstadt-Schöne heute kaum völlig pur den begehrten Strahlen hingeben kann.
Nur einige wenige Plätzchen im Grünen, raffiniert abgeschirmte Balkone oder die Nackedei-Krals in den Sommerbädern schützen sie noch vor notwendigen Spießerblicken. Wobei sich immerhin noch die Hubschrauberpiloten nach Herzenslust ein saftiges Auge voll fremder Weiblichkeit mit nach Hause nehmen können. Es ist deshalb auch verständlich, daß die Ladies der ganzen Welt immer lauter jene

Bikinis fordern, welche die ultravioletten Strahlen durchlassen, damit sich die Herren Ehemänner, die ständigen Begleiter und andere Interessenten endlich an ihrer makellosen gebeizten Anatomie erfreuen können.

Das Wesentlichste beim Röstvorgang aber ist nicht nur der richtige Liegewinkel, sondern vor allem auch die Tinktur, mit der man sich vorher salben muß. Da gibt es bekanntlich eine ganze Anzahl von Geheimmischungen aller erdenklichen Fette und Öle. Vom keimfreien Molkereibutter bis zur Tiroler Speckschwarte und vom kaltgeschlagenen Salatöl bis zu jenem Lindenbalsam, mit dem man die Säuglinge an ihren wunden Stellen behandelt. Manche Spezialisten haben neben sich auch ein kleines Kübelchen mit kaltem Wasser stehen, mit dem sie sich regelmäßig übergießen wie den Schweinsbraten am Sonntag. Und anderen hat man gleich gar erzählt, daß die Sonne nicht nur die Haut färben würde, sondern auch die Zähne bleichen. Drum liegen diese Fanatiker dann mit knurrend gebleckten Gebiß da, als wollten sie das unschuldige Himmelsgestirn für seine gütige Wärme auch noch beißen.

Besonders gefährdet sind bei diesem Sport die Lichthäutigen. Die sogenannten »Erdbeerblonden«, die »Kupferdacherl« oder die »Rotschwanzl«, wie man sie auch noch gern nennt. Sie haben nämlich die zarteste und empfindlichste Haut. Aber auch den größten Ehrgeiz, dem alten Lederstrumpf möglichst ähnlich zu werden. In gewisser Hinsicht gelingt ihnen das auch wohl, denn die Sonnenstrahlen machen nicht nur braun, sondern auch ungemein faltig. Immer wieder aber sieht man dann abends auf den Boulevards begeisterte Bräunlinge, die es etwas übertrieben haben. Und da bildet sich dann an den Lippen dieser Rothäute das sogenannte »Rüsselkraut«, das jedes Lächeln, Sprechen oder gar Busseln unmöglich macht. Diese bedauernswerten Opfer ihres Sonnenhungers müssen deshalb leider die nächsten vierzehn Tage ihr Gulasch mit dem Strohhalm essen.

Nackt auf dem Rasen

Wer an so einem blauen Sonnenmorgen ein Mädchen auf dem Wege zum Schwimmbad beobachtet, der wird es vielleicht in einem ganz besonderen Revier verschwinden sehen. Eingezäunt von hohen Bastmatten und den Blicken übermütiger Knaben entzogen. Dort treffen sich die »Schwestern der großen Freiheit«. Denn hier gibt es zwischen ihnen und der Sonne kein Geheimnis mehr.

Im Damen-Sonnenbad tragen die Ladies gewöhnlich nichts als ihren Ehering, drei bis vier Haarklammern und auf der Nase ein Blättchen Spitzwegerich. Da liegen sie dann. Lauter schlummernde Dornröschen. Aber die Prinzen sind selten heutzutage. Und haben auch gar keinen Zutritt. Es riecht nach Nivea-Öl, nackter Haut und Eitelkeit. Denn das heiß erkämpfte Ziel heißt: Braunwerden. Für die ganz Jungen und auch für die, die schon eine ganze Weile jung sind.

Wenn die Sonnenuhren Mittag zeigen, schleichen die Stunden träge dahin. Die Sonne hat nämlich noch ein schlechtes Gewissen vom vorigen Jahr. Darum schickt sie heuer siebzehn Strahlen mehr auf den Quadratmeter. Und es wird Zeit, ab und zu unter der Dusche ein kühles Stehbad zu nehmen. Ganz hinten brutzelt eine Brünette still und heroisch vor sich hin. Daneben steht ein kleiner Plastik-Eimer, den sie nach und nach über sich ausgießt. Selbstgefällig und mit bestimmtem Ritual. Wie es einst lieb Mütterlein mit dem sonntäglichen Schweinebraten machte. Damit die Kruste ja recht resch würde.

»Du, ich habe schon ungefähr vierzig Sonnenstunden auf dem Bauch«, sagt die Rothaarige neben ihr. »Und du?«

»Zappel nicht so viel. Am braunsten wird man, wenn man ganz ruhig liegt. Die Strahlen müssen senkrecht auftreffen.«

»Ja? Weißt du, es sollte einen Apparat geben, auf dem man immer ablesen kann, wie stark die Sonnenstrahlung ist. Und wann sie am meisten bräunt.«

»Ob's so was gibt? Einen Sonnometer. Oder so.«

»Wie die das da drüben bloß macht! Die ist ja wie eine Mulattin.«

»Die hat bestimmt einen Trick und verrät ihn nicht.«

»Mit Salzwasser reibt die sich ein. Das ist das Beste.«

»Komisch, nicht, die Neger würden so gern weiß sein. Und wir unbedingt braun. Immer will man das andere. Verrückt.«

»Du, einerseits bin ich froh, wenn ich alt bin und nicht mehr eitel. Dann kann ich immer im kühlen Schatten sitzen. Unter einer alten Linde vielleicht.«

Nebenan liegen zwei Damen, Größe sechsundvierzig. In ihren Blicken ist schon ein bißchen Nachsaison.

»Sag mal, brechen deine Haare auch so ab?«

»Ja. Diese elende Färberei. Du mußt über Nacht eine Pakkung mit Rizinusöl machen. Ein schreckliches Geschmiere. Aber es hilft.«

Nach einer Weile meint die Rothaarige sinnend: »Da können sie jetzt auf den Mond fliegen und Atome spalten. Und den Mars fotografieren. Statt daß sie mal was für uns tun. Zum Beispiel Badeanzüge zu erfinden, die die Sonnenstrahlen durchlassen. Da bräuchte man nicht ewig mit den Weibern hier herumzuliegen. Und so Kleiderstoffe müßte es doch auch geben. Da könnte man einfach auf der Leopoldstraße sitzen und würde ganz braun.«

Dann ist es wieder eine Zeitlang still, bis die Freundin schließlich erklärt: »Weißt du, das geht sicher nicht. Dann könnten ja vielleicht die Optiker auch Brillen erfinden, mit denen man durch die Stoffe durchschaut. Bis auf die Haut.«

Und dann kann man den beiden direkt beim Denken zuschauen. Denn auf ihren Gesichtern ist ganz deutlich zu lesen: »Na ja, meinetwegen. Ich bräucht mich da nicht zu genieren. Ich ganz gewiß nicht.«

Sommer-Schwammerl

Ein erfahrener Schwammerljäger unterteilt die jährliche Pilzsaison grundsätzlich in zwei Hauptmonate. Nämlich in den Juli und in den September. Deshalb gibt es für ihn auch – sorgfältig getrennt – den Juli-Schwamm und die herbstlichen Moos-Partisanen.

Eigentlich beginnt das ehrsame Waidwerk auf das vielbesungene »Männlein, das im Walde steht« ja schon im sogenannten Wonnemonat, wenn die zarten »Maiblattl« sprießen und die Morcheln schnorcheln. Doch erst der Cantharellus cibarius, wie der biedere Pfifferling im Gelehrtendeutsch heißt, lockt den süchtigen Unterholzkriminaler hinaus in sein streng geheimgehaltenes Revier. Und jedes Jahr bleibt dann der wahre Sportfreund leise schmunzelnd stehen, wenn er die ersten dottergelben Reherlnester im grasgrünen Moos sieht, was irgendwie ausschaut, als hätte der Wald höchstpersönlich Rührei mit Spinat angerichtet für seinen grimmen Hausherrn Rübezahl. Pfiffig und neugierig spitzen da die ersten gruselfarbigen Kragenknöpferl heraus, als wollten sie den größeren Brüdern und Nachfahren vermelden: »Noch kein Feind in Sicht.« Sind die Reherl schließlich zu Halbstarken herangewachsen, so unterscheidet der Fachmann hauptsächlich drei spezielle Typen: die langstieligen, kelchförmigen Jungholzbewohner, die blassen, versteckten Hochwaldeinsiedler und die sogenannten »Moosbummerl«, die in großen kinderreichen Familien aufwachsen, aber kernig und verstockt sind wie niederbayerische Waldbauernbuben.

Um diese Zeit leuchtet in dem zahmen Nadelholzdschungel um Deisenhofen, Putzbrunn, Sauerlach oder Oberdill auch schon hin und wieder der rotdachige Haderlump, der Fliegenschwammerl, auf. Er hat seinen Namen daher, weil er früher in ländlichen Bezirken gerne mit Milch gekocht und gezuckert und so zum Vergiften der Stubenfliegen hergenommen wurde. Der eingefleischte Waldläufer behauptet, daß dieser giftige Scharlatan fast immer in der Nähe vom König des Waldes, dem Steinpilz, wachse. Weil er durch seinen leuchtenden Purpurmantel den Suchenden von seinem Herrn und Meister ablenken soll. Deshalb kriegt er leider auch häufig viele kräftige Fußtritte und wird aufs Haupt geschlagen, wo immer er dasselbe frech erhebt. Leider ist der Juli auch schon der Monat, in welchem der gräßlich grüne Würger zu gedeihen beginnt. Der Knollenblätterpilz, im Lexikon-Slang auch Amanita phalloides genannt. Hat man sich diesen schleimigen Mörder erst einmal unter die Weste oder das Mieder gejubelt, dann hilft höchstens noch rasch ein Stoßgebet als Starterleichterung zur Himmelfahrt.

Wer aber vermag die stillen oder auch juchzenden Wonnen zu beschreiben, wenn der erste duckmäuserische Steinpilz vergeblich versucht, sein vorlautes Kapperl wieder unter den flauschigen Veloursteppich zurückzuziehen. Und was vermag einem wirklichen Schwammerlfanatiker jenes Gefühl zu ersetzen, von dem er überwältigt wird, wenn er den jungen Kronprinzen der Wälder vorsichtig und zart herausschraubt wie eine kostbare Kohlenfadenlampe von Edison. Und nicht selten kommt es deshalb dabei auch vor, daß so ein herziger, taufrischer Bursche von seinem Entdecker rundherum beschnuppert und sogar abgebusselt wird.

Und dann erst der stille Triumph, wenn's abends heimwärts geht im Vorortszug oder der Trambahn, die köstliche Beute kunstgerecht in einem moosgepolsterten Henkelkörberl aufgebaut, die wurmige Seite geschickt nach hinten montiert. Wenn dann auch noch aus den Augen der herzallerliebsten Nachbarsleute der gelbe Neid herauströpfelt bei

Besichtigung der Tagesausbeute, so ist das Glücksgefühl vollkommen. Das Schwammerlessen selbst ist dann zwar auch noch ein Genuß. Gemessen am Suchen aber beinahe nur ein Verdruß.

Leider jedoch betreiben heutzutage auch viele Schwammerlbanausen die edle Pilzpirsch. Es sind meistens dieselben Dreiviertel-Snobs, die plötzlich auch wieder das Radlfahren, das Barfußlaufen und den einfachen Leberpreßsack entdeckt haben. Allerdings, zur Pilzjagd fahren sie dann nicht mit dem Veloziped, sondern mit dem Coupé.

Und am liebsten würden sie den »Pfifferling« und den »Herrenpilz« direkt vom Volant aus »erledigen«. Meistens führen sie auch noch als Standardwerk einen »Leitfaden zur Auffindung und Ernte mitteleuropäischer Sporenträger« mit sich und vergleichen an Hand der Abbildungen den wohlschmeckenden Hexenpilz mit dem strammen giftigen Satansschwammerl. Bis sie schließlich mit angespitzten Runzellippen ein wenig an dem falschen Bruder herumknabbern und hierauf den unschuldigen Tann eine halbe Stunde lang wütend bespucken.

Früher haben diese Herrschaften dann das fertige Gericht auch noch der braven Perle Minna vorgesetzt. Um so zu prüfen, ob etwa doch ein Giftiger darunter war. Weil das aber bei der heutigen Dienstbotenknappheit leider zu riskant ist, werfen diese Reherlrohlinge die gewilderte Ausbeute nachher einfach gelangweilt in die Mülltonne. Was man mit ihnen selber leider nicht tun darf.

Nach Morcheln schnorcheln

Der alte Mann hat noch nie viel für den Begrüßungs- und Zusammengehörigkeits-Juchzer »Heil« übrig gehabt. Denn diese vier komischen Buchstaben haben eigentlich nicht besonders viel Sinn und Wirkung. Selbst als ein ganzes Volk statt »Servus«, »Grüß Gott«, »Habe die Ehre« oder »Griaßdihoidnachad« zu jeder Tages- und Nachtzeit einander diesen Laut ins Gesicht schleuderte, endete das leider bös mit einer gräßlichen »Heulerei«. Auch das »Heil unserem König Heil« brachte dem Podagra, an dem viele dieser Herrscher litten, nur sehr wenig Milderung. Und was heißt schon der »kühle« Schlachtruf »Ski Heil«. Bei den jährlichen achtzigtausend Knochenbrüchen der fanatischen Schneepflüger. Ebenso hat wohl auch ein markiges, vom Echo hin und her geworfenes »Berg Heil« nur eine sehr zweifelhafte Bedeutung. Da sich doch drei Dutzend »Alpinisten« jährlich mitsamt den ausgerissenen Edelweiß-Stöckerl in der Hand zu Tode poltern. Selbst dem geangelten Riesenbarsch bleibt doch ein Kontra auf das barbarische »Petri Heil«, welches sich die Fischer mit feuchten Triumph-Äuglein um die Köpfe schlagen, im zerschundenen Angelhaken-Rachen stecken.
Und deshalb hört es der ergraute Waldläufer auch gar nicht so gerne, schallt ihm irgendwo im grünen Walde, von wildfremder Lippe ausgestoßen, ein sanft idiotisches »Schwammerl Heil« entgegen. Nein, so meint er, das könnte doch höchstens die Wirkung haben, daß die gesuchten »Moosbummerl« noch entsetzt ihre taufeuchten Köpfe wieder einfahren wie ein U-Boot sein Periskop. Da hält es der Alte schon viel lieber mit jenem Lied, das auf ihn selber auch

zutrifft, nämlich »Wer schleicht dort im nächtlichen Dunkel so einsam und wildernd umher«.
Weil aber für einen echten Pilz-Partisanen nicht unbedingt ein Wald her muß, um darin seinem unblutigen Waidwerk zu frönen, sei hier einmal vom »Morcheln-Schnorcheln« die Rede. Diese seltsamen Kinder der Nacht wachsen nämlich vielfach auf ganz »unmöglichen« Parzellen, Schweißsandfleckerl und in Lehmkuhlen. Und wenn der Feinschmecker so einen »Claim« schließlich entdeckt hat, so wird er den natürlich mit Zähnen und Klauen und notfalls sogar mit seinem gebogenen Schwammerlmesser verteidigen. Kommt deshalb rein zufällig ein versprengter Wandervogel vorbei und fragt neugierig, was denn der alte Mann hier gar so hartnäckig suche, so wird ihm dieser möglicherweise die verblüffende Antwort geben: »Meine Autoschlüssel hoid.« Vielleicht möchte dann der Fremde auch noch genauer den Verlustort wissen, so entgegnet der Befragte völlig überraschend darauf: »Ja, do drübn hoid, in dem kloana Woid müassadn s' liegn.« Nunmehr endet die Hilfsbereitschaft des ungebetenen Herrn Nachbarn womöglich mit der Bemerkung: »Ja, warum suachn S' nachad do herentn?« Da bleibt natürlich nur mehr die hämische Ausrede: »Ja, weil's do heller is hoid.« Um das »lästige Wimmerl« endgültig abzufertigen.
Wie kann denn aber auch schon ein Laie verstehen, was für ein Gefühl den »Morchler« befällt, wenn er wirklich fündig wird. »Keine Trüffel«, so schreibt der siebenbändige Pilzführer, »kann neben der Morchella deliciosa bestehen.« Und die vom Jagdfieber völlig verworrenen Spezialisten behaupten sogar, der »Käfer« würde mit lockerer Hand mindestens fünfhundert Mark für ein Pfund dieser wabenköpfigen »Hemmadschpreizer«, wie die Morchel von gewissen Wüstlingen auch geheißen wird, bezahlen. Denn dieser Pilz könnte nicht einmal mit einer »blauen Mauritius« aufgewogen werden. Eine ausgewachsene »Conica« oder eine

»Vulgaris« auf freier Wildbahn zu ergattern ist nämlich mindestens ein ähnlicher Glücksfall wie einen Hundertmarkschein mit der Endnummer zwölf mitten in der Ludwigstraße zu finden. Dieser Edelpilz, der auch als »Kohinor« des Unterholzes gilt, wird in seiner Rarität höchstens noch von dem sagenhaften »Kaiserling« übertroffen. Der schon den alten Cäsaren bekannt war und bei der Androhung der Todesstrafe an den Höfen der Herrscher des Römischen Reiches abgeliefert werden mußte. Und er war in der Tat so rar, daß der Kaiserin Poppäa ihr Wunsch, einmal in der Milch des rotkappigen Pinienfürsten zu baden, nicht erfüllt werden konnte. Der eingesammelte Extrakt reichte nämlich nur knapp aus, um ihr unerhörtes Nabelgrübchen etwas zu netzen. Als nun der alte Boschen-Fex mit seinen schwärmerischen und spitzbübischen Gedanken hier angelangt ist, fallen ihm zur Mäßigung seines ungeheuren Speicheldrangs zum Glück noch ein paar derbe bayerische Schwammerlanekdoten ein. Die er sich nun leise kichernd selber vorerzählt. Das erste Poem stammt aus einer etwas anrüchigen Vorstadt-Ballade. Es war das Gedicht von der »Mörtelrührer-Zenz«, in dem es so schön heißt:

Da Kare geht in d' Schwammerl naus
in olla Herrgottsfruah,
a wunderschöner Tog is heid,
und Schwammerl gibt's grod gnua.

Dann folgt das »Übliche«. Das zweite ist ein Schüttelreim, der etwa so lautet:

Ein Mädchen ging in den Wald, um Pilze zu pflücken,
dabei mußte sie sich öfters bücken,
jetzt stillt se –
scheiß Pilze.

Und das dritte könnte man als Kalauer bezeichnen. Da trifft einer einen alten Bekannten und erfährt, daß dessen Frau gestorben ist. »An was denn«, frägt er. »No ja, sie hat meine selbstgesuchten Schwammerl nicht verkraftet«, erwidert der Gefragte. Ein Jahr später trifft er den alten Spezl neuerdings mit einem schwarzen Flor am Ärmel. »Desmoi war's a Knollenblätterpilz«, gesteht der Pilzspezialist. Und wieder ein Jahr später dasselbe Bild. »Ja, is dei neis Weibal vielleicht scho wieda am Fliagnschwammerl gschtorbn.« »Na, desmoi net. Desmoi an da Pfanna«, entgegnete der Tieftrauernde. »Sie woit nämlich meine Schwammerl net essen.«

Menschen im Gras

Nun ist die Zeit der Ultra-Gammler wieder einmal angebrochen. Und sie liegen zu vielen Dutzenden drunten auf dem Kalbfleisch-Anger im Englischen Garten. Oder, wie diese Rosteria auch noch gerne genannt wird, auf dem »Witwen-Toaster«. Denn dort grillen am Wochenende zahlreiche von jenen zu kurz gekommenen Mädchen, die sich mit einem verheirateten Liebes-Ingenieur begnügen müssen. Denn diese verbringen die freien Tage natürlich zwangsläufig im heimeligen Schoß der trauten Familie. Trotzdem sagen sich die »Samstags-Hinterbliebenen« in leiser, bitterer Wehmut halt immer wieder: »Besser einen zu zweit – als keinen allein.«

Nun, der alte Großstadt-Bummler geht nicht nur wegen der leicht säuerlich transpirierenden Rasen-Blümchen auf diese beliebte Indianer-Oase. Oder wegen des Finkenschlags und der Amselrufe. Sondern hauptsächlich deswegen, weil es dort immer wieder ein prächtiges Blinzel-Panorama gibt. Bewacht wird die ultraviolette Tankstation übrigens von einem stillen, vornehmen Sonderling, halb Hölderlin und halb Hofer Andreas. Er hat am Eingang zu seinem Sonnenbrand-Eiland ausnahmsweise auch keine Verbotstafel aufgestellt, sondern eine, auf der man lesen kann, was erlaubt ist, nämlich »Flüstern und Schweigen«. Schwitzen, Schmunzeln und Schmusen natürlich auch.

Täglich um elf Uhr kommt als eine der ersten fast immer die »Madame Wimmerforth«, eine Stummfilmerscheinung mit Spitzenbluse, langen weißen Handschuhen und einem absolut kugelsicheren Sonnenschirm. Sie sonnt sich nie und läßt auch nicht den winzigsten Strahl des Zentralgestirns unter ihre durchsichtigen Meißner Augenlider. Selbst Sigmund Freud hätte wohl nicht erklären können, was sie deshalb ausgerechnet auf einer Liegewiese sucht. Dabei sucht sie wirklich etwas. Nämlich kleine Käfer, junge Raupen, unschuldige Würmchen oder verträumte Schnecken, die auf dem schmalen Pfad herumkrabbeln. Hat sie nun so ein Viecherl entdeckt, so befördert sie es mit einer langen silbernen Pinzette behutsam in eine grün gestrichene Botanisier-Büchse mit Luftlöchern. Aber nur deshalb, damit die winzigen Wiesen-Partisanen nicht zertreten werden. Um sechzehn Uhr geht sie dann wieder und leert den Inhalt ihrer Sammeldose liebevoll und unter leisem Zureden am nahen Waldesrand aus. Und während das dunkle Rot ihres Parapluies langsam in der Ferne entschwebt, sind ihre Lieblinge von den lauernden Vögeln bereits restlos aufgefressen.

Das Gegenstück von der Wimmerforth ist die Lady Liederlich. Eine völlig wurschtige Person mit einer Gesichtsfarbe, wie man sie gerne bei Gras antrifft, das lange unter dicken Balken wucherte. Oder wie mancher rauhe Einheimische wohl auch sagen würde: »De schaugt ja direkt aus wia d' Henna untam Schwoaf.« Ungezählte Zigarettenkippen liegen um sie herum wie die Nieten um einen Glückshafen. Ihr Haar hat das Herzchen mit riesigen Büroklammern aufgesteckt und die Bluse ist hinten mit einem gordischen Knoten gesichert, den wohl auch Alexander der Große nicht hätte lösen können. An den Beinen ihres Liegestuhls aber sind an langen Leinen je ein Hund und ein Buberl angebunden. Beide Geschöpfe wirken so witzig und amüsant wie eine Zille-Zeichnung und hören auf die Namen »Omo« und »Zwomo«.

Die interessanteste Figur am Ort jedoch ist der »Tschäck« Dempsey. Ein alter Boxer, der wohl leider einen Kampf zuviel hatte und der unter einer großen Ulme haust. Dort hängt auch ein alter Deckel von einem Margarine-Kübel als Gong, und fast an jedem Tag muß der bescheuerte Kämpfer einen Phantom-Fight austragen. Dann schlägt er auf den Gong, geht in Kampfstellung und schnauft, schnorchelt und schwingt in der Gegend umher. Hin und wieder reklamiert er auch bei einem unsichtbaren Ringrichter, oder er ermahnt seinen ebenso nebelhaften Partner, fair zu sein. Vor besonders schweren Kämpfen bekreuzigt er sich sogar. Nachher fragen ihn einige Zuschauer, die mit großer Mühe das Lachen verbeißen, immer, wie es denn nun ausgegangen sei. Dann klagt der Gladiator meistens über sein Pech und erklärt, er hätte nach Punkten verloren. Aber das wäre natürlich ein glattes Fehlurteil. Da sagen dann die Leute, die längst begriffen haben, daß der alte Athlet einen schweren »Hammer« hat: »Bravo, Tschäck, du warst jedenfalls der Bessere.« Und sie legen auch verstohlen ein paar Münzen auf den alten Bademantel, den er vor jedem Kampf ablegt.

Bleibt noch die »große Unbekannte«. Der aufregendste Apparat auf der ganzen Savanna. Sie spricht aber leider mit niemandem, ist ungemein stolz und klebt sich jedesmal vor dem Sonnen ein schmales Blatt auf den klassischen Nasenrücken, das sie allerdings vorher kräftig anspuckt. Nun kam da vor ein paar Tagen irgend so ein mickriger Portokassen-Jüngling daher, hielt ihr einen kleinen Brief hin und murmelte irgend etwas von einem schönen Gruß. Die schweigsame Madonna gestattete es gnädig, daß sich der Knabe zu ihren Füßen niederließ. Und der alte Beobachter hatte das ganze Idyll schon vergessen.

Weil ihm aber wieder einmal sein Schlüssel aus der Hose gefallen war, ging er spät abends noch einmal auf den Kalbfleisch-Anger, um den verlorenen Eisenbart zu suchen. Leider fand er ihn nicht. Dafür jedoch fand er etwas anderes. Nämlich den Kümmerling und die große Unbekannte. Und siehe da, die unnahbare Schönheit hatte wohl gerade einen vorolympischen Freistil-Ringkampf absolviert. Denn sie lag ganz flach und still auf dem Rücken und zappelte nur noch ein bißchen mit den Beinen. Und der Zaungast konnte gerade noch ein herzhaftes Lachen unterdrücken, als er bei diesem Anblick an das alte, bayerische Schnadahüpfl dachte, in dem es so schön heißt:

Da oa schickt an schöna Gruaß –
da andere hot s' scho beim Fuaß.

Neuntes Kapitel

Gedanken eines Stadtgrantlers

Denkmalschutz für die Gemütlichkeit

Manchmal befallen den alten Münchner quälende Gedanken, wenn er so durch die Straßen schlendert und zuschaut, wie seine geliebte Stadt »vom Sackl Zement« erobert wird. Und er fragt sich dann, ob das wirklich richtig ist, was man da allüberall tut, und ob sich nicht jeder Münchner daran mitschuldig macht, der sich nicht gegen diese Entwicklung stemmt.

Da hört er dann schon die vielen Stadt-Weisen sagen: »Das muß leider so sein, damit München nicht zurückbleibt.« Als ob es nicht gerade das Zurückgebliebene wäre, meint der alte Träumer. Was man doch immer so sucht und sammelt. Vom alten Kastl bis zum alten Castell. Und von der Ruine bis zum Rubens. Und was ist denn schon besser geworden, seit man unsere City umpflügte. »Ja, der Verkehr ist doch flüssiger geworden«, sagen da die Ratsherren. Der grimmige Mann aber meint, genaugenommen ist er doch eigentlich überflüssig. Und er denkt an einen Ausspruch, den ihm der einst so vielfach verkannte Graubart Thomas Wimmer einmal sagte: »Hoffentlich hod sich des boid rumgesprochen, daß in München ein Verkehrschaos herrscht. Nachat fahrn de narrischen Reisenden endlich amoi um unser Stadt herum. Denn so vui Touristen, wos mia zum Lebn braucha, kemma doch oiwei aa no z' Fuaß.«

Der unwirsche Kritiker beginnt auch noch weiter zu überlegen. Weshalb nämlich die Menschen gerade an ganz bestimmte Orte und Städte fahren und was sie dort erwarten und unbedingt finden und erleben wollen. In Paris gewiß den Eifelturm, in London vielleicht den Tower, in Köln den Dom, in Salzburg die Nockerl, in Wien den Prater und in

München halt ganz schlicht die Gemütlichkeit. Sogar die Dichter haben das längst erkannt und lange Lobeshymnen auf all diese Dinge verfaßt. Deshalb würden beispielsweise die Leute in Pisa bestimmt auch nicht daran denken, ihren schiefen Turm wieder geradezubiegen, und auch die Hamburger kämen sicher nicht auf die Idee, aus ihrer Reeperbahn eine Kegelbahn zu machen.

Die Münchner aber, o Jammer, erschlagen ihre vielbelächelte Rückständigkeit auch noch mit schweren Eisenhämmern, zerfetzen die schönste Stadt des Planeten mit Riesenbaggern und bedecken die Narben schließlich schamhaft mit Erde und Asphalt. »Ja, aber«, sagen dann die Städteplaner, »wo würde denn sonst der Fortschritt bleiben?« Der Grantler jedoch möchte ihnen antworten: »Zeigt mir doch einmal diesen Moloch, der die schönen alten Straßen, die Bäume, die noch unsere Könige pflanzten, und die vielen stillen Inseln des Friedens gefressen hat.« Vielleicht, wenn man diesen Unhold einmal sehen könnte, würde man ihn womöglich totschlagen, um die Gemütlichkeit leben zu lassen. Haben denn die »Vorschriften«, die schäbigen Handlanger dieses Unholds, nicht auch die Bierfuhrwerke aus den Straßen vertrieben, die verträumten Gaslaternen umgesägt, die kleinen Efeu-Garterl vor den Bierwirtschaften weggefegt, die Dienstmänner mit ihren roten Messingnummer-Kapperln verjagt, die schöne alte Au eingestampft, die Haidhauser Graum, die Kreppe, die »Letten« und den »Gries« ausradiert, den Englischen Garten angefressen und die Theresienwiese mit den harmlosen Schafherden zur Theresienwüste gemacht. Und statt der dicken schattigen Kastanien in unseren Prachtstraßen haben sie jetzt entsetzliche Parkverbots-Tafeln gepflanzt.

Ja, heißt es denn nicht schon immer, zu den drei wichtigsten Dingen, die ein Mensch im Leben tun soll, gehört es, einen Baum zu pflanzen – und nicht, einen Baum abzuhacken. »Warum«, so fragt sich der sinnierende Zaungast manchmal, »stellt man in München die Gemütlichkeit nicht ebenso unter Denkmalschutz wie das Maximilianeum oder das Stadtschreiberhaus?« Und was hat man denn hierzuorts für die Gemütlichkeit schon getan in den letzten Jahrzehnten oder gebaut? Zwei Heizwerke, ein paar Kasernen, vierhundertfünfundachtzig Transformatorenhäuschen und ein Müllverbrennungswerk. Der nachdenkliche Münchner möchte aber den gern sehen, dem es so wo besonders gut gefällt. Und der vielzitierte Fremde? Der könnte genausogut in den Beton-Dschungel nach Birmingham, Boston oder Bombay fahren. Doch München hat halt zweifellos einen ganz besonderen Ruf in der ganzen Welt. Und eine Mentalität, die weder von Gustav Adolf noch von der asiatischen Grippe oder den Punkern jemals zerstört werden könnte. Aber die Bagger-Bisse, der Humus-Fraß und das Wettlauf-Fieber werden sie mit Sicherheit noch umbringen.

Und dann wird man unter dem Absingen wehleidiger Lieder wohl auch schnell noch das Schwabinger Kircherl abreißen, den Bogenhausener Friedhof schleifen und die gute alte Zeit wie einen schäbigen Hund durch die U-Bahn-Röhren endgültig hinausjagen aus dem beschaulichsten Nabelgrübchen der Welt. Und der sanfte Spinner muß bei dieser traurigen Vorstellung immer an den treffenden Satz von einem seiner Stammtisch-Spezln denken. Denn besser hätte er es auch nicht selbst sagen können. Weil dieser so streng logisch meinte: »Zu was hat denn München zum Beispiel eine U-Bahn gebraucht? Venedig hat doch auch keine U-Boote.«

Es stinkt

Über zwanzig Jahre ist es nun schon her, seit die gelehrten Wissenschaftler einmal feststellten, daß die Luftverpestung in München zwar ständig zunehme, aber erst ein Zehntel dessen erreicht hätte, was ein normaler Mensch vertragen könne. Das beruhigte den Bürger natürlich ungemein, obgleich er nicht umhinkonnte, wenigstens an jenen Stellen, an denen der verseuchte Ozon bereits so dick geworden war, daß man getrost seinen Regenschirm daran anlehnen hätte können, ganz schlicht festzustellen: »Es stinkt.« Besonders an den Hauptverkehrspunkten und den Ausfahrten von Straßenunterführungen konnte sich der Großstadtmensch heute eine gehörige Nase von dem würzigen Odem nehmen, den Gottlieb Daimlers unselige Kinder pausenlos von sich röchelten. Und die Verkehrsschutzleute, die an solchen Orten Dienst taten, könnten gewiß mit dem Gas, das sie in einer einzigen Stunde einatmen mußten, einen ganzen Monat lang ihre Dienstwohnung beleuchten. Und wenn so ein armer »Wegweiser«, dem das Düsenöl fast pausenlos von der Nase tropfte, einmal Grippe bekam, sollte er sich nicht wundern, daß ihm beim Husten kleine Briketts aus dem Munde fielen. Denn die stammten lediglich von dem verschluckten Ruß und Kohlenstaub.
Leider war man auch noch nicht dahintergekommen, wie man die ärgsten Luftverpester im Straßenverkehr erwischen und dingfest machen konnte. Denn es ließ sich halt nicht genau kontrollieren, was der einzelne Gasolin-Esel fallen ließ. Früher, bei den Pferden, war das schon wesentlich einfacher gewesen. Aber in unserer hochentwickelten Zeit hatte man zwar eine Geschwindigkeitsbegrenzung geschaf-

fen und haargenaue Tachometer, aber eine Gestankgrenze oder einen Stinkometer hatte man noch immer nicht vorgeschrieben.
Doch, wie kam nun so ein eingenebelter Zeitgenosse aus einer Todeswolke wieder heraus. Unten durchschlüpfen konnte er nicht, auch wenn er sich noch so klein machte. Und um die Nase so hoch zu tragen, daß sie über die Dunstglocke hinwegragte, hätte der Betreffende ja mindestens drei Meter sechzig groß sein müssen. Und wer war das schon? Keine fünfzig Menschen in ganz Deutschland. Ach wo, keine drei. Oder vielleicht kam ein Erfinder auf die Idee, kleine Luftpflüge zu konstruieren. Die dann der Passant auf Räder montiert vor sich herschieben müßte, um so vielleicht eine Furt durch die Wogen der Auspuffnebel zu räumen.
Sicherlich hatten sich einige Geschäftsleute auch schon ihre smarten Köpfe zerbrochen, ob aus dieser Misere nicht wenigstens ein bescheidener Gewinn zu schlagen war. Aber Atemmasken oder Nasenklammern waren halt gar so unsteil und deshalb wohl nur schlecht zu kreieren. Dagegen ließen sich die besorgten Mütter sicher gerne einreden, nur mehr Kinderwagen mit meterhohen Rädern zu kaufen, weil doch die gefährlichsten Atemgifte ganz knapp über dem Boden schwebten.
Was tat aber nun der Asphalt-Nomade tatsächlich, um seine Bronchien zeitweilig etwas auszulüften? Nun, er ging zum Luftschnappen. In die kleinen, verbliebenen Anlagen oder den Englischen Garten. Und drum sah man an solchen Orten auch häufig seltsame Gestalten herumlaufen, die weit nach vorne gebeugt waren und dabei den Mund stumm und gleichmäßig auf- und zumachten wie begnadigte Karpfen. Unter diesen Ozonschmatzern gab es wiederum ganz korrekte Verbraucher, die nur astfreie, gleich lange und kerzengerade Luftstücke zu sich nahmen. Während andere einfach wahllos an den schönen Nachmittagen herumschmatzten.

Und hier einen Happen und dort ein Stück Gegend abbissen. Ausgesprochene Genießer wiederum mümmelten hauptsächlich in der Nähe von kleinen Büschen oder Tannenbäumen am Busen der Natur.
Doch fragte man sich mit Recht, wie lange diese spärlichen Oxygenium-Oasen noch notdürftig ausreichten. Dann würde man wohl dazu übergehen müssen, kleine Fläschchen zu konstruieren, ähnlich wie die Magenbitter-Pullen. Aber aus Stahl natürlich. Und gefüllt mit tadelloser keimfreier Taunusluft oder komprimiertem Tiroler Edel-Ozon. Während Personen mit besonders großem Luftverbrauch, wie Politiker, Dampf-Plauderer oder Wahlredner, sicherlich ein spezielles Mundstück an den Schreibtisch montiert bekämen. Damit man sie direkt an eine eigene Pipeline aus dem Odenwald anschließen könnte.

Wehrloses Kindl

Jener Künstler, der vor vielen hundert Jahren den bärtigen Mönchskopf im Wappenschild von München in ein gutmütiges Kindergesicht ummodellierte, hat versäumt, seine Adresse zu hinterlassen. Hätte er sich nämlich die Urheberrechte am Münchner Kindl schützen lassen, so würden seine Kindeskinder heute in Tantiemen schwimmen. So aber bemächtigten sich des wehrlosen Knäbleins im schwarzgelben Mönchskleid kostenlos Polsterstuhlfabrikanten und Limonadenhersteller, Korsetteningenieure, Lieferanten von Badehosen, Ansichtskarten und Reiseandenken.
Es gibt eine Drogerie, eine Wäscherei, eine Molkerei, eine Bäckerei und eine Bettenfirma mit dem Firmennamen »Münchner Kindl«. Eine Fleichwarenfabrik umwindet ihren Preßsack mit einer goldenen Bauchbinde, auf die das Wappenkind aufgedruckt ist, ein anderer Fabrikant versieht die Flaschen, die seinen Likör enthalten, mit dem Münchner-Kindl-Bild. Auch Buschbohnenkonserven Marke »Münchner Kindl« gibt es, ebenso Dauerlebkuchen, »Münchner-Kindl«-Unterwäsche und Strapsgürtel, Zigarren und Weichkaserl, auf denen das Buberl im Kuttengewand liebevoll die Arme ausbreitet.
Schutzlos läßt das Münchner Kindl besonders die Fantasie der Ansichtskartenkünstler über sich ergehen. Es grüßt beispielsweise kokett auf dem Rathausgeländer sitzend, die Kutte übers Knie gerafft, hält die beiden Frauentürme umarmt und schmiegt die rechte Wange innig an den Stundenzeiger. Oder es trinkt unentwegt aus einem Maßkrug, groß wie ein Gasbadeofen. Andere Bilder zeigen das arme Wurm weinend, weil ihm ein Dackel namens Piffke eine Brezn vom

Format eines Rettungsringes entreißt. Dann wieder sieht man es auf einem ungepflasterten Fußweg der Stadt zuwandern, fünf Rettiche im Gürtel und dem Gaskessel zuprostend. Ein frühreifes Münchner Kindl vergießt pfundschwere Tränen, und darunter steht: »Keinen Tropfen im Maßkrug mehr«.

Noch hemmungsloser wird das Wappenbild von den Andenkenherstellern verwendet. Es muß Tassen, Teller, Aschenbecher, Touristenkapperl, Teeseiher, Blumenvasen, Taschenmesser, Brillenfutterale, Schlüsselhalter, Zigarettenspitzen, Zitronenpressen und, vor allem, ungeeichte Maßkrüge verzieren. Schon für wenig Geld ist es als Specksteinanstecknadel zu haben. Als unzerbrechliche Puppe mit goldbronziertem Haar schleppt es büschelweise Edelweiß und Dotterblumen. Auch aufziehbar wird es geliefert. Es rudert dann mit den Armen im Schmetterlingsstil. Ein Neusilberguß zeigt es, den bayerischen Löwen an der Leine führend. Der Löwe ist als Nadelkissen gedacht. Und auf Vollgummibällen muß das Münchner Kindl hoch in die Luft springen.

Auch von der Stadtverwaltung wird es, vornehmlich bei festlichen Anlässen, dienstverpflichtet. Im Kleiderarsenal der Stadt hängen zu diesem Zweck schwarzgelbe Kutten, die Mädchen vom Chor bei Bedarf in das Wappenkind verwandeln. So verkleidet müssen sie dann Schlüssel übergeben, Verserl vortragen oder schäumende Maßkrüge an zechfreie Prominente aushändigen. Auch findige Wirtshausfotografen haben den Wert des gutmütigen Waisenknaben entdeckt. Sie kleiden ihre Ehefrauen in das Mönchsgewand und setzen sie den schriftdeutschsprechenden Gästen auf den Schoß. »Bitte recht freundlich.«

Und was sagt das erzene Buberl auf dem Münchner Rathausturm dazu? Tolerant lächelnd breitet es die Arme aus über Andenkenkünstler und Kitschfabrikanten, gutmütige Reisende und profitliche Ramschverkäufer. Nicht einmal das immerhin achtzehn Pfund schwere Gebetbuch hat es bisher hinuntergeschleudert auf seine Quälgeister. Und selbst wenn es wirklich einmal das Bedürfnis hätte, herabzusteigen, würde es ja doch von seiner Mutter daran gehindert. Von der vier Pfund schweren Eisenmutter nämlich, mit der es auf der Rathausturmspitze festgeschraubt ist.

Kreuzungs-Schmerzen

Zuerst sehen die zwei Reihen der Wartenden vor dem Übergangsstreifen aus wie ein Kindergarten, der das schöne alte Spiel machen will: »Der Kaiser schickt Soldaten aus«. Die meisten Passanten aber schauen mit dem einen Auge auf die Ampel und mit dem anderen auf die »Klagenfurt«, die es zu überqueren gilt. Die allzu Ungeduldigen wiederum treten von einem Fuß auf den anderen, als würden sie gleich zwei Finger heben müssen: »Bittschön, Herr Lehrer, ich muß mal raus.« Doch endlich erscheint dann der Grasober, das grüne »Mannderl«, am Signalmast.

»Rechts gehen«, schreit ein alter Hakelstecken-Major ebenso energisch wie vergeblich den undisziplinierten Marschierern zu. Ein paar von ihnen beginnen den Verkehrsstrom schräg aufwärts zu durchschwimmen. Kleinere Familien, Urahne, Großmutter, Mutter und Kind, versuchen ihr Heil in Schützenkette, indem sie sich gegenseitig bei den Regenschirmen fassen, wie gewiefte Nachtmarschinfanteristen beim Seitengewehr.

Kreischend wie Hochzeitsferkel, halten die kleinen ambulanten Zweitakter. Hängebäuchig, überladen, x-füßig. Und die Mopeds winseln wie Nikolauskinder: »Jiii duas nimma.« Ein feister Omnibus aus Albanien, ein Landstraßenwanst, stößt eine Rauchfahne aus dem Auspuff, dick und massiv. »Die fahren wahrscheinlich noch mit getrocknetem Kamelmist«, meint ein Angestaubter.

Ja, was tut denn jetzt da der alte Hagestolz? Marschiert bei Gelb noch los, den Kopf verdreht, als hätte er ein Linksgewinde im Kragen. Aha, nach der blonden Silhouette schaut er sich um. »Hoppla«. Sich entschuldigend lüftet er den Hut vor einem Mercedeskühler, mit dem er Brustbein an Brustbein steht. Und wischt sich noch verstohlen das neueste Muster eines Geländereifens von den mißhandelten Boxcalfstiefeletten. Alle fünfundvierzig Sekunden wechselt das Signal. Aber: »Mindestens zehn Minutn schteh i scho do«, masselt ein Westentaschenmanager. Der Oppositionelle hingegen überquert die Kreuzung, die Hände tief versenkt, mit schiefer Herausforderung ums Kinn. »Überfahrts mi doch, wenns eich drauds.« Der lustige Tritschler wiederum geht überhaupt nicht hinüber. Der geht die Kreuzung aus: über Ramersdorf, Putzbrunn und Freimann.

Plötzlich bleibt eine Dame mit dem Absatz im Trambahnwechsel hängen, kommt nimmer los, schlüpft bei Gelb aus ihren Zehenquetschern und erreicht als Humpelstilzchen das rettende Randsteinufer. Alles lacht. Der Volksschüler Kametan Zupf bringt ihr den Mokassin schmunzelnd nach. Aber leider halt in zwei Teilen.

Manchmal führt auch noch ein kleines Mädchen einen alten Mann über die Straße: »Geh nur, mia ham's glei, Opa«, sagt sie. Und der Alte nickt und lächelt: »Ja, do host recht, Reserl, mir ham's boid.« Die Kleine sieht aus wie der Schutzengel auf verblaßten Kommunionsbildern. Nur das weiße Kleid ist etwas zu kurz, und die symbolischen Tragflächen der Nächstenliebe fehlen.

Jede Woche einmal kommt auch eine Schulklasse an den Verkehrsknotenpunkt. Da müssen die Kinder wohl nachher einen Aufsatz schreiben. Und da steht dann neben anderem etwa folgendes drin: »Eine Straßenkreuzung ist ein Ort, wo mindestens vier Straßen und zwei Autos zusammenstoßen. Das falsche Übertreten der Kreuzung kostet bares Geld und ist abgezählt bereitzuhalten. Eine Kreuzung heißt deshalb Kreuzung, weil die meisten Leute ein Kreuz machen, wenn sie glücklich auf der anderen Straßenseite angelangt sind. Aber manchmal kriegen sie ein solches auch aus Holz.«

Bayern dablegga

Es ist wirklich seltsam: Jedes Jahr, wenn die dünnbeinigen Brüder aus dem Norden bei uns einfallen wie die biblischen Heuschrecken und in ihrer Erholungsgier große Stücke weißblaue Luft aus unserem herrlichen Ozon herausreißen, laden gleichzeitig ihre Lohnschreiber die Füllfederhalter mit Schmähe und häßlicher Verleumdung.

Da heißt es dann in ihren Zeitungen, daß in den bayerischen Schulen am meisten geprügelt wird und die armen Kinder im Freistaat nur deshalb so große Ohren hätten, weil die Eltern sie an ihren Lusern übers Gebirge herüberheben würden, damit sie endlich einmal sehen könnten, wo das glorreiche Land Preußen liegt.

Und an der bayerischen Lebensart können sie sich überhaupt nicht genugtun. Vorweg behaupten sie mit kühler Stirne, daß der Bayer eigentlich nur der Übergang vom Österreicher zum Menschen ist. Und in den Statistiken weisen sie ferner haarscharf nach, daß das südliche deutsche Hilfsvolk zudem den geringsten Seifenverbrauch hätte, und legen die Vermutung nahe, daß die Leute dort wahrscheinlich beim Waschen bloß einen rauhen Isar-Kiesel zum Abschrubben ihres Grindes hernehmen würden.

Daß jeder fünfte »Seppl« ein Tiroler Sportabzeichen besitzt, hierzulande auch Kropf geheißen, erfüllt sie in Anbetracht ihrer eigenen Streichwursthälse mit sichtlicher Genugtuung. Und was den Dialekt dieser witzigen Älpler betrifft, so könnte es sich dabei wohl nur um eine verschleppte Halskrankheit handeln. Meinen sie.

Selbstverständlich bewegt auch die Kleidung der »Nagelfluh-Neandertaler« ihre Lachmuskeln aufs angenehmste. So haben nach ihrer Schilderung diese Edelweiß-Hunnen zwar die größten Hosentürl der Welt. Aber was dahinter ist, wäre so winzig und lächerlich wie ein Komma im Bundeshaushalt. Und von den Gipfelpinseln, welche die Ureinwohner auf ihren verschwitzten Hüten tragen, vermelden die nordischen Berichterstatter, daß es sich dabei nicht um die ausgerissenen Rückenhaare von Gamsböcken handele, sondern nur um jene Haare, welche ihren unguten Weibern auf den Zähnen wachsen.

Hinsichtlich der sonstigen »Kultura« aber sind sie genau derselben Meinung, die einst ein Politiker von sich gab, daß nämlich gleich hinter Ulm der Balkan beginnt. In der Hauptsache verbrächten die Bayern nämlich ihre Freizeit mit dem Stehlen von Maibäumen und dem Reparieren jener Leitern, die sie Nacht für Nacht von einem Kammerfenster zum anderen schleppten. Weil man ihnen noch nichts von der Erfindung der Türen erzählt hat. Wahrscheinlich ebensowenig wie von der Erfindung der Seile und Stricke. Sonst müßten sie doch am Sonntag beim Glockenläuten auf den Dörfern nicht gemeinsam den Kirchturm schütteln.

Als besonders ergiebige Meldung brachte ihr Geheimdienst heraus, daß ein bayrischer Konstrukteur eine Schleudermaschine gebaut hätte, womit man mit Semmelknödeln auf besonders nieder fliegende Flugzeuge schießen könnte. Dafür habe man diesem Genie auch noch einen Orden gegeben, der sich wohl gerechterweise »Blödsinns-Taler« nennt.

Viele dieser Vorstellungen der Salzkartoffel-Hunnen werden dann auch noch reichlich in bare Münze umgeprägt. Denn Dutzende von Souvenir-, Postkarten- und Andenken-Herstellern, die sich hauptsächlich in außerbayrischen Orten befinden, welche so kerndeutsche Namen wie Wanne-Eickel oder Castrop-Rauxel führen, leben nicht so schlecht von ihrer Häme.

Deshalb sind in den bayrischen Gemischtwarenhandlungen

überall so entzückende Erinnerungskarten zu finden wie beispielsweise ein Münchner Kindl, das zwischen den zwölf Meter auseinander liegenden Türmen der Frauenkirche einen schmerzhaften Spagat macht. Und dazu ein fröhliches Prost aus seinem Munde in Richtung zum Brandenburger Tor hin ausstößt.

So ist es denn schließlich keineswegs verwunderlich, wenn manche Ureinwohner des gesegneten Weißwurst-Paradieses besonders zur Touristen- und Reise-Saison immer auf gut Bayrisch zueinander sagen: »Leit, jetzt werd's höchste Zeit, daß ma d' Sau rauslassen. Hoits eichane Wogscheitl, die Morgenschtern von da Sendlinger Bauernschlacht und de letzten Ochsnfiesl, damit ma dene frechn Briada aus preißisch Berlin endlich amoi eahnane dürrn Wadln nach vorn richtn könna. Damit s' amoi seng, wos a echta Boar is.«

Doch wäre es viel vernünftiger, zu sagen: »Freunde, Amigos, Spezln und Landsleute! Steckt eure feststehenden Schnupftabak-Tücherln lieber wieder in die Scheide. Denn ein echter Bayer ist ein solcher, der über sowas trotzdem lacht.«

Zehntes Kapitel

Viechereien

Pitsch-patsch

»Wenn da beim Viechhandeln oana d' Hand gibt, nachad muaßt hernach deine Finga nachzoin, ob da koana abgäd«, warnte man den schmächtigen Agrarstudenten, als dieser kund und zu wissen gab, daß er den Handelschaften im Münchner Schlachthof beiwohnen wollte.

»900 Stück Großvieh, 700 Schweine, 600 Kälber, mehrere Dutzend Schafe und einige Schlachtpferde« notierte der amtliche Tagesauftrieb. Bevor nun diese Ein- und Zweihufer zu Thüringer Stadtwürsten, preiswerten Beamtenripperln und zweifelhaftem Fleischsalat verarbeitet wurden, gingen sie durch die Hände der Viehagenturbesitzer, die dabei einen dürftigen Gewinn verbuchten und ein Durchschnittsgewicht von einhundertachtzig bis zweihundertsechzig Pfund erreichten (nicht die Hände!).

In den langen Schlachthofhallen rasseln die Kuhketten, gurgeln die Stiere, röhren die Kühe und schnuppern die Viehhändler. Die Viehtreiber und Burschen machen bereits vor Beginn des Marktes ihr »Schäfchen«, indem sie jeglichem Rindvieh die Haare aus den Ohren und von den Fliegenabwehr-Perpendikeln scheren. Für Großviehschwanzhaare wird dabei ein Kilopreis von drei bis vier Mark erzielt, während die Ohrwaschlernte bis zu fünfundzwanzig Mark pro Pfund abwirft. Neidlos müßte aber jeder Friseur, sogar ein solcher mit Meisterbrief, zugeben, daß diese Schlachthausbarbiere ihr Handwerk verstehen.

Wenn die Kühe auch nachher traurig mit ihren kahlen Elefantenschwänzen wedeln, so mag sie doch das Bewußtsein trösten, daß sie ihr Opfer auf dem Altar der Kunst dargebracht haben, denn aus den Kuhhaaren entstehen

Pinsel und aus diesen wiederum Stilleben von weidendem Rindvieh.
Es hat schon etwas in sich, wenn der Volksmund bei einem Geschäft mit viel Kompromissen von einem »Kuhhandel« spricht. Der junge Studiosus hörte mit Staunen die bildhafte Ausdrucksweise der bodenständigen Viehhändler.
Der Käufer (deutete auf eine stattliche Kuh): »Oiso, wos mechst jetza füa des Boa?«
Verkäufer: »Wiaso Boa? De Kuah is ja so fett, daß d' as ohne Brot gor net oschaugn konnst.«
Der Käufer griff das Tier fachkundig an Schwanzansatz, Weichen und Brust ab, fuhr ihm dann mit dem Knöchel über die Rippen und erklärte: »De duat jo wiar a Xylophon, wia wenns d' mitn Hausschlüssl beim Hoamgeh übern Gartenzaun fahrst. I gib da a Fuchzgerl füas Pfund.«
»Wos, a Fuchzgerl, und was' mehra wert is, gib i dir hint nauf, nacha konnst a Zeitlang nimma sitzn.«
Hin und her ging das Duell der Kraftausdrücke. Dann zogen beide Kontrahenten ihre Riesenhände aus den Hosentaschen, und nun begann das »Einschlagen«.
»Patsch – Hargood, bin i a Wurzn!«
»Pitsch – an solchan Hochzeita findst nimma!«
»Patsch – bist froh, daß d' de oide Wurscht-Schuxn los host!«
»Pitsch, patsch, pitsch!«
Das Handschlagen, das etwa zwanzigmal vorgenommen wird, bis es durch einen besonders schnalzenden Patscherer Rechtsgültigkeit erhält, sieht aus, wie wenn die zwei Beteiligten Reibadatschi machen würden. Ist der Handel getätigt, nimmt der Käufer einen Lippenstift und malt dem Rind seine Anfangsbuchstaben auf den Schenkel. Dann geht er ab damit ins Leberkäsbergwerk. Endstation Zenettistraße.
»De häd ned amoi da Hagenbeck no mögn«, sagen nach gelungener Transaktion die Viehhändler zu ihren Helfern. »Host as gseng, wos des ausjahrige Luada für a Gweih ghobt

hod, wiar a Radl-Lenkstanga«, und der Chef des Unternehmens schlägt sich befriedigt mit dem Weichselbaumstecken auf die Schaftstiefel und schmunzelt: »Jaja, mia Agenten san arm, aba reinlich.«

Verklungenes Hufgeklapper

Auch der brave Konrad lebt schon längst nicht mehr. Gemeint ist natürlich nicht jenes legendäre zähe Pferd aus Bonn, das einst den deutschen Karren wieder aus dem Dreck zog. Und das bekanntlich so alt wurde, daß seine Widersacher meinten, man hätte in seinem Nachruf nicht schreiben sollen: »Gott dem Herrn hat es gefallen, seinen treuen Sohn zu sich zu holen«, sondern: »Gott dem Herrn ist es gelungen ...« Nein, mit dem Konradl ist ein siebenundzwanzig Jahre alt gewordener Apfelschimmel gemeint. Nämlich der letzte Münchner Rollfuhrgaul. Obwohl die beiden Zugpferde aus Bonn und aus München in ihrer Ruhe und Unverwüstlichkeit schon vieles gemeinsam hatten. Besonders wenn sie lachten. Und pingelig waren sie alle zwei nicht.
Pünktlich wie ein Maurer beim Brotzeitmachen stand der Konrad jedesmal um fünf Uhr vor dem kleinen Obstladen in der Burgstraße und scharrte und schepperte mit seinem Geschirr. Kam dann die weißhaarige Inhaberin mit einem mürben Apfel noch immer nicht heraus aus ihrem Suppengrünbazar, dann machte der wuchtige Mustang einen Schritt aufs Trottoir und sperrte es mit der quergestellten Deichsel einfach ab, so daß die Fußgänger zu einem Umweg um das Fuhrwerk genötigt waren. Ein paar murrten wohl auch, aber die meisten besannen sich schnell und tätschelten den »Traktoren mit Ohren« vorsichtig auf seinen seidig gestriegelten Kofferraum. Ein einziges Mal hatte ein Schutzmann versucht, die Deichsel wieder geradezubiegen, da aber stupste ihm das Roß mit seinem Schaumgummimaul einfach die Dienstmütze vom Kopf, die er dann unter dem Gelächter

der Umstehenden lange mit dem Ärmel seiner Uniform wieder abputzen mußte.

Nach dem Apfelfrühstück kam eine junge Verkäuferin aus dem Kaufhaus an der Ecke mit einer Schuhschachtel, in der sich die Reste der eingesammelten Frühstückssemmeln befanden, anschließend der Inhaber einer Wurstbraterei mit einer aufgeplatzten Pfälzer und schließlich ein Konditormeister mit weißer Mütze und einem zerbröselten Marmorkuchen. Der Conny war nämlich ein Allesfresser. Auch das Rotkäppchenkörberl mit frisch gepflücktem Radlweggras, das eine Abgesandte des nahen Kindergartens brachte, fraß das Rößlein schon aus reinem Anstand leer. Doch um zwölf Uhr schlug ihm dann seine Spezialstunde. Denn da strich ihm der Gehilfe einer Wachszieherei jedesmal die Deichsel mit Tröpferlhonig ein. Daraufhin hobelte der Konrad mit seinem Maul lange wie ein Mundharmonikaspieler über die Stange. Vielleicht spielte er darauf eine Melodie aus Cavalleria rusticana.

Nun hatte das Rollfuhrgefährt auch häufig die Münchner Schnapsler mit Spirituosen zu beliefern. Und eines Tages fiel dem Kutscher beim Abladen ein kleines Faß Rum vom Wagen. Da hatten sie alle zwei zusammen einen schönen Rausch. Darauf trabte der Konrad, der seinen Herrn oft, wenn er auf dem Kutschbock eingeschlafen war, anstandslos durch die Straßen heimwärts zog, vor die Stallung einer großen Brauerei. Denn dort stand, das wußte er, sein gschlamperts Verhältnis, die Fuchsstute Monika. Und sogleich begann der Konrad ein sündiges Verlangen an die Stalltüre hinzuwiehern. Doch prompt tönte es zurück: »Ja schamst di denn du gor net. An am hellichtn Werktag so wos zum verlanga. Do kommt doch nia wos Gscheits raus dabei.« Und da irrte sich die Monika gleich zweimal. Denn erstens war es bereits stockfinster und zweitens wollte der Konrad ja gar nichts Gscheites herausbekommen dabei, sondern eher was hinein.

Hoffentlich hat man wenigstens einen Fiedelbogen aus den schönen Schweifhaaren des dahingeschiedenen Cavallo gemacht. Um ihm damit zum Andenken manchmal das passende Lied zu spielen:

Der oide Schimmi
is im Himmi.

Geliebte Wadlbeißer

Als der betagte Hundenarr neulich wieder einmal bei seiner geliebten Feierabend-Maß im Augustiner-Keller saß, kam ein winzig kleines Mädchen mit einer roten Pralinenschleife im Zöpferlhaar vorbei und führte einen riesigen grauen Hund an der Leine. Das sah fast aus, als wenn eine Haselmaus einen indischen Arbeitselefanten verhaftet hätte.
Da fielen dem Alten die Zwillinge Silberstreit noch einmal ein, deren Vater eine Pferdemetzgerei besaß und eine gewaltige Tigerdogge. Diese fuhren die Mädchen in einem uralten hochbeinigen Kinderwagen spazieren, oder sie putzten dem Ungeheuer mit einer borstigen Schuhbürste die Zähne. Der aufgerissene Rachen des Hundes mit seinen daumenlangen Hauern erinnerte dabei haargenau an ein Baggergebiß. Mit dem so ein Roboter den beiden Dentistinnen bestimmt die plappernden Puppenköpflein so mühelos hätte abbeißen können, wie es der Karl Silberstreit mit lebenden Maikäferköpfen immer machte, wenn man ihm ein Fünferl gab.
In jener Zeit wurden im Hofe einer hundertjährigen Vorstadtwirtschaft auch regelmäßig Hundemärkte abgehalten, bei denen die seltsamsten Rassen und Raritäten ihr Herrchen wechselten. Pinscher, Russen, Dackel und auch die wuchtigen Dolomiten-Kälber, die sagenhaften Bernhardiner. Rattler waren darunter, die sahen aus, als hätte man sie jahrelang zum Reinigen von Langrohrgeschützen mißbraucht. Und all die strapazierfähigen Salz- und Pfeffer-Schnauzer – unkompliziert, nie beleidigt, regenfest und wieselhaarig. Nicht selten fanden sich in ihrem undurchdringlichen Balg Radischwanzl, Reißnägel, Teile von Mäusefallen, Haarnadeln und verschlafene Zecken. Chinesischen

Chow-Chows hingen ihre lila Zungen vom samtenen Maul heraus wie jene blauen Tintenlapperl, welche damals den Schulkindern an ihren Weisheitstornistern baumelten. Drahthaarige Foxl, die Ohren von hundert Straßenkämpfen durchlöchert wie eine Arbeiter-Rückfahrkarte, warteten auf eine neue Herrschaft und neue herrliche Schlachten. Treue Boxer mit Sammy-Davis-junior-Gesichtern wiederum auf irgendeinen Beifall und vierzig blitzgescheite, total verpfuschte Bastardl auf magere Briefträger-Wadl, um sie mit dem einzigen noch verbliebenen Wurstzipfelzahn ein wenig zu knipsen.

Doch leider kam dann zur späten Nachlese auch meistens noch ein Mann mit einer schwarzen Augenklappe und einer stählernen Haken-Prothese statt der fehlenden rechten Hand. Mit dieser zog er die verschmähten Ausverkaufskandidaten ganz nahe zu sich heran und griff sie trotz ihres Winselns und der entsetzt gesträubten Nackenhaare sachlich nach dem Fettpolster ab, bis er fünf Markl für den Delinquenten bot. Es war der Hundeschlächter, dessen Opfer mit städtischer Genehmigung im Schlachthof nachher vorschriftsmäßig erschossen wurden.

Dabei tauchte vor dem rückwärts gerichteten Auge des tierliebenden Graukopfs auch jenes hundert Halsbänder starke Rudel von ausgesuchten deutschen Schäferhunden wieder auf, dessen Reise ohne Wiederkehr er zufällig beobachten konnte. Sie kamen nach Korea zum Minensuchen.

Jahre später gründete ein smarter Makler auch in München eine besonders vornehme Dog-Börse. Dort wurden die zarten Ratzerl vermarktet, die längst nicht mehr Schlumpi oder Struppi hießen, sondern »Edler von Knorpelbiß«, »Alkibiades« oder »Nebukadnezar«. Ungemein kostbare Retortenrüden, die als Stammbaum mindestens eine Ahnenreihe von fünf bis sechs Reagenzgläsern nachweisen konnten.

Auch die rätselhaften Chihuahua-Wesen waren darunter, die so klein sind, daß man sie sogar im Knopfloch eines Blazers spazierentragen kann. Man erzählte sich dabei, daß einige Frauenvereinigungen in Amerika bereits ernsthaft das Wahlrecht für diese Wärmflaschenwinsler beantragt hätten. Kein Wunder, daß die Biologen bereits eine eigene Babypille für solche Westentaschen-Wölfe entwickelten. Und daß Brillanthalsbänder, lackierte Fußnägel, Haftschalen sowie Nerzfutterale für die kostbaren Steißstummel, Nylonnachthemden und Badebikinis zur selbstverständlichen Standardausrüstung gehörten.

Wie der alte Hundefreund dann auch noch erfuhr, daß eine vereinsamte amerikanische Millionärin ihrem haarigen Liebling wenigstens einmal im Jahr ein Horoskop erstellen lassen muß, ihn selbstverständlich auch auf die Couch eines Tierpsychologen legt sowie sein Schicksal aus den Pfoten lesen läßt und ihm jeden Abend vor dem Einschlummern hundert keimfreie Busserl gibt, da konnte er sich gut vorstellen, daß vielleicht mancher senkrechte arme Hund beim Lesen eines solchen Berichtes ganz leise seufzte: »Hund sollte man halt sein. Hund bei einer US-Witwe. Mann, das wäre ein Leben! Bis auf die Gutenachtbusserl allerdings.«

Das Tier und wir

»So lang tratzt d' as no, bis's di oschbeibt«, sagt der gute Opa zu seinem Enkelkind, das dem Lama immer wieder ein Salzstangerl hinhält, aber dann, wenn es schnuppernd anbeißen will, die Finger aus Angst schnell wieder zurückzieht. Doch das wollige Andentier ist schließlich klüger als der kleine Heini und dreht sich einfach einer rundlichen Witwe zu, die ein Körberl mit hutzeligen Winteräpfeln verfüttert.

Gleich hinter dem Eingang zum Tierpark bleiben das brave Großväterlein und sein Hansdäumling an dem flachen Weiher stehen, in dem sich dicke, behäbige Schuppentiere tummeln. Sofort beginnt der Heini das Ringelreihen-Lied zu summen: »Drüben am Karolersee, wo die Fischlein schwimmen«. Der Opa jedoch betrachtet die matt blitzenden Wedler mehr aus der Brotzeit-Perspektive und murmelt leise: »Des san Karfreitags-Haie«. Doch der Heini buchstabiert auf der Tafel, die am Ufer steht, langsam und sicher das Wort: »Spiegelkarpfen«. Wie die Fische ihr rundes Maul immer auf- und zumachen, sagt der alte Mann zum Buben: »Schau, jetzt singen sie das Lied vom stummen Fisch.« Der dumme Heini horcht eine Zeitlang, er hört aber gar kein Lied.

Dann gehen die zwei weiter zu den Dromedaren. Lange blinzelt dieses Wüstenschiff mit mißtrauischen Augen eine vornehme Dame an, die am Gehege steht und einen teuren Kamelhaarmantel trägt. Hinter dem Gitter der Rotwild-Parzelle liegt ein ungeheuer großer Hirsch mit einem Geweih, das den kleinen Sportsmann an eine Radl-Lenkstange erinnert. Ein Reh kommt daher und schnuppert mit weicher Plüschnase an der winzigen Bubenhand. Dann schaut ihn das Tier mit sanften Augen an, und dem ABC-Schützen fällt der Märchenspruch ein: »Wer aus mir trinkt, der wird ein Reh.« Und auf einmal kommt ihm der Gedanke, daß das Reh vielleicht der Stinglhammer Franzl sein könnte, der schon die dritte Woche in der Schule fehlt, und daß der vielleicht aus einem verbotenen Brunnen getrunken hat und deshalb von einer Hexe verzaubert wurde.

Neidvoll und träumerisch schaut er nachher den jungen Wildschweinen zu, die im allergrößten »Baaz« spielen dürfen und von ihrer Mutter keineswegs geschimpft werden. Nein, im Gegenteil, die spielt gleich gar noch selber mit. Beim Anblick der gewaltigen Bisonbullen wird der Heini zum kühnen Prärie-Jäger und brät in Gedanken zum Abendessen bereits den schmackhaften Rücken des erlegten Tieres, der sicher viel besser schmeckt als der Wirsing, der ihn daheim erwartet. Vor dem Affenkäfig zieht er viele Grimassen, und diesmal ist es ein ausgewachsener Schimpanse, den das Staunen beim Anblick des komischen Menschleins befällt.

Dann kommen sie bei den Wildpferden vorbei, die der Heini natürlich »Mustangs« nennt. Der Opa muß ihn hoch hinaufheben, bis sein Kopf am Ohr von einem Pferd ist, das meint, es kriegt was geschenkt, und ganz nah herankommt. Da flüstert der Bub dem edlen Hengst Old Shatterhands Zauberwort »Rih« ins Ohr. Und jetzt müßte der Mustang eigentlich schneller laufen, als die Trambahn fährt. Aber der zuckt nur mit dem Ohrwaschl und bleibt stehen wie angeschraubt. Der Heini ist arg enttäuscht und denkt: Da muß doch was nicht stimmen.

Schließlich sind die beiden bei den grauen Elefantenbergen angelangt. Da wird der Bub ganz still, als einer mit seinem langen Rüssel nach ihm greift. Aber der Urwaldriese will ja nur betteln. Sein Nachbar macht als Kunststück sogar einen Kopfstand. Den nur zwei vom Heini seiner Klasse können. Und einer spielt auf einer Mundharmonika. Leider aber nicht den Tölzer Schützenmarsch, den der kleine Virtuose selber zur Zeit auf der Zither lernt. Im großen Flußpferdhaus riecht es nach Nil und dem Ganges. Langsam wie eine versunkene Insel taucht ein Nilpferd aus der trüben Suppe auf und öffnet sein Maul so weit, daß der Bub ganz erschrokken sagt: »Akkurat wie die Partnachklamm«. Denn er hat in der Schule gelernt, daß diese sehr schaurig gähnt.

Ganz zum Schluß gehen sie noch zum Seehund-Weiher. Der Großvater wartet lange. Aber auf einmal kommt ein Seelöwe an die Oberfläche mit einem Schnurrbart, der haargenau so ausschaut wie sein eigener, wenn er vom Bier getrunken hat und stark schnaufen muß. Ganz erschreckt sagt der Heini »Grüß Gott«. Dann lachen die beiden, daß sie nur so zittern.

Beim Heimgehen will der Dreikäsehoch schließlich noch wissen: »Sag, Opa, gibt's eigentlich noch einen größeren Tierpark wie den, wo wir grad waren?« Da sagt der Großvater: »Mir ist keiner bekannt.« Aber der Bub gibt keine Ruhe und meint darauf: »Die Mama sagt doch oft, unser Herrgott hat den allergrößten Tierpark. Wo ist denn dann der?« Da wackelt der gute Großvater nur mit dem Kopf, lächelnd. Aber Antwort weiß er halt leider auch keine darauf.

Schließlich wimmelt er die allerletzte Frage seines neugierigen Enkels doch noch mit einer guten Auskunft ab. Denn als der unruhige Quängler wissen will: »Du, Großvadda, wos is denn do eigentlich für ein Unterschied zwischen dem ›Tier und wir‹?«, entgegnet der alte Mann langsam und mit gerunzelter Faltenstirne: »No ja, vielleicht is hoid der Unterschied der, daß die Tiere doch mindestens tausend Namen haben. Und wir haben bloß einen. Nämlich ›der Mensch‹.«

Jakob auf der Himmelsleiter

Auch wenn es die Amerikaner wieder einmal nicht wahrhaben wollen: Es war der russische Kaminkehrer Fjedor Sprossowitsch, der die Leiter einst erfand. Und die Folge davon war dann der Umstand, daß die russischen Schornsteinfeger als erste auf der Welt mittels einer Leiter und einem langen Hanfseil den Rauch aus ihren Kaminen herausziehen konnten. Zuvor hatte ihn nämlich Väterchen Pope herausbeten müssen. »Da, da.«
Und erst als zweite Nation bauten dann die oberbayerischen Buam ohne jegliche Lizenz und zur Erreichung eines denkbar sündhaften Endziels den Sprossenapparat nach. Als jedoch die Unterschenkel der Amis infolge der chronischen Autobenützung immer mehr verkümmerten, konstruierte ein lediger Urenkel Edisons endlich den Traveller-Toboggan, die Rolltreppe. Und so kam es also, daß früher die Leute die Leitern trugen. Heute aber die Leitern Leute tragen müssen. Und also der Schwanz wieder einmal mit dem Hunde wedelt. »Well.«
Nun, auch der alte Münchner Eckensteher läßt sich schon immer gerne mit diesen Passanten-Baggerln, von denen München bereits über fünftausend laufende Meter besitzt, fortbewegen. Und er schaut auch gerne zu, wie aus dem dunklen Hades der U-Bahn-Schächte von einem unsichtbaren Luzifer die Menschen ausgespuckt werden, als wären sie die abgelutschten Kerne von armen Seelen. Außerdem gewährt ein geschickter Standplatz am Scheitelpunkt dieser Förderbänder auch einen äußerst lohnenden Einblick in das Innenleben der aufwärtsgleitenden Schönheiten. Denn bei der heutigen Kleidermoral der wurstigen Damen ohne Bu-

sen-Beißkorb, ohne Keuschheitstüten und ohne Hemmungen kann der interessierte Lurer mit einem einzigen Blick in den Kleiderausschnitt mühelos feststellen, ob das ausgesuchte Lustobjekt eine Blinddarmnarbe mit Hohlsaum trägt oder wann sie zuletzt ihre Knie gewaschen hat.

Weil aber der alte Lustmolch fast jeden Tag zur gleichen Zeit und an der gleichen Stelle so eine kleine Brotzeit mit den Augen macht, sieht er auch fast immer dasselbe. Zum Beispiel jenes Rudel reiferer Kaufhaus-Verkäuferinnen, die sich zur Mittagszeit ein Auge voll Sonnenschein unter die strapazierten Ausverkaufs-Lider klemmen wollen. Wie kommt es nur, daß sie alle ausnahmslos die gleichen, von Säure und Laugen zerfressenen Frisuren tragen? Der Betrachter kann direkt zuschauen, wie ihnen bei der kleinsten Erschütterung die kraftlosen Chemiefaserlocken vom Haupte fallen wie die Tannennadeln von einem Christbaum auf Heiligdreikönig. Warum lassen sich diese Wasserstoff-Opfer von den überredungsstarken Figaros die Köpfe so lange ätzen, bis sie aussehen wie die skalpierten Rothäute in »Winnetou«, Band II, Seite 136. Ohne endlich einmal zurückzuschlagen wie auf Seite 142.

Auch ein kleiner Trupp von versprengten Mausefallenhändlern kommt jeden Tag zur selben Stunde hoch. Ihre Heimat sind wohl die Südhänge des Siebengebirges, wo die letzten Drahtflechter hausen. Sie führen große Tragkörbe mit Teeseihern, Schneebesen und Reibeisen mit sich und unterhalten sich in einer seltsam japsenden Sprache. Wahrscheinlich kommen sie halt aus jenen Gegenden, wo die Leute noch bellen, wenn es Freibier gibt.

Am meisten aber interessierte den Rolltreppen-Spion die letzten dreißig Tage ein rätselhafter Kurzhaar-Bastard, den er »Jakob« taufte. Obwohl dieser Rintintin weder auf »Jackl« hörte noch auf irgendeinen anderen der seltsamen Namen, die heute in den Kalendern stehen, wie »Ephräm«, »Tutilo« oder »Eleutherie«. Nun ja, für den Beobachter

war dieser komische Wadlbeißer jedenfalls der »Jakob auf der Himmelsleiter«. Denn der wackere Schweifringler fuhr wohl an die fünfzig Mal jeden Tag völlig allein und ohne Befehl die Rolltreppe hoch, sauste wie ein haariger Blitz wieder hinab, um dann aufs neue emporzuliften. Der Zuschauer meinte zuerst, der witzige Vorstadtzamperl wäre im früheren Leben vielleicht ein Jo-Jo gewesen. Wegen des pausenlosen Auf und Nieder. Der nahe Pizzaverkäufer erklärte aber bloß ganz kalt: »Der Hund schpinnt einfach, der ghört entweder in d' ›Nuß‹ oder in' ›Guglhupf‹.« Wie die Nervenklinik in der Nußbaumstraße und das Beruhigungsinstitut Haar in der Umgangssprache auch heißen.
Doch dann enträtselte sich plötzlich das seltsame Rennen ums blaue Band von Eglfing. Nämlich als ein kleines nasentröpfelndes Männchen auftauchte und es ein Geheul gab, gegen das jenes Geheul der Schiffe im Hafen von New York anläßlich der Bezwingung des Ozeans durch Lindbergh nur ein weinerliches Beichtstuhlgewinsel war. Der »Jackl« hatte nämlich sein Herrchen, das er wohl hier verlor, wiedergefunden. Und weil Hunde keine Tränen haben, ließ er auf dem unterirdischen Zementplatzerl, wo sich zwei todkranke Vierwochenseelen wieder vereinen durften, ein anderes nasses Erinnerungsautogramm zurück.
Der alte Eckensteher betrachtete es noch lange schmunzelnd. Der »Jackl« hatte nämlich tatsächlich an diese Stelle ein wunderschönes Bilderbuchherz hingebieselt.

Vogerl, Vogerl, wick-wick-wick

Ein Rest verschmähter Kartoffelsalat, die sauber geschnittenen Semmelwürfel, wie sie im Innern eines Kartoffelknödels zu finden sind, breite Nudeln nach Art des Hauses und viele Sorten Körndl und Kerne liegen auf dem steinernen Brükkengeländer am Bach. Es ist angerichtet. Ein eiskaltes Büfett warmherziger Tierfreunde.

Darüber und dazwischen die Vögel des Himmels. »Sie säen nicht, sie ernten nicht und pappen auch keine Invalidenmarken«, murmelt sinnend ein Spaziergänger. »Und trotzdem san s' zeckerlfett«, fügt ein stehengebliebener Radler mit einem lüsternen Reineke-Blick auf die strammen Masttäuberl hinzu. Wie er aber in die drohenden Augen der Umstehenden schaut, steigt er schleunigst in die Pedale.

»Die Möwen zieh'n dahin, sie zieh'n auch wieder her«, heißt es in einem geistreichen Lied. Sie apportieren die hingeworfenen Bröckerl in den Lüften. Jede einzelne eine Zirkusnummer. »Geh ned so nachad hi, Ferry, mit dein blaua Zinkn«, warnt der frohe Zecher den Saufkumpan. »Sonst hoidn s' dei Nosn vielleicht für a Mohnzöpferl und begga's da o.«

Wenn die Möwen satt sind und gerade einen kleinen Verdauungsausflug machen, kommen die »Deiwi-Deiwi« angetrippelt. Und die alte Taubenmutter belehrt ihre Jungen: »Gurrigurri, laßts de gfrorna Roigerschtnkerndl in Ruah. Do beißts eich nur Schartn in Schnobe nei.« Und auch vorm eisenharten Hefezopf der Witwe Knickrig wird gewarnt. »Ruckediguck, da hat unser Großvater an Magendurchbruch kriegt davon.« Wenn die Täuberl dann wieder abfliegen, verleihen sie manchem besonders verdienten Vogelfreund von oben herab noch den weißen »Stern von Assisi«. Der ist unbemerkt auf dem Hut zu tragen. Und dann ist da auf einmal ein winzig kleines Kind mit blauer Hubschrauber-Schleife. Und auf Zehenspitzen sagt es ein längst vergessenes geheimnisvolles Verserl auf. Dazu verrenkt sie die blassen Engerling-Finger, verschränkt die Däumchen übereinander und wispert in einer Märchensprache:

Vogerl, Vogerl, wick-wick-wick,
um an Kreuzer Stiefelwichs,
um a Kreizerl Brot –
's Vogerl is scho dod.

Und dazu schaut das Schneewittchen fast ein bißerl weinerlich, weil überhaupt kein Mensch aufgepaßt hat.
Mit froststarren Armen halten die kahlen Bäume unverdrossen die schwebenden Futterstützpunkte in den glasigen Wintertag. Kleine Wirtshäuser im Spessart. Das »Hotel zum gequetschten Mais« und die »Osteria Sonnenblume«, in der eifrig Kernspaltung getrieben wird. Alte Weiberl streuen Raps und Hanf aus kleinen Tüten, die sie nachher wieder glattstreichen und mitheimnehmen. Und Lausbuben locken die Meise – ganz leise. Mit einem zerwuzelten Radiergummi und Silberpapierkügelchen. Herrschaftskinder streuen einwandfreies steriles Spezialfutter artig auf die Wege. Aber wenn die Nurse wegschaut, greifen sie dennoch schnell nach dem pickenden Rotkehlchen. Schweigsam, ernst und fachkundig füttern die eingetragenen Mitglieder der Tierschutzvereine. Und mit übertriebenem Schmeicheln die alleinstehenden Damen. Eine wuchtige Endvierzigerin beginnt gleich gar ihre Tätigkeit musikalisch zu untermalen. »Wenn ich ein Vöglein wär«, flötet sie lieb und leise. Der alte Hakelstecken-Recke, der ihr schon lange mit spöttischem Mund zuschaut, sagt sofort: »Nachad kemmatn S' nia vom Bodn weg«, dann geht er mit verhaltenem Gewieher schräg über den Weg.

Den Monte »Semmelbrösl« nennt man den kleinen Buckel im Englischen Garten, auf dem sich das große überdeckte Vogelhaus befindet. Dort sind die gefiederten Schmuser so zutraulich, daß sie manchem Spezialisten den Leinsamen von den neckisch geschürzten Lippen stippen. Allgemeine Hochachtung ist solchen Artisten sicher. Und wie lieblich anzuschauen sind doch Amsel, Drossel, Fink und Star sowie die frechen Kleingeld-Adler, die Sperlinge, wenn sie im trauten Kreis um den gekochten Reis einer besorgten Tirili-Mama herumhüpfen. Bis ein Dackel wie eine Langstreckenrakete anbraust. Da teilt sich dann die Tierliebe jäh. Manchmal schnattert auch eine Entenprozession daher. »Laßts net glei de Kloana fressn«, schimpfen die Erwachsenen im Chor. Aber »na, na, na, na«, protestieren die Kirchweih-Dampfer energisch.

Eine kleine Amsel sitzt auf dem Ast, auf dem die Talgnäpfchen und Speckmuscheln hängen. Vergeblich bearbeitet der spitze Schnabel die harte Außenhaut dieser köstlichen Gebinde. »Entschuldign S', i fliag glei hi und sog's ihr«, zwitschert die Amseltante ihrer Nachbarin zu. »De Kloa is nämlich auf Besuch von Breslau do, und do drübn kennt ma so was no net.«

Auf einmal aber ist die Sensation der Anlagen selber da. Moritz das Eichkatzl. Wie ein Ausrufezeichen hinter einer Proklamation steht senkrecht der Schwanz hinter dem zahmen Erdnuß-Nerz. »An alle Tierfreunde«, soll das heißen. Und dann heimst er ein, was ihm zusteht, prüft, kontrolliert, lehnt ab. Aber daß der Moritzl auch Kleingeld nimmt, ist dem Bäcker-Fonse neu. Völlig fassungslos schaut er auf den winzigen Hamsterer, der flugs mit einem hingeworfenen Fünferl verschwindet und gleich wieder da ist.

»Moanst, er drogt's auf d' Sparkasse?« fragt der Fonse den Freund. Der aber erwidert prompt: »Des kannt natürlich aa sei, damit er se im Oidda in den Münchner Tierpark eikaffa kon.«

Elftes Kapitel

Wenn es Abend wird

Marietta di Monaco

Ein kleines welkes Gesicht, wie ein übriggebliebener Gold-Delicious. Und mitten drin ein schneeweißer Stengel. Das geliebte Zigarettl. Dazu darübergestülpt ein Mützchen. Ein Mützchen aus Nerz. Valentin würde zu diesem Stilleben vielleicht gesagt haben: »Ein pelziger Winterapfl.«
Das Fell-Kapperl hatte die gute Schwester Therese gekauft. Auf dem Schwabinger Flohmarkt. Eine Mark und fünfzig Pfennig hat es gekostet. Und sie hat dem stillen »Fräulein Vergangenheit« auch ein schmales Stoffetikett hineingenäht. So wie in den Mantel, in die vergilbte Handtasche und überallhin halt auch. Denn das ist so: Das bejahrte Mädchen vergaß alles. Nur wenn in Schwabing die Lichter zum großen Aufgalopp angezündet wurden, fiel ihr etwas ein. Etwas Dummes allerdings. Dann schminkte sie den kleinen verbrauchten Mund ein wenig, schlich sich freundlich lächelnd aus dem Haus und stapfte mit pflastermüden Beinen wie ein altes Paradepferd, das die geliebte Musik wieder hört, durch die Straßen.
Nachher brachte man sie bald wieder. Einmal lieferte sie sogar ein Schneepflugfahrer ab. Und ein anderes Mal zwei Grasmäher aus dem nahen Englischen Garten, die sie behutsam in einen großen Korb mit frischem Klee und Löwenzahnblättern gesetzt hatten. Weil doch auf den kleinen Erkennungsmarken stand: »Maria Kirndörfer. Altenheim. Rümannstraße.« Vor ihrem Austragszimmer in diesem Haus aber steht in selbstgemalter Kinderschrift: »Marietta«.
Einst war sie nämlich das sprechende Herz von Schwabylon. Und auch ein bißchen die Muse der vielen Traumtänzer, der sanften Spinner und der wippenden Malerjünglinge. Und als

man sie in der Zeit der Kirschen einmal fragte, wie viele Männer sie etwas »gebeten« hätten, meinte sie mit fürstlicher Geste: »Na, alle halt.« Und fügte auch noch leise hinzu: »Aber wie groß ist denn schon Schwabing!«

Viele Engelsbildnisse mit schweren Lastenseglerflügeln hängen heute in ihrer warmen Kemenate herum. Und ein rotes Herz aus Wachs liegt auf der Kommode. Das nimmt sie manchmal in die Hand und redet leise darauf ein. Ganz unverständliche Sachen. Ihre Stimme, die einst so gewaltig war wie die eines indischen Kriegselefanten, hat sie irgendwo zwischen der »Seerose« und der Pension Führmann stehengelassen. Verstummt ist seitdem die berühmte Sehnsuchtstrompete aus der Wedekind-Zeit.

Sie sagt auch nicht mehr viel, die »Marietta di Monaco«. Nur einmal erhebt sie sich ein bisserl, breitet die zierlichen dünnen Ärmchen aus und deklamiert im Simpl-Stil: »Manch liebe Schatten steigen auf ...« Ihre Stimme klingt dabei wie eine Mundharmonika mit Semmelbrösel. Doch dann weiß sie sowieso nicht mehr weiter.

Aber gewiß hat sie es hier gut, das Kirndörfer Marerl. Aufgewachsen in den Vorstädten, gewesen in Paris, auf dem Gaurisankar, an den Gestaden des Brahmaputra und in der Hagia Sophia. Und vergessen in ihrer Heimatstadt. Nein, Besucher kommen längst keine mehr. Wer soll's denn auch sein? Peter Paul Althaus, der Bürgermeister der Traumstadt, vielleicht? Der gewaltige Balte Walter Hillbring? Ree Grossmann, der durstige Kiaulehn oder der schöne Klabund? Die gingen doch längst schon voraus »über den Schwabinger Bach«.

Nur Jo Weigert, der brave, kommt manchmal vorbei. Was soll man wohl auch bei so einem alten Weiberl noch wollen. Die hat ja sowieso immer jemand um sich herum. Die Einsamkeit nämlich. Doch da überkommt einen wieder die große Bitterkeit. Könnte nicht wenigstens hin und wieder ein Kulturreferent seinen gescheiten Kopf zwischen die Türspalte stecken? Aber wie soll's denn der Marietta auch anders gehen als manchen ihrer Zeitgenossen? Wie dem Karl Valentin, der ganz einfach an Entkräftung einging, während der damalige Münchner Bildungs-Rübezahl Papa Held zusah, wie seine Sammlung nach Norddeutschland verkauft wurde. Oder Joachim Ringelnatz, den man hier verderben ließ, ganz zu schweigen von dem unvergeßlichen Kleist-Preisträger Hans Reiser, der als Unbekannter in einem Lazarett verfaulen mußte.

Na ja, die Interessen und Gedanken der Münchner Kulturwarte gehen halt auch lieber andere Wege. Beispielsweise halten sie eine Matinee ab, bei der dann die handgezeichneten Umrisse vom Hosenwurm eines avantgardistischen Genies verkauft werden. Oder sie verleihen Kulturpreise und überlassen dabei die Präsentation einer Roten Zelle, weil der Herr Referent persönlich gerade eine außergewöhnlich wichtige Zusammenkunft mit Mademoiselle Chaiselongue hat.

Dabei glauben diese eingeschriebenen Mitglieder des Hirnpinsel-Kreises immer noch, sie seien tatsächlich das Salz der Erde. Statt daß sie sich vielleicht auch einmal das Lebensmotto der Marietta zu eigen machen würden, über das sie ein schönes Buch geschrieben hat und das den simplen Titel trägt: »Ich kam – ich geh«.

Hunde, wollt ihr ewig leben?

Vor einiger Zeit war in einer Zeitung eine höchst interessante Notiz zu lesen. Ein Institut zur Erforschung der Meinung hat nämlich wieder einmal eine Umfrage gehalten, und die lautete ganz schlicht: »Würden Sie Ihr Leben noch einmal leben wollen?« Darauf antworteten von zehntausend Fünfzigjährigen vierunddreißig Prozent mit Ja. Sieben von hundert wollten die Jahre von zwanzig bis dreißig noch einmal genießen, und fünf Prozent versicherten, daß sie überhaupt nicht geboren sein wollten. Mehr als die Hälfte aber gab auf die berühmte Frage vom Alten Fritz: »Hunde, wollt ihr ewig leben?« die schlichte, saubere Antwort: »Nein, bitte danke.«

Nun, wenn man das so liest und alle Antworten auf die Frage: »Wer will noch mal?« studiert, so kommen gelinde Zweifel an der Logik des menschlichen Handelns. Einerseits ist also dieser Zweibeiner in seiner Mehrheit froh, wenn er die Sache, die man Leben nennt, hinter sich gebracht hat. Andererseits will er jedoch um keinen Preis »über den Jordan« gehen.

Da haben sie endlich eiserne Lungen erfunden, preisen die Mund-zu-Mund-Beatmung und gießen Ersatzmägen aus Kunststoff, so wie sie früher Wärmflaschen aus Zinn gegossen haben. Amerikanische Firmen preisen den absolut atomsicheren Kugelbunker an, der tief in die Erde und ins Meer versenkt werden kann. Und sie reden dabei vom Überleben, als ob es so etwas überhaupt gäbe. Denn es kann doch höchstens der Einberufungstermin ein bißchen verschoben werden. Weil der »Gangerl«, dem so ein möblierter Stahlkugelbesitzer entgehen möchte, doch in jedem Fall in seinen

runden Millionärssarg mit einsteigt. Besonders smarte Immobilienhändler bieten auch bereits baureife Milchstraßen-Parzellen an als sicheren Hochsitz, wenn auf unserem Planeten einmal das große Dunkel beginnt. Die groß angekündigte »Gefrierfleisch-Arie« scheint schon wieder etwas abgeklungen zu sein. Dafür erweckt eine andere Methode allergrößtes Interesse. Die Raum-Experten haben nämlich errechnet, daß ein Mensch, wenn man ihn nur lange genug ins All schießen könnte, mit jedem Lichtjahr, das er zurücklegt, immer jünger würde. So daß ein lallender Greis bei einer genauen Dosierung so einer Reise als greinendes Baby wieder einträfe. Allerdings, wenn man das Experiment zu lange ausdehnen würde, dann könnte es auch sein, daß von so einem Rückentwickler überhaupt nichts mehr übrigbliebe als nur der sündige Gedanke seiner ehemaligen Erzeuger.
Daß ein italienischer Professor auf dem sicheren Wege sei, in seinen Retorten demnächst Putzfrauen aus der Tube und Fußballer in der Frischhaltetüte herzustellen, wurde schon vor längerer Zeit gemeldet. Nun aber will dieser Herr auch noch mit der Produktion von menschlichen Einzelteilen beginnen. Und so skurrile Unternehmen wie Farmen für Achillessehnen, Schilddrüsen-Gärtnereien oder Wadenbein-Plantagen anlegen. Man hört ihn direkt schon zu seinem Gehilfen sagen: »Gehn Sie doch mal rüber in die Treibhäuser, Herr Kollege, und schneiden Sie die Zwölffingerdärme etwas zurück, damit sie nicht wieder so ins Kraut schießen. Auch bei den Wandernieren schauen Sie bitte nach, ob sich die nicht etwa in die Beete mit den Gehörgängen verlaufen haben.«
Wie gesagt: Man kann bei diesen ganzen zweiseitigen Bemühungen zwischen Dableibenwollen und der deutschen Todessehnsucht nur immer mit dem Dichter sagen:

Erkläret mir, Graf Orindur,
diesen Zwiespalt der Natur!

Allerdings hat der Schreiber noch etwas verschwiegen. Die oben genannten Tester haben ihrem Publikum nämlich auch noch eine Zusatzfrage gestellt. Und auf diese Frage antworteten zwei Drittel der Angesprochenen, sie fürchteten den Tod nicht. Vierundneunzig Prozent dagegen gaben unumwunden zu, daß sie Angst vor dem Sterben hätten. Das zwar für den Tod angerechnet würde, aber doch ein bißchen was anderes wäre. Denn es hat sich wohl schon herumgesprochen, daß es dabei nicht immer so gnädig zugeht wie in jenem Witz, wo einer aus einer langen Narkose erwacht und zu dem freundlichen Herrn an seinem Bett sagt: »Schön war der Schlaf schon, Herr Doktor! Aber was ist denn mit Ihnen los? Weshalb haben Sie denn so ein langes weißes Hemd an und so einen langen Bart? Warum haben Sie sich bloß so verändert?« Worauf der Angesprochene lächelnd erwidert: »Ich hab mich ja gar nicht verändert. Wissen Sie, ich bin ja auch nicht der Doktor. Ich bin bloß der Petrus.«

Kühler Weg ins Jenseits

»Gestern vormittag wurde am Rechen des Südwerks II bei den sogenannten Isarüberfällen die Leiche einer unbekannten weiblichen Person angeschwemmt.« Mit brummelnden Lippen liest der Rentner Hagel diese Zeilen im Polizeibericht. Er weiß natürlich, daß es sich bei den erwähnten Überfällen nicht um die fast täglich wiederkehrenden Vorfälle handelt, bei denen maskierte Menschen mit einer sechsschüssigen Bettelmaschine einen Bankbeamten um etwas Kleingeld bitten, sondern um die kleinen Katarakte droben an dem hölzernen himmellangen Isarsteg. Dort, wo er selbst einst den sagenhaften »Hundsdapperer« erlernte und später dann in der Zeit der Weidenkätzchen mit manchem süßen Liebchen in jenen verschwiegenen Weidenbüschen verschwand, die im Volksmund auch gerne »der Verlobungswald« genannt wurden.
Und trotz der romantischen Vorstellung von dieser Gegend war es dem alten Mann doch immer ein bißchen unheimlich und schaurig an dem murmelnden Wasser der Vorstädte. Und das begann vielleicht schon bei jener Tragödie der schönen Frau Stummbaum, die damals das ganze Viertel wochenlang beschäftigte. Also diese Dame, eine verführerische Bernauerin, von der sie übrigens auch den Vornamen Agnes hatte, war mit einem dünnarmigen, lächerlichen Mannsbild verheiratet, das trotzdem Vorstand des Zimmerstutzenklubs »Auge auf« oder so ähnlich war. Die schöne Agnes aber litt häufig an starken Kopfschmerzen und ging dann hinüber in die Anlagen. Dort entdeckte sie schließlich der Kundschafter Biwi Santner mitten in den Weiden. Und er kam atemlos zum Herrn Stummbaum gerannt und sagte

in seiner kindlichen Vorstellung: »Herr Stummbaum, Ihre Frau liegt mit einem jungen Mann am Rio Grande drüben, und der Mann will Ihre Frau wohl verzehren. Ich habe es nämlich selber gesehen, wie er sie ins Ohr gebissen hat.«
Da nahm der Vorstand sein Gewehr aus der Hülse, fand seine Frau und erschoß sie. Am anderen Tag schaukelte er selber lautlos auf dem alten Baum an der Brücke, und die Buben sagten: »Uff.« Und wurden rasch vertrieben. Der böse zynische Hundefänger Zacherl aber deutete ohne jedes Gefühl auf den Schwebenden und sagte auch noch: »Daher der Name Stumm-Baum.«
Zwei Jahre später geschah dann die Geschichte mit der Lore Schapper. Die war auch immer beim Baden an den Überfällen, weil ja zu jener Zeit doch noch alles arbeitslos war und die Stunden voller Müßiggang, von dem der Kaplan Seidl immer sagte, er sei aller Laster Anfang. Aber wo man seinen Müßiggang vielleicht gegen eine Arbeit umtauschen könnte, wußte er leider auch nicht. Da geschah es eines Tages, daß der alte Herr Schapper die Lore schrecklich schimpfte und aus der Wohnung jagte. Ein paarmal wurde sie dann noch zerzaust und heruntergekommen im »Verlobungswald« gesehen, und dann zog sie die Feuerwehr mit einer langen Stange aus der »Roßgumpe«, dem allertiefsten Wasserloch.
Wieder war auch diesmal der Hundeschlächter gleich da, deutete auf die schlimm aussehende Tote und nuschelte hämisch: »Na ja, das sieht ja jeder, daß die einen Braten in der Schublade hat.« Der Hagel-Bub und seine Freunde aber wußten mit diesen Worten nichts anzufangen, und als schließlich der Biwi Santner den Herrn Lehrer fragte, was das sei, wurde er stumm und verbissen übergelegt.
Nach dieser Zeit aber blieb die Roßgumpe lange Zeit verwaist. Sie wurde von den Kindern gemieden, weil es hieß, die arme Seele der Lore würde da drin noch immer herumrudern.

Den betagten Mann fröstelt heute noch, wenn er an die Lore denkt und an ihren kühlen Weg ins Jenseits. Und dabei fallen dem Greis auch die Worte des Dichters ein, von dem ertrunkenen Mädchen, von dem es so traurig heißt: »... so geschah es, ganz langsam, daß Gott sie allmählich vergaß. Erst ihr Gesicht, dann die Hände, und zuletzt ihr Haar.«

Alter Friedhof aufgelassen

Unter den ehrwürdigen Linden und Erlen des aufgelassenen Vorstadtfriedhofs und vor allem unter jenen stillen Bäumen, die nur noch einen einzigen waagrechten Ast haben und Kreuze genannt werden, wohnte schon immer der einzig wahre Frieden. Drum war auch das Sitzen auf einem alten umgefallenen Grabstein in dieser Oase, in der alle Wege enden, ein seelisches Fußbad. Und viele alte Münchner schauten schläfrig und zufrieden dem kleinen Glück und Treiben zu, das sich da rings um sie abspielte.
Mit grünen Gießkandln und kleinen eisernen Rechen kamen die freudlosen Witwen und kratzten ein bißchen wie versprengte Hühner auf den schwarzen Hügeln herum. Manche von ihnen waren vielleicht auch nicht ganz unschuldig, daß ihr Seliger so früh schon in die Rückenlage mußte. Und drum schauten sie auch manchmal scheu um und redeten dann mit schrägem Kopf und milder Sieben-Geißlein-Stimme auf den Total-Entschlummerten ein, daß sie's doch gar nicht so gemeint hätten, damals.
Hausfrauen mit Einkaufstaschen, aus denen grüne Porreeschwanzl hingen, kamen vom Markt, ratschten ein bißchen, seufzten ein wenig und gingen weiter. Vielleicht an der letzten Ruhestätte des U-Boot-Erfinders Wilhelm Bauer vorbei. Dessen Lebensziel es war, möglichst tief unters Wasser zu kommen. Und der aber doch nur unter die Erde kam. Oder sie verschnauften ein wenig beim hingestreckten Erzbild des toten bayerischen Generals und hängten ganz respektlos ihre Salatnetzerl an dem weggespreizten Säbel auf. Mein Gott, wen mochte dieser Marschall wohl alles befehligt haben. Vielleicht »Ein Regiment zu Fuß und ein Regi-

ment zu Pferd und ein Bataillon Deutschmeister«, wie es in einem alten Lied heißt. Möglicherweise aber hatte man auch die zweite Strophe nach ihm gedichtet:

Die Trommeln ließ er rühren
und die Pfeifen tirilieren,
und den Fähnrich ließ er hängen.

Auf seinem Sockel stand noch irgend etwas eingemeißelt, was der Feldherr alles eroberte, an Land, an Boden und Raum. Nun, er tat es gewiß für sein Vaterland. Denn für ihn selber blieben doch gut gerechnet auch nur drei Quadratmeter übrig.
Gleich neben ihm ging auch der Lieutenant Alarich Grimmi unter einem wuchtigen Basaltblock für immer in volle Dekkung. Komischer Name – »Grimmi« –, mochte sich dabei sicher schon dieser oder jener stille Wandersmann gedacht haben. Am Ende war das gar der Erfinder der Grimmiteigsuppe.
Besonders bei den Buben war der alte Friedhof auch recht beliebt. Meist spielten sie dort wohl Räuber und Schandi. Und wenn einer dann sein Stopselgewehr hob und »bum« machte, fiel ein anderer Kniehosenträger um und riß im Fallen theatralisch das Hemd vorne auf wie der Andreas Hofer. Ein zartes blasses Kalbsbrüstlein wurde sichtbar. Das aber gewiß noch nicht mit Heldentum und ähnlichen Idealen gefüllt war, sondern eher noch mit eingeweichtem Weißbrot und frischer Petersilie.
Weiter vorne drohte ihnen dann der Friedhofswärter mit einem Stock, an dem eine lange Stahlspitze war. Den Kindern wurde erzählt, damit würde er die unartigen Buben aufspießen. Aber der Alte sammelte doch mit seiner Billettlharpune nur weggeworfene Trambahnscheine und Brotzeitpapierl.
Oft saßen auch zwei alte Penner auf einem flachen Monument mit verwachsener Inschrift und machten Brotzeit. Es

waren zwei Tippelbrüder, wie sie wohl der Högfeld gemalt hätte. Zuerst zog der eine sein schartiges Taschenmesser an einem grauen Granitsockel ab. Aber es war immer noch stumpf, so daß er sich für den weit edleren Carrara entschied. Dann schnitten die beiden einen linoleumfarbigen Preßsack in Streifen und ein Brot, das vor lauter Altsein knarzte. Nach dem Essen holte der ältere eine winzige Mundharmonika aus dem Sack. Und spielte leise. Der andere sang dazu mit kindischer Kopfstimme:

A bissal Lebn,
a bissal Schterbn.
A bissal Gebn,
a weng verderbn.

Seltsamer Text. Und nachher kicherte er und sagte: »Jetzt hören Sie das Lied von de Weißwürscht.« Und er deklamierte: »Wer weiß, würscht du mich wiedersehn, am grünen Strand der Spree.«
Drüben an der Mauer zählten Kinder aus zum Fangamandl: »Bicka, backa, Pfannaschtui.« Sie standen dabei um einen steinernen Engel herum. Und weil der gar so still und artig war, wurde er auch mit ausgezählt. Eine Schleifen-Marilli tippte ihm dann jedesmal an die Sandsteinbrust. Daneben ließ sich die alte Zaglin erleichtert auf einem riesigen Stein nieder. Sie saß am liebsten auf schwarzem Marmor. Weil der so schön kühl war.
Der lesende Tee-Nager auf der Bank nagte aber keine Ceylonblätter. Sondern Erdnüsse. Ach, sie war immer so vertieft, daß sie nicht einmal das bettelnde Eichkatzl sah.
Hinter dem Grabmal der Gräfin Wackerstein beobachtete ein alter Zaungast einen jungen Mann, der schlief. Er lag genauso friedlich da wie zwei Klafter tiefer die durchlauchtigste Kammerfrau. Und in ihrem ganzen Leben war sie doch so sauber geblieben. Und nie kam ihr ein Mann so nahe. Und dann so was.

Ach, es war kühl und schön und tröstlich in der Endstation Bergerlheim. Und auf einmal wußte ein müder Betrachter auch, warum er sich da immer gar so geborgen vorkam. Er hatte halt das stille Gefühl in sich gespürt: Man ist gleich daheim, wenn's pressiert.

Aber so pressiert's dem rüstigen Greis natürlich auch wieder nicht.

Es war einmal ein Musikus

Der Alte blieb noch so lange vor dem rechteckigen Loch stehen, bis die zwei mürrischen Friedhofswärter fort waren. Nachdem sie endlich einsehen mußten, daß es wirklich kein Trinkgeld gab. Dann erst setzte er den schlappen schwarzen Hut auf, denn es begann leise zu regnen.

Es waren nicht viele Leute zu der Beerdigung des Stehgeigers Sebastian Donnergang gekommen. Nur drei. Ein Vertreter der Gewerkschaft »Musik und Unterhaltung«. Eine halbtaube Frau, die stark nach Suppenwürze roch. Sie war die Schwester von der längst verstorbenen Gattin des Geigers und hatte seit ihrer Jugend verbissen und hoffnungslos auf den Sebastian Jagd gemacht. Der dritte war er selber. Der Pianist des unbedeutenden, aber allgemein beliebten Vorstadttrios »Die drei Musketiere«.

Der alte Mann hatte den Dahingegangenen schon als kleinen Jungen gekannt. Damals war der Geigenkasten, den der Schüler Donnergang zweimal in der Woche zum Musiklehrer schleppte, um ein gutes Stück größer gewesen als der winzige Paganini selber. Einmal hatten sie ihm die Fiedel heimlich herausgenommen, als er seinen schwarzen Melodiensarg abstellte, um bei einem Fußballspiel gegen die Nebenstraße zuzusehen. Den grün gefütterten Behälter füllten sie dann mit schweren Wackersteinen. Die hatte der Sebastian anschließend geschleppt, keuchend und plötzlich laut auflachend. Denn er wußte schon, bevor er den Behälter öffnete, was darinnen war. Später, als er dann aus der Volksschule kam, da durfte er bei der Abschlußfeier in der Aula das »Poem« spielen. Von Viebig. Das war dann sogar in der Zeitung gestanden. In der Jugendbeilage. »Mit viel Fleiß und Hingabe«, hatte es in dieser Notiz geheißen. Aber dann hatte die Presse von seinem langjährigen Stehgeigerleben keinerlei Kenntnis mehr genommen.

Der verregnete Trauergast vor der unguten Grube dachte jetzt daran, wie sie sich einst gefunden hatten. Er, der junge Klavierspieler, hauptberuflicher Werkzeugschlosser. Solist Sebastian, der sich als Unterhaltungsmusiker sein Studium verdienen wollte, um später einmal bei den Philharmonikern die geliebten Saiten streichen zu dürfen. Und der gutwillige blasse Schlagzeuger Rudolf Sonntag. Der hatte die schönsten und bleichsten Hände der Welt. »Wie eine Hebamme«, sagte seine Hauswirtin immer. Und die mußte es ja wissen, denn sie hatte selber sechs Kinder.

Das erste Engagement der »Drei Musketiere« bekamen sie beim Gründungsfest des Sparvereins »Harmonie«. Das »Glühwürmchen« mußten sie da spielen. »An der Weser« und den »Musinen-Marsch«. Der junge Kapellmeister Donnergang aber hatte als Überraschung auch selber noch eine Weise komponiert. »Rosen aus der Heimat« hatte das Stück geheißen. Er spielte die selbstgeschriebenen Noten mit viel Gefühl vom Blatt. Ein tadelloses Taschentuch unters Kinn geklemmt. Aber kein Mensch paßte auf. Nachher zerriß der Virtuose die verschmähten Rosen, lachte und sagte: »Dann eben nicht, liebe Tante.« Der Sebastian nahm nie etwas schwer.

Später kam dann das lange glückliche Leben der kleinen Tanzkapelle. Im Vorstadtcafé bei der Gasanstalt spielten sie fast ein Vierteljahrhundert. Die »Donna Clara«, die »Blonde Inge«, die »Regentropfen« und den »Schönen Gigolo«. Ach, was waren das doch für schöne Schlager und für schöne Mädchen, die da vorüberzogen. »Am Abend im Getreide«, trällerte der fesche Geiger der hübschen Seibold Muschi zu, die dafür mit dem Finger zurückdrohte und ihrerseits parodierte: »Es war einmal ein Pfiffikus.« Mädchen gab es genug und junge Frauen, die sich für den lustigen Fiedelmann interessierten. Aber sie brachten ihn alle bald wieder zurück an seinen verstellbaren Notenständer. »Geh, der, der ist doch mit seiner Geige verheiratet«, hieß es in eingeweihten Kreisen. Und auf einmal schaffte ihn doch eine. Die rote Fanni vom Küchenbüfett. Gute zwanzig Jahre älter und ebenso viele Kilo schwerer als Herr Donnergang war die. »Der hat doch den Mutterkomplex«, sagten die verschmähten Damen, und einige sagten auch noch: »Aha, darum.«

Und auf einmal war das alles aus. Im Krieg verloren sie ihren braven Schlagzeuger Sonntag. Als man ihn herausscharrte aus dem großen Luftschutzkeller, sah man, daß dem toten Musikus die Hälfte seiner schmalen blassen Hände fehlte. Er hatte sich die Finger an der Zementmauer bis auf acht kurze Knochenstummel abgekratzt, bevor er erstickte.

Den Mann am Grab schüttelte es. Und er wandte sich zum Gehen. Die nasse Erde bildete hohe Stöckel an seinen Schuhen, und er dachte daran, wie ungern er eigentlich auf den Friedhof ging.

Das letzte Mal war's vor sieben Jahren, als man seine Schwester eingrub. Und das nächste Mal? Der Mann im Novemberregen lächelte ein wenig verbraucht und bitter. Da würde er wohl nicht mehr gehen müssen. Da würden sie ihn sicher tragen. Den letzten der drei Musketiere.

Requiem für einen Spezl

Draußen bei der bekannten Endstation »Bergerlheim«, jener Sankt-Nimmerleins-Oase, wo alle Wege enden, ist die kleine Wirtschaft »Zur letzten Einkehr«. Ein solider, braver Brotzeitstützpunkt, der sich rein äußerlich von keiner der vielen bürgerlichen Wirtshäuser unterscheidet, die sich immer noch beharrlich in den Wohnvierteln der Vorstädte, aber auch im Herzen der City halten. Doch die Leute, die in die »Letzte Einkehr« kommen, zählen nicht zu der Kategorie der Stammgäste. Sondern sie verkehren dort meistens nur ein paarmal in ihrem ganzen Leben. Und einmal sind sie dann vielleicht auch noch selber der Anlaß, warum sich ihre Freunde um die sauber gedeckten Tische in der braungetäfelten Gaststube versammeln.

Dieses gemütliche Lokal mit dem altmodischen Nußbaumregulator, der schlafenden Katze neben der Küchentür und einer nahrhaften Speisenkarte, wie sie eigentlich sonst nur bei kleineren Hochzeiten üblich ist, wird nämlich fast ausschließlich von den Trauergästen besucht, die soeben im nahen Friedhof von einem Stück Leben und Liebe Abschied nahmen. Weil aber in Bayern ein altes Sprichwort heißt: »Spaß muß sein – und wenn's bei der Beerdigung ist«, geht es nach dem überstandenen Zeremoniell und dem tapfer ertragenen Schmerz hier meistens gar nicht besonders traurig zu beim traditionellen Leichentrunk, der halt nach dem bewährten Motto stattfindet: »Schwoam ma's obi.« Und der fremde Gast, der sich zufällig in die »Letzte Einkehr« verirrt hat, wird sogar manchmal ein kleines Kopfschütteln oder Schmunzeln kaum unterdrücken können.

Diesmal ist der Selige im Herrn wohl ein Maurerpolier oder

ein ähnlicher Zementmixer gewesen, den der große Architekt urplötzlich an ein anderes Bauvorhaben versetzte. Dem Gespräch nach ist er vom Gerüst gefallen, und einer seiner Zunftkollegen meint trocken: »Koan Muxer hod er mehr do, der Maxe, wiar a doglegn is. Bloß schod, daß 'n grod am Donnerstag grissn hod. Am Freitag hätten s' doch an Akkord auszoid.«

Dann gehen zwei zu den übrigen an die erblindete Blechtheke, und einer sagt zum hantierenden Wirt: »Chef, i bitt di mit aufghobene Knia, schick an Kübe voll Bier rüber. Wos moanst, wos des Kondoliern für an Durscht macht.«

Schließlich aber sitzen sie alle am langen Tisch beisammen. So Stucker zwanzig Figuren. Und jeder von ihnen ißt nicht recht viel weniger, als was ein vierzehnjähriger Bub mit Gewalt übern Giesinger Berg hinunterschieben kann. Zwischendrein loben sie auch fleißig das Schweinerne und die handgeschliffenen Knödel. Aber auch die noble Beerdigung wird immer wieder erwähnt, und es heißt einstimmig: »A so a scheene Leich hod a scho ghabt aa, da Max.«

Und dann kommt vielleicht auch die rundliche Kellnerin zu dem stillen Außenseiter hin und meint: »Do braucha S' Eahna gor net wundern, Herr. I mach des scho boid vierzg Johr mit. Do san no ganz andere Sachan passiert. Heit raffa s' wenigstens no net.« Und sie erzählt dem lächelnd zuhorchenden Interessenten mancherlei Schwänke und Schnurren, und was die Verstorbenen oft für seltsame letzte Wünsche hätten.

Der eine wollte unbedingt mit dem Kopf zum Augustiner-Keller hin begraben sein. Oder auch mit der Lederhosn und dem Gamsbart. Ferner seien Wegzehrungen wie Steinhägerflaschen und Handwürste öfters als Grabbeigabe verlangt worden. Allerdings müßten solche »Fisimatenten« natürlich abgelehnt werden. Immer wieder werde auch vom Wirt eine frische Maß verlangt, die man dem teuren Freund, weil man's ihm versprochen hat, übers schwarze Plumeau schüt-

ten wolle. Aber der Wirt schenke für diesen Zweck natürlich kein Bier aus.
Und das Leben geht weiter. In der Fensterecke gruppiert sich jetzt sogar eine Schafkopfpartie. Ein Stuhl allerdings bleibt aus Pietät vorerst noch »in memoriam« für den Maxe frei. Und dann hat der Willi auf einmal sein ganzes Geld verloren bis auf eine Mark, doch die andern zwei Spezl beruhigen ihn mit dem streng logischen Hinweis: »Wenns d' amoi dot bist, glangt da des oane Markl no lang.« Schließlich aber kommt die allerletzte »Verdruß-Maß«.
Und beim Auseinandergehen schnaufen die tieftrauernden Hinterbliebenen in stiller Dankbarkeit noch einmal kräftig durch. Weil sie halt diesmal in dem Stück vom großen Abschiednehmen selber noch nicht die Hauptrolle haben spielen müssen.

Inhaltsverzeichnis

Seite

Siebtes Kapitel

Achtes Kapitel

Neuntes Kapitel

Zeit

(1) Manchmal wird von jemand behauptet, er schlage die Zeit tot. Wenn dem so ist, meint Blasius, dann muß das der Zeit jedenfalls nicht weh tun, denn er hat ja beispielsweise noch keinen Donnerstag »au« schreien hören.

(2) Mit dem Vergehen der Zeit hat das was ganz Tröstliches auf sich. Denn wenn für den Otto Normalverbraucher ein Jahr vergangen ist, ist der Filmstar um zwölf Monate, der Ministerpräsident um 52 Wochen und der Heilige Vater um 365 Tage älter geworden.

(3) Die Menschen täuschen sich, wenn sie glauben, die Zeit geht vorüber. Dabei ist die Zeit doch immer da. Und nur die Menschen gehn an ihr vorüber. Das ist, wie wenn ein Schriftsteller schreibt: Ich fuhr durch das herrliche Engadin und sah durch das Zugfenster die liebliche Landschaft vorüberziehn. Als ob die Landschaft jemand mit einem Strick vorbeigezogen hätte.